70047425

491.669
PRY ✓

MADARCH

D1341601

COLEG GLAN HAFREN LRC PARADE

I Rhys Gethin

MADARCH

DEWI PRYSOR

y Lolfa

Argraffiad cyntaf: 2007

© Dewi Prysor a'r Lolfa Cyf., 2007

Mae hawlfraint ar gynnwys y llyfr hwn ac mae'n anghyfreithlon i atgynhyrchu
unrhyw ran ohono trwy unrhyw ddull ac at unrhyw bwrpas (ar wahân i adolygu)
heb ganiatâd ysgrifenedig y cyhoeddwyr ymlaen llaw.

Dymuna'r Lolfa gydnabod cefnogaeth ariannol Cyngor Llyfrau Cymru

Clawr: Ian Phillips / Dewi Prysor

Rhif Llyfr Rhyngwladol: 978 184771 010 9

Cyhoeddwyd, argraffwyd a rhwymwyd yng Nghymru
gan Y Lolfa Cyf., Talybont, Ceredigion SY24 5AP
e-bost ylolfa@ylolfa.com
gwefan www.ylolfa.com
ffôn (01970) 832 304
ffacs 832 782

DIOLCH, PARCH A GWERTHFAWROGIAD

Diolch i Rhi, Ows, Rhods a Geth am y bara beunyddiol. Diolch am ffydd, gweledigaeth a chefnogaeth frwd Alun Jones fy ngolygydd, Lefi a phawb yn Y Lolfa, a diolch hefyd am eu gwaith trylwyr a chydwybodol. Diolch i Twm Miall am ei ffydd a chefnogaeth ddiffuant yntau, ac am roi'r golau mlaen yn yr ogof. Diolch i fy rhieni, Ned a Gwyneth, ac i Mans, Rhys, Mel a gweddill y treib. Diolch i'm ffrindia ac i bawb sy'n dallt a chefnogi be dwi'n drio'i wneud. Diolch arbennig i griw y Ring, ac i'r Tap a'r Weit am ysbrydoliaeth dros y blynyddoedd. Diolch i Gwyn yn Awen Meirion, Bala. A diolch i bawb a ddaliodd frithyllyn.
Diolch arbennig i Rhian am roi imi bopeth allwn ei eisiau.

Hoffwn hefyd gydnabod cefnogaeth ariannol Cyngor Llyfrau Cymru.

"Sometimes you have to pee in the sink."
— **Charles Bukowski**

Cnebrwn Caradog Dafis oedd un o'r rhai mwya a welwyd yn ardal Graig ers blynyddoedd. Roedd capal bach Bethania dan ei sang, a'r canu'n llifo drwy'i ddrysau agorad, fel môr o haleliwia, yn golchi dros y delwau duon, penisel, tu allan.

Un o'r cymeriada 'na oedd Caradog Dafis. Dyn oedd yn cadw'i hun iddo fo'i hun, erioed wedi gwneud cam â neb, na phechu na digio unrhyw greadur byw. Dyn na driodd erioed i fod yn ddim arall ond fo ei hun. Gŵr ei gynefin oedd Rhen Crad – byth yn mynd i nunlla lawar, heblaw i'r sêl ym Mryncir, Bala neu Ddolgella, ac i lawr i'r Brithyll Brown am beint a gêm o gardia ar nos Iau a phnawn dydd Sul.

Bugail oedd Rhen Crad, a Nant-y-Fagddu fu ei gartra ar hyd ei oes – tyddyn bychan ym mhen ucha Cwm Derwyddon, lle'r oedd afon Dryw yn cario hud Bryn Dewin heibio sodlau Moel Gwrach, a dyfrio gwreiddiau hen y deri wrth waliau gwyrdd y buarth. Yno bu Crad yn gweu ei fywyd o frethyn y pridd, ei olchi yng nghân yr afon a'i sychu yn ergydion y gwynt. Yno y magodd ei feibion – yr efeilliaid Gwynedd a Gwyndaf, ac yno y collodd ei wraig, Martha, yn fuan wedi geni'r ddau. Y cwm oedd ei gaer a'i gysur, ei gywydd a'i gytgan, ei loches a'i lyw. Yno'r oedd ei fara a'i fendith, ei ardd a'i allor, ei berllan a'i baradwys. Y cwm oedd ei win a'i wenith, ei ddihareb a'i ddysg. Cwm Derwyddon oedd ei fyd.

Ond er mai dyn ei filltir sgwâr oedd Rhen Crad, roedd holl synnwyr y byd yn fyw yn ei ben. All neb dreulio oes ar y mynydd heb i'r Gwir ei gyffwrdd. All neb dreulio bywyd efo'r gwynt yn ei gusanu heb i'r Ddaear ei ddyfrio, a'r bydysawd ei borthi. Anweswyd enaid Crad gan Natur, fel oedd eira'n cofleidio'r carlwm yn y misoedd oer.

Darllenwr brwd oedd Rhen Crad, a'i silffoedd yn llawn o lyfrau ar bob pwnc dan haul. Haneswyr, beirdd ac athronwyr – roedd ganddyn nhw i gyd eu lle yn llyfrgell Nant-y-Fagddu, gan rannu'r silffoedd efo astudiaethau eang o bynciau mor amrywiol â beioleg, peirianneg, ffiseg, astronomeg, pensaernïaeth, diwinyddiaeth, a natur a bywyd gwyllt. Roedd Caradog Dafis yn hyddysg yn y cwbwl lot. A thra oedd academwyr yn gwbod, roedd Rhen Crad yn dallt.

Gallai Caradog Dafis greu trwyth o unrhyw blanhigyn, ffrwyth neu fadarchen, i wella anhwylderau corfforol, meddyliol ac ysbrydol. Doedd 'na'm llawar yn gwbod am ei ddoniau. Roedd hi'n haws o lawer, y dyddiau hyn, i bobol ddilyn confensiwn a mynd at y doctor, yn hytrach na rhoi ffydd yn 'swynau' Crad. Ond gwyddai'r rhai oedd yn ei adnabod yn dda fod y meddyginaethau oedd Crad yn eu cynnig yn rhai a brofodd, dro ar ôl tro, fod mwy i'r hen fyd 'ma na gwrthrychedd gwyddonwyr. Roedd ffydd yn rhan mawr o fywyd Caradog Dafis.

Ffydd ysbrydol oedd ffydd Rhen Crad. Doedd o'm yn ddyn crefyddol o bell ffor'. Hen gapal bach Ramoth – bellach wedi cau – yng Nghwm Derwyddon, oedd addoldy ei dad a'i daid. Ond dywyllodd Crad fawr ar y lle ers iddo basio oed Derbyn, fel y nododd Morgan Parry'r gweinidog, un dydd Sul cyn i'r capal gau, pan gerddodd Cwali, gast ddefaid Crad, i mewn ar ganol ei bregeth – "A dyma gi defaid Caradog Dafis, Nant-y-Fagddu, sydd nawr wedi'i gweld yn y Tŷ hwn yn amlach na'i mistar."

Doedd 'na'm rhyfadd, felly, nad oedd yr unig deulu agos oedd gan Rhen Crad – ei feibion, Gwynedd a Gwyndaf – yn adnabod y dyn oedd gweinidog Bethania'n ei ddisgrifio o'r pulpud. Oedd, mi oedd y Parch wedi trafod efo'r efeilliaid ymlaen llaw, ond roedd o'n gwneud y rhan fwyaf o'r 'deyrnged' i fyny. Roedd o'n trio cyfiawnhau'r ffaith fod Crad yn cael gwasanaeth claddu mewn capal, felly roedd o'n mynd rownd Sir Fôn i egluro sut yr oedd Duw yn maddau, a bod Caradog Dafis, yn ei ffordd ei hun, yn ddyn duwiol ac yn Gristion da...

Roedd 'na lot gormod o sôn am Grist yn gyffredinol, a deud

y gwir. 'Di rhywun sydd newydd golli'i dad ddim isio ista ar fainc galad capal – bochau'i din yn mynd yn ddiffrwyth, a Deep Vein Thrombosis yn cicio i mewn yn ei goesa – yn gwrando ar ddieithryn yn malu cachu am faint o drugarog, a hollalluog, oedd Duw, a faint ddylem, i gyd, fod yn ddiolchgar iddo am adael i ni fyw, cyn ein lladd ni'n ddi-rybudd, fel oeddan ni ar fin cyflawni uchelgais ein bywydau, am ei fod O wedi penderfynu ei fod O "ein hangen" i neud rhyw joban 'bwysig' yn y Nefoedd. Pa fath o ffwcin joban, 'lly? Paentio'r gatia i Sant Pedr, sydd efo arthritis drwg? Ffeilio gweddïau yn nhrefn yr wyddor? Border Patrol? Oedd 'na'm digon o bobol i fyny 'na'n barod fedra neud petha felly?

Doedd 'na'm rhyfadd fod y Dybyl-Bybyls – fel y gelwid yr efeilliaid yn lleol – yn edrych ar ei gilydd, a rowlio'i llygid bob hyn a hyn. 'Gair byr' oeddan nhw isio gan y gweinidog. Chydig o frawddegau cryno, yn egluro sut oedd eu tad wedi byw, a sut oedd o isio cael ei gofio. Ond ar ôl ugian munud o ddiflastod poenus – fu'n ddigon i yrru un neu ddau o'r alcs yn y gynulleidfa i hepian cysgu – roedd y Dybyl-Bybyls yn gorfod rhythu ar y gweinidog, er mwyn trio dal ei sylw ac amneidio arno i gau ei hen hopran sych-dduwiol. Mi oedd hi'n syndod sut nad oedd y Parch yn teimlo'u llygada duon nhw'n llosgi mewn i'w ben.

Falla fod y gweinidog yn gwbod drwy'r adag fod y ddau frawd yn rhythu arno, ond fod ganddo ofn troi i edrych arnyn nhw. Roedd 'na olwg digon milain ar y Dybyl-Bybyls fel oedd hi, heb sôn am pan oeddan nhw'n flin. Roeddan nhw'n horwths mawr, ymhell dros eu chwe troedfadd o daldra, a dim llawar llai na hynny ar draws. Rhwng hynny, a'r ddwy ên sgwâr fel bocsys tŵls, a'r aeliau trwchus oedd yn cwrdd yn y canol, gellid maddau i unrhyw un am eu camgymryd am thygs.

Ddwywaith yr effaith, ddwywaith y bygythiad – a dwywaith mor hyll – roedd y Dybyl-Bybyls yr un ffunud â'i gilydd, o'r corun i'r traed a'r matshing tatŵs. Yr unig ffordd i ddeud y gwahaniaeth rhyngddynt oedd y ffaith fod Gwynedd yn siarad efo lithp. "Oth na thdopith hwn yn munud, fydd Duw ei hun 'di dithgyn i gythgu!"

Fethodd Caradog Dafis erioed mo doriad yr un dydd. Pob bora o'i bymtheg a thrigain mlynedd, roedd o allan o ddrws y tŷ cyn i'r wawr hel y cysgodion o'r rhiniog. Boed ar y buarth neu yn y sgubor, allan yn y caeau neu i fyny ar erwau'r mynydd, roedd Caradog yn llyncu awyr iach cyn i'w lygid ddod i arfar â'r llwydolau. Tan ychydig dros wythnos yn ôl...

Bora dydd Iau oedd hi. Bora braf, fel heddiw, a lliaws y wawr yn perfformio'u cymanfa o'r gwrychoedd a'r coed. Roedd Crad wedi codi a llowcio bowlan o friwas, ac wedi cyrraedd adwy'r mynydd cyn teimlo'i frest yn tynhau. Aeth i deimlo'n simsan wrth agor y giât haearn a'i chodi dros y garreg wrth droed y wal, a bu raid iddo bwyso'n erbyn y pentan wrth drio'i chau ar ei ôl. Pan deimlodd y byd yn troi, aeth draw am y garreg fawr wen ar lan y nant, ger y rhyd a gariai'r ffordd i'r ochor draw, rhyw bum llath i mewn i'r mynydd, er mwyn eistedd i gael ei wynt ato. Ac am y tro cyntaf erioed, methodd â chau adwy'r mynydd ar ei ôl.

Fel oedd o'n cyrraedd y garreg wen, daeth y boen mwya annioddefol ar draws ei frest, i wasgu a gwasgu fel tasa'r mynydd ei hun yn sefyll arno. Ac wrth i'r adwy siglo'n agored y tu ôl iddo, a diasbedain yn erbyn y garreg atal ar ochr arall y ffordd, peidiodd calon Crad â churo. Disgynnodd Caradog Dafis ar ei wyneb i'r rhyd...

Roedd hi'n fin nos Wenar erbyn i Gwynedd gael hyd iddo. Roedd y Dybyl-Bybyls yn gweithio i ffwrdd, yn stîl-fficsio o gwmpas y wlad, a gan amla'n dod adra ar benwythnosa i roi help llaw i'w tad ar y tyddyn. Roedd hi'n tua saith o'r gloch y nos ar y ddau'n cyrraedd adra o Wigan, wedi sdopio am beint yn Queensferry, wedyn Bala, ar y ffordd. Y rwtîn fel arfar oedd gadael y fan Transit wen ar y ffordd gefn i Gwm Derwyddon, a chael cwpwl o beints eto, yn Graig neu Dre, cyn dreifio'r fan i fyny'r ffordd fach gul i Nant-y-Fagddu. Ond y noson honno, wnaethon nhw ddim...

Ers i'r Dybyl-Bybyls gyrraedd bro'r bryniau y fin nos honno, roedd 'na leisiau annelwig wedi bod yn sibrwd yng nghefn eu meddyliau, a phryderon anarferol am eu tad wedi dechrau cronni.

Doedd 'na'm ffôn yn Nant-y-Fagddu. Roedd y teclyn – a'r gost o gael lein i fyny i dop y Cwm – yn wrthun i Rhen Crad, ac roedd o wedi styfnigo wrth i'r meibion swnian arno i gael un. Doedd 'na ddim amdani ond troi am y cwm cyn cyrraedd pentra Graig a chwrw braf y Brithyll Brown.

Daeth yn amlwg i'r ddau fod rwbath o'i le wedi iddyn nhw fynd drwy'r tŷ a gweld nad oedd yno dân, a nad oedd croes wedi'i marcio, efo beiro, drwy ddydd Iau ar y calendar Cwmni Glo uwchben y bwrdd bwyd yn y gegin. O fewn eiliada roedd Gwyndaf yn mynd drwy adeiladau'r buarth, yn gweiddi, tra oedd ei frawd yn brasgamu am y mynydd, â'i galon fel gordd yn ei fynwes.

Y peth cynta sylwodd Gwynedd oedd fod 'na amball i ddafad mynydd i lawr ymhlith yr ŵyn tewion yn yr adlodd. A phan ddaeth i olwg adwy'r mynydd, a'i gweld yn agorad led y pen, gwyddai fod pethau'n edrych yn ddu. Brysiodd am droed y mynydd â'i galon bron ffrwydro, yn poeni fod ei dad yn sownd mewn hen shafft chwaral, neu wedi disgyn i geunant.

A dyna pryd y'i gwelodd. Roedd o'n gorwadd yn y rhyd, ger y garreg wen lle fu'n ista lawar gwaith efo Gwynedd a'i frawd pan oeddan nhw'n fach. Roedd o wyneb i lawr yn nŵr y nant, a hen gigfran fawr ddu yn sefyll ar ei ysgwydd…

O'r diwadd, daeth y Parchedig at yr unig bwynt o bwys yr oedd y Dybyl-Bybyls wedi gofyn iddo'i gyfleu, sef bod Rhen Crad isio i bobol ddathlu ei fywyd, a pheidio bod yn drist, achos wrth farw yn y byd hwn roedd o'n cael ei eni yn y byd nesa. Ac yno yn aros amdano, fyddai ei wraig annwyl, Martha…

$$= \; 1 \; =$$

ROEDD HI 'DI TROI hannar nos, ac roedd y Trowt, fel y gelwid y Brithyll Brown yn lleol, wedi cael ei infêdio gan haid o *meerkats* mawr mewn siwtia gangstars. Roeddan nw'n bob man – yn y bar, yn y lownj, yn y stafall pŵl… Roeddan nhw hyd yn oed yn y toilets eiliadau ynghynt. A'r mwya oedd Cledwyn yn sbio arnyn nhw, y mwya oedd o'n meddwl ei fod o mewn golygfa o ffilm oedd yn gyfuniad o Gremlins a Reservoir Dogs.

Doedd Cledwyn methu dal llawar mwy. Poerodd ei gwrw i bob man, a chwerthin fel dyn 'im yn gall. Trodd pawb ar y byrdda i sbio arno fo. Aeth i chwerthin fwy, a mwy wedyn. Prin oedd o'n gallu aros ar ei stôl, gymaint oedd o'n siglo wrth chwerthin. Welodd o erioed y ffasiwn olygfa – *meerkats* mewn crysa gwyn a theis du ym mhob man! Roedd y peth yn anhygoel – mor anhygoel fel y disgynnodd oddi ar y stôl a glanio ar ei din ar lawr, yn dal ei ochrau a pesychu. "Ffacin *meerkats*, y cont!! Wa-ha-ha-ha-haaaa!!!"

Triodd godi, ond roedd o'n rhy wan. Roedd o mewn sterics, ei wynab yn biws a dagra'n llifo lawr ei focha. "Sbia! Sbia!! *Meerkats*! Ffacin *meerkats*! Woa-ha-hahahaaa!!!"

Roedd rhai o'r criw rownd y bwrdd yn chwerthin hefyd, erbyn hyn. Dim eu bod nhw'n gweld be oedd Cledwyn yn ei weld, ond am fod ei chwerthin 'mashîn-gyn' o'n heintus – a'u bod nhw'n dystion i ddyn yn disintigrêtio i lanast o gigyls afreolus o flaen eu llygid. Ar lawr y pyb.

"Ti'n nabod o?" gofynnodd Sian Wyn i Jenny Fach, wrth amneidio tuag at dad ei phlant, oedd yn llanast o ddagra a fflems ar y llawr.

"Na," atebodd Jenny Fach yn dèd-pan. "A dwi'm yn meddwl fod o'n nabod ei blydi hun ar y funud, chwaith. Ti'n nabod o, 'ta?"

"Wel, ma'n dod i'r tŷ 'cw weithia, i nôl wbath i futa…" medda Sian.

"A gadal llanast ar ei ôl, ia?" chwerthodd Jenny, wrth bwyntio at y bol wyth-mis-a-hannar oedd gan Sian.

Chwerthodd Sian, a pwyntio'n ôl at fol wyth-mis-a-hannar Jenny Fach, hitha. "'Di'r ffycar bach 'di bod acw 'fyd?! Ladda i o!"

Chwerthodd y ddwy fel dwy iâr fawr dew ar ben eu stolia. Roeddan nhw'n fawr ac yn grwn, diolch i'r 'presant Dolig' gafodd y ddwy gan eu dynion, Cledwyn Bagîtha a Bic Flannagan.

"Coda'r jolpyn gwirion!" gwaeddodd Fflur Drwgi wrth ddod yn ôl o'r bar efo potal o Smirnoff, a peint o lagyr i'w dyn hitha, Drwgi. "Sbia golwg arna chdi! Llyffant!"

Ond doedd 'na'm gobaith i Cledwyn. Roedd o'n rowlio o gwmpas fel cath mewn cwstard ers meitin, yn trio'i ora i gael ei wynt rhwng chwerthin, pesychu a gneud sŵn garglo rhyfedd…

"Sgennan nw *nets*, Cled? Y *meerkats* 'ma?" gofynnodd Bic. "'Di dod i dy nôl di ma' nhw, 'sdi. Watsia di dy hun, y cont! Meerkat Manor fyddi di heno, yn ca'l dy bymio drw' nos!"

"Mmh… mhy… my… my…" O leia roedd Cled yn *trio* deud rwbath, neu fysa rywun yn taeru ei fod o'n cael ffit ddeiabetic. "*Meerkats*!! Ffycin *meerkats*! Mewn siwts! Yyy-aahahahaaaaaa!"

"Mewn siwts, ddudasd di?" medda Sbanish, yn ffugio owtrêj wrth ymuno yn y tynnu coes. "No ffycin wê, man! Ti'n malu cachu'r cont!"

"Ma'r ffycars yn bob man, Sban! Yn *bob man!*" Chwalodd Cled eto, fel oedd o'n codi'n ôl i'w stôl. Disgynnodd dros y bwrdd, a gyrru potal Jenny Fach yn pirwétio am yr ymyl. Daliodd Drwgi hi cyn iddi droi a gwagio – ei 'rifflécsiyns', fel oedd o'n galw'i adweithiau cyflym mewn crisis, fel rhai brithyll brown gwyllt.

"Does 'na'm *meerkats* yma, Cled!" medda Drwgi, yn gwenu'n ddrwg wrth roi'r botal i Jenny Fach, yn saff o gyrraedd yr octopws anystywallt oedd wedi cymryd rheolaeth o gorff y ffrind oeddan nhw'n adnabod fel Cledwyn Bagîtha.

"Cled!" medda Bic, oedd wedi penderfynu ei fod am chwalu pen ei fêt. "Dim *meerkats* ydyn nhw, man! Pengwyns 'dyn nw!"

"Ffyc off! 'Sa'm pengwyns fyny ffor 'ma! 'Di nw'm yn gallu pasio Synod Inn... waa-haaa..."

"Ffwcinél, Cled!" medda Bic. "Ti'm 'di clwad, naddo?"

"Clwad be, y twat?"

"Y pengwyns!"

"Be amdan y pengwyns?"

Aeth Bic ymlaen i rîlio Cled i mewn, fel sgodyn. "Ty'd 'laen, Cled! Ma' pawb yn gwbod, siŵr!"

"Gwbod be?" Roedd y sgodyn bron wrth y lan.

"Am y pengwyns!" Roedd Bic yn barod i'w godi o'r dŵr.

"Y ffycin pengwyns, ia – be-am-ffwcin-danyn nhw?"

"Ma' nw 'di ffendio'r A470!"

Doedd 'na'm gobaith i Cled ar ôl honna. Gwrandawodd, clywodd, chwalodd. "Waa-haaahahahaaa...!"

Stopiodd y carioci ar ganol cân, a trodd pawb i edrych. Roedd Donna Kebab bron mewn dagra. Roedd hi wedi bod yn mwrdro 'Angels' gan Robbie Williams ers meitin, ac yn meddwl fod Cledwyn yn chwerthin ar ei phen hi. Doedd Cledwyn ddim callach *fod* 'na rywun yn canu, ond doedd Donna Kebab ddim yn gwbod hynny. Roedd hi'n hogan ddigon emosiynol fel oedd hi, yn cael problam efo'i phwysa, ac efo'i nerfa hefyd, ers pan aeth *javelin* drwy'i hysgwydd, fel sgiwar, pan gerddodd i mewn i'w lwybr yn Sports Ysgol ersdalwm – y ddamwain erchyll a roddodd iddi ei llysenw. "Tria di neud yn well 'ta!" sgrechiodd ar Cledwyn, wrth daranu'i ffordd am y toilets cyn gyflymad ag y medra pymthag stôn mewn sodla uchal a sgert fach dynn. "Y ffycin prrric!!"

Sylwodd Cledwyn ddim, beth bynnag. Arhosodd ar ei stôl, yn wên ddieflig o glust i glust, yn syllu ar bawb yn y stafall fel rhyw ddiafol yn ymfalchïo yn ei waith aflan ar y ddaear – ei lygid mawr du bron â saethu allan o'i ben, a fflems fel llysnafedd yn hongian o ochrau'i geg.

"Cled!" medda Sbanish, gan dorri'r tawelwch annifyr a ddilynodd ddramatics Donna Kebab. "Dwi'n gwbod be ti'n weld, dwi 'di sylwi arnyn nhw'n hun. Ond dim *meerkats* ydyn nw, mêt. Ma' nw *yn* flewog, a *mae* nw'n gwisgo siwts a teis du, ond bobol ydyn nhw, Cled. Teulu'r Dybyl-Bybyls. 'Di bod yn y cnebrwn ma' nhw. A ninna hefyd. 'Da ni mewn crysa gwyn a teis du, hefyd, Cled. Sbia, ti'n gwisgo un dy hun..."

Edrychodd Cled ar ei dei, "Ffacinél! Pwy sy 'di marw?!"

Rhoddodd Steve Karaoke gân arall ymlaen i drio hudo'r person nesa i ddod i neud pen-swêj ohono'i hun, a daeth trwmped hoffyffonig bariau agoriadol 'Ring of Fire' gan Johnny Cash i ddawnsio drwy'r mwg a'r miri. Dechreuodd pawb yn y bar ganu'r nodau, ar dopia'u lleisia – "De-de-re-de-re de-re-re... de-de-re de-re-de-re-re!" – cyn stopio, 'run fath ag arfar, pan oedd y geiriau i fod i ddechra, am nad oeddan nhw'n eu gwbod nhw. O fewn eiliada, roedd poen-tin-meddw mwya'r pentra, Cimosapi – oedd yn meddwl mai fo oedd Johnny Cash, John Wayne a Pavarotti wedi eu rowlio'n un – wedi gafael yn y meic, ac yn paratoi i chwalu penna pawb efo'i lais hyrdi-gyrdi, fflat-fel-rhech-lledan.

"O'ma, reit sydyn!" medda Bic, wrth godi ar ei draed. "I'r ardd am joint. Cyn i'r ashtrês ddechra fflio!"

≃ 2 ≃

MAE BYWYD FEL IORCSHIYR Pwdin. Wedi rhoi pob dim i mewn yn y canol yn daclus – dy datws, dy foron, dy swêj a dy bys slwtsh, ac wedyn dy grêfi – ti'n cymryd beit o'no fo, a mae'r cwbwl lot yn chwalu'n racs, yn slwtsh blêr dros dy wefla, a disgyn yn sblatsh yn ôl ar dy blât. A dyna ddigwyddodd i Iorcshiyr Pwdin Tintin, tua blwyddyn yn ôl.

Pan oedd Tintin yn ddeunaw oed roedd o wedi prynu tŷ bach am bum mil o bunna, pan oedd tai yn rhad fel baw yn Dre yn yr Wythdega. Roedd o'n gweithio'n chwaral ar y pryd, a mi gafodd fenthyciad gan y banc er mwyn talu am y tŷ, ac am neud y lle i fyny'n ffit i fyw ynddo. Roedd o wedi gwerthu'r tŷ rhyw chydig flynyddoedd wedyn, ac wedi prynu tŷ arall. Deng mlynadd ar ôl hynny – tua blwyddyn yn ôl – roedd o wedi talu'r morgej i ffwrdd ar hwnnw, ac yn byw'n hapus efo'i wraig a'u pump o blant.

Gweithio ar y stîl, ac adeiladu, oedd o erbyn hynny, ac yn gneud pres da pan oedd o'n gweithio i ffwrdd. Roedd o'n gallu fforddio bod adra efo'r teulu am ryw fis ar y tro, weithia, rhwng jobsys. A gan fod y morgej wedi'i dalu, roedd o'n edrych ymlaen i ddechra gweithio'n lleol, am lai o bres, ac ymlacio chydig, a fynta ond yn dri deg tri. *Job done!* Neu dyna oedd o'n feddwl…

Er fod Glenda, ei wraig, wedi'i rybuddio i beidio mynd i dŷ Cledwyn Bagîtha y bore hwnnw ychydig dros flwyddyn yn ôl, mynd 'nath o. Roedd o'n chwilio am Gai Ows, i'w holi fo am y pysgod 'ny o lyn Sid Finch, am ei fod isio tawelu'i feddwl cyn mynd i ymlacio efo'r teulu yn Greenwood Park. Digon syml, a digon diniwad, fydda rywun yn dychmygu. Dau funud fydda fo'n gymryd – piciad draw, sgwrs sydyn i jecio storis ei gilydd, wedyn adra, ac i ffwrdd efo'r wraig a'r plantos. Roedd Glenda wedi'i atgoffa fo nad oedd 'piciad' i Bryn Derwydd yn bosib – wel, dim piciad yno a dod oddi yno'n gall, beth bynnag. Ddylia Tintin fod wedi gwrando arni.

Daeth o hyd i Gai Ows efo'r hogia, i gyd yn nhŷ Bic Flannagan, wedi bod i fyny drwy'r nos, off eu penna. Doedd Tintin ddim yn siŵr iawn, hyd heddiw, be ddigwyddodd iddo fo wedyn. Ond y peth nesa oedd o'n gofio oedd bod yn y *cells* yn Dolgellau, off ei ben ar fadarch hud, yn cael ei jarjio efo pob math o betha doedd o'n dallt dim amdanyn nhw, heb sôn am gofio sut oeddan nhw wedi digwydd!

O fewn dyddia roedd ei enw fo a'r hogia ar draws tudalenna'r papura newydd. O'r *Daily Post* i'r *Herald* a'r *Cambrian News*, roedd penawdau fel '*Explosion Injures Officer in Dramatic Drugs Den Siege*', '*Bedsit Siege Explosion – Men Held*' a '*Crazed Drug-fiend Throws Cat at PC*', yn sgrechian allan o'r colofnau. A doedd hynny'n ddim byd o'i gymharu â be oedd Glenda'n sgrechian arno fo.

"*Aggravated burglary, assault, affray, criminal damage, resisting arrest, threats to kill* – a blydi *cruelty to animals*!!! Be nas di, Timothy? Duclêrio Wyrld Wôr Thrî?!"

Fedra Tintin druan ddim ei hateb. Doedd o'n cofio dim byd, a doedd hynny ond yn gneud petha'n waeth. "Pam na 'sa ti 'di cachu ar sêt gefn y car cops, hefyd? O leia wedyn fyswn i'n gallu deud wrth bawb 'na sâl o'dda chdi! Ti'n ffwcin lwcus fo' nw 'di d'adal di allan o gwbwl!!"

Roedd hynny'n wir. Oni bai i Cledwyn gael twrna iddo fo, a fod hwnnw wedi dadla efo'r heddlu na fysa hannar y tsiarjis yn sefyll, yn Fazakerley fysa fo y noson honno. Ond mi fysa'n well gan Tintin fod wedi colli'i ryddid na colli ei briodas. A'i dŷ...

Wnaeth Glenda ddim mynnu cael y tŷ, chwaith, chwara teg iddi. Er, doedd Tintin ddim yn ama am funud y bydda hi wedi gneud hynny unwaith y bydda'r twrneiod – a'i mam a'i chwiorydd – wedi bod yn ei phen hi. Tintin ei hun gynigiodd y tŷ iddi, rhyw ddeufis ar ôl yr achos llys, pan oedd hi 'di mynd yn amlwg nad oedd Glenda am feirioli. 'Sa fynta wedi gallu caledu hefyd, a deud 'thi am ffwcio ffwrdd, ond dim ond pump a phedair oed oedd y ddau blentyn ienga. Fysa fo'm yn iawn i'w troi nhw allan i'r stryd.

A'r rheiny oedd o'n fethu fwya. Aron a Siwan. Petha bach. Roedd y lleill – Osian, oedd yn naw, a Sioned a Ceri, oedd yn eu harddegau – yn siŵr dduw o nabod eu tad. Ond roedd yn chwith gan Tintin fethu bod yno efo'r rhai iau, wrth iddyn nhw ddechra ysgol feithrin a'r ysgol fach, a petha felna. Er, mi oedd Glenda *yn* gadael iddo fynd draw i'w gweld nhw bob hyn a hyn. Ond doedd 'na'm tsians o gwbwl iddi adael iddyn nhw ddod i aros efo fo. Yn enwedig am mai yn fflat Cledwyn – y *scene of the crime* ei hun – oedd Tintin yn byw rŵan. Roedd crybwyll Graig, heb sôn am y fflat, yn ddigon i yrru Glenda i ben caej – a doedd fiw i neb ddeud enw Cledwyn Bagîtha o dan yr un to â hi.

Am yn hir iawn, ymateb tebyg fyddai rhywun wedi'i gael gan Tintin wrth grybwyll enw Sid Finch, hefyd. Finch oedd y drwg tu ôl yr holl lanast. Iawn, mi oedd Tintin yn un o'r rhai ddwynodd ei bysgod o, ond doedd gan Finch ddim prawf o hynny o gwbl.

Dilyn ei ragfarnau aru Finch, a gyrru'r cops i fflat Cled, lle'r oedd Tintin a'r hogia'n digwydd bod – off eu penna ar fadarch. Basdad oedd Sid Finch. Basdad tew, barus a chwerw, oedd angan dysgu gwers iddo.

Doedd fflat Cled ddim mor ddrwg â hynny fel lle i fyw, deud gwir. Cledwyn oedd yn ei rhentu o hyd, tra'n dal i fyw efo Sian Wyn a'u plant yn Bryn Derwydd – ar y slei, er mwyn i Sian gael budd-dâl rhent llawn ar eu tŷ cyngor. Ond roedd Cled yn gosod y fflat i Tintin, yn dawal bach, heb yn wybod i'r *slum-landlord* absennol oedd bia'r lle.

Roedd hi'n fflat iawn i foi ar ben ei hun – yn agos i'r pyb, efo digon o bobol yn galw. Ac erbyn hyn roedd Tintin wedi dod i ddygymod efo bywyd singyl – a doedd bywyd dyn singyl ddim mor ddrwg â hynny, wedi'r cwbwl. Mi oedd y fflat yn gweithio'n grêt fel *bachelor pad*, ac roedd Tintin wedi cael dynas draw ddwy neu dair o weithia. Falla mai 'hwran alw' o Feelzonwheelz.com oedd un ohonyn nhw, ac mai'r 'ogof gymunedol' – diforsî gocwyllt o'r enw Moelwen, wedi'i gneud yn gyfangwbwl o wrincyls – oedd y llall, ond be oedd 'nelo hynny â phwysa siwat? Gafodd Tintin ddigon o secs budur i'w gadw fo rhag wancio am wythnos – a mae hynny wastad yn beth da.

Y peth arall oedd Tintin yn licio am y fflat oedd ei fod o – rŵan bod y fflat uwchben yn wag ers rhyw dri mis – yn gallu dringo'r wal gefn a neidio i ben grisia'r fflat ucha, wedyn neidio oddi ar wal y grisia i ben y to – wedyn mynd i ista ar y grib, wrth ochor yr hen gorn simna. Doedd o'm yn gwbod pam y dechreuodd o wneud hynny, ond roedd o'n licio mynd yno i ista yn hwyr yn y nos, a chael smôc bach wrth edrych allan dros y pentra ac i lawr dros y fynwant, a'r cwm, islaw. Roedd o'n help i glirio'r meddwl, i fyfyrio a sortio'i atgofion cymysglyd i silffoedd taclus yn ei ben. Tra'n ista ar grib y to, uwchben y byd a'i betha, roedd Tintin wedi cael mwy nag un ysbrydoliaeth...

Difyr hefyd, oedd gwylio bobol yn gneud petha pan oeddan nhw'n meddwl fod neb yn eu gweld nhw. Roedd Tintin wedi gweld amal i ddigwyddiad o ben y to. Amball i ffeit ac amball i ffwc,

amball i weithred o
yn rowlio am adra ar
welodd o oedd Mogw
o ddiesel coch, yr holl
noson. Tua tri o'r gloch
chwerthin yn uchal, wr
y ffordd wrth fynd, gan
sgleinio fel llwybr malw
Cafodd hwnnw ei ddeffr

Noson cymharol daw
na fyddai hynny'n para'n
gynharach, am beint efo'
a mi oedd 'na yfad go dc
Cledwyn a'r hogia yno hef   ... ..cui cael asid o
rwla, a doedd Tintin ddim ... ɹael ei berswadio – neu ei sbeicio
– i gymryd unrhyw beth oedd yn mynd i blygu'i ben o i bob siâp
eto. Felly roedd o wedi sleifio'n ôl am y fflat ar ôl rhyw awran,
cyn i betha fynd yn flêr…

Tynnwyd sylw Tintin gan rwbath draw yn y fynwant. Edrych-
odd eto. Roedd 'na rywun efo tortsh, draw yn y pen pella, lle oedd
y beddi newydd. Craffodd, ond aeth y gola i ffwrdd mor sydyn ag
y daeth, mewn chydig eiliada. Aildaniodd Tintin y sbliffsan oedd
wedi mynd allan yn ei law, a chymryd tôc ddofn cyn gollwng y
mwg allan i gael ei ddarnio ar awelon y nos.

Daeth golau'r dortsh yn ôl, a'r tro yma, arhosodd ymlaen.
'Torrwr beddi'n gweithio'n hwyr heno,' meddyliodd Tintin, wrth
dynnu ar y mwg melys a theimlo *hit* y THC yn llenwi'i ben efo
hadau dychymyg. Sugnodd y bywyd ola allan o'r jointan, a teimlo
gwres y mwg yn llosgi'i ffordd i lawr ei wddw, i'w ysgyfaint.
Teimlodd o'n llenwi'i alfeoli efo hud y planhigyn bach hoffyffonig,
cyn ei yrru mlaen, ar drên bach y dychymyg, drwy'r capilarïau
a'r gwythiennau, ac i fyny, i stimiwleiddio'r parti yn ei ben. Yna
ffliciodd y rôtsh goch-boeth o'i fysidd, a'i gwatsiad hi'n hedfan
fel seran wib, draw dros ochor y to, ac i lawr yr ochor arall i wal
gefn y fflat.

ffwrdd unwaith eto. 'Doedd o'm
ynd am dro, mwya tebyg. Roedd hi
ro, wedi'r cwbwl. Efallai y gwnâi Tintin
dd, a cerddad i lawr y llechi, yn ôl am y
i lawr i'r iard gefn, ac i mewn i'r fflat.

≈ 3 ≈

ROEDD HI'N FLWYDDYN, BRON, ers i Tiwlip fod yn rhedag y Trowt.
Ar ôl bedydd tân – yn cynnwys colli ei wraig am yr eilwaith, ar ôl
cael ei speicio efo scync a cysgu ar lawr y bar drwy un o'r rycsiwns
mwya welwyd yn y dafarn – roedd o wedi llwyddo i oroesi'r tri
mis o 'probêshiyn' heb ormod o farciau coch wrth ochor ei enw
yn llyfr bach du y cops.

Rhyw chydig o fisoedd ar ôl y tri mis cynta hynny, roedd
Tabitha, ei wraig – oedd â'i henw fel *licensee* uwchben drws – wedi
dod yn ôl, ac roedd o wedi llwyddo i gael leisans tan hannar awr
wedi hannar ar nos Wenar a nos Sadwrn, oedd yn ei alluogi i gael
nosweithiau cynharach ar benwythnosau nag a gâi ynghanol yr
wythnos, pan oedd y stop tap swyddogol am un ar ddeg yn achosi
i'w locals fynnu cael *lock-ins* – fyddai gwastad yn mynd ymlaen
tan oria mân y bora.

A hithau'n ddechrau mis Medi, 2006, bellach, roedd o wedi bod
yn cynnal adloniant yn rheolaidd ers dechra'r haf, a hyd yn oed
wedi cael amball i gìg Cymraeg efo bandia lleol – diolch i berswâd
Cledwyn a Sbanish – yn y pyb, ac allan yn yr ardd gefn.

Ond y noson fwya poblogaidd, fel y trodd petha allan, oedd y
noson carioci oedd o'n gynnal bob yn ail nos Wenar. Doedd heno'n
ddim gwahanol. Roedd Tiwlip wedi cynnig canslo, o ran parch i
gnebrwn Caradog Dafis, ond roedd y Dybyl-Bybyls wedi mynnu
na fyddai angan gneud hynny.

Roedd hi bellach yn taro hannar awr wedi hannar nos, ac
yn amsar cau'r miwsig i lawr. Roedd Tiwlip a Tabitha wrthi fel

lladd nadroedd yn syrfio'r cwrw ola i'r morfilod sychedig oedd yn hongian wrth y bar, tra bod Eira Mai y barmêd wrthi'n hel gwydra rownd y dafarn efo Bibo Bach, y crinc.

Roedd Tiwlip yn trio cael sylw Bibo wrth stryffaglio i dynnu peint i Jac Bach y Gwalch o'r pwmp bittyr drafft, bôn braich.

"*Beebawh!*" gwaeddodd, yn ei acen Brymi. "*Beebawh! Beebawh Back! Beebawh!!!*"

Mi glywodd Bibo Bach yn y diwadd. Trodd rownd, a'i smôc dena'n hongian fel shalotsan anorecsic o gornal ei geg. "*What, you ffycin twat?*" gwaeddodd yn ôl, yn ei ddull 'annwyl' arferol.

"*Can yow tell Steyve to shut the musaic down, pleyse, Beebawh?!*"

"*What?! I can't ffycin hear you, you ffycin bastad!*"

Achosodd y diffyg cyfathrebu efo Bibo Bach i Tiwlip fethu'r cyfla delfrydol i gael Steve Karaoke i gau ei sioe i lawr. Cyn i Tiwlip allu gweiddi ar Bibo eto, daeth cordiau gitâr grymus ac aflafar 'Anarchy in the UK', y Sex Pistols, i daranu drwy'r bar.

"*Bloodey 'ell!*" gwaeddodd Tiwlip. "*Beebawh! Tell 'im 'last song'!*"

"*What, you ffycin ffycyr?*"

"*Tell Steve – last song!*" Roedd Tiwlip yn gneud siapia mawr efo'i geg, ac yn amneidio'n ffrantig efo'i ben, tra'n tynnu'r cwrw. Rhwng hynny, a'r sbectol gwdi-hŵ ar ei drwyn, roedd o'n edrych fel pysgodyn aur efo twitsh. Doedd Bibo Bach ddim yn clwad gair, ond mi nodiodd ei ben beth bynnag, a cerddad i ffwrdd. Rhoddodd Tiwlip y peint o bittyr i'r Gwalch a dechra tynnu un arall i Tomi Shytyl. Yna daeth llais Cledwyn Bagîtha i sgrechian canu dros y meic, "*I am an anti-Christ, I am an anarchist..!*"

"*Bloodey 'ellfire!*" medda Tiwlip. "*What the fuck is that? Is it Cledwayne?!*"

"*More like Cled in pain,*" medda Jac Bach y Gwalch. "*Have you got a gun?*"

"*Nawh. But I've gorra bloodey 'eadache! Jesus! We'll have the bloodey fire brigade in here in a minute. He's like a bloodey fire alarm… That's four forty-two, playse, Jac."*

"Tommy's paying," medda Jac.

Allan yn yr ardd, roedd y genod yn ista rownd un o'r byrdda picnic, yn mylti-sgwrsio, ac wedi hen golli trac ar yr hogia, pan gyrhaeddodd sŵn rhuo Cledwyn i ymosod ar eu clustia.

"Ffwcin hel! Cled 'di hwnna?" medda Carys, cariad Sbanish.

"O mai ffycin God," medda Sian Wyn, yn rhoi ei gwyneb tu ôl ei llaw mewn cwilydd.

"Be ffwc 'da chi 'di bod yn gymyd heno?" gofynnodd Fflur Drwgi i Gai Ows, yr unig un o'r hogia oedd dal wrth y bwrdd – a hynny am fod o'n methu symud ei goesa.

"Asid mae'r hogia 'di ga'l," medda Gai. "A pilsan neu ddwy."

"Pam ti'n ista'n fa'na fel llo, 'ta?" gofynnodd Jenny Fach.

"Dwi heb gymyd asid…" dechreuodd Gai.

"Call iawn," medda Jenny wedyn.

"Jesd tomasis dwi 'di gymyd."

"Ffyc's sêcs!!" medda'r merchaid i gyd efo'i gilydd.

"Ti 'di ffwcin rhoi rei i Cledwyn, 'fyd, do?!" dechreuodd Sian.

Ond cafodd Gai Ows ddim siawns i atab. Roedd Cled wedi cyrraedd cytgan gynta 'Anarchy in the UK', ac roedd Sbanish, Bic a Drwgi wedi ymuno efo fo ar y meic. Y canlyniad oedd rwbath oedd yn swnio fel pedwar crocodeil efo dannodd ymhob dant, yn sgrechian ar bedwar nodyn hollol wahanol i'w gilydd – efo'r foliwm wedi'i droi i fyny i un deg un – "Aaaaaaaaaaaaaai wana biiiiiiiiiiiii, anarciiiiiiiiiiiiii…," efo un "ist" bach unigol i'w glywad ar y diwadd wrth i un o'nyn nhw ddeud 'anarchist' yn lle 'anarchy'. Byddai Johnny Rotten yn falch iawn o'r pedwar, doedd 'na'm dowt am hynny.

"Iesu Grist Bach o'r Sowth!" medda Fflur Drwgi. "Ffycin Lemons United, myn ffwc! Gai Ows! Os 'na chdi 'di'r bai am hyn, ti'n ffycin dèd!"

"Eh?!"

"Ti 'di rhoi temazepam i rhein, do?" Carys Sbanish oedd wedi ymuno yn yr *assault*.

"Do, ond…"

"Ffacinél!" gwaeddodd Sian Wyn. "Ti'm yn meddwl fod nhw'n ddigon ffwcin gwirion fel ma' nhw?! 'Sa'm rhyfadd fod Cled yn gweld blydi *meerkats* cynt!"

"Yr asid oedd hynna, Sian…" protestiodd Gai Ows.

"A be ma hynna'n ddeud wrtha chdi, 'ta?!"

"Dwi'm efo chdi, sori, Sian…"

"Os 'di asid yn ddigon iddo fo weld ffwcin anifeiliaid gwyllt…"

"…mewn siwts…" helpodd Jenny Fach.

"…mewn siwts… ti'm yn meddwl 'i fod o ddigon off ei ben, heb roi'r blydi petha gwirion 'na iddo fo hefyd?!"

"Ia, ond fo oedd isio nhw…"

"Blydi hel, Gai Ows!"

"A be ffwc wyt ti'n neud efo tomasis, eniwe?" ychwanegodd Fflur Drwgi. "Ma'r petha 'na'n beryg bywyd efo cwrw!"

"Duw…"

"Duw blydi be?!" medda Carys.

"Duw, ma'n iawn…"

"Iawn?!" gwaeddodd Sian. "Gawn ni weld be 'di 'iawn', nes ymlaen, pan fydd o 'di rhigo pen rywun i ffwrdd am 'ddwyn 'i beint o'!"

"OK, OK. Cŵlia lawr, ffor ffyc's sêcs! Fydd o'n OK, sdi. 'Sa neb lawar yma i rigo'u penna nw off, nagoes!"

"Be am y *meerkats* 'na?"

"Doedd 'na'm *meerkats*, nagoedd…!"

"Ond doedd *o'm* yn gwbod hynny, nagoedd? O mai ffycin god…!" Roedd Sian Wyn yn dechra panicio – a doedd ei hôrmons hi ddim yn helpu.

"Duw, gad o, wir dduw," medda Fflur. "Paid ti â cynhyrfu, 'wan! Os 'di o'n rhigo pen rywun ffwrdd, o leia gei di warad o'no fo am chydig o flynyddoedd, Siani fach!"

Chwerthodd Fflur, a chwerthodd Sian efo hi. "Ia, ti'n iawn, Fflur… Ma' nw'n swnio fel bo' nw mewn hwylia da, o leia!"

"Swnio fwy fel bo' nhw'n terroreisio'r rest o'r pyb!" medda Jenny Fach, wrth i "aaaai wanna biii…." arall ymosod ar synhwyrau'r nos – cyn i'r 'canu' gael ei darfu gan sŵn gwydra, a bwrdd, yn chwalu.

"Shit!" medda'r genod, bron i gyd efo'i gilydd.

"Shit!" medda Gai Ows wedyn.

Gwrandawodd pawb am eiliad neu ddwy, gan ddisgwyl y gwaetha. Ond, diolch byth, ddaeth 'na ddim mwy o sŵn malu, na chwaith y sŵn hwnnw sydd wastad yn deud fod 'na sgrap wedi dechra – y crescendo o rymbyl traed a dodrafn, lleisia dynion yn ailadrodd enw rhywun wrth drio ei stopio rhag brathu clust rhyw gradur i ffwrdd, a lleisia merchaid yn sgrechian am ddim rheswm heblaw gneud i betha swnio'n llawar gwaeth nag oeddan nhw.

Aeth y miwsig i ffwrdd, a daeth sŵn lleisia. Dim lleisia blin, ond lleisia bobol yn trio codi o dan fynydd o gyrff, fel bobol yn mygu dan ryc, yn cwffio am eu gwynt, ond yn chwerthin 'run pryd. Roedd hi'n amlwg fod y pedwar 'canwr' wedi disgyn drosodd wrth reslo am y meicroffôn ac, yn ôl y sŵn malu a glywyd, roeddan nhw wedi gneud ffwc o lanast wrth wneud.

A dyna pryd y daeth un o'r Dybyl-Bybyls drwy giât cefn y *beer garden*, a cherddad yn syth i fyny at Sian Wyn, a'i thapio hi ar ei hysgwydd. "Iawn, Sian? 'Di Cled yma?"

"O, haia, Gwyn," atebodd Sian. Os nad oedd y llythyran 's' wedi codi yn y sgwrs, y peth saffa i wneud oedd galw'r ddau Dybyl-Bybyl yn 'Gwyn'. "Ma' Cled mewn yn fancw. Jesd dilyna'r sŵn!"

= *4* =

SAFAI HEN GAPAL RAMOTH ar gefnan o dir ar lawr Cwm Derwyddon, rhyw hannar milltir yr ochor isaf i Nant-y-Fagddu. Ers iddo gau, roedd wedi mynd i edrych yn unig a thrist, heb efengyl yn gwmpeini, nac emyn na gweddi i'w clywed rhwng ei furiau tamp. Yr unig draed a glywyd yn troedio'r hen lwybr o'r ffermydd at ei borth y dyddiau hyn, oedd rhai twrists mewn fflip-fflops neu sgidia mynydda. Yn anghofiedig, fel enwau'r ffyddloniaid a'i godod fesul carreg, treuliodd Ramoth y blynyddoedd diwethaf fel cartref i slumod ac ambell dylluan oedd wedi ffendio'u ffordd i mewn drwy'r tyllau yn y to. Creaduriaid y nos, bellach, oedd ffyddloniaid Capel Ramoth.

Roedd y mynydd o dywod, y twr o flocs concrit, a'r micsar sment oedd yn sefyll o flaen ei ddrws, yn deud fod hynny ar fin newid, fodd bynnag. Roedd Ramoth wedi'i werthu, ac roedd gwaith adnewyddu ar droed. Ond er fod y lleuad yn taflu golau tlws oddi ar lechi glân ei do newydd, dal i edrych yn brudd wnâi'r hen gapal heno. Hen gydymaith creulon yw unigrwydd. Mae fel lleithder ar waliau, yn gadael ei hoel am byth...

Ond roedd cwmni anghyfarwydd yn nesu tua Ramoth heno. Roedd o'n dod i fyny'r llwybr troed, o gyfeiriad Plas Glasgwm gerllaw – ar gefn beic. Roedd ganddo fag ar ei gefn, ac roedd o allan o wynt...

≈ **5** ≈

ROEDD 'NA BEIL O gyrff ar lawr wrth beiriant carioci Steve, rhai o'nyn nw'n trio codi, y rhan fwya'n chwerthin fel racŵns, a phob un yn socian efo cwrw. Yn gorwadd ar ei chefn ar ben Sbanish, yn chwerthin fel gwrach ar hît, efo ffag yng nghornal ei cheg a tymblar jin gwag yn ei llaw, oedd Lynn Coesa Ffyn. O dan Sbanish roedd Bic a Drwgi, ac o dan rheiny'r oedd Cledwyn Bagîtha a'r sgrin wen, tynnu-lawr, oedd Steve Karaoke'n ddefnyddio i brojectio geiria'r caneuon arni hi. Ac o dan Cledwyn a'r sgrin roedd Steve Karaoke ei hun – ac un o fyrddau crwn y dafarn wedi malu'n fflat fel crempog.

Cled oedd yr ola i godi. Doedd ei goesa ddim yn gweithio, ac roedd o wedi colli nabod ar y syniad o gydbwysedd – heb sôn am bob synnwyr o le oedd o, a phryd. Roedd ei frên yn cael ei amddifadu o ocsigen am ei fod o'n chwerthin mor galad, ac roedd ei frên hefyd yn cael ei ysgwyd yn erbyn tu mewn ei benglog am ei fod o'n pesychu mor ffyrnig wrth chwerthin. Pan ffeindiodd ei draed, a'i falans, o'r diwadd, roedd o ym mreichiau un o'r Dybyl-Bybyls. Pa Ddybyl-Bybyl oedd o, doedd ganddo'm syniad.

"Yyych!" medda Cled, wrth sbio ar wynab y cawr. "Ma'r *meerkats* 'ma'n ffwcin hyll!"

"Cled!" medda'r Dybyl-Bybyl. "Ty'd allan i cefn. Dwisio ffafr gin ti."

"Ffyc off! Ti'n mynd i fyta fi, dwyt!"

"Nac'dw, Cled. Dim heb dy gwcio di gynta, eniwe. Ty'd efo fi am funud. Dwi angan ffafr thydyn, oth ti'm yn mindio."

Calliodd Cled ryw chydig, cyn gafael ym mheint llawn rhywun oddi ar y silff wrth y bandit, a dilyn Gwynedd Dybyl-Bybyl drwy'r drws, i'r ardd. Arweiniodd hwnnw fo am y giât, ac allan o'r ardd. Cyrhaeddodd y ddau y 'Flying Banana' – fan Maestro felen Cled – oedd yn aros yn ffyddlon am ei mistar ym maes parcio'r pyb.

"Gwranda," medda Gwynedd, pan gyrhaeddodd flaen y fan. "Geith fi a 'mrawd fenthyg dy fan di?"

"Be? Rŵan? I be?"

"Ma'n ofnadwy o bwythig."

"Ia, iawn, ond y broblam ydi, 'de, fod 'na *knack* i'w dreifio hi…" Roedd Cledwyn yn trio cael ei ben efo'i gilydd. Roedd hyn yn amlwg yn fatar reit ddifrifol. Ond roedd yr asid yn gryf, a'r tomatis wedi troi ei gorff yn jeli… ac roedd gwynab Gwynedd Dybyl-Bybyl yn gneud siapia yng ngola oren lampau'r stryd.

"Be ti'n feddwl, 'knack'? Deud 'tha fi'r crac, a fydda i'n iawn…"

"Be ffwc 'da chi isio'r fan i?"

"Am fod 'n fan ni i fyny'n Nant-y-Fagddu. Be, ti'm isio menthyg hi, na?"

"Na, na, dim dyna o'n i'n feddwl. Lle ma'r car 'ta? 'Di torri lawr, neu 'bath?"

"Neith y car ddim tro i'r joban 'ma."

"Joban? Rŵan…?" Roedd Cled off ei ben, ond roedd o'n dallt bod noson claddu'u tad yn amsar rhyfadd iawn i'r Dybyl-Bybyls neud joban ola leuad.

Plygodd y Dybyl-Bybyl ei ffrâm-drws-beudy yn agosach at Cled, a gyrru'i lygid duon yn ddwfn i gefn ei ben o. "Newydd godi ma' hi. Y job. A 'mond rŵan fedran ni'i gneud hi. A ma' hi'n joban bwythig, Cled. Pwythig i fi a Gwyndaf. I'r teulu, 'thdi. Dipyn o ddylet-thwydd, teip o beth. A fytha ti'n gneud ffafr fawr, fawr, fawr efo Rhen Crad, hefyd… Mawr fydd y diolch, mawr fydd y fendith, gyfaill… teip o beth."

Er fod y Dybyl-Bybyls yn horwths digon rỳff, oedd ddim yn cymryd unrhyw shit, doedd 'na ddim rheswm yn y byd i'w hofni nhw – oni bai fod rhywun eisoes yn elyn iddyn nhw, neu'n gwisgo crys ffwtbol Lloegar o fewn decllath iddyn nhw. Ond wrth i Cledwyn edrych i dyllau duon llygid Gwynedd Dybyl-Bybyl, tra bo hwnnw'n siarad mewn monotôn bâs, sylwodd Cled ar sbecyn o adlewyrchiad gola oren y stryd, yn sgleinio yng nghanhwyllau'r llygid duon – ac am eiliad, roedd o'n meddwl ei fod o'n cael pow-wow efo'r Terminator. Tan iddo gofio nad oedd Arnold Schwarzenegger yn siarad efo lithp.

"Cledwyn!"

"Be? Sori, Gwyn… Be ddudasd di?"

"'Dan ni angan gneud y job 'ma rŵan! Er mwyn Rhen Crad!"

Daeth anferthedd yr hyn oedd Gwynedd Dybyl-Bybyl newydd ei ddeud wrtho, i sgubo dros Cledwyn fel llanw. Doedd ganddo'm syniad be oedd o'n sôn am, ond roedd y Dybyl-Bybyl yn daer a dwys am be bynnag oedd o. A hynny ar ddiwrnod mor emosiynol. Dechreuodd Cled gael paranoias fod y Dybyl-Bybyl – dyn oedd yn hawdd iawn ei gamgymryd am y Terminator, heblaw am ei leferydd – newydd agor ei galon iddo fo ym maes parcio'r Trowt, a'i fod o, Cledwyn Bagidiot, wedi ymddwyn fel twat. Cymrodd jochiad go lew o'i beint wrth osgoi edrychiad y Dybyl-Bybyl

– oedd, erbyn hyn, yn edrych yn reit sbŵci. Roedd yr eiliad yn un hir. Roedd yn well iddo ddeud rwbath. "Gwyn, mi fydd hi'n fraint i'ch helpu chi…"

"Grêt. Lle ma'r goriada…?"

"Ond y peth ydi… onest 'ŵan, Gwyn – ma'r fan yn ffycd. Fysa'n well i fi ei dreifio hi. Ma'r stîring yn tynnu i un ochor, a ti'n goro pwmpio'r clytsh i newid gêr – a do's 'na'm second gêr, eniwe – a ti'n goro pwmpio'r brêcs 'fyd, a ma' rheiny'n tynnu i'r ochor hefyd, a… bêsicali, mai'n *deathtrap* yn y dwylo rong…"

"Ond ti'n ffycin racth, Cled, thbia golwg arna chdi…"

"Dio'm bwys, Gwyn! Os dio'n bwysig i Rhen Crad, ma'n werth 'i neud o. 'Di'r cradur ddim mewn sefyllfa i'w neud o'i hun, nacdi? Be bynnag mae… oedd… Crad… isio i chi neud…" Caeodd Cled ei geg. Roedd o newydd sylweddoli ei fod o'n malu cachu.

"Dwi'n siŵr fedra i'i handlo'i, thdi, Cled…"

"'Im ffwc o beryg, Gwynedd! Dwi'm isio bod yn gyfrifol am ladd y ddau 'na chi ar noson claddu'ch tad, ffor ffyc's sêcs…"

"Cled, ti'm ddigon cyfrifol i edrach ar ôl dy hun heno, heb thôn am neb arall. Dwi newydd dy godi di o'r llawr yn y pyb! Be ti ar heno 'ma, Cled? Rwbath mwy na ganja. Ma' dy lygid di fel doli glwt."

"'Mond asid!" Roedd Cled wedi anghofio'n llwyr am y tomasis gafodd o gan Gai Ows – dim oherwydd ei fod o off ei ben ar asid, ecstasi, scync a cwrw hefyd, ond am fod cymryd tomasis efo cwrw yn achosi chydig oria o fethu cofio unrhyw beth ddigwyddodd fwy na dau funud ynghynt.

"*Dim ond* athid?! Ffacin hel! Ti'n tripio off dy ben a ti'n thôn am ddreifio ni fyny i Nant-y-Fagddu?"

"I Nant-y-Fagddu 'da ni'n mynd, 'lly? Dwi'n pasa dreifio fyny i Nant-y-Fagddu nes mlaen, ar ôl i'r pyb gau, eniwe, Gwyn. 'Da chi'n ca'l parti, dydach? Wêc Rhen Crad, 'de."

"Yndan. Dyna pam 'da ni isio gneud hyn rŵan, cyn i bobol ddechra cyrradd…"

"Awê, 'ta. Waeth 'ni heb â sefyll fama'n malu cach. Ty'd."

Cleciodd Cled ei beint a rhoi ffling i'r gwydr gwag i'r gwair o dan y coed rhwng y maes parcio a'r *beer garden*. Cythrodd ei hun i ymddwyn yn siarp a strêt, a llawn pwrpas, a trodd ar ei sodla i fynd rownd blaen y fan at ddrws y dreifar. Yn anffodus, doedd gweddill ei gorff ddim mor cîn ar y syniad o fod mewn rheolaeth. Methodd ei lygid â riportio i'r brên fod y fan yn agosach nag oedd hi, ac erbyn i radar y brên synhwyro'r agosatrwydd, gwrthododd y coesau gydymffurfio â'r gorchymyn i gymryd *evasive action*. Cerddodd Cled yn syth mewn i'r fan, hitio'i grimogau ar y bympar, a disgyn ar ei hyd dros y bonet.

"Ffyc'th thêcth, Cled! Ty'd â'r goriada i fi, gyfaill…"

"Ffyc off, Dybyl-Bybyl. Dim o dy lol di. Ma Bagîtha'n iawn. Ma' Bagîtha isio helpu…" Roedd Cledwyn yn dal i fod yng ngafael tanjent hunanymwybodol. Roedd y Dybyl-Bybyl yn siŵr o fod yn meddwl ei fod o'n bric, ac i Cled, ar y funud honno, roedd rhoi'r argraff nad oedd o'n bric yn un o'r gorchwylion pwysica oedd yn wynebu'r byd. Doedd Gwynedd Dybyl-Bybyl ddim yn meddwl fod Cledwyn yn bric, o gwbwl, wrth gwrs – roedd o jesd yn trio cael rhyw fath o sens allan o'r cont gwirion.

"Cled…"

"Does 'na'm 'Cled' amdani, Gwyn," medda Cledwyn, wrth agor drws y dreifar – i sŵn crafu metel mawr – a neidio mewn.

Sylweddolodd Gwynedd nad oedd ganddo ddewis ond mynd efo Plan B, ac aeth i sefyll yn entrans y stryd i weld os oedd 'na gops o gwmpas. Edrychodd i fyny ac i lawr. Roedd pobman yn glir. Chwifiodd ei law ar Cledwyn. Ond doedd Cled heb danio'r fan. Roedd o wedi dechra ymbalfalu drwy'i bocedi am y goriada, ac yn yr amgylchfyd gwahanol yng 'nghocpit' y fan, roedd o wedi anghofio am be oedd o'n chwilio.

Wislodd Gwynedd Dybyl-Bybyl o'r ffordd. Edrychodd Cled yn y drych. Roedd o'n dal ei fawd i fyny ac yn chwifio Cled ymlaen efo'r fraich arall. Cofiodd Cled be oedd o'n neud. Goriada, goriada, goriada… O ia – roeddan nhw ar ben yr olwyn ôl, lle oedd o'n eu cuddio nhw fel arfar. Aeth allan o'r fan.

"Be ti'n neud, 'ogyn?!" medda Gwynedd ar dop ei sibrwd.

"Goriada," medda Cled wrth blygu lawr i estyn y goriad oddi ar yr olwyn, cyn disgyn ar ei hyd ar lawr, rownd ochor y fan, ac allan o olwg Gwynedd.

"Jîthyth Craithd!" gwaeddodd hwnnw, cyn i Cled ail-ymddangos fel shot, ar ei draed, yn chwerthin fel ynfytyn a'r goriada yn ei law. Neidiodd yn ôl i mewn i'r fan. Roedd hi fel Groundhog Day yn y drych, pan sbiodd a gweld Gwynedd Dybyl-Bybyl â'i fawd i fyny, yn chwifio'i fraich eto. Taniodd y fan.

Y cam nesa oedd ffendio rifŷrs. Daeth sŵn crafu gêrs mawr dros y maes parcio, wedyn clec wrth i'r fan neidio i mewn i'r gêr. Trodd Cled i sbio am yn ôl. Cododd y clytsh a sbiniodd olwynion y fan ar y tsipins mân, cyn neidio a sgrialu am yn ôl, ac allan i'r stryd mewn un swing llydan, 'cau-llygid-a-gobeithio' – yn llawer, llawer rhy gyflym.

Sdopiodd i adael Gwynedd i mewn. Agorodd hwnnw'r drws, ond roedd y fan yn dal i symud am yn ôl fesul sbyrts, am fod y clytsh mor nacyrd doedd y pedal ond yn cydio reit yn y gwaelod, wrth y llawr. Llwyddodd Gwynedd i neidio mewn.

"Sori, mae'r clytsh yn ffycd," medda Cledwyn, a dechra pwmpio fel diawl efo'i droed, a gorfodi'r gêr-stic i chwalu drwy fêrings y gêrbocs a ffendio ffŷrst gêr, er gwaetha'i brotestiadau byddarol. 'Clync,' medda'r fan yn y diwadd, ac i ffwrdd â nhw. I'r chwith yn lle i'r dde.

"Ffor' rong!" medda Gwynedd o fewn eiliada. Brêciodd Cledwyn, a tynnodd y fan yn siarp i'r dde, gan achosi i Gwynedd Dybyl-Bybyl bwyso'n sydyn yn erbyn drws y pasenjyr. Agorodd hwnnw a swingio'n agorad efo sgrech o fetel – a gwaedd o ddychryn gan y Dybyl-Bybyl. Drwy lwc, llwyddodd hwnnw i afael yn y pilar blaen a rhwystro'i hun rhag disgyn ar ei hyd i'r ffordd.

"Sori," medda Cled. "Anghofis i ddeud – 'di'r drws 'na ddim yn cau'n iawn. Rhaid chdi gloi o." Swingiodd y fan rownd ar y stryd a'i chael i bwyntio i'r cyfeiriad arall. "Lle gynta?"

"I'r fynwant."

Sdopiodd Cled y fan yn stond. "Lle?!"

"Glywithd di. I'r fynwant! Ty'd! Chdi ddudodd fo' chdi isio dreifio!"

Sgrechiodd y fan rownd y gornal ac i fyny'r stryd, ac o fewn eiliada roedd hi wedi crafu a neidio'i ffordd at gatia'r fynwant.

"Reit, rho'r gola ffwrdd, Cled," medda Gwynedd.

"Shit! Newydd sylwi – do'ddan nw'm ymlaen, eniwe!" medda Cled wrth droi'r fan o olau'r stryd i ddreif y fynwant. Crafodd y fan i ffŷrst eto, ac i fyny'r dreif â nhw, yn ara deg bach.

"Thdopia fan hyn, Cled. 'Da ni 'di'i gario fo i fan hyn, 'li... Cled... Thdopia, Cled!"

"Dwi'n trio, Gwyn. Y ffycin clytsh 'ma sydd!" medda Cled, cyn codi'r hambrêc a hitio'r brêcs 'run pryd, er mwyn stôlio'r fan. "Lle ma' dy frawd... hold on – be 'da chi 'di'i 'gario i fan hyn'?" Roedd Cledwyn yn dechra cael teimladau anniddig...

"Gei di weld, 'ŵan," medda Gwynedd, wrth roi ysgwydd i'r drws. Ond doedd o'm yn agor. Rhegodd. "'Di'r ffycin drwth 'ma'm yn ffycin agor ŵan!"

"Ia, dyna 'di'r crac efo hwnna, sdi. Ti'n goro'i gloi o i ga'l o i aros ar gau, ond unwath ti'n gloi o, ti'n goro agor o o'r tu allan..."

"Ffwcin hel, Cled bach," rhegodd Gwynedd wrth agor y ffenast i gael ei law allan at yr handlan. "Pam na bryni di fan newydd, dwad?"

"Paid â agor y ffenast fwy na hannar ffordd, chwaith, Gwyn. Neith hi ddisgyn i..."

Torrwyd ar draws geiria Cled gan glync y gwydr yn disgyn i waelod corff y drws.

"Shit! Thori!" medda'r Dybyl-Bybyl.

"Duw, paid poeni," medda Cled. "Ga i hi allan fory. Chdi fydd yn ca'l drafft heno!"

"Dowt gena i, Cled, mêt. Dwi'n meddwl fydd raid i fi ista'n y cefn yn munud. Aroth di fan hyn, fyddan ni'n ôl mewn chwinciad."

Agorodd y Dybyl-Bybyl y drws, a neidio allan. Diflannodd i ganol y cerrig beddi ar y chwith, jesd o flaen y fan. Mwya sydyn, roedd Cledwyn ar ben ei hun, mewn fynwant, ganol nos – yn tripio off ei ben. Sbiodd o'i gwmpas. Sbŵci! Cloiodd ddrws y dreifar, cyn meddwl peth mor wirion i'w neud oedd hynny, a codi'r clo eto. Eisteddodd yn edrych ar y lleuad am funud, yn dyfalu be yn y byd oedd y Dybyl-Bybyls i fyny i, a be oedd Gwynedd yn feddwl wrth ddeud y bydda rhaid iddo 'ista'n y cefn yn munud'? A be ffwc oedd o, Cledwyn, yn neud yma, eniwe? *Sut* ddaeth o yma? O ia – yn y fan... Whiw, roedd y lleuad yn fendigedig heno...

Aeth i'w bocad i nôl ei faco. Doedd o'm yno. Roedd o 'di'i adael o'n y Trowt! Diawliodd. Tsieciodd ashtrê'r fan, a ffendio tri chwartar sbliffsan fawr dew yn cuddio yno ers duw a ŵyr pryd. Chwiliodd am ei leitar. Roedd hwnnw efo'i faco, yn y Trowt. Ymbalfalodd yn y twllwch ar silffoedd y dash a phocedi drysau'r fan. Dim byd. Blydi typical! Roedd y fan yn berwi 'fo leitars fel arfar. Agorodd y glýf compartment. Chwalodd drwy'r tapiau a llanast rhywle yn ei grombil. "We-hei!" gwaeddodd, wrth gael hyd i leitar – un thrô-awê, truenus yr olwg. Oedd o'n gweithio? Nagoedd! Bolycs!

Ysgydwodd Cled y leitar, a dechra fflicio fflat owt. Fflic, fflic, fflic. Fflic-fflic-fflic-fflic-fflic... Sylwodd fod golau'r lleuad yn cael effaith prydferth ar y leitar sî-thrŵ... Neis – fel rhyw fath o brism... Fflic-fflic-fflic... Ymddangosodd fflam fach o'r diwadd – un biblyd, oedd mor wan, roedd hi bron â rhoi ei dwylo i fyny ac ildio cyn saethu shot. Ond mi ddawnsiodd am ddigon hir i Cled gael tân cysglyd ar flaen ei sbliff. Tynnodd fel megin-tu-chwith nes bod ei fochau'n gneud *press-ups*, tan ddeffrodd y tân yn y diwadd, a sefydlu'i hun ar flaen y jointan.

Sugnodd y mwg hudolus i mewn i'w sgyfaint, a teimlo'i ymennydd yn cnesu. 'Mmm! Braf,' meddyliodd. Doedd 'na'm byd neisiach na sbliffsan tra'n tripio. Wel, oedd, mi *oedd* 'na lot o betha cyn neisiad, ond...

Chwalwyd ei feddyliau gan fiwsig 'The Good, the Bad and the Ugly' ar ringtôn ei ffôn. Sian Wyn oedd yno – isio gwbod lle oedd o, siŵr o fod. Atebodd. "Haia blodyn!" Arhosodd iddi orffan ei ddiawlio am ddreifio, cyn cario mlaen. "Dim fi ddreifiodd, del..." Weithiodd honna ddim. Roedd Sian wedi clwad y fan yn crafu i gêr, ac wedi gweld Gwynedd Dybyl-Bybyl yn gwatsiad Cled yn rifyrsio allan.

"Jysd neud ffafr fach i'r hogia, Sian... Sgena i'm syniad... Nagoes, dim o gwbwl, onest... Ffyc, gedrai'm siarad... Naci, methu siarad go iawn, 'lly – y brên yn wibli-wobli, Sian..." Chwerthodd Cled. Roedd o'n teimlo gigyls yn hel yn rwla. Yna cofiodd fod Sian yn disgwyl. "Cofia ffonio os ti'n meddwl bo'chdi'n mynd i bopio cyn bora – ddo i lawr yn syth, OK? O – nei di ddeud wrth Bic neu rywun i ddod â 'maco fi efo fo, plis, del? Diolch..."

Stopiodd Cledwyn ar ganol brawddag. Roedd o'n gweld cysgod... dau gysgod... yn dod am y fan, rhwng y cerrig beddi ar y chwith, rhyw chydig lathenni o'i flaen. "Rhaid fi fynd, Sian. Hwyl!"

Caeodd Cled ei ffôn, a chraffu i'r gwyll o'i flaen. Roedd y ddau gysgod yn cyrraedd y dreif yn syth o flaen y fan, rhyw bum llath i ffwrdd. Roeddan nhw'n cario rwbath. Rhoddodd Cled ei wynab yn erbyn y winsgrin i drio gweld yn well. Roeddan nhw'n cario rwbath trwm yr olwg – rwbath hir, fel... bocs hir... Rhewodd Cledwyn yn ei sêt wrth iddi wawrio arno be oedd yn nwylo'r efeilliaid! Arch! Ffycin *arch*!

"Ffaaaaciiiiin-hel!" Clywodd Cled ei hun yn rhegi'n uchal, cyn sbio eto i neud yn siŵr nad yr asid oedd yn gneud iddo weld petha. "Ffaaa-cin-hel!" medda fo eto, chydig bach yn uwch, cyn neidio allan o'r fan mewn sioc. "Be ffwc 'da chi'n ffwcin neud?!!"

"Agor drwth cefn, Cled!" medda Gwynedd Dybyl-Bybyl, yn straenio dan bwysa'r arch.

"Ffaaa-cin-hel!!!" medda Cledwyn eto, wrth syllu'n gegagorad ar yr arch yn ei basio am gefn y fan.

"Ty'd, Cled, agor y ffycin drws i ni ga'l mynd o'ma!" gwaeddodd Gwyndaf, y Dybyl-Bybyl arall.

Brysiodd Cled am y drws cefn, lle'r oedd yr hogia'n chwythu

wrth ddal yr arch.

"Pwy ffwc 'di hwnna?!"

"Pwy ffwc ti'n ffycin feddwl?"

"Dim... Rhen Crad?!"

"Wel ia, siŵr dduw!" medda Gwynedd. "Be ti'n feddwl ydan ni, grêf-robyrth? Agor y ffycin drwth 'ma!"

"Jîsys ffycin Craist!" medda Cled, ac agor dau ddrws cefn y fan. "Da chi'n ffwcin gall?!"

"Cer i roi'r sêt ffrynt i lawr, Cled!" medda Gwyndaf Dybyl-Bybyl wrth ollwng ei ben o o'r arch i mewn i gefn y fan. Cleciodd brên Cled i gêr – ac otomatig oedd y gêr hwnnw, achos doedd ganddo'm syniad be ffwc oedd o'n neud, na pam, jesd ei fod o'n ymateb yn reddfol drwy drio cael popeth drosodd mor sydyn â phosib, er mwyn cael mynd o'na cyn gyntad â phosib. Rhedodd rownd at ddrws ffrynt y fan a'i agor, wedyn rhoi'r sêt pasenjyr i lawr a'i sleidio am ymlaen cyn bellad ag yr âi hi.

"Barod, Cled?" gwaeddodd Gwyndaf Dybyl-Bybyl. "Dyma fo'n dod!"

Cododd Cled ei ben i sbio tuag at gefn y fan, a gweld arch Rhen Crad yn sleidio, traed gynta, amdano. Roedd hyn yn swreal, meddyliodd – heb sôn am fod braidd yn sgêri. Triodd Cled ei orau glas i gadw'i feddwl rhag chwalu. Roedd o'n tripio ar asid, ffor ffyc's sêcs – mewn fynwant, yn dwyn corff efo 'Burke and ffycin Hare' Graig-garw!

Daeth Gwynedd Dybyl-Bybyl rownd i ffrynt y fan at Cledwyn jesd cyn iddo golli rheolaeth ar ei ddychymyg, a rhwng y ddau ohonyn nhw'n codi, a Gwyndaf yn gwthio o'r cefn, llwyddwyd i gael traed Caradog Dafis i fyny ar ben sêt y pasenjyr. Diolch byth mai boi byr oedd Rhen Crad, a mai gan eu mam y cafodd y Dybyl-Bybyls eu fframia horwths, achos *touch and go* oedd hi i gau'r drws cefn tu ôl iddo fo.

Roedd Cled yn syllu eto. Roedd 'na arch – corff – yn ei fan o! Ond doedd 'na'm amsar i hel meddylia. Roedd hi'n amsar mynd.

Neidiodd y Dybyl-Bybyls dros sêt y dreifar i gefn y fan, at eu tad. "Nant-y-Fagddu, Cled!" medda Gwynedd, mor cŵl â 'sa fo'n siarad efo dyn tacsi. Ond dal i syllu ar yr arch oedd Cledwyn, a'i lygid mor llydan â'i geg.

"Cledwyn!" gwaeddodd Gwynedd. "Siapia'i!"

Daeth Cled yn ôl i'r byd go iawn. Taniodd y fan, a dechra'i chrafu hi i gêr. "*OK, gentlemen, next stop will be Nant-y-Fagddu, Cwm Derwyddon, Graig-garw, Earth. We'll be travelling at Warp Speed 10… Daliwch eich cedors, hogia… Engage!*"

≈ *6* ≈

AR ÔL CYFNOD BYR fel ditectif dros dro efo'r CID, roedd PC Wynne Pennylove bellach yn ôl yn heddwas meidrol mewn iwnifform. Roedd o wedi cael blas ar y crac ditectif, 'fyd. Digon i wneud iddo roi cais i mewn i gael ymuno â'r adran 'ddictectydda' yn barhaol.

Ei brofiad wrth handlo achos pysgod Sid Finch, a gwarchae fflat Cledwyn Bagîtha, oedd y rheswm dros iddo gael ei ddewis i helpu'r CID ar un o'u hopyrêshiyns mwya intensif.

Ymchwiliad, a barodd am fisoedd, i mewn i 'gang' cyffuriau ar arfordir y gogledd oedd 'Operation Squarepants', ac roedd Pennylove wedi neidio am y cyfla i gael gneud chydig o 'blismona go iawn'. Chafodd o'm gymaint â hynny o brofiad 'yn y maes', chwaith – er iddo ddeall cyn dechra mai fel 'na fyddai petha gan fwya. Ond roedd unrhyw brofiad o weithio i'r CID yn mynd i fod o fudd iddo os oedd o am drio ymuno efo nhw'n llawn amser yn y dyfodol. Felly mi dreuliodd dros saith mis yn trio gneud argraff ar y 'big bois', tra'n gneud gwaith papur, ffeilio a ffonio, mynd i'r siop i nôl tships, a rhedag o gwmpas yn gyffredinol. Serch hynny, credai PC Pennylove eu bod wedi bod yn saith mis buddiol. Profiad ydi profiad, wedi'r cwbwl. Ac os na ddysgodd Pennylove lawer am ddal *villains*, o leia – erbyn i 'Operation Squarepants' ddod i ben, roedd o'n ffwc o foi am neud panad.

Er fod ei stint efo *plain clothes* yn fwy o Sweetex nag o Sweeney, mi gafodd Pennylove fynd allan i'r maes, efo ditectif go iawn, i neud ymholiadau ar ddau neu dri o achlysuron. Doedd o'n fawr mwy na rhyw fath o *glorified field secretary*, a deud y gwir, ond mi gafodd gyfnodau byr yn dilyn syspects hefyd – gwaith y teimlai Pennylove oedd yn ei siwtio i'r dim. Ac er na fu 'Operation Squarepants' mor llwyddiannus â hynny, roedd o'n gobeithio – ac yn credu – ei fod o wedi dangos fod ganddo'r *"ability, character, spirit and resolve to be a plain clothes detective in the Criminal Investigation Department,"* fel ddudodd DCI McDermott wrtho un bora – cyn egluro mai llaeth a tri siwgwr oedd o'n gymryd yn ei de.

Na, doedd 'Operation Squarepants' ddim yn llwyddiant ysgubol o bell ffordd. A doedd y saith mis a dreuliodd Pennylove yn siarad i lawr y ffôn efo clercod efo complecs, ac ysgrifenyddesau oedd yn gweddu fwy i'r Gestapo na'r Gwasanaethau Cymdeithasol, heb fod yn nefoedd o gwbwl. Ond roedd o fel treulio saith mis mewn hamoc, efo sangria a senoritas, o'i gymharu â bod ar *traffic duty* ganol nos, yng nghefn gwlad gogledd Meirionnydd, yn ista mewn car efo PC Elton Jones o Rhyl.

"So, how d'yer say 'Araff', propley, like? 'Araff', is it?" gofynnodd Elton – am y degfed tro mewn llai nag wythnos.

Anadlodd Pennylove yn ddwfn. *"'Araf'. The 'f' sounds like an English 'v', as in 'chav'."*

"Arav?"

"That's the one."

"Yeah, but it's a bit daft, innit?"

"What d'ya mean, 'it's a bit daft'?"

"They could jus' put 'arav' with a 'v' there, cou'n' they? Save on paint, like?"

"How's that, then, Elton?"

"Coz Welsh and English can know what it means. Y'know, I'm all for the lingo, like, yer know, the bilanguage business and all that... but when there's public money involved you've gorra have priorities aven'ya!"

"So rather than havin 'araf' and 'slow' painted on the roads, you'd 'ave just 'arav', with a 'v', like?"

"Exactly, mate!"

"So everyone can understand, like?"

"Yeh."

Ysgydwodd Pennylove ei ben mewn anobaith. Bu bron iddo ddeud wrth Elton am feddwl eto am ei ddatganiad hurt, ond penderfynodd mai gadael y berl honna'n hongian ar yr awyr fysa'r gora, am y tro. Sbiodd ar y cloc. Roedd hi'n ugian munud i un yn y bora. Awr dda arall, meddyliodd. Dim ond awr arall…

"I mean, I admire you for learning the lingo, like, Wynnie. But, like, for me, it's, like, well, a waste of time… And I don't mean to be dizzin the Welsh 'n tha' – worr I mean is, it's a waste o' time for me, like… And for Rhyl, like. Coz we all talk Scouse, really… de accent, like… Same with yous lot roun' Wrexham, innit? Yous sound Scouse to this lot roun' 'ere, don' yer? Eh?"

Roedd Pennylove yn gweddïo am i olau car ymddangos ar y gorwel, efo dim ond un hedlamp yn gweithio, ac yn swyrfio o ochor i ochor, er mwyn iddo gael ei sdopio fo. Unrhyw beth i roi taw ar y cachu diddiwadd oedd yn llifo allan o geg Duncestable Jones.

Roedd Pennylove yn casáu Elton Jones. Roedd o'n casáu popeth oedd o'n neud, a popeth oedd o'n ddeud, a hyd yn oed yn casáu'r acen – oedd bron yn fwy Sgows nag acen Rhyl – oedd o'n ei defnyddio wrth ei ddeud o. Roedd o'n casáu ei arfer o alw pawb yn 'sheriff', hefyd, ynghyd â'i agweddau cymdeithasol doji, a'i hoffter o *Police Camera Action*, *Life on Mars* a *Ready Steady Cook* – heb sôn am ei obsesiwn anghyffordus am Arnold Schwarzenegger, Pete Doherty – pyblic enemi nymbar wan i Elton Jones – a merchaid efo tinau ddwywaith rhy fawr i'w cyrff. Roedd o'n casáu ei chwerthin plentynnaidd, ei un brên-sèl anwybodus, ei liw oren, tan-ffug, a'i arferiad mynd-dan-groen o edrych ar ei hun yn y drych. Felly hefyd yr hogla *gel* gwallt a deodorant oedd yn ei ddilyn i bob man, a'i fwstásh 'ffelt tip' a barf gôti Twato di Conti, oedd byth i weld yn ffycin tyfu. Bob tro'r oedd Pennylove yn sbio ar Elton, roedd o'n cael yr un teimlad ag oedd o'n gael wrth wylio *boy band* ar y teledu – yr ysfa i roi ei ddwylo rownd ei wddw a gwasgu nes bod ei wyneb yn troi'n las. Roedd Pennylove yn casáu Elton Jones gymaint fel ei fod o wedi dechra cael breuddwydion erchyll – a dychrynllyd o bleserus – am saethu Elton yn ei ben, ar gwch ynghanol llyn o bysgod *piranha*. A dim ond ers mis oedd o'n ei nabod o.

"*Elton!*"

"*What, Wynnie, mate?*"

"*Have a chewing gum!*"

"*No ta, mate – I told yer, I'm allergic to 'em.*"

"*Yes, I know…*"

"*But, d'ye know worr I mean, though, Wynnie? Ye don't need Welsh to get on, do yer?*"

"*I didn't decide to learn Welsh cos 'I wanna gerr on', Elton. I learnt cos I wanted to learn it. Learning a second language is a good thing, innit…*"

"*Yerr, but why Welsh, like..?*"

"*Why not? It's our language, after all…*"

"*Is it fuck, mate! My language's English, mate…*"

Ochneidiodd Pennylove yn ddwfn. "*What I mean is, Elton, it's the language of Wales…*"

"*Ok, yeah, I'm with yer, sort of. But worr I mean is, like… Who d'yer know that's got a top job coz he's learned Welsh, like? Or who's gorra top job and speaks Welsh in that job?*"

"*I think you'll find that a lot of people use Welsh at the higher levels – some people even find that, once they've got that top job, that learning Welsh is one of the things that'll make that job easier, or more acceptable to the public – or that it's just the right thing to do, or whatever…*"

"*Naaaaah, mate! That's bollocks!*"

"It isn't bollocks, Elton!"

"Course irr is, Wynnie!"

"No it fuckin isn't, Elton!"

"Go on, then, name us one! Name someone who's done tha' – learnt Welsh cos it's better for their jobs?"

"There's fuckin loads... like... well, there's Brainstorm himself."

"Who?"

"The Boss, you fuckin' dick! The Chief Constable – Dickie Brainstorm! He's famous for learning Welsh."

"Yeah, yeah. But he's a fuckin' nutter, innee?"

Daeth gwawr golau car i sgubo drwy'r awyr yr ochor arall i'r bryn, o gyfeiriad Graig. Diolchodd Pennylove am y cyfla i newid y sgwrs. *"Houston, we have visual!"*

"Wha'?"

"Incoming! West. Don't think it's one of us. We're the only Traffic north of Traws – last I heard, anyway."

"Let's go then, Sheriff."

"Don't call me 'Sheriff'," medda Pennylove wrth estyn i danio'r car.

"Jus' messin'... Sheriff..." Chwerthodd Elton ei chwerthiniad plentynnaidd, 'hihihi' soprano, ac am y canfed tro mewn mis, daeth yr ysfa ddirdynnol i neidio ar Elton a'i guro i farwolaeth, dros Pennylove. 'Tasa ti ond yn gwbod pa mor lwcus wyt ti fod y ffycin car 'ma 'di ymddangos, y pric,' meddyliodd wrth afael yn y goriad...

"Bollocks! Where the fuckin' 'ell did that go?!" Diawliodd Pennylove – roedd y gola car wedi diflannu.

"Where did what go, Sheriff?"

≈ 7 ≈

MATAR O EILIADA'N UNIG oedd hi cyn i'r Dybyl-Bybyls ddechra difaru gofyn i Cledwyn am help. Roedd o wedi rifyrsio, heb oleuada, allan o'r fynwant i'r ffordd fawr, heb edrych lle'r oedd o'n mynd ac yn llawar iawn rhy gyflym. Ac ar ôl bacio allan i'r ffordd, gafodd o uffarn o job i gael y fan i sdopio – nid yn unig oherwydd y clytsh, ond hefyd am ei fod o, unwaith y cafodd y fan allan o gêr, yn anghofio cadw'i droed ar y brêc wrth drio crafu'r siarabang i ffyrst. Yn y cyfamsar roedd y siandri'n mynd am yn ôl, i lawr y rhiw heibio'r fynwant, yn gynt ac yn gynt, ac yn anelu am y pwt o wal cerrig sych oedd ar ochor y ffordd. Erbyn i Gwyndaf Dybyl-Bybyl weiddi, a waldio ochor y fan yn ddigon uchal i gael sylw Cledwyn, roedd hi'n rhy hwyr, ac ochor dreifar tin y fan wedi cwrdd â'r wal efo crynsh 'helô' fawr, a chwalu chydig o'r cerrig blêr oddi ar ei phen i'r ffordd. Erbyn cyrraedd ffordd gefn Cwm Derwyddon, hannar milltir ochor Dre i Graig, roedd y fan wedi colli'r goleuadau ôl a'r wing-mirryr, ochor dreifar.

"Ma' 'na *knack* i ddreifio'r fan 'ma, Gwyn," medda Cled unwaith eto, pan waeddodd Gwyndaf Dybyl-Bybyl am y degfad tro i adael iddo fo neu'i frawd ddreifio.

"*Knack* i'w ffwcin malu hi sgin ti, Cledwyn!" gwaeddodd Gwyndaf yn ôl. "Byw ne ffwcin ddim, 'da ni isio i Rhen Crad gyrradd adra mewn un ffwcin darn, Cled. Ti'n ffycin dallt?! Ne' fyddi ditha mewn ffycin darna 'fyd!"

Ond roedd Cledwyn wedi cael ail wynt yn ei hwylia. Roedd o wedi dod dros y ias sbŵci gafodd o wrth edrych i'r chwith, wrth danio'r fan yn y fynwant, a gweld arch – oedd ddim yn wag – o fewn modfeddi i'w wynab. Erbyn hyn roedd o'n byssian gymaint oherwydd gwallgofrwydd y sefyllfa fel ei fod o wedi dechra cael pylia gwallgo o chwerthin unwaith eto. "Twt twt, Gwyndaf! Ffydd sy isio! Ro i chydig o fiwsig mlaen, 'li – tshilio chdi allan…"

Estynnodd Cled drosodd am y glŷf-compartment, lle'r oedd o'n cofio fod 'na dapiau. Wrth iddo neud hynny, swyrfiodd y fan am y gwair.

"Thbia lle ti'n mynd!" sgrechiodd Gwynedd Dybyl-Bybyl.

"Wpth, thori!" medda Cled, yn dynwarad ei ffordd o siarad, wrth dynnu ar ddrws y cwpwrdd-yn-y-dash.

"Dim rŵan 'di'r amthar am thilineth, Bagîtha!" atebodd Gwynedd. O leia roedd ei sens-of-hiwmyr o 'di dod 'nôl.

Sylweddolodd Cledwyn nad oedd posib agor drws y glyf-compartment am fod y sêt i lawr yn ei erbyn, efo arch Caradog Dafis ar ei phen! Craciodd Cled i fyny! Roedd hyn yn hollol, hollol nyts!

"Be ti'n chwerthin ar?" gwaeddodd Gwyndaf Dybyl-Bybyl o'r cefn.

"Sori..." Estynnodd Cled am y radio, a'i throi hi mlaen. Llanwyd y fan efo Stevens yn canu am y 'Crymych Trip'. Ymunodd Cledwyn, ar dop ei lais, yn y gytgan. "Ieee! Yn y fro! Lawr yn y fro Gymraeg..!"

"Iesu Grist bach o Gogoffycingoch! Be ffwc o ti isio dod â'r cont gwirion yma efo ti, Wynff?" gwaeddodd Gwyndaf ar ei frawd. 'Wynff' a 'Wynff' oedd y ddau'n galw'i gilydd ers pan oeddan nhw'n blant – ffans mawr o *Teliffant* ersdalwm, mae'n debyg, a 'run o'r ddau isio bod yn Plwmsan. "Gyrru chdi i nôl y *fan* 'nes i!"

"Dwi 'di deutha ti unwath, Wynff! Cled oedd yn mynnu dod! Tshilia allan, frawd. Ma' Rhen Crad siŵr o fod yn chwerthin ei hun rŵan, wrth thbio i lawr...!"

Chwerthodd Gwynedd yn uchal, a mi welodd ei frawd yr ochor ddigri o'r diwadd, a chwerthin efo fo, wrth i'r fanana felan swingio a siglo rownd y corneli culion ar bump a chwe deg milltir yr awr – a'i dreifar yn chwerthin fel dyn gwallgo efo gordd mewn siop melons, tra'n morio canu'r 'Crymych Trip' efo Meic.

Ac wrth i ysbryd 'iahŵ' y gân codi hwyliau tri allan o bedwar o'r teithwyr yn y fan, chwalodd muriau galar y Dybyl-Bybyls wrth i emosiynau'r ddau ffrwydro'n ôl yn fyw. Chwerthodd y ddau fel na chwerthon nhw ers colli Rhen Crad.

≈ 8 ≈

GWELAI PENNYLOVE EI WYNEB yn glir. Roedd gàg am ei geg, mor dynn fel ei fod yn gwneud siâp rhif wyth o'i ben, a'i lygid dagreuol yn llydan efo dychryn, wrth iddo ddal blaen oer y gwn i ganol ei dalcen. Mae'n gwasgu'r trigyr, a mae cefn ei ben yn ffrwydro'n slwtsh coch a gwyn dros y llun o Arnold Schwarzenegger ar y wal tu ôl iddo.

Ond yn hytrach na saethu Elton yn ei ben, fel yn ei hoff ffantasi ddiweddaraf, mae llaw Pennylove yn gafael yng ngoriadau'r car heddlu, ac yn troi. O fewn eiliad neu ddwy, roedd y car yn saethu i lawr y ffordd am Graig. Doedd Pennylove ddim yn gwbod be oedd o'n mynd i neud – mi benderfynai pan gyrhaeddai – ond roedd rhaid iddo neud rwbath, achos roedd o ar fin gneud rwbath fyddai'n difaru am byth, i'w 'bartnar'. Doedd o'm yn gwbod be yn union, ond mi fydda fo'n gas, yn greulon ac yn dreisgar. Roedd Pennylove yn diolch i'r nefoedd nad oedd ganddo wn.

Pan ddaeth rownd y gornal i olwg Graig, daliodd fflach o olau car yng nghornel ei lygad chwith. Edrychodd. Fflach arall. Roedd 'na gar ar y ffordd gefn i Gwm Derwyddon. Roedd o'n werth mynd am dro i weld pwy oedd 'na, meddyliodd, i gael wastio chydig o amsar.

"Wyt ti wedi bod fyny Cwm Derwyddon, erioed Elton?"

"You wha'?"

"Ever seen the Valley of the Druids, Elton?"

"Erm, is that the Western with dinosaurs in it, Sheriff?... *Sheriff?"*

≈ 9 ≈

ROEDD HI 'DI TROI chwartar i un y bora yn y Trowt, ac roedd Tiwlip yn diolch i'r nef fod y rhan fwya o'r basdads meddw un ai'n rhoi'r faner wen yn yr awyr ac yn rowlio am adra, neu'n ffonio am dacsi i fyny am Nant-y-Fagddu.

Fydda Tiwlip ddim yn meindio mynd i fyny am Nant-y-Fagddu ei hun, deud y gwir. Roedd y Dybyl-Bybyls wedi deud fod 'na groeso iddo fo. Rhen Crad wedi cymryd at Tiwlip, medda nhw. Roedd Tiwlip yn licio Rhen Crad hefyd, a mi fysa swig iawn i ffarwelio efo fo yn mynd i lawr yn dda.

Roedd Tabitha yn ei annog i fynd fyny am ddrinc, hefyd. Roedd hynny'n synnu Tiwlip, achos fel arfar roedd hi'n lluchio woblars os oedd o jesd yn cael peint ar ôl amsar efo Ffranc Siop a Glyn Mynd-a-Dod, a rhai o'r regiwlars eraill, yn y snŷg yn y Trowt. Ond roedd o angan ymlacio, medda hi. A mi oedd hi'n iawn. Mi *oedd* Tiwlip angan brêc.

Yr unig broblam oedd cael pawb allan o'r dafarn cyn gyntad â phosib, ac er fod petha'n edrych yn addawol, roedd 'na arwyddion o gymhlethdodau i'w gweld yn hel o gwmpas Jac Bach y Gwalch a Tomi Shytyl. Heb sôn am Bibo Bach. A ffwcin Cimosapi.

"Ai went down in e byrning ring of ffaiyr, ai went down down down and ddy fflêms went haiyr..." Roedd Cimosapi'n dal i ganu cân Johnny Cash, oedd wedi sdicio yn ei ben ers iddo'i chanu ar y carioci'n gynharach. Un peth da ddaeth allan o'r carioci bob pythefnos oedd fod Cimosapi wedi dysgu cwpwl o ganeuon newydd, yn lle fod o'n canu'r un hen linell o'r un hen ffwcin pennill o 'I ba beth mae'r byd yn dod?' rownd y rîl. Er, roedd o'n dal i fod yn boen tin. "And ut byrns byrns byrns, ddy ring of ffaiyr..."

"*Come on, Kimosappey, off yow gow now, yow!*" gwaeddodd Tiwlip.

"Ia, cau dy ffwcin geg, Cimosapi'r ffwcin Mecsican ârs bandit uffarn!" medda Bibo Bach y Crinc, yn grinclyd i gyd yn ei gwrw stêl. "'Ring of Fire', o ffwc! Ti'n fwy fel Thing o'r Ffair!"

"*And yow, Beebawh!*" ychwanegodd Tiwlip. "*Try moving your feet as fast as your mouth!*"

"Ia, dos adra Bibo Bach, y iâr bantam," medda Cimosapi. "Cyn imi dy bluo di!"

"*C'mon gents, gow howme tow yow wives and familays! Some*

43

of yow'll bey back here in less than ten hours, yow piss artists. Yow know who yow are, not looking at anyone in particular, Jack Back Eeh Gwolk and Tommey Shitoo!"

Roedd Tiwlip wedi dysgu rhywfaint o Gymraeg yn y flwyddyn ddwytha. Digon i allu ynganu enwau selogion y Brithyll Brown chydig yn well nag oedd o pan gyrhaeddodd o yma. A digon i ddallt – wel, i gael mwy o syniad, beth bynnag – be oedd bobol yn ddeud amdano, neu i amau, o leiaf, os oedd rywun yn cymryd y piss. Doedd o ddim bellach yn *sitting duck* i gael ei swcro i ddeud petha fel 'Dwisio pidlan yn fy nhin i', gan feddwl ei fod o'n cyfieithu i 'Cysga'n dawel heno', beth bynnag.

"Ia, ty'd 'laen y 'Gwolc'!" medda Tomi Shytyl. Roedd ynganiad Tiwlip o enw'r Gwalch wedi ticlo Tomi ers amsar, ac roedd o'n benderfynol o roi lle cadarn i'r 'enw' newydd yn chwedloniaeth y dafarn.

"Ffyc off, Shitw!" oedd atab y Gwalch, oedd yr un mor benderfynol o roi troedle sefydlog i 'enw' newydd Tomi.

Roedd y Gwalch yn siarad efo Dilwyn Lldi, cocyn bach diniwad ond dwl-al, yn ei ugeiniau cynnar, oedd yn cael traffarth ers yn blentyn efo'r llythrennau 'll' a 'ch'. Roedd Jac yn sgwrsio efo Dilwyn am fod y ffordd oedd o'n siarad yn gneud iddo fo chwerthin, a hefyd am fod Dilwyn wedi bod draw yn nhŷ Jac yn gynharach yn y dydd, yn setio fyny ei Tascam Home Cinema System "sî and syrownd" iddo fo. Er fod Dilwyn Lldi yn cymysgu ei ch's a'i ll's, roedd o'n un da efo weiars a letrig.

Roedd Jac wedi prynu'r systam gan Cledwyn. Gwerth tair mil a hannar o deledu fflat, DVD, stereo a chwech o sbîcyrs i fynd rownd y stafall, am dri chan punt. "Cant a hannar ŵan, cant a hannar wsos nesa – a cont wyt ti, Cledwyn Bagîtha!"

Doedd Cled heb ddeud o le ddaeth y stwff, wrth gwrs, ond roedd pob dim yn newydd sbon, yn ei focs, a mor 'boeth' fel bod sbarcs yn fflio oddi arnyn nhw. *"Tascam by name, 'tasgu' by nature,"* medda Cled. Dim cwestiyna, dim celwydda, dim problem – heblaw nad oedd 'na unstrycshions yn y bocs. Doedd Cled a Jac yn dallt dim ar y petha. Ond mi oedd Dilwyn Lldi.

"Ti'n siŵr fod ti 'di rhoi goriad tŷ yn ôl dan y potyn?" gofynnodd Jac i Dilwyn am y degfad tro. Y cwbwl oedd Jac wedi'i neud, pan ddaeth Dilwyn draw i'r tŷ, oedd dangos lle oedd pob dim, deud lle oedd o isio nhw, wedyn bygro i ffwrdd yn ôl i'r pyb.

"Do, Jac. Dan y potyn glas wrth y giât…"

"Be haru ti'r diawl gwirion!" diawliodd Jac yn syth. "Dim o dan hwnnw, ffor ffyc's sêcs! Dan y potyn llechan wrth drws cefn ddudas i! Ma' ffwcin plant y pentra'n symud yr un glas bob ffwcin dydd! Ffycin…"

"Jac! Cwlia lawr! Tynnu dy goes di 'dw i. Yn cefn rois i o."

"Basdad!" medda'r Gwalch. "Paid â deud petha fel 'na, hogyn! Ddigon am 'y nghalon i!"

"Sdopia ffwcin ofyn bob munud 'ta! Che ma'n ffwcing nghwrw fi, eniwe?"

"Pa gwrw?"

"Ffiw peints, ddudasd di, ynde? Am neud y ffwcin job i lldi! Goro bod yn werth pump peint, fechy, dydi?"

"Pump peint, y cont?!"

"Fuas i yno am ddwy awr, y ffycar teit!"

"Ffac off, efo dy ddwy awr!"

"Ges i ffwc o draffath…"

"Efo ffwcin be?"

"Gweithio petha achan…"

"Do ffwc!"

"Setio nhw fyny…"

"O ia!"

"Ia! Rhedag cêbyls sbîcyrs…"

"Bôls!"

"Gosod petha fel bo' nw'n cyrradd socets…"

"Bôls!"

"A symud ffwcin dodrafn!!" Roedd Jac wedi gaddo gneud hynny ei hun, yn barod, ond doedd yr hen alc heb foddran.

"'Di hynny'm yn cymyd llawar, nacdi?"

"Ffacin hel, yndi! Enwedig pan ti'n goro'u symud nhw ddeg o ffwcin weithia, fel ti'n mynd yn dy flaen… A mi gymodd oesoedd i ga'l y ffwcin stwff achan o'r ffwcin bocs!"

"Eh? Paid â ffwcin rwdlan!"

"Ti 'di gweld y chanast sy'n dy *wheelie bin* di? Digon o bolysteirin a bagia plastig i gadw Parcelforce mewn *packing* am flwyddyn!"

"Ia, ia!"

"Pump peint!"

"Nefar!"

"Ty'd laen, Jac Ball y Gwal-ll!"

"Gei di ddau!"

"Dau?! Ffacinel, swn i'm yn plygio'r teli mewn am ddau beint!"

"Têc ut or lîf ut!"

"'Im ffîars o beryg, Jac! Pump ffwcin peint, ne' dwi'n mynd 'nôl 'na i dynnu pob dim achan!"

"G'na di hynna, a fydd o'r peth ola i ti dynnu allan o ffwcin nunlla, heb sôn am roi ffyc ôl i mewn!"

Chwerthodd Dilwyn Lldi. Roedd hi'n hawdd weindio'r Gwalch i fyny. Ond dim mor hawdd cael pres allan o'r cont, chwaith.

"Pedwar 'ta, Jac!"

"Pedwar ffwcin be, 'wan?"

"Peint, y diawl!"

"Dwi 'di deud 'tha ti. Gei di ddau beint a dyna hi!"

"Tri!"

"*Done!*"

Cont oedd Jac Bach y Gwalch. Ond roedd Dilwyn Lldi'n hapus efo tri peint. Fuodd o'm wrthi fawr mwy nag ugian munud.

"Gyma i un ŵan, Jac!"

"Ma'i 'di cau!"

"*Carry-outs!* Tair potal o Grolsch!"

"Ffyc off! Ma' rheina'n costio fwy na peint!"

"Ceinioga, Jac! Ffacinel, 'sna'm rhyfadd fo' ti'm isio gneud ffyc ôl dy hun – ti'n rhy fîn i gochi dafn o llwŷs, y cont!"

"Cochi be?"

"Paid â throi'r stori! Ty'd! Tair potal o Grolsch!"

"Gei di dy gwrw ar ôl i fi weld fod pob dim yn gweithio!"

"Ond mae o! 'Nes i jecio fo cyn mynd…"

"Ia, ond *dwi'm* yn gwbod hynny, nacdw?"

"Be, ti'm yn trystio fi ŵan?"

"Nacdw!"

"Cont clwyddog! Trystio fi'n iawn efo goriad dy dŷ, dwyt?!"
Ysgydwodd Dilwyn Lldi ei ben mewn anobaith llwyr. Doedd 'na'm hôps mul o gael dim byd allan o Jac heno, roedd hynny'n amlwg.

"Nacdw ddim – matar o raid oedd hynny. *Risk assessment*, er mwyn cael y job wedi'i neud. Os oes 'na rwbath ar goll o'r tŷ 'na, dwi'n gwbo' lle ti'n byw!"

"Ffyc! Be sy 'na i ddwyn, Jac? Tynia bwyd ci, a bin o hôm brŵ!"

"Sut ti'n gwbod hynny'r cont bach?"

"Yyym…" Roedd Dilwyn wedi rhoi ei droed ynddi. Roedd o wedi bod drwy'r tŷ i gyd, am fusnesiad bach. "… O'dd raid i fi llwilio am sgriwdreifar…"

"O, ia?"

"Ia, allos roedd 'na sgriws a petha yn y stand ddoth efo'r teli…"

"O ia?"

"Ia. Dipyn o gontract, deu' gwir. Ond do'n i'm dau galliad yn syssio fo achan, llwaith," medda Dilwyn, a'i lygid scync-a-Stella'n sbinio yn ei ben, wrth i'w frên o drio tyllu'i ffordd allan o dwll.

"A ma'n iawn 'ŵan?"

"Yndi, hyndryd pyrsént!"

"Neith y teli ddim disgyn lawr ar 'y mhen i, na dim byd gwirion fel 'na, na?" Roedd y Gwalch yn mwynhau ei hun rŵan.

"Na, Jac. No wê. Solid, mêt!"

"A'r sbîcyrs? Y *see and surround*?"

"*Surround sound*."

"Sut?"

"Dyna ma' nw'n galw fo, Jac. Syrownd sownd, sdi."

"Synsi be?"

"Ia, 'na lldi, Jac – Sensimilia Sownd!" Roedd Dilwyn wedi gweld ei gyfla i gael hwyl am ben y Gwalch.

"Be ti'n feddwl ydwi – idiot?!" atebodd y Gwalch yn syth, heb lyncu'r bachyn. "Shampŵ 'di Sensimilia, siŵr!"

Chwerthodd Dilwyn Lldi, a cerddad am y drws. Doedd 'na'm pwynt aros i haslo mwy. "Wela i di fory, Jac. A cofia beidio marw cyn ti brynu'r cwrw 'na i fi, y cont mîn!"

"Paid ti â poeni'r ffycar! Fydda i'n tsiecio bob dim heno, ac os – *os* – fydd pob dim yn iawn, fydd 'na ddau beint i mewn tu ôl y bar i chdi."

"'Na fo, 'ta. Nos da, Jac!" Gwenodd Dilwyn Lldi, a chamu drwy'r drws am y stryd. Daeth yn ei ôl mewn dwy eiliad, a rhoi ei ben rownd drws y bar. "*Tri* ffwcin peint, y ffycar slei!"

"Cont!" gwaeddodd y Gwalch ar ei ôl, a pwffian chwerthin iddo'i hun. Roedd o wrth ei fodd efo'r crac.

"Pwy ti'n alw'n gont, y cont?" dechreuodd Bibo Bach wrth roi ei gap ar ei ben. Roedd o 'di cael un newydd, ar ôl i dyllau'r un dwytha ymuno efo'i gilydd mewn un ymdrech ddewr i gael dianc, o'r diwadd, i nefoedd mawr y capiau yn yr awyr. Un gwyrdd oedd y cap newydd.

"Hei-hooo!" canodd Jac Bach y Gwalch ei atab – roedd 'na fwy o grac i'w gael, ac roedd cymharu Bibo Bach i un o'r Saith Corrach yn ffordd dda o'i gael o. Ond roedd o hefyd yn ffordd dda o gau ceg Bibo, a aeth allan drwy'r drws ar ôl Dilwyn Lldi, a'i fys canol yn yr awyr tu ôl iddo.

Daeth Bic a Drwgi at y bar, yn chwilio am gari-owts. Roedd Tiwlip am drio gwrthod – gan mai trio gwrthod oedd yr unig ffordd oedd ganddo o fynegi'r ychydig o awdurdod oedd ganddo ar ôl yn ei dafarn ei hun – ond sylweddolodd y byddai pobol yn bygro i ffwrdd i'r parti'n llawar cynt tasa ganddyn nhw gwrw i fynd efo nhw. Cyn iddo ddeud dim byd, fodd bynnag, neidiodd Tabitha i mewn o'i flaen, yn annaturiol o siriol a pharod ei gwasanaeth. "What d'ya want, boys?" medda hi.

"Something wet, comes in bottles," medda Drwgi, efo gwynab syth oedd ddim yn gweddu i'w lygid animeiddiedig.

"Mmm, I'm sure I could manage that," medda hi, a wincio ar Bic cyn mynd draw at y poteli Grolsch.

"Be ffwc oedd hynna i gyd amdan?" medda Drwgi wrth Bic.

"Ffyc nows, Drwgi. Ma'i off 'i phen, man."

"'Sa hi'n gneud sgŵd, Bic..." medda Drwgi wedyn, wrth sbio ar Tabitha'n plygu lawr i'r ffrij isa, lle oedd y lagyrs. Roedd hi'n gneud ati i gadw'i choesa'n syth a'i thin yn yr awyr, ac roedd ei jîns tyn a'i ffyc-mi-bŵts sodla uchal yn gneud y tric yn berffaith. Trodd rownd i sbio ar yr hogia, a fflachio gwên felyn-ddu, gam, arnyn nhw.

"...'Sa hi'n cadw'i cheg ar gau, 'lly," ychwanegodd Drwgi.

Daeth y genod drwodd o'r ardd, a Sbanish efo nhw. Roedd o'n hongian, yn ôl siâp ei gorff, ond yn llawn o sliwod letrig yn ôl ei lygid. "Ffwcio poteli! Gawn ni grêt o Stella rhyngthon ni. Ffeifar yr un, 'igon da!"

"Lle ma' Gai Ows?" gofynnodd Bic.

"Dio'm yn dod efo chi," medda Sian Wyn. "Mynd adra, medda fo."

"I be?" Roedd Bic yn gobsmacd.

"At 'i ddynas, medda fo. Fel pob dyn da!" ychwanegodd Jenny Fach.

"Dwi'n cymyd bo' chi'm yn dod efo ni, 'lly, genod?"medda Drwgi.

"Ffyc! Sbia arna ni'n dwy, Drwgi!" medda Sian, gan afael rownd canol Jenny Fach, i'r ddwy o'nyn nhw gael sefyll yno fel dwy big bêl. "Diw i bopio unrhyw funud! Os 'da ni'n mynd i rwla, 'da ni'n mynd i rwla efo dŵr poeth a lot o dywelion, boi!"

"Felly cofia gadw dy ffôn ymlaen, Bic!" siarsiodd Jenny. "Os ti'n methu hwn yn dod i'r byd 'ma, fyddi di'n mynd i'r byd nesa heb dy goc!"

Roedd Bic wedi methu genedigaeth tri o'i bedwar o blant. Methodd un Seren, ei blentyn hyna, pan oedd o'n jêl, chydig dros un deg naw o flynyddoedd yn ôl, ac ar ôl gweld Steff yn cael ei eni ym mathrwm eu tŷ ym Mryn Derwydd ddwy flynadd yn ddiweddarach, methodd enedigaeth Liam, flwyddyn ar ôl hynny, am ei fod o'n yr ysbyty'n cael ei bendics allan. Doedd ganddo'm llawar o help am hynny, ond blerwch llwyr oedd yn gyfrifol am fethu geni 'Sweep'. Mi *oedd* Bic yn yr ysbyty yn Nolgella, efo Jen, yn gafal yn ei llaw – tra'n helpu'i hun i'r *gas and air* – ond mi lwyddodd i fethu'r geni am ei fod o wedi piciad lawr i'r Cross Keys i brynu baco, a llyncu peint sydyn yr un pryd. Y midweiff oedd y bai, yn ôl Bic – roedd hi wedi deud y bydda hi'n tua awr arall cyn i Jen bopio. Ond hyd yn oed petai hynny'n wir, doedd o'n newid dim ar y ffaith fod Jenny Fach wedi cario'r babi am naw mis, heb sôn am fynd drwy boen arteithiol wrth ei eni fo, tra bod Bic yn methu mynd am awr heb ffag a peint.

"Gei di basio'r negas yna mlaen i Cledwyn, 'fyd!" ychwanegodd Sian, wrth ddiflannu drwy'r drws efo'r genod eraill. "Dim dod i'r 'sbyty – dim coc!"

"Tiwlip?" gwaeddodd Sbanish, ar ôl dwy neu dair o eiliadau o dawelwch. *"Is there a taxi coming?"*

"Elvis is busy, Trev – fifteen minutes, Jenny – no answer, and Mawnog's fully booked," riportiodd Tiwlip o du ôl y bar.

"Why don't you drive up, babe?" medda Tabitha mwya sydyn, mewn rhyw lais nadreddog. *"You can give the lads a lift – you haven't been drinking."*

"Bloodey 'ell, Tabs! You trying to get rid of me tonight, or what?" Roedd Tiwlip yn syfrdan.

"Whatever gave you that idea?" medda'i wraig, cyn plannu clamp o sws fawr wlyb ar ei foch. *"I just want you to have fun!"*

꞊ 10 ꞊

GWYNDAF DYBYL-BYBYL WELODD O gynta, drwy ffenast ôl y fan. Gola car, yn dod ar wib o gyfeiriad Dre, ac yn troi am ffordd Cwm Derwyddon, rhyw filltir tu ôl iddyn nhw. Cops!

"Bydd raid i ti droi fyny i'r dde yn munud, Cled. Fyny am gapal Sid Finch…"

"Capal pwy?"

"Ramoth. Ma' Sid Finch 'di'i brynu fo…"

"I be?"

"Holiday flats, neu rwbath… Tro fan hyn!"

Brêciodd Cled yn galad, a tynnodd y fan yn siarp i'r dde. Hitiodd y gwair ar ochor y ffordd, a bownsio, cyn glanio 'nôl ar y tarmac, wedi methu'r troiad. Pwmpiodd Cled y clytsh, a crafu'r fan i rifŷrs.

"Brysia, Cled. Ma'n dod yn nes!" medda Gwyndaf, yn adrodd o'r ffenast gefn. Neidiodd y fan am yn ôl, a stopio efo hergwd arall. Crafodd Cledwyn eto, ac i mewn a hi i ffÿrst, a sgrialu i fyny'r ffordd fach, gulach fyth, oedd yn arwain i lawr dros bont afon Dryw, ac i fyny heibio'r capal am Glasgwm, ac ochor arall y cwm.

"Ma' 'na ffordd fforethtri ar y chwith, jethd ar ôl y capal," medda Gwynedd Dybyl-Bybyl. "Dwi'n meddwl fod y giât yn 'gorad. Fyddan ni ar ffordd breifat wedyn. Allan nhw neud ffyc ôl."

"Honna sy'n dod 'nôl i'r ffordd ucha jesd o dan lle chi?" gofynnodd Cled, yn trio cadw'i hun rhag mwynhau'r antur yn ormodol. Roedd y sefyllfa'n rhy 'critical' i adael i'r asid gymryd rheolaeth o'i weithredoedd greddfol. Ond roedd hi'n anodd – roedd Stevens yn dal i ganu 'yn y fro, lawr yn y fro Gymraeg'.

"Na, ma' hi'n dod 'nôl i ffordd Glasgwm gynta," medda

Gwyndaf. "Dim hon – ond y ffordd i Glasgwm o'r Ffordd Ucha."

"O ia! Ma' honno'n ffordd breifat, 'fyd, yn dyri?"

"Yndi," medda Gwynedd. "'Ma fo'r capal ar y dde, yli. Cer yn dy flaen chydig bach… Dal i fynd… Fa'ma…"

Trodd Cled y fan i'r chwith, i entrans y ffordd fforestri. O'u blaenau, rhyw dri deg llath i fewn i'r coed, a phadloc a tsiaen yn sgleinio yng ngolau'r fan, roedd giât fawr bren.

"Shit! Faint o amsar sy gennan ni, Gwyn?" gwaeddodd Cledwyn i'r cefn, wedi stopio'r fan am eiliad.

"Ma 'di troi am ffor 'ma!" atebodd Gwyndaf. Roedd gwawr gola'r car yn newid cyfeiriad rhyw chwartar milltir tu ôl iddyn nhw.

"Ffyc! Thgin ti fwrthwl neu 'wbath yn y fan 'ma?" gwaeddodd Gwynedd, yn meddwl am falu'r padloc.

"Sgenan ni'm amsar!" gwaeddodd Cled yn ôl, wrth roi goleuada'r fan i ffwrdd, a'i slamio hi i ffŷrst. "Fydd o yma mewn cachiad! Daliwch yn dynn, hogia!"

Sgrialodd y fan yn ei blaen ar y ffordd fforestri, yn sgrechian wrth i Cled sgipio second a'i waldio i mewn i thŷrd – a drwy lwc mi aeth i mewn heb grafu, a heb i'r injan golli rèfs. Sylweddolodd y Dybyl-Bybyls, ar yr union yr un adag â'i gilydd, be oedd Cled yn bwriadu ei neud. Ac wrth i hwnnw – a Meic Stevens – weiddi canu 'lawr yn y fro Gymraeg', gwelodd y ddau efaill, yng ngolau'r lleuad, y giât fawr bren yn brasgamu tuag atyn nhw drwy'r gwyll, ar bedwar deg milltir yr awr. A phan oeddan nhw o fewn troedfeddi iddi, a'r fan yn dal i godi sbîd, gwaeddodd y ddau efaill yn union yr un peth â'i gilydd, ar yr union run amsar. "GIAAAAAAAAAT!!!"

≈ 11 ≈

"Tɪ'ɴ sɪŵʀ ꜰᴏ' ᴛɪ ddim am ddod draw, Tomi?" gofynnodd Jac Bach y Gwalch i'w fêt, am tua'r degfad tro ers gadael y Trowt. Roedd y ddau o'nyn nhw wrth giât gardd tŷ Jac, a hitha'n siŵr o fod yn tynnu at un o'r gloch y bora. Er hynny, roedd hi'n rhy gynnar o beth uffarn i ddau hen danciwr fel Jac a Tomi Shytyl stopio yfad. Ond doedd Tomi ddim am ddod draw, serch hynny, ac roedd Jac Bach y Gwalch yn methu dallt pam.

"Na," medda Tomi'n benderfynol.

"Ty'd y diawl!"

"Na, Jac! Edrai ddim heno!"

"Llond bin o hôm brŵ! Blŵ mŵfi! Systam newydd – *see and surround* a bob dim…"

"Na, Jac! Dwi 'di deud 'tha ti ugian o blydi weithia'n barod, y diawl!"

"Pam?" mynnodd Jac, yn siort.

"Fel o'n i'n deud funud yn ôl – a rhyw funud cyn hynny, a munud cyn hynny 'fyd – dduda i 'tha ti fory!"

"Deutha fi 'ŵan!"

"Na 'naf, Jac!"

"Pam?"

"Fedra i ddim!"

"Pam?"

"Dwi 'di deud…"

"Pam?"

"Jac…!"

"Ty'd!"

"Na 'naf!"

"Tomi!"

"Ffyc off, Jac Bach…"

"Pam?" Roedd Jac yn gneud ati rŵan. Roedd o wedi trio'i ora ers gadael drws y Trowt, ac roedd o'n gwbod ei fod o 'di colli. Doedd neb yn nabod Tomi Shytyl cystal â Jac Bach y Gwalch, ac os oedd Tomi wedi penderfynu rwbath, dyna hi. Basdad penstiff oedd Tomi Shytyl. Bron mor benstiff â Jac ei hun.

Ond, fel un o herwyr Rhys Gethin wedi rhyfel Glyndŵr

ganrifoedd yn ôl, doedd Jac Bach y Gwalch ddim yn un am roi mewn, ac ar ôl colli'r frwydr dyngedfennol roedd o'n benderfynol o gynnal ymgyrch *guerilla* o sabotâj meddyliol. Bod yn boen tin, mewn geiria plaen.

Roedd gan Jac bwynt, wrth gwrs. Roedd y ddau'n ffrindia penna ers trigain mlynadd, ac roeddan nhw wedi bod yn yfad efo'i gilydd, bron bob nos, am dros hannar cant o'r rheiny. A doedd hi ddim fel Tomi i wrthod dod i dŷ Jac, ar unrhyw adeg o'r dydd, heb sôn am ar ôl last ordyrs, a tŷ Jac yn llawn o hôm brŵ.

Na, doedd hyn ddim yn naturiol o gwbwl. Dyna pam fod Jac wedi bod yn haslo gymaint, er ei fod o'n gwbod ei fod o'n mynd i nunlla o ran newid meddwl Tomi. Y mwya o haslo fydda fo'n neud, y mwya o weithia fydda Tomi'n cael ei demtio i ddeud *pam* nad oedd o'n dod draw, 'mond er mwyn cau ei geg o. Roedd y Gwalch yn gwbod yn iawn fod gan Tomi rwbath i fyny'i lawas. Ac erbyn cyrraedd giât yr ardd – Nymbar Thrî, Bryn Derwydd – roedd Jac wedi gweithio allan be.

"Mynd i ffwcio Moelwen Prŵns wyt ti, ynde, y ffycar budur!"

"Pwy?" medda Tomi, yn swnio'n annaturiol o ddiniwad, ac yn rhoi'r gêm i ffwrdd efo'r atab gwiriona bosib.

"O'n i'n gwbod!" chwerthodd y Gwalch. "'Sgin ti'm cwilidd, y mochyn!"

"Be ffwc ti'n falu cachu am, Jac Bach?"

"Ty' laen! Ti'n ffwcio Moelwen Prŵns! Cyfadda'r cont!"

"Gwranda'r ffwci..."

"Ti 'di cal dy weld, eniwe!"

"Pryd?"

"'Na fo, 'li! Ti 'di bod 'na'n do!"

"Fuas i'n torri gwair un dwrnod..."

"Haharrr! A 'nas di'm deud dim byd wrtha fi, naddo? Pam? Ah? Isio'i gadw fo'n sîcret yn do'chd? A pam hynny, sgwn i? Am dy fod ti'n gneud mwy na torri gwair...!"

"Bolycs, Jac!"

"Waeth ti heb â gwadu, Tomi boi! Edri di guddio dim o'tha fi, sdi! Ti 'di bo'n trin gardd Moelwen Prŵns – a dwi'm yn sôn am yr un tu allan ei thŷ hi!"

"Shshsh! Paid â ffycin gweiddi, Jac!"

"Be? Sgin ti gwilydd? 'Sa gen inna 'fyd, myn diawl! Dyn yn dy oed a d'amsar!"

"Gwranda'r contyn! Rhaid i ddyn ga'l ei wagiad – does 'na'm pwynt chwythu ffiws tra ma'r tacyl dal mewn iws!"

"Pwy ffwc ti'n feddwl wyt ti, Peter Stringfellow?"

"Ti ar dir peryg ŵan, gyfaill!"

Chwerthodd y Gwalch. "Sbia arna chdi! Hi hi! 'Ti ar dir peryg ŵan'! Hi hi hiiii…"

"Paid ti â deud ffyc ôl wrth neb! Fiw i Medwen ac Alis gael clwad!"

Chwerthodd Jac dros y lle. "Be sy, Tomi bach? Ti'm yn meddwl y byddan nw'n hapus i glywad fod 'u tad yn dal i gael secs budur yn oed yr addewid? Hi-hi!"

"Oed yr addewid, y diawl digwilydd!"

"Sobor o beth!"

"Be, yn union?"

"Cadw petha odd' wrth dy deulu dy hun!"

"A fel 'na dwi isio i betha fod, Jac, dallta!"

"Hi-hiiiiii! Dduda i'm byd, siŵr – ond gostith o beint i ti, bob nos!"

"Dos i ffwcio!"

"Moelwen Prŵns!" twt-twtiodd Jac.

"Cau hi!"

"Hannar dy blydi oed di 'fyd!"

"Deng mlynadd yn iau, yr uffarn digwilydd! Diforsî – ffêr gêm!"

"O – ma' hi'n gêm, ma hynna'n saff!"

"'Dwi'n mynd, Jac," medda Tomi, a dechra cerddad i ffwrdd, tuag yn ôl. Roedd rhaid iddo ddianc, ne fydda'r stryd i gyd yn clywad bob gair. 'Jelys wyt ti, eniwe – ti'n goro ca'l wanc, os ti'n ddigon lwcus i ga'l codiad…"

"Jelys? Ffyc mî pinc, Tomi! 'Swn i'm yn twtsiad honna 'fo coc fenthyg. Ma'i 'di bod drwy hannar y sir! 'Sa gena i'm stumog, eniwe. Siŵr bo'i fel bod yn gwely efo sandpêpyr, yr holl wrincyls 'na sy arni!"

"Jac!"

"Be?"

"Ffyc off!" Trodd Tomi am adra.

Chwerthodd Jac eto. "Hei Tomi!" gwaeddodd, wedyn. "Ti'n mynd ffor' rong!"

Roedd Tomi'n mynd i gyfeiriad ei dŷ ei hun, er mwyn trio cadw chydig bach o urddas tasa rhywun yn gwatsiad yn ffenast ar ôl clywad y comôsiwn. Daliodd i fynd, a dau fys yn yr awyr tu ôl iddo. "Cont w't ti, Jac Bach y Gwalch!" gwaeddodd, ar ôl cyrraedd gornal stryd.

"Hei Tomi!" gwaeddodd Jac yn ôl. "Cofia fynd â haearn smwddio efo chdi!"

꞊ 12 ꞊

ROEDD PENNYLOVE YN SIŴR mai i gapal Ramoth oedd y cerbyd wedi mynd. Ond roedd Elton yn bendant mai yn ei flaen i lawr i Glasgwm aeth o. Roedd yn gas gan Pennylove feddwl am brofi Elton yn iawn, ond gan nad oedd 'na gar i'w weld wrth y capal, i lawr am Glasgwm oedd rhaid mynd. Ond roedd giât Glasgwm wedi cau, a tsiaen a phadloc mawr trwm arni. A doedd 'na'm sôn am gar yn nunlla.

"*Bastard!*" gwaeddodd PC Elton Jones, oedd wedi edrych ymlaen am chydig o 'action'. "*It's disappeared!*"

Ysgydwodd Pennylove ei ben. Roedd yn casáu bobol yn datgan

pethau oedd yn hollol amlwg.

"*That's well weird, Sheriff! We both saw it come down here!*"

"*No, Elton, we didn't! You did!*"

Hen blasdy oedd Glasgwm. Doedd o'm yn fawr ofnadwy, ond roedd 'na seis da arno. Roedd o'n hŷn na phlasdai'r hen berchnogion chwareli oedd i'w gweld o gwmpas yr ardal. Roedd Glasgwm yn dyddio'n ôl i oes yr hen uchelwyr Cymreig. Tŷ ha oedd o bellach, fodd bynnag, ac uchelwyr Seisnig oedd bia fo. Doeddan nhw'u hunain ddim yno'n amal, ond mi oedd 'na bobol yn aros yno mwy neu lai drwy'r tymor, fel arfar. Ymwelwyr – ffrindia'r perchnogion, gan fwya. Jet-setars Llundan a ballu – twrneiod, ecseciwtifs, cerddorion enwog – hei-ffleiars oedd a'u hincwm yn dechra ar hannar miliwn y flwyddyn, mae'n debyg. Doeddan nhw ddim yn dŵrists normal, beth bynnag, achos doeddan nhw byth i'w gweld yn mynd i nunlla lawar o gwmpas yr ardal. Tueddu i aros yn Glasgwm oeddan nhw, allan o'r ffordd, yn gneud ffyc ôl ond yfad siampên, snortio cocên, a chwara crôce ar y lawnt. Ac os oedd rhywun isio treulio wythnos yn gneud dim byd ond yfad siampên a rowlio peli o gwmpas yr ardd, Glasgwm oedd y lle.

Roedd Pennylove ac Elton wedi dod at y plas o'r ochor anghywir. O gyfeiriad Fford Ucha Cwm Derwyddon – y fordd fach âi i fyny ochor deheuol y cwm – oedd y perchnogion a'u gwesteion yn mynd i Glasgwm. Er mai o ochr arall Graig – ar y fordd fawr i gyfeiriad Traws, nid y fordd am Dre – oedd y Fford Ucha'n dod, roedd hi'n llawer hwylusach oherwydd fod y fordd breifat a arweiniai ohoni i lawr at y plas, yn lletach, ac yn arwain at y gerddi a'r drws ffrynt. At yr adeiladau gweigion yng nghefn y plas, lle nad oedd lle i barcio, na gardd ysblennydd, oedd y fordd o gyfeiriad capal Ramoth yn arwain.

Aeth Pennylove allan o'r car am eiliad, efo tortsh, i neud yn siŵr fod y padloc ar y giât wedi cloi. Mi oedd o. Fflachiodd olau'r lamp draw dros yr adeiladau mud. Doedd 'na'm cerbyd o fath yn y byd i'w weld yn unlla yr ochor yma i'r plas. Neidiodd 'nôl mewn i'r car, anwybyddu cwestiynau Elton, a rifyrsio'r chwartar milltir yn ôl i fyny'r fordd at gapal Ramoth. Stopiodd o flaen y capal, a throi'r car heddlu i wynebu'r adeilad, gan adael i'w lampau oleuo'r blaen i gyd. Neidiodd allan eto, a'r tro yma daeth Elton allan ar ei ôl. *"What's cooking, Sheriff?"*

Anwybyddodd Pennylove ei bardnar. Cerddodd drwy giât y capal, heibio i doman dywod, micsar sment a loc-yp adeiladwyr. Triodd y drws ym mhorth y capal. Roedd o wedi cloi. Edrychodd fyny at y garreg enw, yn uchel ar y wal uwchben, gan ddal golau'i dortsh arni – mwy fel pointar na dim arall, gan fod golau'r car yn ei goleuo fel oedd hi. 'Ramoth M.C. 1873'.

"Wow, that's old, Wynnie!" medda Elton, tu ôl iddo. *"Eighteen seventy-three! Funny name, though, eh? 'Raymoth'!"*

Unwaith eto, anwybyddodd Pennylove ei bardnar. Camodd at ffenast y capal a goleuo'r tu mewn efo'i dortsh. O be welai, roedd cryn waith adnewyddu wedi bod yn mynd ymlaen. Gwelai ryw fath o risiau pren, crand, yn troelli am y galeri, a be oedd yn edrych fel sinc a thapiau dŵr yn sgleinio yn yr hynny o olau oedd yn treiddio i mewn o'r car a'r fflachlamp.

Clywodd y radio yn y car yn galw amdanyn nhw. Gwaeddodd dros ei ysgwydd ar y ffyc-wit tu ôl iddo. *"Fancy answering that, Elton?"*

"Yes, Sheriff!" medda Elton, oedd yn dechra gneud pwynt pwrpasol o fynd dan groen ei gyd-heddwas. Aeth Pennylove yn ei flaen rownd talcen y capal, heibio toman o flocs concrit a cerrig wedi eu naddu'n daclus, a dod at estyniad mawr, newydd sbon ar ochor y capal. Doedd dim cymaint o olau yma gan nad oedd gola'r car yn ei gyrraedd, ond o be welai Pennylove ym mhelydrau ei dortsh, roedd o'n estyniad ffansi, efo ffenestri 'run siâp â rhai'r capal, a gwaith cerrig i fatshio hefyd. A mi oedd o'n fwy na'r capal ei hun – er nad oedd hwnnw'n gapal mor fawr â hynny. Fflachiodd ei lamp draw at y fynedfa. Doedd 'na'm drws yno eto. Meddyliodd am fynd i mewn i fusnesu, ond penderfynodd beidio. Aeth yn ei ôl am y ffrynt.

Roedd Elton yn piso wrth y giât. *"What's that mean, Wynnie – 'M.C.'? Do yer know?"*

"*Calvinist Methodists,*" atebodd Pennylove.

"*Wouldn't that be 'C.M.', though?*"

"*It's in Welsh, Elton! Fuck's sakes! How long have you worked down this neck of the woods?*"

"*Six months, no seven... fuck, no, eight! Is everything in Welsh like English back to front?*"

Aeth Pennylove yn syth am y car. "*Anything on the radio, Elton?*"

"*Nah, mate. Quiet.*"

"*Did you tell 'em where we were?*"

"*I tried. They couldn't work it out, either...*"

Ysgydwodd Pennylove ei ben mewn anobaith, ac aeth i fusnesu o amgylch y lle parcio o flaen y capal, efo'r dortsh, i weld os oedd 'na hoel car ffresh yn y graean a'r tsipins ar lawr. Roedd 'na ddigon o hoel olwynion mawr – rhai *pick-up* a digar yr adeiladwyr – ond dim byd i'w weld yn newydd. Aeth yn ei flaen ar hyd y ffordd, yn ôl am Glasgwm, rhyw chydig.

"*Tell you what, Wynnie,*" gwaeddodd Elton ar ei ôl, "*I wouldn't like to be livin' up here! Fuckin' scary, innit? Is there a graveyard here as well?*"

"*Yes!*" gwaeddodd Pennylove yn gelwyddog, wrth fynd yn ei flaen eto, i lawr y ffordd oeddan nhw newydd fod arni funudau ynghynt efo'r car. Roedd o'n benderfynol o gael rhyw fath o eglurhad am sut oedd y car oeddan nhw'n ei ddilyn wedi 'diflannu'.

Roedd Elton ar ei ben ei hun, yn edrych o'i gwmpas o flaen y capal. Roedd pob man yn ddistaw a thywyll, heblaw am oleuadau'r car yn goleuo walia'r adeilad. Mwya sydyn, roedd o'n teimlo'n annifyr, fel petai rhywun yn ei wylio. Aeth am y car, yn meddwl mynd i ista ynddo, ond cofiodd ei fod o'n dod o Rhyl. A doedd gan hogia Rhyl ofn ffyc ôl!

Doedd o'm yn siŵr os mai'i ddychymyg oedd o, ond roedd Elton yn siŵr ei fod wedi clywed sŵn yn dod o gyfeiriad ochor y capal, lle bu Pennylove efo'i fflachlamp chydig funuda'n ôl. Sŵn fel rwbath yn stryffaglio dros ffens weiar – jesd sŵn sydyn, felna, a dyna fo. Aeth draw i'r car i nôl fflachlamp arall.

Ychydig i lawr y ffordd, roedd Pennylove yn sefyll ac yn gwrando. Roedd o'n siŵr ei fod o'n clywad sŵn car yn dod o rwla draw ochor pella'r cwm, yn y coed. Gwrandodd eto. Oedd, myn diawl! Mi oedd 'na gar yn rwla, yn mynd yn ara deg heb ei oleuada. Fflachiodd ei dortsh o gwmpas y coed ar ochor y ffordd i'r chwith, a gwelodd fod 'na drac fforestri'n troi i ffwrdd o'r ffordd darmac. Roedd Elton a fynta wedi'i methu wrth yrru lawr i Glasgwm, gynt, ac wrth rifyrsio'n ôl i fyny hefyd.

"Ffycin Elton!" diawliodd Pennylove iddo fo'i hun. "Gwisgo ffycin blincars, *as bloody usual!*"

Cerddodd i fyny'r ffordd fforestri am ryw ugian llath, yn fflachio'i olau hyd y llawr. Gwelodd hoel teiars ffresh ar y pridd a cerrig mân. Gwenodd. Ond gwên chwerw oedd hi. Roedd o'n gwbod na allai wneud diawl o ddim byd, bellach. Roedd pwy bynnag oedd yn y car ar ffordd breifat. A doedd o heb fod yn ddigon agos atyn nhw i roi ei oleuadau glas ymlaen, felly doedd y car heb wrthod stopio – doedd hi ddim yn *chase*. Eto, roedd y dreifar wedi diffodd ei oleuadau, felly roedd hi'n bur debyg fod pwy bynnag oedd yn y car – os, yn wir, mai car oedd o – wedi amau mai plismon oedd yn ei ddilyn, ac roedd hynny'n gneud i Pennylove amau'n gryf fod gan bwy bynnag oedd yn y cerbyd rwbath i'w guddio. Ond dyna fo. Doedd ganddo ddim tystiolaeth o hynny, chwaith.

Safodd Pennylove yn y twllwch, yn meddwl, wrth i'r cwm ddal ei wynt. Gwrandawodd, wrth i'r lleuad ddod allan o du ôl i gwmwl i weld be oedd yn digwydd. Heblaw am sisial tawel dŵr bach yr haf yn afon Dryw, rhywle yn y twllwch heb fod ymhell, roedd hi'n ddistaw fel y bedd. Roedd y sŵn car wedi stopio rŵan hefyd, a doedd dim sŵn gwynt na'r un creadur byw yn symud. 'A, ffyc it,' meddyliodd Pennylove, 'rywun ar ôl cningan. Neu'n ffwcio un yng nghefn fan…' Fan! Falla mai fan oedd hi! Pwy oedd gan fan…? Hmm. Roedd fan Cledwyn Bagîtha tu allan y Trowt yn gynharach… Falla fyddai'n talu i fynd heibio nes mlaen i weld os oedd 'na olwg ohoni...

Trodd Pennylove i fynd yn ôl am y capal, ond wrth iddo neud, fflachiodd rwbath ym mhen pella gola'r fflachlamp – tamaid o rwbath disglair, ar lawr y trac fforestri, rhyw ddeg llath arall o'i flaen. Cerddodd tuag ato, ac o fewn ychydig lathenni mi sylwodd fod 'na giât yno hefyd, a'i bod wedi malu'n racs. Aeth yn nes ati, i gael golwg fanylach. Roedd hi'n dal ar ei bachau yn un pen – wel, rhan ohoni, beth bynnag – ac yn y pen arall roedd y tsiaen a'r padloc yn dal ynghlô rownd tamad o bren praff, oedd yn arfar bod yn ddarn o hannar arall y giât. Edrychodd yr heddwas ar y llawr. Roedd gweddill y giât yn bricia tân dros y trac i gyd.

Wedi sbio'n fanylach, gwelodd Pennylove fod 'na dameidiau bach o blastig ar lawr ym mhobman, hefyd. Adnabodd nhw fel tameidiau o lampa gola car – neu fan, wrth gwrs – a thameidiau o blastig bympar. Plygodd i'w gwrcwd, a codi rhai ohonyn nhw a'u rhoi yn ei bocad. Digon hawdd – a difyr, hefyd – fyddai ffendio allan o ba fath o gerbyd ddeuthon nhw ohono. Doedd 'na'm tystiolaeth fod unrhyw drosedd amlwg wedi'i chyflawni heno, o gwbwl, ond roedd hi'n amlwg nad oedd pwy bynnag oedd yn y cerbyd i fod i fynd fyny'r trac fforestri, i'r coed, neu mi fydda ganddo fo oriad i'r padloc. Ac os oedd o'n ddigon despret i ddreifio drwy giât gaeëdig i osgoi stop gan y cops, roedd ganddo rwbath reit ddifrifol i'w guddio...

Syllodd Pennylove ar y lleuad. Brysiodd honno'n ôl i guddio tu ôl i gwmwl oedd yn digwydd bod yn pasio, fel petai wedi'i weld o'n edrych arni. Roedd hi'n gwbod rwbath, meddyliodd Pennylove. Roedd 'na dawelwch cyfarwydd yn yr awyr – y tawelwch euog hwnnw y daeth yn gyfarwydd â fo wrth holi 'syspects' ar 'Operation Squarepants'. Edrychodd i fyny'r ffordd fforestri, at le oedd y ffordd yn cael ei llyncu gan y gwyll. Roedd ganddo deimlad fod 'na dor-cyfraith yn digwydd, rhywle yn y düwch ar ddiwedd y trac 'na...

Ond dydi teimlad ddim yn ddigon o reswm i fynd i'r coed, ganol nos, i chwilio am dedi bêrs. Dim â hitha bron yn ddiwadd shifft, beth bynnag – a dim efo PC Elton 'Robocop' Jones, roedd hynny'n saff.

Trodd Pennylove yn ôl am y capal, a'i feddwl yn gweithio ofyrteim. Hipis yn chwilio am rwla i gael *rave*? *Badger baiters*? Neu drinc dreifar syml? 'Ta jesd ffycin lŵnatic, off ei ben ar rwbath? Roedd rhaid i rywun fod yn hollol nyts i yrru car drwy giât fforestri, wedi'i gneud o bren trwm. Pwy ffwc fysa'n ddigon gwirion i neud y ffasiwn beth?

"Hmm," medda Pennylove wrtho'i hun. Roedd yr ardal yma'n llawn o ffycin nytars. Ond doedd 'na ond un ffycin 'lŵnatic' oedd yn neidio i gof...

≈ *13* ≈

WEDI NÔL EI DÂP mesur, a mesur lefal yr hôm brŵ yn y bin mawr du yn y sbensh, a gweithio allan, yn fras, fod Dilwyn Lldi wedi yfad tua pum peint tra fuodd o yn y tŷ yn gynharach – ac felly fod arno fo ddau beint i Jac, yn hytrach na fod Jac ag arno dri iddo fo – aeth Jac allan i'r cefn i biso'n yr ardd, ac i ollwng Clint, y Jack Russell bach fu'n gwmpeini ffyddlon iddo ers iddo golli'i wraig i gancr, bedair blynadd ynghynt, yn ôl i'r tŷ.

Roedd Jac wedi cau Clint yn y sied am y pnawn, tra bod Dilwyn Lldi yn y tŷ, neu fydda hwnnw wedi'i adael o ddengid i'r Trowt ar ôl ei fistar. Fysa hynny ddim yn plesio Tiwlip. Roedd o 'di banio cŵn o'r dafarn ers i 'ffycin cŵn' Bryn Bach ddiberfeddu Pympcin, cath y dafarn, yn y pŵl-rŵm un noson, pan oedd pawb yn yfad ar ôl amsar yn y snŷg. Roedd o wedi banio Bryn Bach hefyd, ers yr un digwyddiad.

Wedi rhoi mwytha mawr meddw i Clint, a rhoi tamad o fwyd yn ei fowlan yn y gegin gefn, aeth Jac i ddarllan yr instrycshiyns oedd Dilwyn wedi'u sgriblo ar gefn amlen frown y *Department of Work and Pensions*. Ac ar ôl gwasgu chydig o fotyma ar y remôt, a gweld petha'n agor a cau ac ati, aeth i nôl jwgiad o hôm brŵ iddo fo'i hun, cyn estyn bocs o hancesi papur, a rhoi'r gola mawr i ffwrdd a'r lamp fach ymlaen. Rhoddodd y DVD i mewn yn y peiriant cyn ista yn ei hoff gadar, efo peint o hôm brŵ yn ei law, y jwg llawn ar lawr wrth ochor chwith y gadar, ac un o'r ashtrês 'na sy'n sefyll ar goesyn hir, wrth yr ochor arall. Rhoddodd y bocs hancesi ar lawr wrth droed yr ashtrê, ei gwrw i sefyll ar fraich y gadar, ac agorodd ei dun baco a dechra rowlio ffag.

Er gwaetha'i dynnu coes diddiwadd, roedd Jac yn reit siomedig nad oedd ei ffrind gora wedi dod draw i *première* ei System Sinema Gartref newydd. A fynta wedi cael 'coc-ffilm' ddiawledig o fudur yn sbesial. Ond dyna fo, fedra fo ddim beio Tomi am hynny. Croen fel teiars lori neu beidio, roedd dobio Moelwen Prŵns yn siŵr o fod yn well na gwatsiad rhyw hwrod yn mynd drwy'r môshiyns, am bres ffics o heroin, ar y bocs. 'Basdad lwcus,' meddyliodd Jac.

Taniodd ei ffag, a gafal yn ei beint. Cymrodd lowciad reit dda, ac arhosodd i'r ffilm ddechra. Ond wnaeth hi ddim. Arhosodd funud eto. Dal dim byd. Rhegodd dan ei wynt, a gan addo iddo'i hun y bydda fo'n ei 'rhoid hi' i Dilwyn Lldi pan welai o drannoeth, os na fydda petha'n gweithio – a'r "blydi Cledwyn Bagîtha 'na hefyd" – cododd i fynd yn ôl at yr instrycshiyns ar y cwpwrdd.

Darllenodd y cyfarwyddiadau, yn uchal, a'i lygid yn sgwintio i ddallt traed brain Dilwyn Lldi yn y twllwch. "Rh...oi y disc i fe...wn, gw...asgu 'close'... pwy...so'r botwm coll... Eh?! Be ffwc ma' hwn yn rwdlan am, efo'i 'fotwm coll'?"

Stydiodd y remôt yn ei law, a tynnwyd ei sylw at fotwm coch ynghanol y rash o fotyma llwyd. Roedd 'na sgwennu arno fo. Craffodd Jac. Roedd o'n deud 'Play'.

"Ffacin twmffat!" rhegodd Jac. "Fo a'i 'fotwm coch'! Pam ffwc 'sa fo jesd yn deud 'gwasgu Play'?"

Daeth Clint drwodd o'r gegin gefn, a tisian ei ddiolch am ei *midnight snack* annisgwyl, cyn dechra sniffio o gwmpas y stafall, yn hogleuo Dilwyn Lldi. "Cym di sniff bach reit dda, Clint," medda Jac wrth siglo'n ôl am ei gadar. "Falla fydda i'n dy yrru di am ei gwd o un o'r dyddia 'ma!"

Disgynnodd Jac yn ôl i'w gadar. Gwasgodd y 'botwm coll', a newidiodd lliw y sgrin fawr hirsgwar o ddu i las. "W! Dyma ni," medda Jac, a gneud ei hun yn gyfforddus. Roedd y mashîn yn gweithio! Setlodd, ac aeth Clint hefyd i setlo yn ei fasgiad – yn barod, fel ei fistar, am y pictiwrs.

Gafaelodd Jac yn ei beint, a'i godi at ei geg. Ond neidiodd am ei fywyd pan ddechreuodd y DVD efo'r miwsig cont 'na sy'n chwara wrth i logo'r cwmni-gneud-ffilms ffurfio ar y sgrin. Ffycin hel, roedd o'n uchal! Doedd hynny'm syndod, wrth gwrs – roedd 'na chwech sbîcyr o gwmpas y stafall – ond doedd Jac erioed wedi disgwyl i'r blydi petha fod mor swnllyd! Doedd 'na'm llawar o'm byd yn dychryn Jac Bach y Gwalch, ond mi ddychrynodd o gymaint efo sŵn y 'see and surround', mi boerodd gegiad o hôm brw dros ei goesa, a llyncu llond trwyn o'r sdwff wedyn, yn syth. Sgrialodd Clint yn ôl am y gegin gefn, wrth i Jac ymbalfalu am y remôt a chwilio am y botyma foliwm i drio rhoi'r sŵn i lawr cyn i'r secs ddechra, rhag i'r stryd i gyd feddwl fod 'na ffwc o gang-bang yn mynd mlaen yn ei dŷ fo.

"'Na ffwcin welliant!" medda Jac wrth ei hun, pan gafodd reolaeth dros y sŵn – jesd cyn i deitlau'r blŵ mŵfi ddechra. Ymlaciodd unwaith eto, a daeth Clint yn ôl i'w fasgiad, wedi dallt nad oedd y byd ar ben. Gwyliodd y ddau y sgwennu'n ymddangos ar y sgrin wrth i fiwsig electronig, cawslyd chwarae yn y cefndir. 'Student Groans – College Cum Junkie Gangbang'.

"Ffycin grêt," medda'r Gwalch, wrth agor ei falog a tynnu'i bidlan allan. "Gobeithio fod hwn yn gneud be mae o'n ddeud ar y tun."

Ar ôl rhyw ddau funud o'r bolycs arferol – y 'dynas noeth yn cerddad o gwmpas y tŷ, a'r plymar yn galw heibio', math o beth, 'blaw mai 'tair o ferchaid ifanc yn mynd i barti oedd, yn rhyfadd reit, yn llawn o hogia, a hogia'n unig', oedd y fersiwn yma – roedd yr 'acshiyn' wedi dechra, a pawb wedi tynnu'u dillad a dechra cnychu fel cningod mewn cae. Doedd hi ddim yn hir cyn i Jac ddechra wancio.

Ond er fod y genod ar y sgrin yn gneud petha na fedra hyd yn oed hen byrfyrt fel Jac eu dychmygu, roedd o'n ei chael hi'n anodd i 'ganolbwyntio' ar y gwaith llaw. I ddechra cychwyn, roedd sŵn clir-fel-cloch y 'sensarownd sownd' yn dod o bob cyfeiriad yn y stafall, ac yn gneud iddo neidio, bob hyn a hyn, wrth glywad merch yn siarad yn fudur wrth ei ochor, un arall yn griddfan tu ôl iddo fo, a boi yn deud *"suck my dick"* mewn llais ofnadwy o ddwfn, ar yr ochor arall. Ac ar ôl iddo ddod i ddallt mai'r sbîcyrs oedd wrthi, a trio dod i arfar efo hynny, roedd o wedi dechra clywad synau bach rhyfadd yn dod o bob cyfeiriad, yma ac acw o gwmpas y stafall. Rhyw 'glics', 'sbrigs' a 'shyffyls' bach, ac amball i wich. A waeth faint o riddfan a siarad budur wnâi'r 'actorion' ar y teli, roedd y synau bach 'ma'n dal i dynnu'i sylw – gan amla pan oedd Jac yn dechra dod i sbîd ar y dwrn-ffwcio.

Ond gan fod meddwl Jac yn rwla arall – neu o leia'n *trio* bod yn rwla arall – doedd o heb dalu gormod o sylw i'r synau 'ma, i ddechra. Rhwng y sŵn cnychu, a sŵn Jac yn halio, anodd oedd gwbod o le oedd y synau'n dod – os oeddan nhw yno o gwbwl. Ond unwaith y daeth ei ymennydd yn ymwybodol o'r ffaith eu bod yn synau go iawn – ac yn enwedig wedi i Clint y ci ddechra chwyrnu – dechreuodd meddwl Jac grwydro.

Pum munud cyfan i mewn i'r ffilm, a doedd Jac byth wedi dod. Y mwya oedd o wedi trio anwybyddu'r synau bach, y mwya oedd o wedi mynd i sylwi arnyn nhw. A'r mwya oedd o'n sylwi arnyn nhw, y mwya oedd o'n dechra hel meddylia – a'r lleia oedd ei bidlan yn mynd. Ac unwaith oedd o'n dod 'nôl i fform, a nesu at yr 'hôm stretsh' eto, roedd yr un peth yn digwydd wedyn. Wedi i Clint ddechrau cyfarth dan ei wynt, a chwyrnu'n uwch, doedd hi'm yn hir cyn i'r hedyn gydio ym mhen Jac – oedd 'na rywun yn y tŷ?

Erbyn i'r ffilm gyrraedd tamad lle'r oedd pawb wedi stopio am hoe bach, tra'n gwylio un o'r genod yn rhoi'r dafod i hogan arall, roedd y *surround sound* yn pigo pob smic o'r synau bach gwlyb oedd yn cael eu creu gan y weithred. Roedd Jac, erbyn hynny, yn edrych i'r chwith ac i'r dde, a tu ôl iddo, bob yn ail eiliad, bron. Roedd yr holl beth yn ormod i Clint. Cododd o'i fasgiad, a rhedag am gefn y stafall, tu ôl i gadar Jac, gan chwyrnu a chyfarth yn uchal a phenderfynol.

Roedd hynny'n ddigon i Jac. Stwffiodd ei goc yn ôl o'r golwg yn sydyn, a stryffaglio i'w draed wrth gau ei falog. *Roedd* 'na rywun yn y tŷ wedi'r cwbwl! Edrychodd y Gwalch rownd y stafall yn wyllt, yn barod am unrhyw un ddeuai allan o'r twllwch. Ond doedd 'na neb i'w weld. Clywodd sŵn unwaith eto, ac atebodd Clint drwy gyfarth yn wyllt.

"Pwy sy 'na?!" gwaeddodd Jac. Ddaeth 'na'm atab, ond mi ddaeth y sŵn eto fyth. Chwyrnu wnaeth y ci y tro yma, a sgwario'i ffordd drwodd am y gegin gefn. Aeth Jac ar ei ôl, a'i ddyrna i fyny fel bocsar. "Be sy 'na, Clint?" medda fo wrth gerddad yn araf drwy'r drws, cyn gweiddi eto, "Tomi? Chdi sy 'na?" Ond atebodd neb na dim.

Edrychodd o gwmpas y gegin gefn, yn y twllwch. Doedd dim byd i'w weld. Estynnodd am y switsh gola, a'i roi o mlaen yn sydyn, yn barod am unrhyw beth. Ond doedd 'na ddim byd yno. Chwyrnodd Clint eto, a rhuthro 'nôl i'r stafall fyw, ac allan i'r pasej gan gyfarth. Sbiodd Jac Bach o'i gwmpas am rwbath trwm i'w ddefnyddio fel pastwn. Gwelodd y wyallt dorri logs, yn pwyso'n erbyn y wal wrth y drws cefn. Aeth draw a gafael ynddi.

Hannar munud yn ddiweddarach roedd Jac Bach y Gwalch yn cerddad yn araf bach ar flaena'i draed i fyny'r grisia, ac yn edrych i fyny am y llofft, efo'r wyallt fawr yn ei ddwylo. "Pwy sy 'na?" gwaeddodd eto. "Dwi'n ffycin warnio chdi! Gena i wyallt, a sgenai'm ofn ei rhoi hi drwy ffycin ben unrhyw gont!"

Tawelwch. Tan i Clint chwyrnu a chyfarth eto, wrth ei draed. Roedd y ci bach yn dal i glywad petha. Dechreuodd Jac feddwl fod 'na fyrglars wedi gweld nad oedd gola mawr ymlaen, ac wedi dod i mewn i'r tŷ. Doedd Jac Bach y Gwalch ddim yn gachwr o bell ffordd ac, er ei oed, roedd yr hen warriar yn gallu edrych ar ôl ei hun yn iawn – yn enwedig efo wyallt yn ei law. Ond er hynny, roedd 'na iasau annifyr yn mynd i fyny ac i lawr ei gefn, a doedd Jac ddim yn siŵr os mai'r syniad o ladron yn cuddio'n y twllwch fyny llofft oedd yn achosi'r iasau 'ma, prun ai'r posibilrwydd fod rhywun wedi galw heibio ac wedi'i weld o'n wancio'n y gadar.

Dau funud wedyn, ac roedd y Gwalch – efo Clint y ci – ar y landing, fyny grisia, yn dal i gerddad ar flaena'i draed. Roedd popeth yn glir yn y toilet, ac yn y bathrwm, ac roedd drws y llofft ffrynt yn dal ynghau fel ag yr oedd o pan adawodd Jac y tŷ amsar cinio. Ond roedd drws y llofft sbâr yn gilagorad, a mi agorodd Clint o efo'i drwyn, a rhedag i mewn, yn chwyrnu wrth fynd. Cododd Jac y wyallt uwch ei ben, a cyfri i dri yn ei feddwl – un, dau, tri – a rhuthro i mewn i'r stafall fel Chuck Norris, yn barod i swingio am y peth cynta welai o'n symud. A'r peth cynta welodd o, drwy gornal ei lygad, oedd y drws tu ôl iddo, yn swingio'n ôl ar gau efo momentwm yr ysgwydd gafodd o gan Jac wrth iddo ruthro i mewn. Ac efo bloedd fel William Wallace ym mrwydr Stirling Bridge, chwalodd Jac y wyallt yn syth drwy'r drws nes bod tameidia o hardbòrd yn fflio i bob cyfeiriad.

"Ffyc's sêcs!" rhegodd Jac, wrth gael traffarth tynnu'r wyallt allan o'r drws. "Ffycin basdad ffycin ffwc...!"

Daeth y wyallt yn rhydd yn y diwadd, a brasgamodd Jac fel *armed police* o amgylch y llofftydd, i neud yn siŵr nad oedd neb yn cuddio'n unlla. Sbiodd yn y wardrobs ac o dan y gwlâu, wedyn yn yr *airing cupboard*. Ond doedd 'na neb yn cuddio'n nunlla, yn barod i neidio am ei wddw fel Cato am Peter Sellers yn ffilmiau'r *Pink Panther*.

"Basdad!" gwaeddodd Jac, mewn dryswch llwyr, cyn ymlacio rhyw chydig bach. Doedd 'na neb fyny llofft, beth bynnag. "Ty'd, Clint," gwaeddodd ar y terriar bach. Ond roedd Clint wedi'i gluo hi yn ôl i lawr grisia pan blannodd Jac y wyallt drwy ddrws y llofft sbâr. Roedd hi'n saffach i lawr yn fa'no. Roedd y gêm *hide and seek* wedi troi'n beryg.

꞊ *14* ꞊

ROEDD 'NA ADEGA'N CODI – yn eitha amal a deud y gwir – pan oedd Tiwlip yn teimlo fel tagu Tabitha. Roedd 'na adega wedi bod pan fuodd o'n agos iawn, iawn i wneud. A mi oedd 'na adega hefyd, pan doedd o ddim yn siŵr os oedd o isio'i thagu hi, 'ta'i saethu hi, 'ta'i berwi hi'n ara' bach mewn crochan o saim. Lladd, neu lladd yn araf? Rhyw berthynas fel 'na fuodd ganddo efo'i wraig erioed. Un hed-ffyc mawr, tragwyddol, dyna oedd Tabitha – hi a'i niwrotic tendensis, ei brêcdowns a'i woblars. Tan iddi ddod yn handi i roi ei henw ar y busnas ar ôl i Tiwlip gael ei wneud yn bancrypt.

Ond heno 'ma, a hitha'n bod mor neis efo fo, roedd Tiwlip wedi teimlo cynhesrwydd tuag ati am y tro cynta ers diwrnod eu priodas. Doedd o'm byd mawr – 'mond ei fod o, am chydig eiliada, wedi gweld rhyw anwylder yn rwla tu ôl i'r sbectol fawr dew a'r llygid croes, a'i fod o, yn yr eiliada hynny, wedi meddwl bod 'na berson go iawn o dan y gwallt hir, matiog, a'r dannadd duon oedd yn gneud i'w gwynt hi ddrewi fel trôns ffarmwr.

Ond buan y pasiodd yr eiliada hynny, a doedd hi'm yn hir cyn i Tiwlip ddechra dyfalu pam fod Tabitha'n ymddwyn mor rhyfadd heno. Pam, mwya sydyn, oedd hi'n recno fod o "angen brêc", ac yn "haeddu cael ymlacio"? Pam ei bod hi mor hapus i'w weld o'n mynd am ddrinc ac i fwynhau ei hun? A pam oedd hi'n ei annog o i fynd i dreulio amsar efo'i "ffrindia" – yr un bobol oedd hi'n arfar cyfeirio atyn nhw fel *"wankers"*, *"wasters"* a *"shitheads"*? Hynny ydi, pam ei bod hi'n trio cael gwarad o'no fo?

Doedd Bic a Sbanish heb dawelu pryderon y cradur. Roedd y ddau'n ista'n sêt gefn y Volvo Estate, yn yfad Stella, a'u gwyneba fel diafoliaid yn y drych *rear view*, yn 'chwara' efo'i ben o. *"I bet she's being spit-roasted by Tomi Shytyl and Jac Bach y Gwalch as we speak, Tiwlip…"*

Trio peidio gwrando oedd Tiwlip, wrth drio cadw'i feddwl ar y ffordd gul i fyny Cwm Derwyddon. Mae ffyrdd cefn gwlad yn hunlla clawstroffobic i rywun o'r ddinas yng ngola dydd, heb sôn am ganol nos – yn enwedig efo dau ddiafol yn y drych, yn ymaflyd am ei enaid. Roedd Tiwlip yn dreifio ar bymthag milltir yr awr, efo'i sbectols gwdi-hŵ'n twtsiad y winsgrin, a'i ben o yn ei din.

"Never mind, Tiwlip. You can always take her up Llyn Bwbach and drown her," medda Sban, efo gwynab hollol ddifrifol, ac achosi i Bic boeri lagyr dros bob man wrth chwerthin ar ganol swig. *"There's no bottom to the lake. Tie a concrete block to her ankles and she'll sink forever and ever. Nobody'll find her."*

Roedd Drwgi'n ista'n y sêt ffrynt efo'r crêt o Stella ar ei lin, yn pwffian chwerthin yn braf, pan gafodd o gawod o boer lagyr dros gefn ei ben. Roedd ynta fel pawb arall wedi cael asid, ecstasi a'r pils bach gwirion 'na gan Gai Ows. Ac roedd o wedi dechra syllu allan drwy'r winsgrin o'i flaen, yn gwylio'r ffordd yn llifo fel afon o dan flaen y car, a'r coed fel walia twnnal yn gwibio heibio wrth i olau lampa'r car eu hagor fel arad eira. Ac i fyny yn yr awyr, lle'r oedd chydig o gymyla'n hongian efo golau'r lloer yn sgleinio fel eisin gwyn dros eu hymylon, roedd o'n gweld cacenna mawr, yn hofran fel sbês-ships anfarth uwchben. Pan ddaeth y gawod o lager o'r tu ôl iddo, neidiodd allan o'i fyd bach ei hun a gweiddi "Cacans!" dros bob man.

"Cacans, Drwgi?" gofynnodd Sban, wedi eiliad o dawelwch.

"Ia!" medda Drwgi, yn pwyntio at yr awyr, yn hollol sicr o'i ffeithia. "Cacans mawr, hiwmyngys!"

Edrychodd Sbanish a Bic allan drwy'r winsgrin, i drio cael cip ar y cacans 'ma. "Lle?" gofynnodd Bic, wedi ecseitio.

"Yn yr awyr! Fancw! Cacans jeigantic, inter-galactic! Cacan pen-blwydd yn fancw, cacan Dolig, cacan brodas, crîm sleis, eisd bŷn..."

"Mmm!" medda Sbanish. "Lle ma' nw?"

"Fyny fancw! Sbia, cystard crîm... Wow! Sbia! *Chocolate eclair!*"

"Ffacin lle?!!" Roedd Sban a Bic isio gweld. Roedd *rhaid* iddyn nhw gael gweld! Pwysodd y ddau drosodd i'r ffrynt i gael gwell golwg ar i fyny drwy dop y winsgrin.

Gwylltiodd Tiwlip. "*Bloodey 'ell! Calm down or yow'll be bloodey walking!*"

"*But there's cacans in the sky, Tiwlip!*" protestiodd Sbanish.

"*They're everywhere, Tiwlip!*" ychwanegodd Drwgi. "*Look!*"

"*I'm not bloodey looking for bloodey flying fooking 'cacans' in the bloodey sky! I'm trying to keep me bloodey eyes on this bloodey wagon trail!*"

"*There's no need to swear, Phillip!*" medda Bic, yn swyddogol i gyd. *"We'll get the cakes, you get us to the party…"*

"Sbês-ships 'dyn nw!" gwaeddodd Drwgi, oedd yn dal i stydio'r 'cacans yn y nen'. "Myddyr-ships! Wedi'u disgéisio fel cacans! Ma'r Armada 'di cyrradd, 'ogia!" Dechreuodd basio cania Stella i'r sêt gefn. "Dyma hi – yr infêshiyn! Dydd y Farn! Yfwch y cania 'ma! 'Da ni'n ffycd!"

"Paid â poeni, Drwgi," medda Bic. "Sbês-cêcs di hinna, mêt. Jesd chwythu dy ben di ma' nhw, dim byta dy frêns di!"

"Ia, ma' nw'n OK, 'sdi, Drwgi," cadarnhaodd Sbanish. "Ma' nw jesd fel sbês-cêcs Glastonbri, 'blaw bo nhw'n well – cos ma' nw'n fflio. Ti 'di ca'l sbês-cêcs yn Glastonbri, do, Drwgi?"

"Do, dwi'n meddwl…"

"Ond ti'm yn cofio?"

"Na."

"Wel, 'na fo, 'ta! Gasd di un, 'lly. A 'nath o'm drwg i ti, naddo?"

"Ymmm…"

"Naddo, yn union. Sgin ti ffag yn handi?" Roedd Sbanish, a Bic, wedi cael digon o sôn am gacans. *"Tiwlip? Emergency over. There are no cakes, and no Armada. As you were!"*

Eisteddodd yr hogia'n ôl i lawr yng nghefn y Volvo, ac ymlaciodd Tiwlip rywfaint, a rhoi ei drwyn yn ôl ar y winsgrin i stydio'r ffordd. Er bod yr hogia'n mynd dros ben llestri weithia, roeddan nhw'n dal i neud iddo fo chwerthin. Fyddai'm yn hir cyn cyrraedd Nant-y-Fagddu rŵan, beth bynnag, meddyliodd. Cododd sbîd y car i ugian milltir yr awr.

Doedd Drwgi ddim yn ymlacio, fodd bynnag. Roedd o 'di dechra stydio'r coed, wrth iddyn nhw hedfan heibio yng ngolau'r car. Roeddan nhw fel systemau solar diarffordd yn y cosmos, ac er mai dim ond ugian milltir yr awr oedd Tiwlip yn ei wneud, roedd o – Drwgi Ragarug, Sbês-Anturiaethwr *extraordinaire* – yn mynd i inffiniti a thu hwnt, ar Warp Speed 10 drwy'r bydysawd. Mewn Volvo.

A'r mwya oedd o'n meddwl ei fod o'n y gofod, y mwya'r oedd

tu mewn y car yn edrych fel sbês-ship, ac roedd Drwgi'n trio'i ora i beidio rhoi mewn i'w ysfa ddirdynnol i ffidlan efo'r holl switshys oedd ar y dashbord. Byth ers y ffrwydriad yn fflat Cledwyn, pan roddodd o switsh y cwcar ymlaen a chwythu'r batri hwnnw'n ddarna mân, roedd Drwgi wedi gneud yr ymdrech galetaf eto i ddod dros y Compylsif Disordyr oedd yn ei orfodi i ffidlan efo switshys bob tro y gwelai rai.

Ond roedd hi'n anodd uffernol, ac roedd Drwgi'n cael *lapses* yn amal. Wel, y gwir oedd nad oedd o wedi llwyddo i stopio'i hun o gwbl. A doedd tripio mewn Volvo – math o gar sy'n llawn o blydi switshys – ddim yn mynd i helpu yn hynny o beth. Yn enwedig rŵan, a dyfodol y byd yn dibynnu arno fo, Commander Drwgi Picárd.

"Dwi'n ditectio *alien life forms* rwla'n syth o'n blaena ni, 'ogia."

"Ditectio be?!" medda Bic o'r cefn.

"Alien leiff ffôrms. Yp ahéd, *chief*. Aliens."

"Sut ti'n gwbod?" gofynnodd Sban, yn consŷrnd i gyd, mwya sydyn.

"Radar."

Tagodd Bic ar ei lagyr, eto, wrth chwerthin. "Radar! 'Da ni mewn Volvo, dim ffwcin Stelth Bomar!"

"Paid â siara'n wirion, Bic. 'Da ni mewn sbês ship… Sbia'r ffwcin switshys 'ma…"

"*Don't yow bloodey gow near them bloodey switches, Droogie!*" dechreuodd Tiwlip. Roedd ganddo syniad go lew be oedd ar fin digwydd. Roedd pawb yn y pentra'n gwbod am berthynas Drwgi efo letrig.

"'Os 'da ni mewn sbês-ship, Drwgi, pam ffwc bo' ni ond yn neud twenti mails-yn-awyr?"

"Dydan ni ddim go iawn. Dyna 'di'r biwti efo'r *latest models* 'ma, ti ddim yn sylwi pan ti'n gneud wôrp sbîd. Oedd yr hen rei'n ratlo wrth gyrradd Warp 2…"

Ond doedd Bic ddim am gymryd hyn. No wê oedd o'n mynd i

dderbyn ei fod o mewn llong ofod. "Ydi'r sbês-ships newydd 'ma'n goro ca'l *run* hir cyn *take-off*? Achos 'da ni 'di mynd tua milltir neu ddwy, a 'da ni dal ar y ffwcin ddaear."

Agorodd Bic gan arall o Stella, yn fodlon efo'i ddadl. 'Ty'd allan o honna ta'r contyn,' meddyliodd.

Ond doedd Drwgi heb orffan eto. "Ti'm yn dallt, nagwyt, Bic!" twt-twtiodd. "'Da ni 'di cyrradd planet arall yn barod, siŵr dduw!"

"Ffoc off!"

"Ia, ffyc off, Drwgi! Planet arall, mai ârs!" medda Sbanish, oedd newydd ddechra dilyn y sgwrs.

"Dwi'n deutha chi! Trystiwch fi. Dwi'n gwbod y petha 'ma!"

"Sut?"

"Dwi'm 'bo! Dwi jesd *yn,* OK?"

"OK, 'ta," medda Bic, "os 'da ni ar blanet arall, 'de, pam ffwc fod 'na goed yn bob man?"

"Gena i bechod drosta chdi weithia, 'sdi Bic," medda Drwgi, yn ysgwyd ei ben. "Ti'n meddwl fod 'na'm coed ar blanets erill, neu 'bath?"

"Na, jesd ei bod hi'n chydig bach o go-ínsidens ein bod ni wedi manejio i landio ar blanet efo coed fel coed ni. A mynyddoedd..."

"A ffyrdd tarmac," ychwanegodd Sbanish.

"Sgenan ni ddim monopoli ar goed a mynyddoedd ar y Ddaear, nagoes? Na ffwcin tarmac, 'sa hi'n dod i hynny..."

"Ffyc off! No ffycin wê!" chwerthodd Bic.

"Gei di chwerthin, Bic, ond meddylia am y peth. Be 'di tar? Tsipins a *pitch* – sy'n dod o oel. Lle mae tsipins yn dod o? O'r mynydd. Lle ma' oel yn dod o? Coed. So, os oes 'na fynyddoedd a coed ar y blanet 'ma, mae 'na darmac. *Si*?"

"Ia, ond Drwgi..."

"Does 'na'm 'ond' amdani, Bic! 'Da ni ar blanet arall, a dyna hi!"

"So, sut ffwc bo' fi'n gweld Dre o fan hyn, 'ta?"

Doedd 'na'm atab i honna. Roedd Drwgi'n stympd. Doedd 'na'm dwywaith amdani – roedd hi'n amsar dangos i Bic yn union be oedd be. *"Tiwlip – I don't want you to panic, but I think there's Klingons on the starboard bow. I'm going to have to activate some switches..."*

"Don't yow bloodey dare!"

"I'll have to arm the plasma torpedoes..."

"Nawh, Droogey! Don't yow bloodey touch them bloodey torpedawhs!"

Roedd Tiwlip yn swnio'n benderfynol. Ond doedd 'na'm pwynt – roedd Drwgi dros y switshys fath â rash, yn eu fflicio nhw mlaen ac i ffwrdd fel dyn ar dân. Fflic fflic fflic fflic fflic...

"No!!!" gwaeddodd Tiwlip.

"Don't worry! I'll get the fuckers!" Fflic fflic fflic... *"Which one's the proton depth charge?"*

Slapiodd Tiwlip ddwylo Drwgi i ffwrdd o'r dash, a breciodd y car yn sydyn. Hitiodd Drwgi – oedd ddim yn gwisgo belt – ei ben yn y winsgrin. Stopiodd Tiwlip y car, a dechra rhoi pob switsh yn ôl fel oedd o cyn i Drwgi gael ei fachau arnyn nhw – y ffog-leits, y dî-mistar, y syn-rŵff, ffan, hîtar a be bynnag arall oedd wedi cael ei ddistyrbio.

"Leave the bloodey switches alone or you're walking!"

Ond roedd Drwgi wedi cael sgytwad, a achosodd i'w 'rifflecsiyns' o gael eu 'stimiwleiddio'. Ac o fewn eiliad, roedd o 'di gollwng y crêt o Stella a neidio allan o'r car, a dechra gneud Kung Fu ar ganol y ffordd o'i flaen, tra'n canu *"Hong Kong Fuey, faster than the human eye,"* ar dop ei lais.

Edrychodd Tiwlip arno fo am funud, ac ysgwyd ei ben. *"What the fuckin 'ell is he doing?"*

Chafodd o'm atab o gefn y car. Roedd Bic yn piso chwerthin, a Sbanish – rŵan fod y car wedi stopio – yn dechra gweld gwyneba yn y gwrych ar ochor y ffordd. "Bic! Bic! Bic! Ti'n gweld hwnna!"

Doedd Bic ddim yn gwrando. Roedd o'n dal i chwerthin ar ben Drwgi, oedd yn dal i neud rwbath hannar ffordd rhwng Tai Chi a Lladd Pry yng ngola'r hedlamps.

"Bic! Sbia!" gwaeddodd Sbanish eto, yn dechra cael panic atác. "Tiwlip! *Drive! For fuck's sakes! Drive!*"

Canodd Tiwlip y corn ar Drwgi. Stopiodd hwnnw'n llonydd – ar ganol 'block and chop' – a sbio ar y car am gwpwl o eiliada, cyn ei g'luo hi i fyny'r ffordd, fflat owt, yn chwifio'i freichia fel Jackie Chan.

"*Tiwlip! Drive the fucking car!!!*" Roedd Sbanish yn dechra cael ffrîc. Roedd o angan mynd, a mynd *rŵan*.

Rhoddodd Tiwlip y 'sbês-ship' mewn gêr, a rhegi dan ei wynt. Roedd angan gras ac amynadd efo'r lemons 'ma heno, myn uffarn i, meddyliodd. Dreifiodd i fyny'r ffordd ar ôl Drwgi, oedd wedi diflannu i'r gwyll o'u blaena, cyn arafu fymryn, er mwyn i bawb gael edrych i'r naill ochor a'r llall am unrhyw olwg o'r ffycar tew. O leia rhoddodd hynny rwbath i dynnu meddwl Sbanish oddi ar y monstyrs yn y coed.

"*There!*" medda Bic. Roedd o wedi gweld y gwrych yn symud, ar y dde. Stopiodd Tiwlip y car, a neidiodd Bic allan ac anelu am y lle welodd o'r canghenna'n ysgwyd. Gwthiodd ei ben drwy'r dreiniach ac edrych i mewn i'r cae yr ochor draw. Roedd 'na rwbath, neu rywun, yn symud – yn sydyn uffernol – ar draws y cae i gyfeiriad Graig. Roedd o'n edrych yn debyg iawn i rywun ar gefn beic. Gwaeddodd ar ei ôl o. "Drwgi?"

"Be?" medda llais tu ôl iddo. Neidiodd Bic allan o'i groen.

"Basdad! Lle ffwc oedda chdi?!"

"Ffwcin piso'n fa'na," medda Drwgi, yn pwyntio at ochor y ffordd, tu ôl iddo. "Pam?"

"Welis di rywun?"

"Aliens?"

"Naci. Dim ffwcin aliens. Rywun. Dyn neu rwbath?"

"Be ti'n feddwl?"

"O'dd 'na ddyn yn reidio beic drwy'r cae 'na, ŵan!"

"Oedd?"

"Oedd!"

"Dim go iawn, na?"

"Wel, oedd!"

"Na, man. Ti jesd yn tripio, Bic…"

"Drwgi! Welis i'r cont!"

"Pwy oedd o 'ta?"

"Dwi'm yn ffwcin gwbod, nacdw! Ges i'm tsians i ofyn iddo fo am ei ffwcin basport!"

"Buwch ne' rwbath oedd o…"

"Buwch ar gefn beic? Yn padlo fel Miguel Indurain? Ti 'di gweld buwch yn gneud hynna o blaen?"

"Na. A dwi heb weld Nigwel be-ffwcin-bynnag yn neud o, chwaith."

"Dwi'n deutha chdi. Welis i o. O'dd o'n reidio ffor'cw, am y ffordd fawr, fatha bwlet! Oes 'na'm llwybr yn mynd ffor'na, dwa'? Oes, actiwali, mae 'na un – y Llwybr Cyfforddus, fa'na mae o, 'de…?"

"Ty'd i car, Bic. Cym lagyr bach…"

"Paid â ffwcin patroneiddio fi, Drwgi!"

"'Nes i'm twtsiad chdi'r cont!"

"Be?"

"Lle ti'n cal y geiria mawr 'ma o?"

"Eh?"

"Ty'd! Awn ni fyny i lle'r Dybyl-Bybyls, ca'l swig bach i roi 'sending off' iawn i Rhen Crad, a gawn ni siarad am y peth wedyn ia? 'Na fo, ŵan! Hogyn da…!" Dechreuodd Drwgi arwain Bic, gerfydd ei fraich, am y car.

"Paid â cymyd y piss, Drwgi!"

"Dwi'm yn cymyd y piss, Bic!" medda Drwgi. "Mynd â chdi 'nôl i'r car dwi."

"*Oedd* 'na rywun yna, 'sdi! Ar gefn beic!"

"Oedd, dwi'n gwbod, mêt. Dwi *yn* coelio chdi…"

Doedd 'na'm golwg o Elton pan gyrhaeddodd Pennylove yn ôl at y car, a fedra fo ddim peidio meddwl peth mor grêt fyddai dod o hyd iddo wedi cael ei larpio gan *werewolf*, neu wedi'i hannar ei fyta gan haid o lygod mawr. Ond, fel y bedwaredd bêl anghywir i ddod allan o beiriant y Loteri, daeth Elton i'r golwg i daflu huddug i botas breuddwydion.

Drwy giât y capal ddaeth o, o gyfeiriad yr estyniad rownd y gornal, yn gweiddi *"Who's there?!"* a fflachio'i ola i wynab Pennylove.

"It's me, you silly cunt!"

"Oh, sorry, Sheriff…"

"Don't… never mind. What were you snooping about there for?"

"I thought I heard something… Prob'ly a sheep…"

"Why? Was it nervous?"

"And I've stepped in some paint…"

"Some paint?"

"Yeah, by the fence back there. Where the path is. There's a coupla tins of magnolia emulsion there. The builders must've left some paint out… Someone must've kicked one over…" medda Elton, wrth sychu'i draed yn y gwair wrth giât y capal.

"Someone?" gofynnodd Pennylove, yn amau'n syth mai Elton wnaeth, efo'i draed mawr trwsgl.

"Well, it's all over the path, like… and there's tyre marks – I mean pushbike tyre marks – in it…"

"So it's fresh?"

"Maybe. It's emulsion, innit? Stays soft for a while, like, dunnit?"

Roedd 'na rwbath am Elton oedd yn achosi i Pennylove fethu cymryd gair oedd o'n ddeud o ddifri. Doedd heno'n ddim gwahanol. Trodd ei gefn ar ei bardnar a phrysuro i wagio'i bocedi ar fonet y car, a dal gola'i dortsh ar y darna plastig yr oedd wedi dod o hyd iddyn nhw ar y ffordd fforestri.

"Worra them, Wynnie?"

"Well, I think we can safely say that there's no Batcave up here, after all!" Edrychodd Pennylove ar yr olwg wag ar wynab Elton. *"The vehicle. It didn't just disappear. It went off-road, up the forestry. We missed the entrance. It's up there now…"*

"Let's go get 'em…"

"Hold on, Rambo! No point. What can we do 'em for? They can drive around up there, blind drunk, and they're not breaking any law…"

"But…"

"We didn't flash the lights. We didn't even see the vehicle we were after. There's fuck all we can do. But it – or something before it – did drive through the gate and smashed it to fucking pieces… These bits are from their broken lamps, look."

Tynnodd Pennylove fwy o ddarna o'i bocad. Rhai oren a rhai gwyn, ac amball ddarn o blastig du. *"There's shitloads of it back there, but this'll do!"*

Gafaelodd Elton yn un o'r tameidia plastig du. *"They're from the bumper, Wynnie, gorra be,"* medda fo, wrth fyseddu'r ddau ddarn mwya. Triodd dorri un yn ei hannar efo'i ddwylo, ond methodd. *"Yep, it's tough – gorra be the bumper!"* Taflodd Elton y darn i'r twllwch tu ôl iddo, i gyfeiriad giât y capal.

"Oi! Don't throw 'em! I'm gonna run a check on 'em…"

Chwerthodd Elton ei 'hi-hi-hi' mynd-dan-groen. *"You haven't worked much in forensics, then, Sheriff? C'mon! You've got plenty there. Let's get back. Time to knock off soon."*

Am y tro cynta ers iddo gofio, roedd Pennylove yn meddwl fod Elton Jones wedi siarad sens. Oedd 'na obaith i'r dyn wedi'r cwbwl? *"So you heard a noise, then, Elton?"*

"Yeah. It was weird. But like I said – a sheep or a wolf."

Ysgydwodd Pennylove ei ben. Trodd am ddrws dreifar y car, a'i agor. Ond cyn ista'n y sêt, safodd yn llonydd mwya sydyn, a codi ei law at ei glust, a gwrando. *"Shshsh!"*

"What?" gofynnodd Elton.

"Hear that?"

"What?!"

"That!"

"What?!!"

Tarodd Pennylove rech uchal, a dorrodd drwy heddwch Capel Ramoth fel chwadan mewn sbensh. *"There's something in the air tonight, Elton, boy! There's something in the air!"*

≈ 16 ≈

ROEDD Y DYBYL-BYBYLS YN contio Cledwyn i'r cymyla. Doedd Cwm Derwyddon erioed wedi clywad y ffasiwn araith. Roedd Cledwyn ei hun yn contio hefyd – am ei fod o newydd falu'r fanana felan yn racs. Dim wrth ddreifio ffwl-pelt drwy'r giât fforestri'n gynharach, ond drwy ei 'pharcio' ar ben wal gerrig, lai na chwartar milltir o Nant-y-Fagddu!

Chwartar milltir! Roeddan nhw bron adra, wedi gwneud y darn caleta! Ar ôl dreifio'n chwil gachu gaib drwy bentra Graig – mewn fan oedd yn disgyn yn ddarna cyn cychwyn – a llwyddo i golli'r cops drwy roi'r driniaeth *Hazard County* i giât fforestri, cyn dreifio drwy goedwig heb oleuada, ac ista'n ganol coed am ddeg munud i aros i'r cops orffan busnesu rownd Ramoth – efo boi 'di marw, mewn arch, yn gwmni – fysa rhywun yn meddwl y byddai crŵsio'n hamddenol ar hyd yr hôm stretsh yn gamp ddigon ffycin strêt-fforward i allu'i chyflawni efo'r llygid wedi cau...

Ond na. Doedd 'hamddenol' ddim yn natur Cledwyn Bagîtha. Doedd o ddim, fuodd o erioed, a fydda fo byth! Yn enwedig pan oedd o tu ôl i olwyn fan – ar ffordd gefn, off ei ben, heb unrhyw gyfraith yn agos. O ystyriad hynny, doedd hi'm llawar o syndod, felly, fod Cledwyn wedi dechra ralio. Ac os oedd y Dybyl-Bybyls yn meddwl fod y daith o'r fynwant i'r goedwig wedi bod yn *sphincter-*

winker, roedd cyhyrau eu tyllau tinau ar fin cael yr *endurance test* mwya y gwelodd unrhyw dwll tin ers carchariad Ian Huntley.

Ar ôl gwylio'r car cops yn troi 'nôl i lawr y cwm, roedd y tri dyn yn y fan – y pedwar, os oedd rhywun yn cyfri'r un stiff – wedi symud ymlaen ar hyd y trac fforestri, ac wedi dod allan ar ffordd breifat plas Glasgwm. Wedi gadael ffordd Glasgwm, roeddan nhw wedi troi i'r chwith, ac ymuno efo Ffordd Ucha Cwm Derwyddon. Roedd y ffordd honno, wedyn, yn dringo rywfaint ar hyd ysgwydd y cwm, cyn dod 'nôl i mewn i'r goedwig a dod allan yr ochor draw i fynd drwy gyfres o gorneli tyn a chul, rhwng waliau cerrig uchal.

Wedi dod allan o'r corneli yma roedd 'na lai na chwartar milltir o dir gweddol wastad, nes cyrraedd at dŷ ha o'r enw Hafod Farfog, oedd yn sefyll yn wag ers blynyddoedd, ar ochor arall afon Dryw i Nant-y-Fagddu. Roedd y ffordd yn dod i ben yma, am fod yr hen bont gerrig wedi cael ei sgubo i ffwrdd gan y lli mawr hwnnw, rhyw bum mlynadd ynghynt.

Ond unwaith oedd Cled wedi cyrraedd Ffordd Ucha'r cwm, roedd o wedi dechra mwynhau ei hun chydig bach gormod. Roedd yr adrenalin yn dal i bwmpio drwy'i gorff ar ôl dreifio drwy'r giât rai munudau'n gynt, tra bod yr holl sylweddau narcotig oedd o wedi eu llyncu yn gwneud iddo deimlo'n anfarwol. Heb sôn am y ffaith fod swrealaeth y sefyllfa'n dal i wneud iddo chwerthin gymaint fel ei fod o'n pesychu mwy nag oedd o'n sbio ar y ffordd. Y canlyniad oedd bwystfil – cyfuniad catastroffig o Chechen Rebel, Carlos Fandango a Norman Wisdom, mewn fan Maestro ddiesel oedd yn ddigon peryglus ar ei phen ei hun.

Dechreuodd y fan hitio'r walia cerrig yn syth ar ôl gadael y coed. Deud y gwir, y walia cerrig oedd yn ei chadw ar y ffordd. Dyna pryd ddechreuodd tylla tina'r Dybyl-Bybyls wincio o ddifri. Roeddan nhw'n nabod y ffordd fel eu cocia, wedi'r cwbwl, ac yn gwbod yn iawn nad oedd posib cymryd y trofeydd yma ar bum deg milltir yr awr, a dod allan yr ochor arall ar bedair olwyn.

Ond doedd 'na'm pwynt trio deud hynny wrth Cledwyn. Roedd o'n chwerthin fel dyn drwg ar James Bond, ac yn gweiddi petha gwirion fel "yeeha" a "chuckabow, chuckabow-wow-wow", mewn llais fel James Brown. Doedd 'na'm ffordd drwodd ato fo. Roedd o ar goll yn ei fyd bach ei hun.

Cyn y ddwy gornal ola, roedd y Dybyl-Bybyls wedi 'asiwmio'r crash posishiyn', fel mae nhw'n ddeud wrth deithwyr awyrennau am ei neud pan mae nhw ar fin crashio. Heb sylwi o gwbwl, roedd Cledwyn wedi hitio'r tro nesa ar ffiffti, cyn hitio'r wal ar y chwith, bownsio mewn i'r wal ar y dde, methu cymryd y gornal ola'n gyfangwbwl, hitio carrag fawr oedd yn sticio allan o droed y wal dde, fflio rhai troedfeddi, a glanio ar ben y wal gerrig, reit yn lle oedd wal arall yn dod i lawr ochor y llechwadd i ymuno efo hi. Erbyn i bopeth stopio symud, roedd y fan yn gorwadd ar ben toman blêr o gerrig, bum troedfadd uwchben y llawr.

Bu sawl clec yn ystod y ddamwain – y fan yn hitio'r wal gynta, y fan yn hitio'r ail wal, y fan yn glanio ar ben y trydydd wal, ac arch Caradog Dafis yn chwalu drwy'r winsgrin a glanio ar y bonet, gan fethu – o fewn milimetrau'n unig – mynd â pen Cledwyn efo hi.

Tawelwch ddilynodd i ddechra, heblaw am lais rhyw foi'n darllan y newyddion mewn *quintessential English* ar y radio. Roedd hi'n un o'r gloch y bora, a'r Cymry Cymraeg wedi cael eu cwôta o radio yn eu mamiaith, a Radio Four wedi hawlio'r tonfeddi unwaith eto.

Y sŵn nesa a glywyd oedd sŵn metel ar fetel, a cerig yn rowlio o ben be oedd ar ôl o'r wal, wrth i Cled agor drws y dreifar a chrafangu ei ffordd am allan. Wedi iddo neidio o ben y mynydd o gerrig oedd gynt yn wal, sylweddolodd fod ei goes o'n brifo, ac eisteddodd ar ei din ar y gwair, ar ochor ucha'r wal. Teimlodd waed poeth yn llifo lawr ei dalcen, a rhoddodd ei law at y briw. Sgratsh oedd o – yr adrenalin a'r cyffuriau oedd yn achosi'r ffrydlif. Ond mi oedd 'na lwmp go lew yn datblygu yno'n barod. Yna stryffagliodd y Dybyl-Bybyls allan trwy ddrws cefn y fan – un yn dal ei ben a'r llall yn hoblan a dal ei goes.

"Sgin un o'na chi faco, neu ffags?" gofynnodd Cled.

A dyna pryd ddechreuodd y contio. "Ffags, y cont!" gwaeddodd

Gwyndaf. "Ffwcin ffags?! Ro i ffwcin ffags i ti'r ffwcin clown!" Triodd fynd am Cled, ond baglodd ar y cerrig dan ei draed, a disgyn ar ei wynab i'r gwair.

"Ti'n iawn?" gofynnodd Cled, yn dechra sylweddoli be oedd o newydd ei achosi.

"Bathdad gwirion!" gwaeddodd Gwynedd wedyn. "Ti'n trio'n ffycin lladd ni, ne' rwbath?!"

"Ffyc, sori…"

"Thori' o ddiawl!" gwaeddodd Gwynedd eto, cyn mynd draw at ei frawd i weld os oedd o'n iawn.

"Ffycin hel!" medda Cled. "Y'n ffwcin fan i!"

"Be amdani hi, Cledwyn?" gwaeddodd Gwynedd.

"Ma' hi'n ffycd!"

"Yndi, Cledwyn! Ma' hi'n ffycin ffycd!"

"Ffycin idiot!" gwaeddodd Cled ar ei hun. "Twat gwirion! Basdad ffycin dwl! Malu ffwcin fan dda!"

"Dwn i'm am fan 'dda', Cledwyn!" medda Gwynedd. "Ond ti'n iawn efo pob dim arall!"

"Ffacinel! On i'n meddwl y ffycin byd o'ni! Ma' hi'n ffwcin reit-off!"

"Ti'n lwcus bo' ni gyd ddim yn reit-offs!" medda Gwyndaf.

"Dydan ni ddim. 'Da ni'n iawn… Ond ma'r fan 'di marw!" medda Cled eto. Roedd o'n swnio fel ei fod ar fin crio.

"Fyddi ditha 'di marw hefyd pan ga i afal y'na chdi'r cont!"

"'Na fo, 'na fo!" gwaeddodd Gwynedd. "Tha'm pwynt dechra ffraeo, nagoeth…"

"Lle ffwc ydan ni, eniwe?" gofynnodd Cledwyn.

"Lle ma' Rhen Crad 'di'r peth!" gwaeddodd Gwyndaf Dybyl-Bybyl.

"Ymm, mae o ar y bonet, Gwyn," medda Cled, yn llywaeth.

"Dio'n iawn?"

"Wel… ma'n reit ddistaw, 'de…"

"Ydi o'n dal yn y ffwcin arch, dwi'n feddwl!"

"Yndi, am wn i," medda Cled, wedi sbio. "Ma'r caead dal 'di cau, beth bynnag. A ma' hi i weld dal yn gyfa'…"

"Rhaid i ni gario fo adra'n reit thydyn, hogia!" O leia roedd Gwynedd yn dechra meddwl yn strêt.

"Dio'n bell?" mentrodd Cled.

"Na," oedd yr atab swta gan Gwynedd. "'Thgin ti raff yn y jalopi 'ma?"

"Oes, fel mae'n digwydd bod," atebodd Cled. "Mae 'na un ar lawr, ochor pasenjyr. Ffendias i hi cynt, wrth chwilio am leitar."

"'Thgena i'm ffwcin thyniad thut 'da ni'n mynd i neud hyn, 'de," medda'r Dybyl-Bybyl wrth estyn y rhaff. "Ond hwrach oth rown ni raff rownd yr handlenni thy ar bob pen – hinna ma' nw'n rhoi'r thtrapth drwyddyn nw…"

"Y be, sori?" medda Cled.

"Thtrapth. Y thtrapth ma' nw'n iwsio i ollwng yr arch i'r twll! Oth rown ni raffa drwyddwn nw, hwrach fedran ni gario fo, un bob pen. Cledwyn – bydd raid i chdi gerddad wrth ei ochor o, i thdopio fo thbinio."

"Dowch 'ta!" medda Cled. "Ond os oes gen un o'na chi ffags, fyswn i'n rîli gwerthfawrogi un rŵan!"

"Ynda!" medda Gwynedd Dybyl-Bybyl. "Thmocia honna, a cau dy ffwcin ceg!"

Taniodd Cled a Gwynedd ffag yr un, a taniodd Gwynedd un arall i'w frawd. "Ti'n iawn i gerddad, Wynff?" gofynnodd, wrth i Gwyndaf stryffaglio i'w draed.

"Rhaid fi fod, yn bydd!"

"Awê, 'ta. "

= *17* =

DIM OND DWY FILLTIR o Graig oedd Nant-y-Fagddu. Pum munud, ar y mwya, o daith mewn car – llai os oedd rhywun yn frân, neu mewn sbês-ship.

Ond, deg munud wedi gadal y Trowt, roedd Tiwlip yn dal i fod hannar ffordd i fyny, yn ista'n ei gar, yn diawlio Tabitha ei wraig am gynnig lifft i Sbanish, Bic a Drwgi ar ei ran, tra oedd ei deithwyr gwallgo ar chwâl – yn gorfforol a meddyliol – ar fympwy'r nos.

Doedd 'na ddim sens i'r peth. Roedd Drwgi wedi diflannu i fyny'r ffordd, yn lladd pryfid anweledig, a mi oedd Bic wedi mynd allan i chwilio amdano fo, i drio'i gael o i ddod yn ôl i mewn i'r car. Ond wedi i Bic gael hyd i Drwgi, Drwgi oedd yr un oedd yn cael traffarth dod â Bic yn ôl i'r car!

Doedd Tiwlip jesd ddim yn dallt be oedd yn digwydd. Roedd ei fynadd – a chwara teg, roedd gan y dyn *lot fawr* o fynadd – bron â rhoi. Roedd o'n ystyried dau opsiwn ar y funud; gadael y ffycars gwirion yn lle'r oeddan nhw, yn siarad efo aliens, a mynd fyny i Nant-y-Fagddu ar ei ben ei hun, neu gadael y ffycars gwirion yn siarad efo aliens, a mynd 'nôl i'r Trowt ac i'r gwely.

Cyn iddo wneud ei feddwl i fyny, fodd bynnag, llwyddodd Drwgi i gael Bic yn ôl i mewn i'r car – er gwaetha'i brotestiadau ei fod wedi gweld 'ysbryd' yn reidio beic ar draws cae. Ochneidiodd Tiwlip, a gwasgu'r clytsh i roi'r Volvo mewn gêr. Ond ar yr eiliad honno, fel oedd Bic yn dod i mewn drwy un drws, neidiodd Sbanish allan drwy'r drws ochor arall.

"*Where yow bloodey gowing now?*" gwaeddodd Tiwlip ar ei ôl.

"*For a piss,*" oedd ei atab swta, cyn diflannu i'r dreiniach ar ochor y ffordd. Disgynnodd tu mewn y car i dawelwch, a dechreuodd Bic deimlo *vibes* blin yn dod o gyfeiriad Tiwlip. Daeth y paranoias drosto ac o fewn eiliada, roedd yntau'n ôl allan o'r car.

"Lle ffwc ti'n mynd ŵan?" gwaeddodd Drwgi, oedd yn sefyll tu allan y drws ffrynt, yn aros am Sbanish.

"Rhaid i fi gachu," medda Bic, a plannu ar ei ben i'r gwrych eto.

"*Listen, lads,*" medda Tiwlip. "*I'm gonna gow up on me own. Yow lads sort yourselves out. There'll be a taxi soon…*"

"*Nooo!!!*" gwaeddodd Drwgi, fel petai Tiwlip newydd ddatgan ei fod am saethu ei hun. "*Don't go, Tiwlip!!!*"

"*Well bloodey hurrey up, then!*"

"Hogia! Dowch 'laen! Ma' gin hwn gynthron yn ei din."

Ond doedd 'na'm atab gan Bic na Sban. Yr unig beth oedd i'w glywad oedd sŵn brigau'n malu, a changhennau'n ysgwyd, ar y naill ochr i'r ffordd a'r llall. Estynnodd Tiwlip drosodd i'r sêt gefn, a cau'r ddau ddrws oedd ar agor led y pen. Rhoddodd y car mewn gêr, dechra refio, a symud am ymlaen. Ond neidiodd Drwgi o flaen y car, a sefyll yn y golau, ei goesa a'i freichia ar led fel Iesu Grist mewn disgo. "Bic! Sban! Ffycin dowch! Ma' Tiwlip yn mynd!"

Doedd 'na dal ddim atab o'r gwyll o bobtu'r ffordd, er bod sŵn y canghennau'n ysgwyd yn dangos fod y ddau'n dal yno'n rwla. Refiodd Tiwlip y car, a'i symud fesul modfadd tuag at benaglinia Drwgi. Daliodd hwnnw ei dir, a rhoi ei ddwylo ar y bonet. Syllodd i mewn drwy'r gwydr ar wynab Tiwlip. "No ffycin wê! *You can't leave us here, Tiwlip! It's too dangerous!*"

Neidiodd Tiwlip allan o'r car, a cerddad rownd am ddrws y pasenjyr, a'i agor. Gafaelodd yn y crêt o Stella a'i dynnu allan, a'i roi ar lawr, ar ochor y ffordd. Sylweddolodd Drwgi mai cynllun Tiwlip oedd ei hudo fo at y lagyr, allan o ffordd y car, er mwyn iddo gael dreifio i ffwrdd a'u gadael nhw yno ar drugaredd y nos. Roedd hyn yn galw am *drastic action*. Cythrodd Drwgi i *ninja mode* unwaith eto, a bownsio – ei freichia'n troi fel melinau gwynt – draw am ddrws y dreifar. Gwelodd Tiwlip, yntau, be oedd cynllun Drwgi, a neidiodd i mewn drwy ddrws y pasenjyr. Cyrhaeddodd y ddau y goriadau yr un pryd, ond Tiwlip gafodd ei fachau arnyn nhw gynta. Gafaelodd Drwgi yn nwylo Tiwlip, a'u gwasgu. "*No ffycin wê Hosé! You're not ffwcin leaving us in the middle of* nunlla!"

"*It's less than a bloodey mile's bloodey walk!*" gwaeddodd Tiwlip, wrth drio'i ora i gael ei ddwylo'n rhydd o afael Drwgi. "*Let go, Droogey, or yow bey banned from the Brittle Brown!*"

"Ffyc off, Tiwlip!"

"I'm warning yow, Droogey! I'll bloodey pubwatch yow!"

"No you fucking won't! And you won't leave us here, either..."

Drwgi oedd yn ennill y ffeit reslo. Roedd o'n llusgo Tiwlip druan, gerfydd ei ddwylo, allan drwy ddrws y dreifar. Ond bachodd Tiwlip ei draed rownd ffrâm drws y pasenjyr, i angori ei hun rhag cael ei lusgo'n bellach. Triodd Drwgi blygu'i fysidd o, er mwyn rhwygo'r goriadau o'i ddwylo, ond roedd Tiwlip yn eu gwasgu'n rhy dynn. Y canlyniad oedd stêlmêt. Tripio ar asid neu beidio, roedd hi'n amsar gweld sens a ffendio rhyw fath o gyfaddawd. *"Tiwlip – you can have the keys if you let me sit in the driver's seat..."*

Chafodd Tiwlip ddim cyfla i ymateb i'r cynnig. Goleuwyd y ffordd i gyd gan olau car yn dod dros y grib i'w cwfwr, o gyfeiriad top y cwm. Trodd Drwgi i'r golau, fel cningan wedi'i ddallu. Craffodd, a'i lygid yn gul, i gyfeiriad y car. Cops!

≈ *18* ≈

PUM MUNUD WEDI'R DDAMWAIN, roedd Cled a'r Dybyl-Bybyls yn cael y traffarth mwya uffernol i gario Rhen Crad i fyny'r ffordd am Hafod Farfog. Rhwng y ffaith fod Gwyndaf Dybyl-Bybyl, oedd ym mhen ôl yr arch, yn gloff – ac yn hitio'i benglinia'n erbyn yr arch bob munud – a'r ffaith fod y rhaff yn llosgi mewn i ysgwydd Gwynedd Dybyl-Bybyl, oedd yn cario yn y blaen, roedd angan stopio am hoe yn amal. Joban Cledwyn oedd stopio'r arch rhag sbinio ar y rhaffa, ac i gadw llygad allan am ola car yn dod i fyny'r cwm – un ai ar hyd y ffordd ochor draw neu, yn waeth fyth, yn dod i fyny tu ôl iddyn nhw, ar hyd Ffordd Ucha.

"Noson neis, 'fyd, hogia," mentrodd Cledwyn cyn hir. Roedd o angan sgwrs i gadw'i hun rhag hel meddylia.

"Cau di dy ffwcin ceg, Cledwyn Bagîtha!" oedd yr unig atab

gafodd o – gan Gwyndaf, tu ôl iddo.

"Ffyc! Gwranda'r ffwcin pric," dechreuodd Cledwyn, wedi cael llond bol ar fygythiada'r arth. "Dwi 'di'ch ca'l chi i fyny i fan hyn, yndo? Sy'n ffwc o ffycin gamp o gofio'r ffwcin siâp oedd arna i'n y Trowt! Chi ddoth ata i, cofiwch! Ac yn y stad o'n i yn'o fo ar y pryd, fysa amal i un wedi gwrthod!"

"Menthyg ffwcin fan oeddan ni isio, dim menthyg twat!"

"Ffyc's sêcs, Gwyndaf!" protestiodd Cledwyn. "'Swn i'm efo parch at Rhen Crad, 'swn i'n ffwcin gadal chi'i gario fo'ch ffwcin hunan o fan hyn! Ffwcin contiad anniolchgar! Cwyno, cwyno, cwyno! Winj, winj ffycin winj!"

"Witsia di i mi gal gafal yn'o chdi wedyn, y cont digwilydd!" gwaeddodd Gwyndaf, yn dechra'i cholli hi.

"A be sy'n neud i ti feddwl ddoi di allan ohoni'n ffycin fyw, y cont tew?!" Safodd Cledwyn a gwynebu Gwyndaf, gan adael i Rhen Crad sbinio fel mochyn ar spit. Roedd Cled wedi dod i'r pwynt lle'r oedd cymryd ei jansys efo'r Dybyl-Bybyl blin yn well na gorfod rhoi fyny efo'i gyfarth o. A beth bynnag, hwn oedd tua'r trydydd gwaith iddo fygwth ei leinio fo, rŵan, a doedd o heb neud eto. 'Mond sŵn oedd gan y cont, debyg. Ac roedd o'n gloff. Roedd Cled yn ffansïo'i jansys – tasa'r Dybyl-Bybyl arall yn cadw allan ohoni. "Dyma fi, os ti isio fi, Gwyndaf! Cym ffwcin swing os ti isio!"

"Parch!" gwaeddodd Gwynedd. "Parch, ffor ffyc'th thêcth! 'Di hyn ddim yn amthar i ffruo, nacdi? Blydi hel! Jethd calliwch hi! Wynff – ma' gin Cled bwynt. Ma' 'di gneud yn dda – tan y glec. Lle fytha Rhen Crad heb ei help o? Dal yn y ffycin fynwant. Meddwl am hynna, nei? A Cled – rhaid i chditha ddallt fod y ddau o'nan ni 'di claddu'n tad heddiw, a ma'r ddau o'nan ni dan deimlad. OK? 'Da ni'n ddigon thdrethd fel ma' hi!"

"Digon be?"

"Thdrethd... wthdi..."

"Ffyc's sêcs! *Stresd*, mae o'n drio'i ddeud, Cledwyn!" medda Gwyndaf wedyn. "*Stressed out,* 'lly!"

"O, reit, sori! Ia, OK, dwi'n dallt, Gwyn," medda Cled. "A dwi'n ofnadwy o sori am y crash... Ond dwi'm yn cofio ffyc ôl, hogia. Onest. Be ffwc ddigwyddodd?"

"Cledwyn bach!" chwerthodd Gwynedd. "Thgin ti'm help fod ti'm yn gall!"

"Wel, 'da chi'n lwcus bo' fi," medda Cled, wrth i bawb ailddechra'r daith lafurus am ben ucha'r cwm. "'Mond rywun ddim yn gall fysa 'di cytuno i neud y ffasiwn beth!"

"Ia, wel, diolch 'ti, Cledwyn. Do'n i'm yn meddwl bod yn dwat cynt," medda Gwyndaf. "Sioc, ma'n siŵr."

"Dim probs, Gwyndaf. Dio'm yn bwysig, eniwe. Be sy'n bwysig ydi ca'l Rhen Crad adra. Fydd o'n hapus wedyn. Wel, am wn i. Dyma oedd o isio, dwi'n cymyd?"

"Be ti'n feddwl?"

"Wel, 'da chi heb ddeud wrtha i be ffwc 'da chi'n neud, na pam 'da chi'n ffwcin neud o!"

"Isio ca'l 'i gladdu'n Nant-y-Fagddu oedd o, Cled," dechreuodd Gwyndaf. "Fama fuodd o fyw ar hyd ei oes, yndê. Yn y cwm 'ma. A, wel, fi a Wynff 'ma oedd yn meddwl, yn y pyb yn gynharach, mai heno fysa'r noson ora i'w godi fo, a'i gario fo fyny 'ma, efo'r pridd ar y bedd yn dal yn ffresh a bob dim."

"Tho, dyma ni'n dyllu fo allan, a rhoi cerrig o wal y fynwant yn ei le fo, a cau'r twll yn ôl. Fydd 'na neb 'im callach fod o 'di mynd!"

"Ond doeddan ni heb feddwl, tan heno, y bysa ni'n neud o. Roeddan ni 'di penderfynu'i adal o yn y fynwant. Ma' 'na lot o betha 'da ni *isio* yn y bywyd 'ma, ond dydi lot o'nyn nhw jesd ddim yn bosib, nac'dyn? Petha sy'n iawn i ni ga'l, hefyd, ond fedran ni mo'u ca'l nhw oherwydd rŵls a regiwlêshiyns – am fod 'na ryw dwat yn ffwcin Llundan neu Gaerdydd, neu ffwcin Penrhyn, yn deud gei di ddim..."

"Wthdi, oedd yr hen ddyn isio codi sied, thdi, Cled, ar y buarth 'cw. Ond oedd y Parc yn cau gadal 'ddo fo..."

"Fel 'na ma'i – fel'na fydd hi..."

"Fel'na ma'i 'di bod…"

"Dyna 'di bywyd. Pam ddylsa marwolath fod yn wahanol?"

"Tyff shit, cachu calad. Bechod, a dyna ni…"

"Ond oeddan ni'n siarad am y peth heno, yn y pyb, a dyma ni'n dechra meddwl be oedd 'nelo cyfraith gwlad erioed â bywyd fyny'n Cwm Derwyddon. A dyma ni'n deud…"

"Ffwcio rŵlth a regiwleshynth! A ffwcio Helth and Theffti…!"

"Os 'na ca'l 'i gladdu'n Cwm Derwyddon oedd Rhen Crad isio…"

"Ei gladdu'n y cwm oedd o'n mynd i ga'l…"

"Ond oedd y fan adra genan ni, doedd! Y car ddefnyddion ni i'r cnebrwn, 'de…"

"Felly o'ddan ni'n thdyc am dranthport, doeddan? A, wel, chdi nathon ni feddwl am yn thyth…"

"Be?"

"Chdi aru ni feddwl am thrêt awê…"

"Bêsicali, Cled, ma' gin ti fan, a 'da ni'n dy drystio di fwy na neb arall yn y ffwcin lle 'ma… Wel, dy drystio *di* – dim dy ddreifio di, chwaith!" Chwerthodd Gwyndaf, o'r diwadd.

"Felly, jesd i ga'l un peth yn ffwcin strêt, ŵan," medda Cledwyn. "Syniad gwirion – wel, dim gwirion, ond syniad gwallgo, 'lly – gafo chi'ch dau yn eich cwrw, ydi'r busnas dwyn corff 'ych tad o'i fedd, a'i gario fo fyny'r topia 'ma ganol nos?"

"Wel, ia, mewn ffordd…"

"A 'da chi'n trio deud bo' *fi* ddim yn gall? Y ffycin nytars!" Chwerthodd Cledwyn yn uchal, a chwerthodd y Dybyl-Bybyls efo fo, nes bod lleisiau'r tri yn atsain drwy ben pella Cwm Derwyddon ac yn llenwi'r nos efo hwylia iach. A rhywle yn yr adleisiau yn y gwyll, bron na ellid clywad pedwerydd llais yn chwerthin rhwng waliau'r cwm.

'NÔL YN NHŶ BIC a Jenny Fach ym Mryn Derwydd, roedd y genod yn y gegin gefn yn yfad gwin coch, gwin gwyn a seidar wrth wrando ar y Zutons ar y stereo.

Roedd Seren, merch hyna Bic a Jen, a'i ffrindia hitha, Lowri a Holly – y ddwy'n byw rownd y gornal ym Mryn Derwydd – yno hefyd, ac roedd Gwen Nymbar Ten wedi dod draw efo Elen Dabadosi a Kate Grêt – y ddwy'n gariadon, yn byw yn Stryd y Gwynt – oedd wedi bod i fyny'n Dre'n yfad drwy'r dydd. Roedd pawb, heblaw Jenny Fach a Sian Wyn – oedd yn cymryd petha'n weddol dawal oherwydd eu stad – yn fflio mynd.

Fflur Drwgi oedd ar flaen y gad, fel arfar. Roedd hi ar ei thraed, yn bloeddio canu efo'r sownds, *"You will, you won't, you do or you don't,"* tra oedd Elen Dabadosi a Kate Grêt yn cael dawns gyrli-wigli-secsi efo Carys Sbanish a Seren Bic. Roedd y lleill yn ista rownd y bwrdd, yn arfer un o sgiliau cyfrin merchaid, sef mylti-tasgio, oedd, yn yr achos yma, yn golygu sginio fyny, agor poteli, a'u hyfad nhw. Roeddan nhw hefyd yn arfer un arall o sgiliau cyfrin y rhyw deg – mylti-sgwrsio – a mi oedd 'na o leia dair sgwrs yn digwydd ar yr un pryd.

"Sadie Ffycwit yn disgwl eto, 'fyd," medda Gwen.

"Ned Normal 'di'r tad," medda Sian.

"Ned Normal yn mega pyrf," medda Holly.

"Frances oedd yn deud, ddoe, pan o'ddan ni'n nofio," medda Gwenan wedyn.

"Fuas i'n nofio noson o blaen, 'fyd," medda Holly. "A i ddim yna eto, de!"

"Gath Helen Mwnci *verucca* yn swiming pŵl Dre," medda Gwen.

"'Di Iolo bach ddim yn un eto, nacdi?" medda Sian.

"Ma' Mia a Twtsi 'di dechra mynd i Harlach, sdi," hysbysodd Lowri.

"Ma' Twts yn mynd i Ibiza wsos nesa," medda Holly.

"Na, ma'n fwy nag un oed, siŵr!" medda Sian. "Ma' hi'n dros flwyddyn ers i Cled chwdu arna fo yn cefn Trowt."

"Ned Normal 'di tad Mwsh Bach, yndê?"

"Pwy sy'n mynd i gyd?"

"Chwdu ar ben pwy?"

"Na, Dewi Tebot 'di tad Mwsh Bach."

"Llwyth."

"Ma' Harlach yn bell, braidd."

"Dros Sadie a Iolo…"

"Ibiza'n *mega*!"

"*Awesome*!"

"Pwll nofio Dre'n hawsach. Handi jesd mynd fyny ffordd, dydi. Da 'di'r Zutons 'de?"

"Pwy 'di Dewi Tebot?"

"Ma' hynna'n disgysting!"

"Faint ma' Sadie 'di mynd?"

"Chwech mis."

"Ffycin hel!"

"Ffycin hel!"

"Ffycin hel!"

"Slag!"

"Paid bo'n teit!"

"Dyna ydi hi!"

"Pwy 'di Dewi Tebot?"

"Ych!"

Cerddodd Steff, yr hyna o hogia Bic a Jen, i mewn ar berwyl amheus, a dechra mynd drw'r cypyrdda.

"Be tisio?" gofynnodd ei fam.

"Tun o fîns ne rwbath," mymblodd Steff, wrth dyrchu drwy'r cwpwrdd tunia.

"Be?"

"Tun o fîns."

"Tun o fîns?"

"Ia. Ne' swp, ne' wbath."

"I be tisio tun o fîns?"

"I'w glymu fo i goedan a tortshyrio fo *to death*."

"Feri ffyni ha-ha! Lle ti 'di bod?"

"Coed, ia." Roedd Steff yn dal i dyrchu. "Oes 'na un yma 'ta be?"

"'Da chi'n campio eto heno? Pam nowch chi'm jesd byw 'na? Da chi fwy fa'na nag adra. 'Di Liam 'fo chi?"

"Yndi. A Sweep," medda Steff wrth agor cwpwrdd arall. "Ffycinel, Myddyr, ma' gin ti lwyth o shit mewn fama, 'de!"

"Hoi! *Watch it*, synshein! Ma'r 'shit' 'na'n ddigon da pan ma' ar dy blât 'di, boi!'"

"Be ffwc 'di *Fusilli*? Bwyd bobol sili, ia?"

"Futasd di beth neithiwr, beth bynnag!"

Chwerthodd Steff. "Tag-lia-telli! Haha! Tŷg ar y teli! 'Authentic Italian', mai ârs! O *Somerfield* Dre ma' hwnna 'di dod!"

Edrychodd Jenny a Sian ar ei gilydd. "Mynd ar ôl 'i dad," medda Jen. "Rioed 'di gweld y bwyd cyn 'ddo fynd i'r popdy! Hei, Einstein, ti'n gwbod sut ma' byrgyrs yn edrach cyn 'ddyn nw fynd i siop?"

"Fel 'ma?" medda Steff, a gneud gwynab gwirion, tafod allan a dwylo dan ei ên, cyn troi 'nôl i'r cwpwrdd i weld os oedd 'na rwbath yno oedd yn bosib ei gwcio uwchben tân efo cyn lleiad â phosib o ffŷs. "Be ma'r gornchwiglan 'ma'n da 'ma, 'ta?"

"Tria eto, washi?"

"Hwn. Cornchwiglan!"

"*Conchiglie* 'di hwnna'r lemon!" Chwerthodd Jenny a Sian.

"Be ffwc 'di cornchwiglan, eniwe?" gofynnodd y fam i'w mab, wedyn.

"Be, ti'm yn gwbod be 'di cornchwiglan? Ti'n thic, ne rwbath? Ti'n gweld, Sian – efo mam fel hon, do's 'na'm gobaith i fi! *Lost generation, les moi!* Dwi'n *give up*. Bîars amdani."

91

Cymeriad oedd Steff. Roedd o'n dipyn o gomîdian yn ei ffordd ei hun. Roedd wit ei dad ganddo, a ceg ei fam. A mi oedd o'n gallu cadw gwynab syth wrth dynnu ar bobol, oedd yn cuddio'r ffaith ei fod o'n hogyn hoffus, a hynod o ffeind, yn y bôn. Aeth am y ffrij ac agor y drws, a dechra tyrchu am ei lagyrs.

"Lle ma' nghania fi 'di mynd?!"

"Pa gania?"

"O'dd genai gania ar ôl. Chwech o'nyn nw!" Crwydrodd llygid Steff o gwmpas y gegin yn sydyn, yn sganio am dystiolaeth o'i Carlsberg Export. "Seren! Ti 'di yfad cwrw fi?"

"Ffyc off, pric!" medda'i chwaer yn ôl, a cario mlaen i ddownsio ar ganol y llawr.

"'Da ni'm 'di twtsiad nw, mêt!" medda Sian Wyn.

"Ti rhy ifanc i yfad, eniwe," medda'i fam o wedyn.

"O, helô!"

"Faint o oed wyt ti eniwe, Steff?" gofynnodd Lowri o'r bwrdd, ei llygid crisial glas yn fflytran.

Anwybyddodd Steff hi. "'Di Liam 'di bod yma?"

"O'dd o'm yma pan ddeuthon ni o pyb," medda Jenny. "Mae o 'fo chi yn coed, medda chdi."

"Yndi, mae o. A ma' 'di meddwi, 'fyd. O'n i 'di sylwi fod o'n diflannu bob hyn a hyn! Basdad bach slei!"

"Oi! Paid â siarad fela am dy frawd bach!" medda Fflur, oedd gan fwy o geg na neb. "Ma' Liam yn lyfli!"

"Yndi ffwc!" medda Steff, a dod i sefyll wrth ochor ei fam.

"Be tisio?" medda honno.

"Yym, oes 'na jans o fachu chydig bach o wair yr Hen Ddyn?"

"Ti'n gwbo lle ma'n gadw fo?"

"Yyyrm..."

"Wyt, 'lly! 'Na i'm gofyn sut! Cer i'w nôl o, a ty'd â fo yma, a ro i beth i ti. Neu fydd 'na ddim ar ôl, nabod chdi! A fi geith blydi bai!"

Diflannodd Steff drwy'r drws cefn ac am y sied.

"'Di nw'n campio'n coed eto heno, 'lly?" gofynnodd Fflur i Jenny, ar ôl i Steff fynd am y cefna.

"Yndyn, sdi. Byw ac yn bod yn y ffwcin lle! Ma' Steff 'ma'n un deg saith, a dwi siŵr fod o 'di treulio pymthag mlynadd yn chwara Tarzan. "

"O'dd 'rinjan dân yno nithiwr eto, doedd!" medda Elen Dabadosi, wrth baratoi i fynd adra efo Kate.

"Ffwcin sdiwpid!" medda Sian Wyn. "Rhoi tân yr hogia allan! I be, dwad? Pa ddrwg ma' nw'n neud, ffor ffyc's sêcs?!"

"Hwnna sy'n cwyno – Ainscough," nododd Kate, wrth godi i adael efo'i chariad.

"Porpois," cywirodd Seren.

"'Porpois' ma' nw'n alw fo?" chwerthodd Carys Sbanish.

"Ia. Ma'n debyg i un, dydi. Twat tew, hyll."

"Sais Mawr Tew. Ychafi," medda Fflur. "Ma'n cwyno os 'di o'n *gweld* plant!"

Roedd Fflur yn deud y gwir. Roedd Gregory Ainscough – cyn athro Ysgrythur a Lladin o Surrey – yn un o'r bobol 'ny oedd ymhob cyfarfod cyhoeddus yn gwrthwynebu popeth *"because it'll only get vandalised by children"*. Y math o ddyn oedd ar y ffôn i'r cops os oedd o'n gweld plant yn gneud petha erchyll fel chwara ffwtbol ar y stryd, sgêt-bordio ar y pafin, neu'n reidio beics ar lwybrau cyhoeddus. Fo oedd y boi driodd sefydlu *Neighbourhood Watch* yn Graig – a fynta, ar y pryd, wedi bod yno am flwyddyn gyfan heb sylwi fod 'na gymuned ddigon clòs i watsiad cefna'i gilydd yno'n barod. Pan fethodd gael hwnnw ar ei draed, mi sefydlodd o *Friends of Graig* – neu 'Cyfeillion Greg', fel oedd y locals yn eu galw nhw – er mwyn cystadlu yng nghystadleuaeth y *Best Kept Village* bob blwyddyn. Boi oedd Gregory Ainscough, oedd wedi symud i Graig i ymddeol, ac yn benderfynol ei fod am newid y lle yn union fel oedd o isio fo fod – fel Surrey, ond efo mynyddoedd. A dim plant.

Roedd criw ifanc Graig yn treulio rhan fwya o nosweithia'r

haf yn campio yng Nghoed Derwydd, oedd led cae o stad Bryn Derwydd. Roeddan nhw'n gneud tân, oeddan, ond tân saff, ddaru rioed gael ei adael i fynd yn wyllt. Do, mi fuodd 'na ddigwyddiad chydig flynyddoedd yn ôl, pan falodd yr hogia ffens er mwyn llosgi'r polion. Ond mi ddysgon nhw'u gwers, a fuodd 'na rioed broblam wedyn.

Roedd Ainscough, fodd bynnag, yn gwbod yn well. Fuodd o'n llythyru'r cownsil, y cops, yr Aelod Seneddol (ond dim yr Aelod Cynulliad, am nad oedd o'n cydnabod awdurdod y lle), a'r papura lleol, yn rhybuddio'r byd a'r betws fod coed cymunedol Coed Derwydd yn disgyn i ddwylo fandaliaid ifanc, anwaraidd, oedd yn benderfynol o wneud y lle'n "*no go area*" i fwyafrif o "*decent, repectable residents*" y gymuned. Ac i brofi'i bwynt, roedd o wedi dechra cadw golwg ar y coed, ac os oedd o'n gweld, neu'n clywad, smic o rialtwch ieuenctid, roedd o'n ffonio'r cops neu'r frigâd dân yn syth.

Un fel 'na oedd Ainscough, neu Porpois, fel oedd y plant yn ei alw. Doedd Fflur Drwgi ddim yn bod yn wrth-Seisnig wrth alw Ainscough yn 'Sais mawr tew'. Nid am ei fod o *yn* Sais, ac yn fawr ac yn dew, oedd hi'n ei alw fo'n hynny, ond am mai cyfeirio oedd hi at y stereo-typical Sais Mawr Tew – hwnnw sydd wastad yn ymddangos yn chwedloniaeth cyfoes diwylliant poblogaidd y rhan fwyaf o genhedloedd sydd wedi dod i gysylltiad â'r genedl Seisnig. Y bwli bombastig, imperialaidd, sydd wastad yn cael, ac yn disgwyl cael, ei ffordd ei hun ymhob siop, caffi, bar, pentra, tre a gwlad mae o ynddi.

"Be ffwc ma' hogia ifanc fod i neud?" medda Sian wedyn. "Dyna fuodd eu petha nhw erioed, siŵr dduw! Sgota, campio, gneud tân…"

"Pigo'u trwyna, rhechan, tsiopsian eu mama…" ychwanegodd Jenny Fach.

"Smocio, dwyn swîts, wancio…" ychwanegodd Fflur.

"Wedyn troi'n alcoholics!" medda Carys Sbanish, yn cau pen y mwdwl. Chwerthodd y genod i gyd, yn cynnwys Kate Grêt, oedd *yn* alcoholic go iawn, fwy neu lai.

Ffarweliodd pawb ag Elen a Kate wrth i'r ddwy droi am adra, fraich ym mraich, a dechreuodd Lowri a Holly, a Gwen Nymbar Ten, hel eu trugaredda, yn barod i'w throi hi hefyd. Roedd Jenny Fach wedi bod yn dylyfu gên ers meitin, ac yn edrych braidd yn llwyd, wedi blino.

Daeth Steff yn ôl o'r sied. "Dio'm yna, Mam," medda fo am wair ei dad.

"Ma' 'di mynd â fo efo fo, felly, boi," medda Jen. "Ne' mae o 'di'i guddio fo'n rwla arall. Mae o 'di bod yn cwyno fod o'n mynd i lawr yn sydyn. Mae o ar dy gês 'di, Steff bach! Watsia di dy hun!"

"Duw, duw, fo sy'n smocio fo'i hun, siŵr – rhy off 'i ben i sylwi! O's 'na'm tsians o fenthyg peth o stwff chdi, na, Sian?"

"Gei di ddigon am joint, a dyna fo," atebodd Sian.

"Nais won, Sian!"

"Y blydi sgàf!" medda Jenny Fach, yn tynnu ar ei mab.

"Cau dy geg, 'nei, Myddar!"

Gwenodd Jenny Fach. Roedd hi'n meddwl y byd o Steff – a'r plant eraill, wrth gwrs. Ond roedd ganddi *rapport* da efo'i mab hyna. Roeddan nhw wedi tynnu ar ei gilydd ers pan oedd o'n ddim o beth.

"Tisio panad, Myddar?" gofynnodd Steff, wrth roi bydsan o scync gan Sian yn ei bocad. "Ti'n edrach braidd yn llwyd, 'sdi."

"Duwcs, ia, gym'a i un. Diolch 'ti, Steff, yr aur!"

"Dim probs, siŵr. Neith Seren neud o i chdi. Dwi off i coed. Wela i chi lêtyr, pawb."

≈ 20 ≈

FIGHT OR FLIGHT? DYNA, yn ôl yr athronwyr, ydi'r penderfyniad greddfol mae unrhyw greadur yn gorfod ei wneud pan mae'n wynebu bygythiad gan greadur arall. Tra bod yr athronwyr yn anghofio am yr opsiwn ddynol o rowlio i fyny'n bêl a cymryd *good kicking*, mae'n ddigon hawdd derbyn fod y theori hon yn un sy'n dal dŵr, gan amla. Mae o'n wir, mwya tebyg, am lot o sefyllfaoedd – boed yn blentyn ysgol wedi'i gornelu gan fwli, yn berson sy'n wynebu seicopath efo wyallt, neu'n gningan wedi'i hamgylchynu gan haid o wiwerod rheibus sydd am ei bymio hi i farwolaeth ar ben coedan.

Yr un oedd y deilema oedd yn wynebu Drwgi, wrth iddo sefyll yn nrws car Tiwlip, yn cael ei ddallu gan oleuada'r car cops, heb unrhyw syniad sut oedd o'n mynd i egluro pam ei fod o'n trio dwyn goriada Volvo oddi ar ei berchennog – ar ffordd gefn unig, liw nos.

Y gwahaniaeth efo Drwgi, wrth gwrs, oedd ei fod o'n tripio off ei ben ar asid, ac yn meddwl am, ac yn gweld, pob matha o betha nad oedd yno go iawn. Mewn stad o'r fath, does 'na'm gobaith i unrhyw greadur wneud dewisiadau rhesymegol am unrhyw beth, na chwaith ymateb yn reddfol i gonyndrym leiff-or-dèth fel 'cwffio neu redag'. Doedd yr athronwyr heb feddwl am hynny wrth ddod i fyny efo'u damcaniaeth academaidd. Be oedd Drwgi'n mynd i neud? Dal ei dir, neu'i 'gluo hi? Y gwir oedd nad oedd ganddo ffwcin syniad.

I fod yn deg, doedd yr olygfa 'arallfydol' o silwét y copar yn dod amdano drwy'r golau llachar, gwyn, ddim yn helpu. Yn enwedig pan oedd ei feddwl seicedelaidd eisoes wedi bod yn dilyn llwybrau ecstra-terestial.

"Tiwlip?" medda Drwgi, wrth i'r silwét du ddod o fewn dwy lathan.

"*What?*"

"*Have you seen* Close Encounters of the Third Kind?"

"Wel, wel, wel!" medda Pennylove, yn trio peidio edrych yn smŷg, ond yn methu. "Drwgi Ragarug, aka Martin Wyn Jones *of the notorious Siege of Graig-garw fame!*"

"O ffor ffyc's sêcs! Dim chdi eto! Ditectif Dybyl-Dytsh!"

"*Yes*, Drwgi – y fi – pwy oedd ti'n ecspectio? Captain Kirk?"

"Wel…"

"*Evening, PC Pennylove! Nice night!*" medda Tiwlip, wrth ddod allan o'r car ar ochor y pasenjyr.

"*Evening, Phillip!*" Roedd Pennylove yn synnu gweld Tiwlip o fewn milltir neu ddwy i Drwgi tu allan i oria tafarn. "*Problems?*"

"*Oh no, no...*"

"*This – individual – not bothering you, is he?*" Roedd Pennylove yn amau ei fod wedi gweld rhyw fath o ymrafael yn mynd mlaen yn y Volvo.

"*Droogey? No...*"

"Felly be wyt ti'n gneud, Drwgi? Allan yn fan yma – canol nos, canol nunlla, canol ffordd? Ar canol gneud rwbath doji, *no doubt?*"

Roedd Drwgi wedi colli'i dafod. Roedd o wastad wedi cael traffarth dallt PC Pennylove yn siarad, yn sobor neu yn racs. Fuodd gan Drwgi erioed fynadd i wrando ar bobol efo acen anghyfarwydd, a fuodd o rioed yn un am roi chwara teg i ddysgwyr Cymraeg, chwaith. Doedd yr asid ddim yn helpu. Syllodd yn gegagorad ar Pennylove, yn methu'n lân â chael y cysyniad arallfydol allan o'i ben. Roedd yr holl gajets oedd yn hongian o felt yr heddwas, a'r radio ar frest ei wasgod stab-prŵff, yn gneud iddo fo edrych fel un o'r Borg ar *Star Trek*.

"Wel, Drwgi? Ti am deud i fi be ti'n fynny i, allan yn fan yma? Paid deud ti'n *taking up stargazing?*"

"Pwy ffwc wyt ti'n feddwl wyt ti?" medda Drwgi. "Fflash ffycin Gordon?"

"Be...?" Doedd Pennylove heb ddisgwyl honna.

"Ti ar dy ffordd i barti Shrekkie Conference, ne' rwbath?"

Doedd hi'm yn anodd i Drwgi gymysgu enwau, fel oedd hi, a doedd o'm yn un da am gofio ffeithiau annelwig, fel be oeddan nhw'n galw'r ffans *Star Trek* hynny oedd yn gwisgo fyny fel cymeriadau o'r gyfres er mwyn cwrdd â'i gilydd, unwaith y flwyddyn, mewn llefydd fel Bognor Regis, Blackpool a Llandrindod Wells. A roedd Drwgi, hefyd, newydd wylio *Shrek 2* ar DVD y dydd o'r blaen.

"Shrekkie Conference? Be ti'n siarad am, Drwgi?" gofynnodd yr heddwas, heb sylweddoli nad oedd gan Drwgi unrhyw syniad ei hun.

"Klingon ddylsa chdi fod, sdi. Dim Borg. Ti'n lot gwell am glingio i bobol nag am assiliminetio... assililim... amilisis... troi bobol erill yn Borg. Os ti'n dallt be sgena i..."

"Nac ydw, Drwgi, dydw i ddim yn deall. Flash Gordon o'n i funud yn ôl, *now we seem to have jumped ship*, a landio *on the Enterprise*?"

"Eh?"

"Flash Gordon, Drwgi. *Wha's he gotta do with* Star Trek?"

"Capten Spock, Gash Flordon, Ffyc Rojyrs, Man Solo – ma' nw i gyd yn byw yn sbês, dydyn? Be 'di o ffwcin bwys? Ma hi'n noson braf, ti'm yn meddwl?" Edrychodd Drwgi i'r awyr, a dechra stydio'r sêr er mwyn trio troi'r stori. "Digon o sêrsus allan, does? Bechod bod 'na gacans yn dechra hel, 'fyd..."

"Ti wedi bod yn cymeryd cyffyrddiau heno 'ma, Drwgi?"

"Sori?"

"Wyt ti wedi bod yn cymeryd cyffyrddiau?"

"Cyffyrddiau?'"

"Drygs, Drwgi. *As in, 'have you taken any?'* Ti ddim yn deall Cymraeg, Drwgi? O'n i'n meddwl mai fi oedd yn siarad 'Double-Dutch'!"

"'Sa'm isio bod yn *heavy*, nagoes?!"

"Does neb yn bod yn '*heavy*', Drwgi..."

"Snîcio o gwmpas ffyrdd cefn yn dy... gar, efo dy..." Edrychodd Drwgi i fyny ac i lawr ar y teclynnau oedd ar wasgod a belt Pennylove, "... *things!*"

"'*Things'*, Drwgi?"

"Ia. Y teclyns 'ma i gyd. Ti'n edrach fel y ceffyl Buckaroo 'na, bron â bycio unrhyw funud... Be ffwc ma' nw'n da i, eniwe?"

"Drwgi!" Torrodd PC Pennylove ar ei draws. "*If you continue to deliberately avoid answering my questions, I'll have to take you in where you will be placed under caution..."*

"Be?! No ffycin wê, man! Am be, y cont?"

"Wel, fyswn i'n deud fod tua *ninety per cent chance* o ffendio rheswm i arestio ti, os fyswn i'n mynd trwy pocedi ti rŵan!"

"He's been in the pub all night, PC Pennylove," medda Tiwlip, yn trio bod o rywfaint o help. *"I was giving him and a few others a lift up to the Davies' farm. For the wake..."*

"Ia, 'na fo – dwi 'di bod mewn cnebrwn drwy dydd, os ti ddim yn mindio," medda Drwgi, wedi ffendio pen y rhaff oedd Tiwlip newydd ei lluchio iddo fo. Gwenodd ar Pennylove. Ond wenodd hwnnw ddim yn ôl. Tro'r copar oedd hi i sbio fyny ac i lawr ar Drwgi, rŵan. Gwelodd ei drwsus du, a'i grys oedd yn arfar bod yn wyn, a'i dei du.

"I see," medda Pennylove. "O'n i'n meddwl fod o *too good to be true* fod ti wedi cael job fel *waiter!*"

Glywodd Drwgi mo'r 'jôc'. Roedd o 'di stopio gwrando, am fod ei feddwl wedi bod yn rasio ers i Pennylove ofyn os oedd o wedi cymryd cyffuria. Roedd o'n ofni *search*, a doedd o'm yn gallu cofio lle oedd o wedi rhoi ei ddôp. Oedd o arno fo, neu oedd o gan Bic neu Sban? Pwy sginiodd fyny ddwytha? Oedd ganddo fo ddôp o gwbwl? Falla'i fod o wedi'i orffan o yng ngardd y Trowt. Roedd hyn yn hefi. Dechreuodd Drwgi chwysu.

Roedd Pennylove yn dal i aros am ymateb i'w *wind-up* am y dillad 'wêtyr', pan ddigwyddodd Drwgi ddod i ffwrdd o'i danjent meddyliol a sylwi fod yr heddwas yn sbio arno fo. "Sori, mêt, oedda chdi'n deud wbath?"

Pan welodd Drwgi rwbath yn newid yn llygid Pennylove, roedd o'n gwbod ei fod o newydd ddeud y peth anghywir. Aeth i deimlo fel plentyn ysgol oedd wedi rhoi'r atab hwnnw oedd yn dangos i'r athro nad oedd o'n gwrando ar y cwestiwn. Triodd eto. "Ten sicsti-sics, *Battle of Hastings?*"

Rhythodd Pennylove ar Drwgi efo golwg haearnaidd fyddai'n gneud i'r Borg edrych fel y Telitybis. Doedd y boi ddim am gymryd y jôc. Gan ddal i edrych i fyw llygid Drwgi, gwaeddodd draw at

Tiwlip, "Phillip!"

"Yes?"

"The 'others'?"

"Eh?"

"You said you were taking this one and 'a few others' up to the farm?"

"Did I?" atebodd Tiwlip, o ochor arall y car. Roedd o 'di anghofio am y 'slip' fach yna.

Trodd y plismon i sbio ar Tiwlip, a dal gola'i dortsh yn syth i'w lygid o. "And?"

"Erm..."

"Well? Did you lose them somewhere, or something? Were they taken up by aliens?"

"No. Not to my knowledge, anyway. But I think I may indeed have lost them..."

"Who exactly were they? Don't tell me..."

"Bic and Sbanish."

Ysgydwodd Pennylove ei ben. Doedd o ddim angen hyn. Roedd o isio mynd i'r stesion i weindio lawr ar ôl shifft. Y peth ola oedd o isio oedd hasyl, arests, a treulio oria'n llenwi ffurflenni yng nghwmni PC Elton Jones o bawb. Roedd o eisoes yn diolch i'r nefoedd fod hwnnw wedi aros yn y car, fel y gofynnodd iddo fo neud, neu mi fysa hi'n *Miami Vice* ers meitin.

Ond roedd y cyfla i gael *one-up* ar y criw yma – yn enwedig Drwgi-ffycin-Ragarug – yn demtasiwn ofnadwy o gry. Roedd Pennylove wedi gaddo iddo'i hun y bydda fo'n dial ar Drwgi, yn arbennig, ar ôl i'r basdad bach jami gael getawê 'fo dieuog am ran fwya o'r cyhuddiada daflodd Pennylove ato fo ar ôl y gwarchae, a'r ffrwydriad, yn y fflat...

"Bagîtha not with you, then?" gofynnodd i Tiwlip.

"Nawh, ain't seen 'im for a bit. I think he left the pub early..." Stopiodd Tiwlip ar ganol brawddeg. Doedd be oedd o'n ddeud ddim yn gneud sens. Doedd Cledwyn *byth* yn mynd adra'n fuan.

Roedd Pennylove, hefyd, yn meddwl yr un fath...

Gwelodd Drwgi'r ffordd oedd brêns y plisman yn gweithio. Dechreuodd ei feddwl rasio eto. Roedd petha'n dechra edrych yn ddrwg. Roedd Pennylove wedi baglu ar draws cyfla euraid i gael dial ar yr hogia, a doedd o ddim yn mynd i adael i'r cyfla fynd i'r gwellt. Roedd hyn i gyd yn ormod i Drwgi allu'i handlo. Roedd hi'n edrych yn fwy a mwy tebygol fod 'na *search* yn mynd i ddilyn unrhyw funud, a doedd Drwgi dal ddim yn cofio os oedd ganddo fo hash arno neu beidio. Yna mi gofiodd, mwya sydyn, fod ganddo gwpwl o bils, a tab o asid arno fo'n rwla, hefyd! Aeth rhywbeth tebyg i atom bom i ffwrdd yn ymennydd Drwgi. Chwalodd ei ben yn y fan a'r lle...

Daeth sŵn craclo o radio Pennylove. Doedd Drwgi ddim yn licio hynny o gwbl. Roedd o'n rhy sci-ffi o lawar i feddwl llawn LSD allu ei ddadansoddi. Daeth llais dros donfeddi'r teclyn, a plygodd Pennylove ei ben i gael ei geg at y radio ar ei fest, i siarad yn ôl...

"Be ti'n neud?" gofynnodd Drwgi, wedi'i sbŵcio'n racs. "Pwy sy 'na?!" Anwybyddodd Pennylove o, a siarad i mewn i'r teclyn. "Pwy sy 'na?!" gofynnodd Drwgi eto. "Chi bia'r cacans 'na yn yr awyr! 'Da chi ddim yn ca'l 'y mrêns i!"

"Drwgi," medda Pennylove, yn anwybyddu'r ffwndro. "Ti am deud i fi lle mae'r dau *desperadoes* wedi mynd?"

Methodd Drwgi ddeud gair. Roedd llais y copar wedi swnio fel record yn chwara'n rhy araf...

"Drwgi!" medda Pennylove eto. "Ti'n gwbod lle mae Sbanish a Bic wedi mynd?"

Teimlodd Drwgi ei geg yn agor a cau, ond yr unig sŵn glywodd o oedd rhywbeth tebyg i "w". Doedd o'n methu gneud ei feddwl i fyny os mai android 'ta copar oedd yn sefyll o'i flaen o. Roedd ei ben wedi chwalu, ac i wneud pethau'n waeth, unrhyw funud rŵan, roedd o'n mynd i orfod 'i legio hi...

"Drwgi!" Roedd llais y copar yn atseinio drwy'i ben. Roedd o'n *swnio* fel robot rŵan, hefyd. Ac am ryw reswm, roedd o'n gweiddi arno fo. Pam? Fo fydda'r nesa i gael ei brosesu? "Drwgi?! Ti wedi cymeryd rhywbeth heno, do, was?"

Ych! Am gwestiwn! Sut ffwc oedd o'n mynd i atab hwnna? Penderfynodd mai peidio fysa'r gora.

"Martin?!" gwaeddodd Pennylove, yn trio'r enw roddodd ei fam iddo, i weld os fydda hynny'n dod â fo'n ôl i'r byd. "Martin Wyn Jones!"

Roedd galw Drwgi wrth ei enw iawn yn gamgymeriad. Roedd o'n rhy anghyfarwydd i Drwgi allu uniaethu efo fo. Doedd o ond yn atgyfnerthu'r senario afreal oedd yn datblygu yn ei ben. A roedd o'n rhy fformal o beth uffarn – yn rhy swyddogol, yn llawn delweddau o'r Jobcentre, cwrt, a cael ei arestio...

Tra bod athronwyr yn credu fod pob creadur yn dewis *fight or flight* o fewn eiliad neu ddwy i wynebu bygythiad, o'r diwadd – gwpwl o funuda ers i Pennylove ymddangos ar y sîn – dewisodd Drwgi. Heb rybudd, rhuthrodd heibio i Pennylove, a bustachu'n hannar dall i fyny'r ffordd, ar hyd y gwair wrth y gwrych, a rownd ochor pasenjyr y car heddlu...

Aeth Drwgi ddim llawar pellach. Agorodd PC Elton Jones ddrws ochr y pasenjyr, fel oedd o'n ei gyrraedd. Hitiodd Drwgi'r drws ar garlam, a disgyn ar ei hyd i'r gwair a dail poethion, dan y gwrych, ar ochor y ffordd. *Fight or flight?* Mwy fel *flip and slip...*

Dwy eiliad yn ddiweddarach roedd o'n reslo efo 'android' mewn ffos, ac yn gweiddi. "Naaaaa! Ffacoff! Ffacoff! Ffacoff!"

PC Elton Jones oedd yr android dan sylw. "*I'm arresting you... on suspicion of resisting arrest...*" Roedd o'n cael traffarth gafael ym mreichia Drwgi, i'w lonyddu fo. "*You have the... right to... fuckin keep still yer stupid fucker!*"

Erbyn i Pennylove gyrraedd i helpu, roedd Drwgi wedi troi ar ei bedwar yn y drain, ac yn cropian am y gwrych gan lusgo PC Elton Jones – oedd yn gafael yn dynn am ei sodla – efo fo. Roedd Drwgi 'di cael nerth arallfydol o'r adrenalin a ruthrodd drwy'i waed pan sylweddolodd ei fod wedi rhedag i mewn i ambwsh, a nad oedd Pennylove ar ben ei hun. Cwffiodd Drwgi fel llew am ei einioes...

Neidiodd Pennylove ar ei ben. "Martin Wyn! Cŵlia lawr! Dwi ddim isio mynd â chdi i mewn! *Jesus... grab his arms, Elton...* dwi jesd isio holi chdi...!" Roedd hyn yn gelwydd noeth, wrth gwrs. Roedd petha wedi mynd rhy bell rŵan. Roedd PC Elton Jones wedi deud y 'geiriau hud', ac wedi arestio Drwgi'n ffurfiol. Ers hynny roedd pob ymdrech oedd Drwgi'n wneud i ryddhau ei hun, bellach yn drosedd. Roedd o'n torri'r gyfraith efo bob gwingiad, hergwd a rheg. "Martin! Drwgi!! Callia! Ti ond yn gneud petha'n waeth!"

"Ffacoff!!!"

"Aros yn llonydd!"

"Ffacoff!!!"

"Drwgi!!"

"FFAC OFF!!!"

'Nôl wrth y Volvo, roedd Tiwlip yn ysgwyd ei ben mewn anobaith llwyr. Sut ar wynab daear ddaeth petha i hyn? Meddyliodd am drio ymyrryd, ond ailfeddyliodd. Doedd o'm isio bod yn rhan o'r holl beth. Roedd o'n landlord pyb, parchus. Gwell fyddai cadw allan.

Roedd y cops yn cael traffarth. *"Grab his legs, Elton!"*

"I have got his legs!"

"They're my fucking legs!"

"FFAAAC OOOOOFF!!!"

Fel oedd Tiwlip yn meddwl am neidio i'r car – a bacio'n ôl am y lle pasio yr oedd o wedi'i weld, rhyw hannar canllath yn ôl i lawr y ffordd, er mwyn troi'n ôl a mynd adra, daeth sŵn brigau a changhennau'n malu o'r gwrychoedd o bobtu'r ffordd. O fewn chydig eiliadau roedd Sbanish wedi ymddangos o'r ochor chwith, a Bic o'r dde. Rhedodd Sbanish heibio Tiwlip, yn sgrechian fel ninja, tuag at Drwgi a'r cops, ac ymuno yn y sgarmas ar lawr. Rhedodd Bic rownd cefn y Volvo, at ddrws y pasenjyr, a'i agor. Sbiodd o gwmpas y sêt a'r llawr, yn wyllt, cyn troi at Tiwlip. *"Where's the fucking Stella?!"*

Pwyntiodd Tiwlip at y llain gwair wrth ei draed. Plygodd Bic a gafael mewn dau gan a'u stwffio i bocedi'i jacet, cyn agor un arall, llyncu'r rhan fwya ohono mewn un swig, ffling iddo i'r gwrych, a tsiarjio, yn sgrechian fel un o'r *Berserkers*, am y sgrym.

Roedd gan Tiwlip ofn edrych. Ond mi welodd o Pennylove yn cael ei lusgo oddi ar ben Drwgi, a'i bwsio ar ei gefn i'r ffos. A mi welodd o'r plisman arall wedyn, yn cael ei lusgo gerfydd ei sodla a'i daflu ar ben Pennylove. Wedyn gwyliodd Drwgi'n codi, gweiddi rwbath am androids, a'i gluo hi i fyny'r ffordd, efo Sbanish a Bic ar ei sodla, a'r ddau heddwas yn eu dilyn dan weiddi. Safodd Tiwlip yn syfrdan, wrth wylio'r cwbwl yn diflannu i'r gwyll, fel ysbrydion.

= 21 =

ROEDD Y GENOD YN iawn, wrth gwrs. Tydi *temazepam* ddim yn rwbath i chwara efo. Yn enwedig efo alcohol. Tablets cysgu ydyn nhw, a'r gyfrinach, os ydi rywun isio hit allan ohonyn nhw, ydi ymwrthod â'r awydd i gysgu, hyd nes mae'r awydd hwnnw'n pylu, a gadael y person yn byssian ei ben i ffwrdd yn braf.

Ond y broblam efo gneud 'tomasis' efo cwrw ydi eu bod nhw nid yn unig yn gallu troi pobol yn seicos, ond hefyd yn gallu rhoi'r 'switsh off' yn y brên, a nocio rhywun yn anymwybodol heb rybudd, bron. Digon hawdd disgyn i gysgu wrth gerddad, neu ddreifio hyd yn oed, heb sôn am wrth ista wrth fwrdd neu orwadd i lawr. A gorwadd ar lawr oedd Gai Ows heno. Ar ei gefn, yng ngardd gwrw'r Trowt, a Tabitha'n reidio'i goc o fel Olympic Rower.

Oedd, mi oedd gan Gai Ows ddynas. A mi oedd o wedi bod yn treulio mwy o nosweithia efo hi'n ddiweddar. Ond dim yr un ddynas ag oedd ganddo rhyw flwyddyn yn ôl oedd hi, fel oedd pawb yn feddwl. Tabitha oedd ei ddynas ddiweddara, ac roedd o wedi bod yn ei thrin hi'n dawal bach ers tua tri mis bellach. Doedd neb yn gwbod, wrth gwrs. A doedd neb isio gwbod chwaith, achos roedd pawb yn dallt mai ffwcio merchaid canol oed, unig a despret, ar y slei oedd Gai Ows yn neud erioed.

Doedd Gai ddim yn un am y busnas canlyn a cael perthynas agorad, normal. Gwell oedd ganddo ffendio rhywun i fynd ati hi ar y slei, yn gyson ond ddim rhy amal. Rhywun oedd fel fo, yn hapus efo 'secs budur' ar ôl last ordyrs, neu ar amball i bnawn yn yr wythnos. Rhywun oedd wastad yn barod amdani, dim ond iddo gnocio'r drws. Dim strings, dim hed-ffycs, jyst secs.

Trefniant tebyg oedd ganddo efo Tabitha hefyd, felly doedd 'na fawr ddim wedi newid – heblaw'r gwrthrych a'r lleoliad – a cyn bellad â bod y criw yn y cwestiwn, roedd Gai Ows yn dal i lenwi'r un sach y buodd o'n ei llenwi ers blwyddyn a mwy. Siwtio Gai i'r dim. Doedd o'm hyd yn oed yn gorfod deud celwydd wrth ei fêts. "Ia" neu "na" oedd ei ateb o hyd, achos "lle ti'n mynd, at dy 'shag'?" oedd y cwestiwn bob tro. Doedd 'na'm enw wedi'i grybwyll erioed.

Roedd hynny'n hwyluso petha, a fynta – nid am y tro cynta – yn ffwcio gwraig rhywun arall. Dim bod gan Gai Ows gwilydd o hynny. Os oedd y wraig angan ei thrin, wel, bai y gŵr am fethu rhoi digon iddi oedd hynny, dim ei fai o am ddarparu'r gwasanaeth. A dyna oedd y peth efo Tabitha. Doedd Tiwlip heb dwtsiad ynddi ers y mileniwm dwytha, medda hi, ac roedd cael ei gwasanaethu'n fatar o raid er mwyn dyfrio'r ardd, fel petai – rhag i'r lawnt sychu allan, ac i'r blodau wywo.

Na, dim cydwybod oedd yn gyrru Gai Ows i gadw'i drefniant efo Tabitha'n dawal. Cwilydd, yn syml iawn, oedd y rheswm dros y cyfrin-gyfathrachu. Er bod 'na uffarn o ffrâm siapus arni, doedd Tabitha druan ddim yr hogan ddela dan haul. Dim ei bod hi'n ddisastyr, chwaith. Doedd hi'm yn *write-off* o bell ffordd. Efo'r chassi oedd ganddi, fysa hi'n gallu bod yn dipyn o bishyn – tasa hi'n molchi'n amlach, ac yn gneud ei gwallt, ac yn cael mis efo *oral hygienist,* ac yn cael syrjyri i sythu chydig o betha – fel ei llygid, ei thrwyn, ei dannadd a'i gên.

Problem arall i Gai Ows – o ran y criw yn dod i wbod ei fod o'n cael secs budur efo Tabitha – oedd y ffaith fod pawb, bron, un ai'n ei chasáu hi – fel y merchaid, oedd yn hogleuo slwt o bell – neu'n cymryd y piss ohoni rownd y rîl. Nid bod Gai Ows yn teimlo drosti. Doedd o jesd ddim isio i bobol wybod ei fod o'n gwagio'i sach yn y fersiwn fenywaidd o Peter Beardsley.

Roedd Gai Ows yn racs bost heno. Ganddo fo oedd y tomasis. Yn wahanol i weddill y criw, roedd Gai Ows yn reit parshial i gyffuriau meddygol – "drygs dropowts, down-an-owts a ffacin weirdos," chwadal Cledwyn. Roedd o wedi bod at y doctor eto, yn cwyno'i fod o'n methu cysgu a bod y tablets erill, fel *diazepam* a rhyw gybôl, ddim yn gweithio bellach. Ar ôl trafodaeth reit hir, roedd y doctor wedi rhoi tomasis 20mg iddo fo ar brescripsiwn.

Doedd Gai heb gael tomasis ers dipyn. Roedd o'n falch o hynny, deud y gwir. *Temazepam* oedd un o'r cyffuriau mwya adictif oedd allan 'na. Ac o ystyried fod ei effeithiau ewfforig, hypnotig a sedatif, a'r ffaith ei fod o'n ymlacio cyhyrau rhywun i bwynt o fod yn gorfforol ddiymadferth, yn effeithiau oedd wrth fodd Gai Ows, doedd 'na'm dwywaith y byddai wedi gorddefnyddio'r stwff hyd ddibyniaeth meddyliol a chorfforol.

Fuodd o'n cael 'wyau' – fel y gelwid y capsiwls 10mg melyn a'r rhai gwyrdd 20mg – ar un adag gan ddynas oedd ganddo drefniant rhywiol efo hi ar y pryd. Roedd honno'n eu cael ar brescripsiwn, ac yn hollol gaeth iddyn nhw, felly doedd 'na'm prinder ohonyn nhw. Ac er gwaetha'r peryglon o sgil-effeithiau a dibyniaeth, roedd Gai yn hapus i'w llyncu nhw efo cwpwl o boteli o Diamond White yn y pnawnia.

Gan fod y tomasis yn gallu gneud rhywun yn comatôs am oria ar y tro, doedd hi ddim yn anghyffredin i weld Gai – os oedd o wedi bod yn yfad hefyd – yn disgyn i gysgu yn y fan a'r lle. Felly, er fod Tabitha wedi deffro'r diafol tu mewn iddo, pan ddudodd wrtho am ei bwriad i hel Tiwlip i fyny i wêc Caradog Dafis, er mwyn i Gai gael ei 'ffwcio hi tan oedd ei brêns hi'n dod allan o'i chlustia', erbyn i Sban, Bic a Drwgi a'r genod fynd adra, roedd Gai Ows yn pendwmpian yn braf, ar y bwrdd.

Roedd o ar fin dechra chwyrnu pan gafodd ei ysgwyd gerfydd ei sgwydda gan Tabitha, a'i lusgo am y patsh bloda o dan y goedan goncyrs ym mhen draw'r ardd. Neidiodd arno wedyn, fel Shelob, y pry copan angenfilaidd yn *Lord of the Rings*, a cyn i Gai allu deud 'Charlie Dimmock', roedd ei ben o yn y geraniums, ei drowsus am ei sodla, a'i bidlan mewn lle tywyll, tamp, lle doedd 'na'm drafft nag awyr iach, nac adar yn canu.

O fewn dim, roedd hi'n reidio'i bolyn fel Calamity Jane, ac wedi tynnu'i chrys-t i ffwrdd a gafael yn nwylo Gai Ows a'u plannu nhw ar ei bra. "*It's front opening,*" medda hi, wrth rwbio'n ôl a mlaen fel *chihuahua*'n sychu'i din ar lawr. "*Thought it would be easier for you, huh huh huh.*" Chwerthodd ei chwerthiniad Beavis and Butt-Head *annoying*, arferol, wrth gyfeirio ar yr holl adega roedd Gai wedi gorfod rhwygo'r rhwystr-ddilledyn anhwylus i ffwrdd oddi arni. "*Ooooh yes, Gaeeh, feel them tits and fuck me, boy!*"

Ffymblodd Gai efo'r bra, ond doedd ganddo'm mynadd. Cododd o dros ei bronnau, a rhoi'i ddwylo ar ei thits cynnas a dechra ffidlan efo'i thethi fel banc manijar yn agor dwy sêff ar y tro. Ond doedd ganddo'm digon o egni i ddal ei freichia i fyny. Gadawodd nhw i fflopio'n ôl i lawr at ei ochrau, wrth i Tabitha ddechra gwingo a griddfan. "*Oooh yes, Gaeeh! You're my Welsh Mountain Pony. Mmm, c'mon boy, fuck me will ya...Fuck your little filly!*"

Roedd Gai'n ei chael hi'n anodd cadw min. Doedd ei galon ddim yn pwmpio'r gwaed o gwmpas ei gorff yn ddigon sydyn, ac roedd ei feddwl yn arafu, a'i lygid yn trymhau...

"*Fuck me, you fuck! Fuck me hard! Fuck me rigid!!*" medda Tabitha, a dechra rhwbio'n arafach. Mi weithiodd hynny rhyw chydig, a mi galedodd Gai ddigon i Tabitha allu dechra sgwatio i fyny ac i lawr ar ei ben o. "*Ooh, ooh, ooh, ooh, ooh...*" Aeth Tabitha i chwarae efo'i bronnau'i hun, a'i llygid ar gau mewn plesar – neu ei bod hi, mwya tebyg, yn dychmygu ei bod hi'n reidio mast llong Johnny Depp. "*Mmmmm, yes... ooh, ooh, ooh...*" Caeodd Gai Ows ei lygid i drio dychmygu Charlotte Church, neu Sonia o *Eastenders* – unrhyw 'slapar' ddi-nod oedd o'n recno oedd yn 'hogan fudur'.

Roedd Tabitha'n dod i fform – roedd pwy bynnag oedd yn ei phen yn gneud y tric. Dechreuodd weryru fel ceffyl – yr arwydd arferol ei bod hi'n cael ei phlesio. *"Hy-hyhyhihihiiiiii! Hy-hyhyhihihiiiiii! Hyyy-hehahihihiiiiiii! Yes! Yes, Gaeeh! Fuck me hard, boy! I'm your fine filly! Fuck your filly! Hiiyyy-hihihihiiiiyyyiiii!!!"* Gafaelodd yn nwylo Gai Ows eto, a'u codi at ei thits. *"Feel them, Gaeeh. Squeeze them! Grope them!!"*

Edrychodd Gai i fyny ar y ddrychiolaeth oedd yn reidio'i bolyn. 'Ffycin hel, roedd 'na chwilan yn hon!' meddyliodd, cyn gwenu'n ddrwg, a gadael i'w freichiau ddisgyn yn ôl i lawr at ei ochra, yn llipa unwaith eto. Edrychodd ar y sêr rhwng canghennau'r goedan goncyrs. Roeddan nhw'n lyfli...

"Fuck me, you bastard!" gwaeddodd Tabitha, wrth deimlo'i galedwch yn meddalu tu mewn iddi unwaith eto. *"C'mon Gaeeh, don't you want your fine young filly tonight?"*

'Fine young filly, o ddiawl!' meddyliodd Gai, wrth i'w lygid ddechra cau. Gwenodd...

≈ 22 ≈

Doedd Tiwlip ddim yn gwbod be i neud. Roedd 'na hannar munud wedi pasio ers i'r cops redag i fyny'r ffordd ar ôl yr hogia, a doedd 'na dal ddim golwg o'nyn nhw'n dod yn ôl. Penderfynodd nad oedd pwynt iddo aros yno. A gan nad oedd 'na ffordd heibio'r car heddlu, i fynd yn ei flaen i fyny'r cwm, doedd 'na ddim amdani ond troi am adra. Neidiodd i mewn i'r Volvo, a rifyrsio am y lle pasio hwnnw'r oedd o wedi'i weld yn gynharach.

Fel oedd o'n cyrraedd y lle pasio, daeth bws mini Trev's Taxis rownd y tro, a'i basio ar i fyny. Gwyliodd Tiwlip o'n cyrraedd lle'r oedd car yr heddlu ar ganol ffordd, ac yn stopio. Arhosodd Tiwlip i weld os fyddai'r bws mini'n bacio'n ôl, fel oedd o ei hun newydd ei neud. Pan welodd nad oedd hi am facio'n ôl, penderfynodd ddreifio i fyny ati i egluro i'r dreifar be oedd wedi digwydd. Roedd pawb yn y tacsi wedi gweld ei gar o wrth basio, a doedd Tiwlip ddim isio i bobol feddwl fod a wnelo fo unrhyw beth â be oedd newydd ddigwydd.

Fel oedd o'n nesu at din y bws mini, gwelodd y drws sleidio ar yr ochor yn agor, a criw o bobol yn neidio allan. Gwyliodd Donna Kebab a Nia Rwla yn mynd i biso'n y gwrych, yn edrych draw at Tiwlip wrth fynd, yn ddall yng ngolau'i gar, a'u hosgo'n deud 'paid â meiddio watsiad ni'n piso'r cont!'

Dilynwyd y ddwy i'r dreiniach gan Dyl Thŷd, oedd yn ffwcio Nia Rwla y dyddia hyn, a mi aeth chwech neu saith o ddynion uffernol o fawr draw at gar yr heddlu i fusnesu. Adnabodd Tiwlip nhw fel teulu pell i Rhen Crad, neu i wraig Crad – doedd o'm yn cofio'n iawn be egluron nhw iddo fo yn y dafarn yn gynharach.

Aeth Tiwlip draw at ddreifar y bws i gael gair sydyn. Tref – Trev's Taxis – ei hun oedd yn dreifio. *"Howaya, Tiwlip?"* medda hwnnw, mor glên ag arfar. *"We've got the Marie Celeste of cop cars here, I think!"*

Cyn i Tiwlip atab, daeth llais crinclyd Bibo Bach o gefn y bws. *"Pint of fuckin lager, Tiwlip, you twat!"*

Ar ôl yr holl hasyl oedd o newydd fynd drwyddo, doedd gan Tiwlip ddim mynadd cymryd mwy o abíws. *"Bloodey 'ell, Beebawh! Can you say any words without sticking swear-words between them?!"*

"Yes," medda Bibo Bach. *"Fucking cont! How's that for you, y ffycin cwdyn Sais!"*

Penderfynodd Tiwlip anwybyddu'r ffasiwn araith, a trodd yn ôl at Tref i egluro be oedd wedi digwydd gynna, gan ychwanegu ei fod am droi'n ôl a mynd adra. Roedd hi bron yn chwartar wedi un, wedi'r cwbwl, medda fo.

Doedd gan griw y bws mini ddim bwriad o fath yn y byd i fynd adra, fodd bynnag. Wedi i ddau neu dri ohonyn nhw glywad y stori ddudodd Tiwlip, dechreuodd pawb drafod y syniad o symud y car cops eu hunain. Roeddan nhw isio mynd i'r parti, a doedd 'na ffwc o ddim byd yn mynd i'w stopio nhw.

"'Di'r goriad yno fo?" gofynnodd Tref.

"Goriad? Ma'n dal i redag!" atebodd Em Scotch Egg, horwth mawr, gwyllt, efo mop o wallt coch a locsyn – un o gefndryd pell y Dybyl-Bybyls, a'r unig un oedd yn dal i fyw yn yr ardal. "Symudan ni o, ia?"

"Tiwlip, move your car back down," medda Tref.

"What?! Yow not going to move it?!" Roedd Tiwlip yn dechra cachu'i hun wrth weld un o'r dynion yn neidio mewn i'r car heddlu.

"Duw, duw, *why not?*" medda Tref a dechra bacio'r bws mini'n ôl. *"Move your car, quick!"*

Neidiodd Tiwlip yn ôl i'r Volvo, a bacio'n ôl am y lle pasio eto. Dilynwyd o gan y bws mini, a chwech neu saith o fois mawr ar droed, ac wedyn – er mawr ofid i Tiwlip – car yr heddlu. Tynnodd Tiwlip i mewn i'r lle pasio. Stopiodd y bws mini ar y ffordd gyferbyn â fo, a stopiodd y car cops o flaen honno. Daeth boi allan o ddrws y dreifar, a cerddad draw at Tiwlip. Agorodd Tiwlip ei ffenast.

"Os ei di'n d'ôl ar y ffordd, 'de, a lawr chydig, 'de, gawn ni'r jam byti i mewn i fan hyn, wedyn gedrith pawb basio fo'n ôl i fyny. Iawn, *chief?*"

"Sorry?"

"Mŵf ddy car bac ê lityl!"

"Oh..!"

Aeth y dyn yn ôl at y car cops, lle oedd yr horwths eraill wedi ymgasglu. Edrychodd Tiwlip i fyny'r ffordd, i'r cyfeiriad lle'r oedd y ddau heddwas wedi rhedag cynt. Roedd ei galon yn pwmpio. Roedd o'n siŵr fod ymyrryd efo car heddlu yn drosedd difrifol, a doedd o ddim isio cael ei wneud fel 'acsesori'. Ond os oedd gan Tiwlip ofn cael ei gysylltu efo sefyllfa oedd eisoes wedi mynd allan o reolaeth, bu bron i be ddigwyddodd nesa achosi iddo gachu llond ei drôns.

Roedd 'na drafodaeth feddw wrth y car cops, a lot o weiddi a chwerthin. Peth nesa, roedd 'na saith o ddynion mawr cryf – a Dyl Thŷd – ar eu cwrcwd a'u cefnau'n erbyn ochor y car, yn gafael odditano, ac yn cyfri, i gyd efo'i gilydd. "Un, dau, tri, hyp!!!"

O fewn eiliadau, roedd car yr heddlu ar ei ochor, ac o fewn

cwpwl o eiliadau wedyn, roedd y momentwm wedi'i yrru drosodd eto, nes fod o'n gorwadd ar ei do, yn y ffos. Rhoddodd y dynion fonllef orfoleddus, cyn brysio'n un haid o gigyls, yn ôl i mewn i fws mini Tref. Ac i ffwrdd â nhw i fyny'r cwm...

Fedra Tiwlip ddim coelio'i lygid. Dechreuodd grynu. Er iddo dreulio'i oes, fwy neu lai, yn Wolverhampton, dyma'r agosa iddo erioed fod at hwliganiaeth. Roedd hi'n amsar ei sgidadlo'i am adra, meddyliodd. Doedd 'na'm amsar am 'ten point turn', felly slamiodd y Volvo i rifŷrs, a baciodd yr holl ffordd i lawr y ffordd gefn at entrans ffordd Graig. Falla mai tafod wenwynig Tabitha fyddai'n ei aros o'n y Trowt, ond wrth ystyried y posibilrwydd o dreulio noson yng nghelloedd y glas efo Sbanish, Bic a Drwgi, Bibo Bach a'r ffycin 'Good Ol' Boys', roedd Tiwlip yn fwy na pharod i gymryd ei jansys.

≈ 23 ≈

Er fod Pennylove allan o wynt, roedd rhaid iddo chwerthin. Roedd o'n gwbod na ddylia fo ddim, a nhwtha wedi colli'r tri ffoadur oeddan nhw'n ymlid, ond roedd gweld Elton Jones yn sefyll o'i flaen, yn gachu buwch o'i gorun i'w swdwl, yn un o'r petha mwya digri iddo'i weld ers iddo ymuno â'r Ffôrs.

Roedd y plismyn wedi rhedag fyny'r ffordd ar ôl Drwgi, Sbanish a Bic – cyn i'r dihirod ffendio'u ffordd, drwy fwlch yn y gwrych, i gae ffarm, a'i heglu hi i freichia'r nos. Roedd y ddau heddwas, wedi mynd heibio'r bwlch, ond wedi ffendio giât, ac wedi neidio drosti i'r cae. Gwelodd Pennylove yn syth eu bod wedi colli'r ras, ac arhosodd wrth y giât i gael ei wynt ato. Ond roedd 'Action Hero Jones' wedi mynnu dal i redag. Triodd Pennylove weiddi arno fo, i ddeud nad oedd pwynt cario mlaen, ond diflannodd 'Jean Claude Van Damme' i'r twllwch ar ôl ei ddynion.

Rai eiliadau wedyn, daeth sgrech o wae o'r fagddu, rhywle ym mhen pella'r cae. Ac ar ôl i Pennylove ei atab – gan feddwl, i ddechrau, fod ei bardnar wedi brifo – daliodd olau'i fflachlamp ar hyd y cae, fel llwybr gwyn, i arwain Elton yn ôl.

Pan ddaeth Elton i'r golwg cyn hir, ei freichiau ar led fel bwgan brain ac yn cerddad fel 'sa fo 'di cachu'n ei drwsus, roedd Pennylove wedi hannar dechra poeni ei fod o 'di brifo go iawn – tan ddaeth o'n ddigon agos i Pennylove weld ei fod o'n gwisgo *face pack* o gachu buwch, ac yn poeri fel ŵy mewn padall ffrio. Craciodd Pennylove i fyny.

"*So you lost 'em then, Elton?*" medda fo, ar ôl cael rhywfaint o reolaeth ar ei anadlu.

"*Pach!*" poerodd Elton. "*Yes… Achch-pah.*"

"*Shit!*" Triodd Pennylove gadw gwynab syth.

Poerodd Elton gawod arall o gachu buwch o'i geg. "*Pych! Them fuckin cows must be giants! 'Ave yer seen the size of their fuckin shit? Pach… pach!*"

Wedi rhoi ei droed mewn cachu buwch wrth redag oedd Elton, ac wedi llithro, a glanio ar ei fol mewn patshyn anfarth o gachu-buwch meddal, ffresh, cyn sleidio yn ei flaen drwy fwy o slwtsh, a dod i stop wynab i lawr mewn pwdin mawr o uwd gwyrdd-frown, drewllyd. Roedd hi'n glasur o gwymp, yn haeddu naw-pwynt-naw o leia, tasa rhywun yno i roi marciau.

"*It's like a minefield out there, Wynnie! Fuckin shit everywhere! Look at me! What the fuck am I gonna do now?!*"

"*Well you can't come into the car like that, mate!*"

"*I'm not gonna take me clothes off, am I?*"

"*Well, try and roll about on the grass, or something!*" Roedd Pennylove yn mwynhau pob eiliad.

"*Awh, bloody hell, it's gone right through me fuckin pants…*"

"*You don't say!*" Chwerthodd Pennylove eto. Roedd hyn yn ffantastig.

"*Oh, come on, Wynnie! It's not funny! Fuckin 'ell, it stinks 'n all..!*"

"*Come on Elton, don't milk it!*"

"*Oh, ha fuckin ha, Wynne!*"

"*No need to get in a moo-d, Elton!*"

Ar ôl cael y plesar o wylio Elton yn rhwbio'i hun ar lawr yn y gwair am chydig funuda, doedd colli gafal ar Sbanish, Bic a Drwgi Ragarug ddim yn teimlo mor ddrwg ag oedd Pennylove wedi'i ddychmygu. Cododd Elton ar ei draed, a daliodd Pennylove olau'r dortsh ar ei drwsus, iddo gael crafu'r tameidiau mwya trwchus o gachu i ffwrdd.

"*Fuckin bastards!*" rhegodd Elton, wrth ddechra corddi. "*I can't wait to get them knobheads in the cells, I'm tellin yer. Are we gonna call for back-up, or what?*"

"*No point, Elton. All we've gorr on them is resisting arrest!*"

"*Fuckin 'ell, Wynnie! We can think of something, surely!*"

"*This time of the mornin'? We're goin' home in a minute. Don't you wanna get back and 'ave a shower?*"

"*I suppose… But…*"

"*We'll get the Three Stooges later. We know who they are, and where they live…*"

"*Do we?*"

"*Oh yes, my little shit-covered deputy! We even know where they're headed this very instant!*"

"*Oh?*"

"*Up to Nant-y-Fagddu…*"

"*Nanty what?*"

"*A farm up the valley. To the wake. They buried the farmer today. Which is another reason why we should, as caring community police officers, leave it until tomorrow before making our move.*"

"*Well, as long as we gerr-em, and gerr-em bloody good! Look at the fuckin state-o-me! Jesus, I stink!*"

"*Yes, Elton, you do.*"

Tynnwyd sylw Pennylove gan ola' car yn dod i fyny'r ffordd o gyfeiriad lle y gadawodd y ddau y car heddlu, rhyw bum munud da ynghynt. 'Helô,' meddyliodd. Doedd o heb sylwi bod 'na le i basio, wrth y car…

Brysiodd at y giât, a'i chyrraedd fel oedd bws mini Trev's Taxis yn pasio, ar ei ffordd i fyny i'r wêc. 'Sut ffwc…?'

"Wait a minute, Wynnie," gwaeddodd Elton o'r cae tu ôl iddo. *"I'll have to take me keks off, the shit's coming through… Can you shine the torch for me again?"*

Rhegodd Pennylove dan ei wynt. Roedd 'na waith 'gwarchod' ar y 'Frill o Rhyl'. Trodd yn ei ôl a cerddad draw at le oedd Elton yn tynnu'i drwsus i ffwrdd yn y gwyll, gan ddal pelydrau'r dortsh i'w gyfeiriad – cyn sefyll yn stond mewn braw pan welodd bâr o lygid gloyw, yn disgleirio o'r twllwch, reit tu ôl i Elton. *"Jesus Christ!"*

"Has he got a pair of spare keks, then?" gofynnodd Elton, oedd wedi tynnu'i sgidia, ac yn ista ar ei din ar lawr wrth bîlio'i drwsus i lawr ei goesa.

"No, but…!" dechreuodd Pennylove, cyn sylwi ar fwy o barau o lygid yn ymddangos mewn hannar cylch tu ôl i'w bardnar. Rhewodd Pennylove pan welodd be oedd bia'r llygid. Gwarthag! *"Erm… Elton?"*

"Wha'?" Roedd Elton lawar rhy brysur i sylwi ar y criw o warthag oedd wedi ymgynnull tu ôl iddo, yn arogli a chwythu wrth fusnesu be oedd y dyn diarth, ogla cyfarwydd, yn ei wneud ynghanol eu cae.

"I think you'd better stand up, and… very, very slowly, walk over to me… "

"Hang on, Wynnie, for fuck's sakes…" Roedd Elton newydd dynnu un coes ei drwsus i ffwrdd, ac yn tuchan wrth drio cael y llall dros ei droed arall. *"Shine the torch for us, will yerrr, I won't be a sec…"* Stopiodd Elton ar ganol brawddag pan ddaeth buwch fawr ddu i sefyll o'i flaen, ac estyn ei thrwyn at ei wynab a dechra'i ogleuo.

Sgrech ddaeth nesa. Un fer, ond uchal, a achosodd i'r gwarthag neidio a chymryd cam neu ddau am yn ôl. Neidiodd Elton ar ei draed. *"Sh-sh-sheriff!"*

"Stay still!" siarsiodd Pennylove, wrth i'r gwarthag glosio at

Elton eto, eu chwilfrydedd yn drech na nhw unwaith eto. *"Don't make any sudden movements."*

"FUCKINELL!!!"

"Quiet, Elton! Stay calm..."

"Fuckinell...!"

"Shshshsh! Don't frighten them!"

"Frighten THEM?!!!"

Closiodd y gwarthag – y creaduriaid busneslyd ag ydyn nhw – at Elton eto. Rhewodd hwnnw mewn dychryn, nes ei fod o'n ofni y byddai math arall o gachu'n ymuno efo'r slwtsh ar hyd ei goesau. Wedi'r cwbwl, yr agosa fuodd o – a Pennylove, hefyd, o ran hynny – at fuwch cyn hyn oedd wrth fwyta Whopper yn Burger King, Llandudno.

"OK, Elton. Don't panic... they're just cows... I think..."

"But they're sniffing me, Wynnie!" protestiodd Elton.

"It's OK, Elton! They're vegetarians!"

"I'm scared, Wynnie... they're staring... their eyes, I can't handle it..." Roedd Elton yn dechra blabio wrth i'r panig dynhau ei afael arno. Roedd o'n crynu fel deilan, a'r chwys yn cymysgu efo gweddillion y cachu-buwch ar ei dalcan, ac yn llifo i lawr ei drwyn a'i fochau i mewn i'w geg. *"Call for back-up, Wynnie, pleeeeease...!"*

Roedd Pennylove iso chwerthin rŵan. Roedd o'n diawlio fod eu car mor bell – roedd 'na gamcorder DVD da ynddo fo. *"Just calm down for a minute, Elton. They'll soon get bored."*

"Bored? They've only just got here!"

Daeth ysfa gryf i chwerthin dros Pennylove. Fyddai neb wedi gallu sgwennu sgript gwell! PC Elton Jones, yn gachu buwch drosto yng nghanol cae, heb ei drwsus, ar fin cael ei 'fwyta' gan warthag! Melys! Ffycin melys!

Daeth sgrech fach arall o geg Elton, wedi i fuwch anadlu reit wrth ei glust, a phoeri snot drosti. *"Wynnie! What's with all the sniffing? Is it, like ... their shit... on me? Or..."*

"Relax, Elton. I think they're just being friendly…"

"Oh my God! You don't think they're gonna fuck me, do yer?!"

Chwerthodd Pennylove. Roedd honna'n glasur! Ond chwerthodd o ddim yn hir, achos roedd criw o warthag wedi dechra cau amdano fynta hefyd, mwya sydyn. *"Fuck! They're all around me now, too!"*

"Oh-Jesus-Christ-we're-gonna-die!"

"Don't be silly!"

"We are, aren't we? This is it! The end!"

"Elton! Shut the fuck up, or I'll kill you myself!" Roedd Pennylove wedi cael digon – roedd o'n ddigon nerfus ei hun, bellach, heb gael Elton yn ffrîcio allan arno fo hefyd. Estynnodd ei law allan, yn araf, at drwyn y fuwch agosa ato. Ymatebodd y fuwch drwy estyn ei thrwyn, yn betrus, tuag ati. Roeddan nhw ar fin cwrdd, pan neidiodd y fuwch yn ei hôl. Dychrynodd Pennylove i ddechrau, cyn sylweddoli fod gan y fuwch fwy o'i ofn o nag oedd ganddo fo ei hofn hi. *"Elton?"*

"… iii…?" Roedd gwddw Elton yn sych fel cardbord. Fedrai o'm yngan gair, felly gwnaeth sŵn fel llygodan.

"I've got an idea…"

"…iii…"

"What was that?"

Llyncodd Elton ei boer. *"… we run like fuck?"*

"Not excactly. But it might come to that."

"I'm all ears… and shit…"

"We move slowly towards the gate, over there…"

"Slowly?"

"We don't want to startle 'em. They might stampede and trample us…"

"Jesus Christ! Okay… I'll just get my boots…" Plygodd Elton i godi ei drwsus a'i sgidiau oddi ar y llawr, yn araf, heb dynnu'i lygid oddi ar y gwarthag. *"OK, Sheriff, I'm ready…"*

"*Right, on my word, we start walking. Slowly...*"

"*...iii...*"

"*OK, let's do it!*" Dechreuodd Pennylove gerddad am yn ôl, gan gadw golwg ar y gwarthag oedd yn hofran o'i flaen o. "*Are you walking, Elton?*"

"*...iii...*"

"*Slowly... slowly...*" medda Pennylove, wrth gamu'n araf tuag yn ôl i gyfeiriad y giât, a'r gwarthag yn ei ddilyn o gam neu ddau ar y tro.

"*I don't like this, Wynnie... !*" medda Elton, wrth symud yn ara deg ar ôl ei bardnar, a neidio bob tro'r oedd un o'r gwarthag yn symud i wneud lle iddo.

"*Hold your nerve, Elton. Hold your nerve... Try not to think of 'em...*"

Dechreuodd Elton ganu dan ei wynt, a'i lais main yn torri bob hyn a hyn, wrth i'w anadlu sydyn amharu ar lif y geiriau. "*And through it aaa...aaall... she offers me prot...ection... a lot of love and a...ffection...*"

"*That's it, Elton... Keep moving, nice and slow. Avoid their eyes... don't provoke 'em...*"

"*...whether I'm right or wr...ong...*"

"*That's good, Elton. Nice and easy... no sudden movements...*"

"*Oh my God, they're following me!*"

"*Don't worry, Elton. Not long to go. Just a few yards...*"

"*... iii... *"

Ar ôl rhyw funud o gerddad yn ara bach tuag at y giât, a tua dau ddeg o warthag duon Cymreig chwilfrydig yn eu dilyn bob cam, daeth gola car ar hyd y ffordd o ben ucha'r cwm. Roedd y bws mini'n dod yn ôl i lawr. Daliodd Pennylove ei dortsh yn yr awyr, uwch ei ben, a dechra'i siglo hi o ochor i ochor i drio tynnu sylw'r dreifar. Ond doedd hwnnw ddim yn gweld i'r cae oherwydd y coediach ar ochor y ffordd. Daliodd i wibio ar hyd y stretsh tuag at y giât, heb arafu o gwbwl. Dechreuodd Elton weiddi dros bob man, wrth iddi ddod yn amlwg fod y bws mini am basio'r giât heb sylwi dim.

"*HEEELP!!! HEEEEEYYYYY!!!*"

Ymunodd Pennylove efo fo, a chwifiodd y ddau eu breichiau fel castawês ar ynys unig yn trio tynnu sylw llong. "*HEEEYYYY!!!*" Ond pasiodd Trefor Tacsis heb weld na chlywad dim.

"*Bastard!!!*" gwaeddodd Elton ar ei ôl, cyn sylwi fod y gwarthag i gyd wedi rhedag i ffwrdd, wedi cael eu dychryn gan yr holl weiddi a'r neidio. "*Wynnie! The cows! They've gone!*"

Rhedodd y ddau heddwas at y giât, a neidio drosti yn ôl i'r ffordd. Anadlodd y ddau'n drwm am chydig, cyn dechra ymlacio, a rhyw fath o ddechra chwerthin i guddio'r ffaith eu bod nhw'n teimlo fel twats.

"*That was a close call, Sheriff,*" medda Elton, wrth roi ei sgidia'n ôl ar ei draed heb ei drwsus cachlyd – doedd 'na'm pwynt gwisgo hwnnw a hitha bron yn ddiwadd shifft.

"*I don't think we're out of the shit yet, though,*" atebodd Pennylove.

"*Oh very funny!*" medda Elton, yn meddwl fod ei bardnar wedi dechra tynnu'i goes unwaith eto.

"*I don't mean you, Elton! I mean, how did that mini-bus get past our car?*"

Roedd hi'n tua pum can llath yn ôl i lawr at lle ddechreuodd y ras ar ôl yr hogia. Roedd y pedwar canllath cynta'n weddol fflat, cyn mynd ar i lawr y mymryn lleia, a codi eto dros grib fach, a dod i olwg lle oedd y car heddlu i fod wedi'i barcio'n gwynebu Volvo Tiwlip. Ond wrth i'r ddau heddwas gerdded dros y grib, roeddan nhw'n gallu gweld yn syth nad oedd petha fel oeddan nhw pan adawon nhw.

"*Elton,*" medda Pennylove yn dawal, â phenderfyniad yn oeri ei lais, ar ôl cyrraedd at y car oedd yn gorwadd ar ben i lawr yn y gwrych. "*We have just stopped being caring community police officers! It's going to be a long night after all.*"

ROEDD HI WEDI TAWELU yng nghegin 61 Bryn Derwydd. Roedd
Gwen Nymbar Ten wedi mynd adra, a Seren wedi mynd efo'i
ffrindia, Lowri a Holly, i dŷ Lowri, rownd y gornal. Roedd Fflur
wedi piciad adra i jecio'r plant a chwilio am seidar, ac roedd Sian
Wyn newydd ddod 'nôl o drws nesa ar ôl gneud yn siŵr fod Caio
a Rhys ddim am roi'r tŷ ar dân.

Roedd Carys wedi gneud panad iddi hi, Jen a Sian – roedd
Fflur Drwgi wedi deud ei bod hi am sdicio efo'r seidar.

"Ti'n iawn, Jen?" gofynnodd Sian Wyn. "Ti'n dal i edrach yn
llwyd, 'sdi."

"Yndw, Sian fach. Ti?"

"Yndw tad! 'Di blino. Dwi am 'y ngwely ar ôl y banad 'ma."

"Finna 'fyd, dwi'n meddwl. Oedd yr hogia'n iawn, gen ti?"

"Oedd. Dal ar y Playstation. Bagia mawr dan lygid y ddau."

"Rhaid 'mi ddeud," medda Carys, "dwi chydig bach yn
disgysted efo Bic am fynd i barti heno a dy adal di, 'de! Be 'sa
rwbath yn digwydd?"

"Duw, fysa fo well allan o'r ffordd, eniwe!" chwerthodd Jenny.
"Dwi'n gwbo' bo' fi 'di rhoi'r dewis iddo fo – peidio methu geni
hwn, neu 'difôrs'. Ond wir i chdi, 'sa'r diawl gwirion ond yn stressio
fi allan! Bechod – mae o'n meddwl yn dda, 'sdi, Car. Jesd…"

"Jesd gwirion fel y rest o'nyn nw!" medda Sian.

"Titha'n rhy blydi sofft ar Cledwyn 'fyd, Siani," medda Carys
wedyn. "Titha ar fin popio, 'fyd. A lle mae o? Galifantio…"

"Ia, ond chwara teg, Car – o'dd 'na gnebrwn heddiw'n doedd!
A wêc heno. O'ddan nhw isio deud ta-ra wrth Rhen Crad,
doeddan!"

"Un noson ydi hi, Carys!" ychwanegodd Jen. "Ma' nw 'di bod
yn reit dda, chwara teg! 'Dyn nhw heb fod i ffwr' dros nos ers
wsnosa. Sydd yn wyrth ynddo'i hun!"

"Dyna pam o'ddan nw mor ffycin wirion heno, ma' siŵr!"
medda Sian wedyn. "Wedi'u gollwng allan am noson – druan

o'r byd heno, dduda i!"

Chwerthodd Jenny Fach a Sian. Doedd Carys ddim mor siŵr os oedd hi isio chwerthin. Sylwodd Sian. "A fel oedd Jen yn deud," medda hi, "ma'n braf cal heddwch hebddyn nw, dydi?"

"Yndi, am wn i…" Gormod o heddwch oedd Carys yn ei gael gan Sbanish. Trodd y stori. "Pam fo' nw'n ca'l wêc i Caradog 'ta? O'ddan nw'm yn Cathlics, na?"

"Na, dwi'm yn meddwl, sdi," atebodd Sian. "Jesd bo nw'n coelio yn 'u petha'u hunan, 'de."

"Fel be, 'lly?" gofynnodd Carys eto.

"Duw a ŵyr. Ond glywisd di'r Dybyl-Bybyls yn deud heddiw, yndo, bod 'u tad ddim yn credu mewn bod yn drist pan oedd rywun yn marw…"

"Ia, glywis i," medda Jen. "Rwbath am ga'l eu geni yn y byd nesa, ne' rwbath, ia?"

"Ma' Cled wastad yn mynd mlaen am hynna," medda Sian. "Bod rywun yn marw yn y byd arall pan ma 'na fabi'n cael ei eni yn y byd yma, a bod rywun yn geni yn y byd nesa pan ma' rywun yn marw yn hwn…"

"Cled a'i betha!" medda Carys, ychydig yn rhy sych.

"Be ti'n feddwl?" medda Sian, ychydig yn rhy amddiffynnol.

"Dim byd, siŵr! Jesd, 'Cled a'i betha', dim byd arall…"

"Eniwe," medda Jenny Fach cyn i ffrae godi. "Dyna o'dd Rhen Crad isio, medda'r Dybyl-Bybyls – wêc!"

"Be? Ffwc o barti?" Doedd Carys ddim – neu ddim isio – dallt.

"Naaa… wel, ia, ond dim 'ffwc o barti' fel ti'n feddwl. Dathliad o'i fywyd o, 'de. Fel ma' Cathlics yn neud, 'de. Cofio amdano fo'n hapus. Fel o'dd y gwinidog yn ddeud yn capal 'de. Glywisd di o, do?"

"Glywis i o, do. Ond o'n i'm yn dallt be o'dd 'i boint o chwaith."

"Ia, wel, a'th o mlaen a mlaen, yndo. O'dd hannar y

gynulleidfa'n cysgu, dwi'n siŵr," medda Sian.

"Ond o'n i'm yn dallt hynna, am fod yn hapus pan ma' rywun yn marw. Pan ti'n marw, ti'n marw, a dyna fo. Wedi mynd am byth. 'Di hynna'm yn rheswm i fod yn hapus, nac'di? Esgus am sesh ydi wêc, dim byd arall…"

"Be sy'n bod, Car?" gofynnodd Sian, wedi sylwi eto ar yr is-dôn bigog. "Ti'n iawn?"

"Yndw. Sori, jesd ffed-yp braidd…" Sbriwsiodd Carys rhyw chydig, a rhoi gwên na fedrai ei chynnal am fwy nag eiliad. Synhwyrodd y ddwy arall yn syth – fel mae merchaid yn neud – fod eu ffrind ar fin crio. Rhoddodd y ddwy eu paneidia i lawr ar y bwrdd ac estyn i afael yn ei dwylo.

"Be sy, Car?" gofynnodd Jen.

"Ti 'sio siarad?" gofynnodd Sian.

"O, jesd, wel… ffed-yp… Sban a'i ffycin gwrw… 'Di o byth adra, bron! O, duw, 'dio'm bwys…. rhaid i chi ignôrio fi…"

"Ignôrio chdi?! Pwy?!" medda Fflur Drwgi wrth siglo'n ôl i mewn drwy'r drws cefn, efo potal fawr o Strongbow dan ei chesail, wedi'i dal hi. "'Sa neb yn ffycin ignôrio chdi, mêt! Neu bydd gynnyn nhw fi i… hic… i atab i… hic… ffwcin hel, dwi'n tyfu!"

Chwerthodd Carys, a sychu'r un deigryn bach oedd wedi sleifio i gornal ei llygad. "Tyfu ar i fyny gobeithio, ia! Dim am allan fel y ddwy yma!"

"'Da chi ar y coffi, yndach, y jibars!" haslodd Fflur. "Gena i… hic… seidar fan hyn… Last ffycin tsians, os oes rywun isio peth?"

"Ista lawr, Fflur," medda Sian, yn cicio cadar am allan iddi. "Cyn ti ddisgyn, wir."

"Dwi'n iawn yn sefyll, sdi, mêt," atebodd Fflur, cyn disgyn yn fflop i'r gadar.

"Ai nôl glass glân i chdi," medda Jenny Fach, a codi i fynd am y cwpwrdd. Wrth wneud, teimlodd rwbath yn pwnio yng ngwaelod ei chefn – rhyw boen bach annisgwyl, mwya sydyn. Estynnodd rownd efo'i braich, a rhwbio'i chefn wrth gerddad ar draws y llawr.

Mi aeth y boen, ond gadawodd deimlad anghyfforddus yn ei le. Twt-twtiodd y peth, a mynd â'r gwydryn glân i Fflur.

"Wel? Top-yp ta ffwcin be?" medda honno, wrth droi top y botal seidar, a'i rhoi at ei chlust i wrando ar y 'ffsssss'. "Yndi, ma' hon yn botal iawn! Gwd styff! Dowch, y ffycars bôring! Drinc!"

= 25 =

DECHREUODD Y CŴN GYFARTH fel petha lloerig wrth i Cled a'r Dybyl-Bybyls gyrraedd buarth Nant-y-Fagddu. Roeddan nhw newydd gario Rhen Crad drwy afon Dryw, o ochor Hafod Farfog, ac wedi cyflawni'r gamp heb ei wlychu.

Er fod y dŵr yn isal adag yma o'r flwyddyn, roedd croesi'r afon wrth Hafod Farfog yn dipyn o gamp. Achos rŵan bod y bont wedi mynd, roedd rhaid ymbalfalu drwy babwyr a choediach i lawr at wely'r afon, wedyn pigo'u ffordd dros greigia ysgythrog, croesi'r pistyll bach, a dringo fyny drwy'r coediach ar yr ochor draw. Gymrodd hi dipyn o regi, chydig o chwerthin, a lot fawr o fôn braich, ond mi lwyddon nhw.

"Lle 'da chi am 'i roi o, ogia?" gofynnodd Cled, allan o wynt, yn gobeithio i'r nefoedd nad oeddan nhw am fynd â fo i ben mynydd.

"I'r coed derw 'cw'n fancw," medda Gwyndaf.

"I'r coed?!"

"Ia. Fana mae o isio'i gladdu... Neu fana *oedd* o isio'i gladdu 'lly..."

"Ma' 'na lannerch yna, Cled. O'dd Crad yn recno fod y derwyddon yn byw yno..."

"Dim *byw* yno, naci, Wynff," cywirodd Gwynedd. "Mynd yno i *neud* petha oeddan nhw, 'de?"

"*Gneud* petha?" gofynnodd Cled, chydig yn boenus. Roedd ganddo ddiddordeb dwys mewn hanes lleol, a hanes derwyddon yn enwedig, fel arfar. Ond heno, a fynta'n tripio off ei ben ar asid, roedd y syniad o fod ynghanol coed, efo arch, mewn lle'r oedd derwyddon yn arfar gneud petha sbŵci, yn beryg o yrru'i ddychymyg i lefydd nad oedd o isio iddo fynd.

"Ia," medda Gwynedd. "Theremonith a thacriffaithuth a petha thîcret felna, thdi..."

"Be?"

"Gneud myshrwms a rhwbio mawn i mewn i'w crwyn, a downsio'n noeth dan y lleuad – dyna mae o'n feddwl, Cled." 'eglurodd' Gwyndaf.

"'Da chi'n siŵr 'na derwyddon oeddan nw? Ma' bobol normal yn gneud petha felly heddiw 'ma'n dyryn?"

"Dibynnu be ti'n feddwl efo 'normal', Cled," medda Gwyndaf. "Falla fysa *ti*'n gneud, ond fysa 'na'm llawar o bobol yn dy alw di'n 'normal'."

"Utht!" medda Gwynedd, a sdopio yn ei unfan mwya sydyn.

"Cont!" medda Gwyndaf o'r cefn, wrth hitio'i benglinia ar yr arch am y canfad tro.

"Cau hi!" medda Gwynedd wedyn. "Ti'n clwad thŵn car?"

Gwrandawodd y tri am eiliad. Roedd 'na gar yn agosáu ar y ffordd i fyny'r cwm, ac erbyn edrych roedd 'na wawr hedlamps yn cosi'r awyr o du ôl i gefnan Cefn Dryw, y ffarm agosa i Nant-y-Fagddu.

"Ma'r parti'n cyrradd!" medda Gwyndaf. "Cwic! Mewn i'r beudy!"

Brysiodd y tri â'r arch drwy ddrws yr hen feudy oedd yn gwynebu'r tŷ, ac i mewn â nhw i'r twllwch.

"Oes 'na ola 'ma?" gofynnodd Cled, oedd yn gweld miloedd o blotshys piws o flaen ei lygid yn y twllwch.

"Nagoeth – ma' switsh off yn y mênth yn tŷ. Pwy thgin leitar yn handi?"

Taniodd Gwyndaf leitar, a gosodwyd Rhen Crad i orwadd yn un o'r corau gwarthag. Sythodd pawb eu cefna, chwythu, cwyno a rhegi chydig. Estynnodd Gwynedd ei ffags. Taniwyd tair.

"So, be ffwc ma' Sid Finch yn neud yn Capal Ramoth, 'ta?" gofynnodd Cledwyn mewn chydig eiliadau. Roedd o'n dechra dod i lawr oddi ar uchafbwynt y cyffuriau, ac yn dechra cofio tameidia o antur y noson.

"Ma'r cont tew 'di'i brynu fo," adroddodd Gwyndaf Dybyl-Bybyl.

"Ers pryd?!" Roedd Cled wedi'i synnu.

"Ers misoedd. O'dd 'na ocsiwn. Fo ga'th o."

"Ffycin basdad!" poerodd Cledwyn. Byth ers yr helynt yn y fflat, pan roddodd Sid Finch a'i griw gweir i Gai Ows rownd y cefn, tra oedd y cops yn byrstio mewn trwy'r drws ffrynt, roedd Cledwyn wedi gaddo iddo'i hun y byddai'n dial ar y twat. "A be ma'n basa neud efo fo? Ei werthu fo i Saeson, ma' siŵr?"

"Ia," cadarnhaodd Gwyndaf.

"Jîsys ffycin Craist!" Roedd y cadarnhad yn corddi Cledwyn. "A ma' 'di ca'l *planning* a bob dim, mwya tebyg?"

"Do. O'dd Ken yn deud yn Huws Gray un bora…"

"Ffycin mêsyns!" rhegodd Cled.

"Ma'n droi o'n lycshiyri hôm, medda nw," ychwanegodd Gwynedd Dybyl-Bybyl.

"Ffacin hel!" Roedd Cled yn gwaredu. "A'r ffwcin Methodistiaid 'na – gwerthu'r ffwcin lle i rhyw gont fel fo! Cristians mai ffwcin ârs! Myni-grabbing basdads!"

"Ia, wel," medda Gwyndaf. "Fel'na ma'r byd 'ma 'di mynd, 'de!"

"'Di o'm yn neud o'n iawn, nacdi?" dwrdiodd Cledwyn. "Yn enwedig bobol capal – deud bo nw yma i helpu bobol a ballu, fel Iesu Grist, a gwerthu capals i ffycars barus neud pres wrth werthu i Saeson. Be am bobol ifanc y lle 'ma, yn styc heb nunlla i fyw?! *Christian values,* fy ffycin nhin. Fflash ddy ffycin cash a ffwcio pawb. Ffycin hypocrits!" Poerodd Cled eto. Roedd o'n corddi go iawn.

"Ella dy fod ti'n iawn, Cled," medda Gwynedd. "Ond paid â gadal iddo fo dy weindio di fyny, gyfaill…"

"Ffwcin matsian ma'r lle isio!"

"Ia, ti'n iawn," medda Gwyndaf. "Ond dim heno…"

"Ia, OK, dim probs," medda Cled. "Ond sut na chafodd neb wbod am y ffycin sêl?"

"Yn Gaer oedd yr ocsiwn," adroddodd Gwynedd.

"Caer?!" gwaeddodd Cled. "Ffycin Caer?! Ffacin Cristians!" Poerodd eto, cyn cario mlaen i waradwyddo. "A sut ffwc na'th neb glywad am blania Finch? Ma' petha fel 'na i fod yn papur, siŵr dduw!"

"O'dd 'na 'wbath bach yn y *Cambrian Niwth*," medda Gwynedd. "Tua thaith mith yn ôl…"

"Saith ffwcin mis?!!" gwaeddodd Cled.

"Ia. Ond welodd fawr neb mo'no fo. *Thmall print* oedd o, wedi'i gladdu'n un o'r tudalenna gwerthu petha."

Daeth sŵn y car yn troi drwy giât ffordd y ffarm, tu ôl y tŷ. Gostyngodd Cled ei lais i sibrwd. "Sid Ffycin Finch! Twat! Gneud pres ar gefna'r werin, y cont tew…"

"Hisht, Cled!"

"A neb yn gwbod dim…"

"Shshsh!"

"Myshrwms ydan ni, 'ogia!"

"Be?"

"Myshrwms. Madarch. Ca'l 'yn cadw'n y twllwch a'n bwydo 'fo cachu. *Day in, day out*…"

"Ia, wel," medda Gwyndaf Dybyl-Bybyl eto. "Fel'na ma'i. Dwi'm yn ama' fod Rhen Crad 'di gadal y byd 'ma ar yr adag iawn. Cyn i betha fynd yn hollol ffycin hurt…"

Atgoffodd geiria Gwyndaf y tri eu bod nhw'n sefyll uwchben arch Caradog Dafis. Sobrodd pawb, a smocio mewn tawelwch yn y gwyll. Ac wrth i fws mini Trev's Taxis droi mewn i'r buarth tu allan, cafwyd chydig eiliadau o fyfyrdod syml i Rhen Crad ym meudy Nant-y-Fagddu. Roedd o 'di cyrradd adra, o leia.

≈ 26 ≈

"*STILL UP, THEN, DEAR?*" medda Tiwlip wrth gerddad mewn i'r dafarn wag a gweld ei wraig yn dod i mewn drwy'r drws cefn i'w gwfwr o.

"*What the fuck are you doing back?*" oedd ei hateb blin. Roedd petha'n ôl i normal, yn amlwg.

"*Don't ask!*" medda Tiwlip.

"*I just did!*"

"*Do yow realley want to know?*"

"*No...*"

"*There you gow then...*"

"*Don't start, Phillip!*"

"*I'm not...*"

"*Not what? Not a useless prick who can't even relax and enjoy a party for one bloody night?!*"

"*Okay, okay! Bloodey 'ell, woman! What the 'ell's got yow in a bloodey mood all of a sudden?*"

"*Just leave it, Phillip!*"

"*Yow were happy as bloodey larrey when I left here earlier...*"

"*And what does that tell ya?*" rhuodd Tabitha cyn stompio'i thraed yr holl ffordd fyny'r grisia.

Aeth Tiwlip i du ôl y bar. Roedd o angan ymlacio, a'r peth olaf oedd o isio ar ôl noson fel oedd o newydd ei chael oedd stress gan y Seico-Bitsh Ffrom Hèl. Saffach o beth uffarn oedd aros lawr grisia, allan o'r ffordd. Doedd dim amdani ond drinc bach.

Wrth chwilio am wydryn gwag, sylwodd Tiwlip fod y pwmpia'n dal ymlaen. 'Rhyfadd,' meddyliodd. Be ddiawl oedd yr hogan 'di bod yn neud tra oedd o i ffwrdd? Tynnodd beint o bittyr iddo'i hun, ac aeth i ista'n y gadar wrth y lle tân, yn y bar, heb ddim ond un o'r lampa tu ôl bar i oleuo'r lle. Rhoddodd faco'n ei getyn, a'i danio. Roedd hi wedi bod yn noson hir.

Roedd hi'n flwyddyn a mis go dda ers i Tiwlip fod yn y Trowt, ac i fyny a lawr fu ei berthynas efo Tabitha yn yr amsar hynny – i fyny ac i lawr rhwng uffernol a gwaeth fyth. Roedd hi i'w gweld wedi dod dros y brêcdown gafodd hi cyn symud yma, yn weddol, ond roedd hi'n dal i gael pylia o fod yn ffiaidd efo fo – ac efo amball aelod o'r staff hefyd. Er – mi oedd hi wedi sbriwsio fyny rhyw chydig yn y misoedd dwytha. Doedd Tiwlip ddim yn gwbod pam fod hynny, nag yn poeni rhyw lawar chwaith. Achos roedd 'Tabitha wedi sbriwsio i fyny' yn dal i olygu Tabitha flin, ffyrnig ac anghynnas.

Er iddo ddod yn ffrindia go lew efo rhai o'r locals, doedd gan Tiwlip neb oedd o'n teimlo'n ddigon agos atyn nhw i allu siarad efo nhw am bethau mor bersonol â'i berthynas efo'i wraig wallgo. A beth bynnag, go brin bod Glyn Mynd-a-Dod, Frank Siop a Dafydd Bŵmerang yn arbenigwyr ar *marriage guidance*. Na Wil Bach Côr, chwaith. Deud gwir, fysa nhw ddim yn dallt natur y broblam, na natur y ddealltwriaeth rhyngddo fo a Tabitha o ran y busnas ac ati... Fysa hi'n bosib trafod hynny, o leia, efo Jac Bach y Gwalch a Tomi Shytyl. Ond petai'n dod at ochor bersonol y briodas, byddai'r ddau gyfaill arbennig hynny'n debygol o'i gynghori fo i'w lladd hi, a'i chladdu yn y selar, neu rwbath gwallgo felly – wedyn tsiarjio peint yr un am y cyngor.

Cleciodd Tiwlip ei beint, a tynnodd un arall. Edrychodd ar y gwydrau gweigion, budur yn dyrrau blêr dros y bar. Doedd ei wraig heb hyd yn oed olchi gwydryn! Gwrandawodd arni'n stompio'i thraed o gwmpas y llofftydd. Cael ffrîc arall oedd hi. Un o'i thantryms gwallgo. Edrychodd Tiwlip ar y botal wisgi Bells ar yr optics. Ffyc it, meddyliodd. Ding dong amdani.

Doedd 'na'm gwydryn siort yn lân, felly gafaelodd mewn gwydryn hannar peint a'i bwsio fyny dan drwyn y botal. Llenwodd o i fyny at yr hannar. Byddai nocio'i hun allan yn ei arbad rhag gorfod diodda llid Tabitha, meddyliodd. Achos roedd hi'n siŵr dduw o neud ei fywyd yn uffarn drwy'r nos rŵan. Fel 'na oedd hi pan oedd 'na chwilan yn gafal ynddi – yn benderfynol o ddial ar y byd am ei 'hanlwc' diweddara, drwy roi cachu i bwy bynnag oedd yn digwydd bod o fewn milltir iddi.

Cleciodd Tiwlip y wisgi i gyd mewn un. Tagodd. Blydi hel! Cofiodd pam ei fod fel arfar yn yfad Bells efo dŵr. Roedd o bron â chwydu, ond cafodd ei draed yn ôl dano. Gafaelodd yn ei beint a chymryd swig i waredu blas y Bells. Ond daeth y blas poeth, chwydlyd yn ôl. Tagodd eto.

Clywodd rwbath yn malu fyny grisia. Fâs bloda, neu ddrych, mwya tebyg. Doedd 'na'm dwywaith amdani – dros ei brêcdown neu beidio, roedd yr hogan yn *unstable*, os nad yn seicopath. Malodd rwbath arall. Rwbath trwm, fel dodrefnyn. Aeth Tiwlip at waelod y grisia, gan feddwl gweiddi fyny ati, ond fel oedd o'n cyrraedd gwaelod staer, pasiodd Tabitha ar y landing yn y top, efo tamad main, hir o ddrych wedi malu yn ei llaw, yn mynd am y bathrwm efo golwg peryglus o wyllt arni. Penderfynodd Tiwlip adael iddi. Falla mai mynd i ladd ei hun oedd hi, a'r ffordd oedd Tiwlip yn teimlo ar y funud, byddai hynny'n fendith, ei henw uwchben drws y dafarn neu beidio.

Rhoddodd y gwydr hannar dan y botal Bells eto, a'r tro yma llenwodd o i'r top. Aeth drwodd yn ôl i'r bar, ac estyn ei beint a'i wisgi oddi ar y pren, a'u gosod ar y silff ben tân. Eisteddodd yn ôl yn y gadar, a llenwi a thanio'i getyn eto. Meddyliodd yn ddwys am funud. Byth ers y sgandal fawr, 'nôl yn Wolverhampton, roedd Tiwlip wedi bod yn cadw at y fargian oedd ganddo efo Tabitha. Y trefniant oedd fod Tabitha'n peidio'i ddiforsio fo, ac yn rhoi ei henw ar y busnas – gan fod Tiwlip yn bancrypt – ac y byddai ynta, Tiwlip, yn 'troi dalan newydd' ac yn 'prynu' busnas yn rwla pell o demtasiynau Wolverhampton.

Digon teg, efallai. Ond wedi dros flwyddyn o fyw ymhell o'i gartra, yn gneud dim byd ond blydi gweithio a chael hed-ffycs gan ei fusus, roedd Tiwlip wedi dechra teimlo ei fod o'n un o'r mỳgs mwya welodd y ganrif hyd yn hyn. Ffwcio hyn, meddyliodd! Roedd o fwy neu lai'n garcharor yn ei dafarn ei hun – heb unrhyw fywyd cymdeithasol o gwbwl, a dim cyfla i ymlacio a chael gwarad o'r stress oedd o'n gael yn ddyddiol, bellach, gan ei wraig. Oedd, roedd Cled a'r hogia wedi'i wadd o i chwara yn y tîm pŵl – ond dim ond y gêmau cartra oedd o'n gallu chwara. Doedd fiw iddo adael y lle i fynd i chwara i ffwrdd – prin oedd o'n gallu gadael tu ôl y bar i fynd i chwara gêm pan oeddan nhw adra, fel oedd hi!

Na, doedd o'm yn deg. Roedd o'n drefniant rhy unochrog o lawar. Roedd o'n aberthu gormod er mwyn ei wraig, meddyliodd. Dim ond er mwyn cael ei henw fel *licensee*. Ffwc o briodas – trefniant busnas yn unig!

'Wel, bygro'r blydi busnas hefyd,' meddyliodd Tiwlip. Doedd o'm yn werth yr holl hasyl, caethiwed a rhwystredigaeth. Aeth i'w bocad i nôl ei ffôn. Ffidlodd efo'r botymau nes daeth enw ei ffrind gorau – ei unig ffrind go iawn – i fyny ar y sgrin. Y ffrind yr oedd Tabitha wedi'i wahardd rhag ei weld, yn enwedig ers yr helynt yn y Trowt yr wythnos gynta'r oeddan nhw yma. Y ffrind oedd wedi menthyg y cash i Tiwlip brynu'r dafarn. Y ffrind yr oedd Tiwlip angen ei dalu'n ôl drwy aros yn y Trowt a gwneud elw da am y blynyddoedd nesa. Roedd rhaid iddo siarad efo fo. Doedd Tiwlip ddim yn rhagweld y medra fo gadw at y trefniant. Roedd o angan mynd o'r blydi lle 'ma cyn iddo neud rwbath gwirion. Un ai hynny neu ca'l Tabitha o'ma. Am byth!

Edrychodd ar y cloc ar y wal – roedd ei wyneb gwyn i'w weld yn glir yng ngolau gwan y bar. Roedd hi'n chwartar i ddau. Tybed fydda fo'n effro rŵan? Doedd ond un ffordd o ffendio allan. Gwasgodd Tiwlip y gwyrdd.

≈ 27 ≈

Tripio neu beidio, mewn ras cross-cyntri, ganol nos, rhwng yr hogia a dau blisman gweddol ddiarth, dim ond un canlyniad oedd yn bosib. Doedd yr hogia ddim yn ffit – deud y gwir, doedd cyflwr corfforol y tri ddim llawar gwahanol i gyflwr corfforol tatws athsmatic – ond pan oedd hi'n dod i neud rynar o' wrth y gyfraith, eu hymateb greddfol oedd rhedag cyn gyflymad, a chyn bellad, â phosib. *Fight or flight?* Ia, falla. Ond roedd un peth yn saff – roeddan nhw wedi cael blynyddoedd o bractis.

Peth arall oedd yn rhoi mantais i'r hogia, wrth gwrs, oedd yr holl stimiwlants oeddan nhw wedi 'u cymryd. Oeddan, roeddan nhw wedi cael y pils cysgu gwirion 'na gan Gai Ows, mewn moment wan, ond roedd *ratio* y concocshiyn oeddan nhw wedi'i lyncu yn eitha *top heavy* ar ochor sylweddau fyddai'n llesol mewn argyfwng adrenalinaidd fel yr un oeddan nhw newydd ffendio'u hunain ynddi. Asid, ecstasi, sbîd, cocên... a digon o gwrw i roi *dutch courage*. O ystyriad hyn i gyd, o'u cymharu â'r heddweision – oedd, heb os, yn cadw'u hunain mewn siâp go lew mewn amrywiol *gyms* yn eu hamsar sbâr – roedd yr hogia'n swpyrhîros.

Wedi'i legio hi i fyny'r ffordd fel tri Bionic Man am ganllath neu dri, roedd Drwgi, Bic a Sban wedi gweld bwlch yn y gwrych ar y dde, ac wedi clirio'r ffens fel *gazelles*. Ac wedi nabod y cae lle y glanion nhw, roeddan nhw wedi'i groesi fo, i gyfeiriad top y cwm, mewn amsar na allai holl hyfforddwyr athletau'r wlad ei gael allan o'u sbrintars.

Roedd gwybodaeth leol yn help hefyd, wrth gwrs – petha fel i ba gyfeiriad i redag, pa *landmark* i anelu amdano ac, wrth gwrs, be i beidio sefyll arno. I lygid cyfarwydd, mae 'cacans cachu buwch' yn ddigon hawdd i'w gweld yng ngola lleuad. Yn enwedig felly pan mae 'na lot ohono fo wedi'i sbrêio'n dew dros bob man, mewn llecynnau lle fu gyrr o warthag yn gorweddian i gnoi cil yng ngwres ola'r dydd.

Pan oedd yr hogia'n cyrradd pen pella'r cae ar ôl y cae cynta hwnnw, mi glywson nhw rywun yn rhedag ar eu hola – o gyfeiriad y cae cynta – a mi ddallton nhw fod y ddau heddwas wedi methu'r bwlch yn y gwrych ac wedi cario mlaen ar hyd y ffordd, nes cyrraedd y giât ym mhen ucha'r cae. Roedd hi'n amlwg i'r hogia fod un o'r cops, wedyn, wedi rhedag yn ddall ar draws y cae, gan feddwl ei fod ar eu sodla nhw. A daeth yn amlwg i'r hogia, hefyd – o'r sŵn gweiddi a rhegi a ddilynodd – fod sbrint y plisman wedi dod i ddiwadd cachlyd, mewn llecyn lle fu'r mŵ-mŵs yn ymgasglu'r diwrnod hwnnw i gyd-gachu mewn tangnefedd.

Erbyn hynny roedd yr hogia yn y trydydd cae, yn nesu am afon

Dryw, jesd uwchben lle'r oedd hi'n llifo i afon Alltgam, uwchben Llyn Cŵn. Roedd hi'n amsar, wedyn, am bum munud bach, i gael eu gwynt atynt, cael eu bêrings, ac i gael eu pennau rownd be'n union oedd newydd ddigwydd iddyn nhw.

A dyna oedd cwestiwn cynta Sbanish, ar ôl i bawb stopio chwerthin ar ben anffawd y copar, a pesychu a fflemio digon i greu llecyn digon afiach a slwtshlyd eu hunain. "Be ffwc ddigwyddodd, Drwgi?"

"Ym…"

"Ym?"

"Dwi'm yn siŵr iawn… Be ddigwyddodd, dwad?"

"Dwi newydd ofyn hynna i chdi."

"Ond dwi'm yn gwbod, nacdw!"

"Be ti'n feddwl, ti'm yn gwbod?" chwerthodd Bic i mewn i'r sgwrs. "O' chdi ar lawr, yn reslo efo dau gopar!"

"Ffyc! Na! O'n?"

"O'chd!" Chwerthodd Bic eto, a cerddad lawr at lan yr afon i roi dŵr dros ei wynab, yn osgoi cysgodion oedd yn edrych fel petha go iawn, wrth fynd.

"Ti'n siŵr?" medda Drwgi wrth ei ddilyn, yn meddwl ei bod hi'n ddiogel i gadw at lwybr Bic.

"Yndi, mae o'n siŵr, Drwgi!" chwerthodd Sbanish, wrth ddilyn yn ôl traed Drwgi. "Un funud – *all quiet on the western front*, peth nesa – *The Alamo*… yyaargh!" Baglodd Sbanish dros dwfftyn o frwyn, a rowlio cwpwl o weithia lawr yr ochor, am yr afon. Daeth i stop lathan cyn y dŵr a gorwadd ar ei gefn ar y dorlan, yn chwerthin. Ar ôl cyflawni'r tamad caleta – dianc oddi wrth y cops – roedd petha'n ôl i normal. Doedd gweddill y daith i Nant-y-Fagddu ddim yn mynd i fod yn hawdd.

"Shit!" medda Drwgi. Drwy ryfeddol wyrth, roedd o wedi cofio rwbath. "Ma'r cania'n dal ar ochor 'ffordd! Gobeithio fod Tiwlip wedi'u pigo nhw fyny!"

"Aha..!" Cofiodd Bic rwbath hefyd, a dechra ffidlan efo'i jaced, yn trio cael y ddau gan o Stella a achubodd o'n gynharach, allan o'i bocedi. "Be o'ddan nw'n neud ar ochor ffordd, eniwe, Drwgi?"

"Tiwlip aru luchio nw allan o'r car…"

"Lluchio nhw? Pam?"

"O'dd o'n trio mynd hebdda chi."

"Na! Wel, y ffycar bach!"

"Ia…" medda Drwgi, er nad oedd o'n rhy siŵr ei hun.

"Well fod y cont bach 'di'u cofio nhw, dduda i!" medda Bic, wrth basio can i Drwgi. "Ynda. Bigas i ddau i fyny cyn joinio'r resyl!"

Agorodd y ddau eu cania, gan sbreio ffroth Stella i bob cyfeiriad.

"Hoi! Lle ma'n un i, y ffycars?" gwaeddodd Sbanish, oedd dal ar ei gefn wrth yr afon, yn gwatsiad y sêr.

"'Neith Drwgi rannu efo chdi," medda Bic. "'Mond hannar can sgena i ar ôl – ma'r basdad peth 'di ecsplôdio. 'Di Stella ddim yn licio mynd cross-cyntri!"

"Ma' hwn 'run ffycin fath, y cont!" protestiodd Drwgi.

"Hahaar!" gwaeddodd Sbanish. "Ffwcio'r ddau 'na chi! Oedd gena i un yn 'y mhocad eniwe!" Daeth sŵn 'clic' y ring-top o gyfeiriad yr afon, wedi'i ddilyn gan y 'fffsssss' – a sŵn Sbanish yn rhegi'r ffaith fod ei gan yntau, hefyd, wedi hannar gwagio ar amrantiad.

Tawelwch fuodd wedyn, am ryw ddeg eiliad – heblaw am sŵn llowcio gwerthfawrogol yr hogia. Roedd bod ar ffo rhag y gyfraith yn waith sychedig uffernol.

"Lle ffwc oedda chi'ch dau, 'ta," gofynnodd Drwgi mewn munud, "pan aru'r cops 'na atacio fi?"

"*Atacio* chdi, Drwgi?" medda Bic.

"Wel, ia, siŵr dduw! 'Nes i ffyc ôl iddyn nw!"

"Piso o'n i… dwi'n meddwl, eniwe," medda Bic.

"A fi – ochor arall… neu mynd i cae i weld be oedd y crac…"

"Be ti'n feddwl, 'gweld be oedd y crac'? Be o' ti ddisgwyl weld? Ffêris?!" gofynnodd Drwgi.

"Ffacinel!" medda Bic, ar ei draws, wrth gerddad 'nôl i fyny o lan yr afon. "Ti newydd atgoffa fi, Sban! Welis i rywun yn y cae…"

"O mam bach, 'ma hi 'to!!" medda Drwgi, wrth ei ddilyn.

"Ffyc off, Drwgi! Dwi'n gwbo' be welis i, reit? O'dd 'na foi yno, yn reidio beic fflat owt ar draws y cae…"

"Pwy oedd o, 'ta? Y Sics Miliyn Dolar Man?" gofynnodd Sbanish, oedd wedi codi oddar ei din ar lawr o'r diwadd.

"Do'dd gan hwnnw ddim beic, y twat!" medda Bic. "Eniwe, welis i o, a dyna fo. Ffwc o bwys gena i be ffwc 'da chi'n ddeud. Dowch, rhaid ni ffendio'r parti 'ma. Ma'r Stella 'ma 'di codi blas."

"Lle ffwc ydan ni, eniwe?" gofynnodd Drwgi.

"Lle ydan ni?" medda Bic. "Ffyc nôs, ganol ffycin nunlla, diolch i chdi, Drwgi!"

"Diolch i fi?!"

"Ia! Chdi nath ddechra rowlio o gwmpas ochor ffor' yn ca'l cinci secs efo'r copars 'na!"

"Ia ia! Haha! Feri ffycin ffyni!"

"Do'n i'm yn trio bod yn ffyni, Drwgi."

"Ty'd â hi 'ta, Drwgi," medda Sbanish, yn ymuno yn yr interogêshiyn. "Be oedda chdi'n neud? O chdi 'di dechra arnyn nw, ne' 'bath?"

"Nagon, man! Dwi'm yn gwbo' be ddigwyddodd. Dwi jesd ddim yn cofio, OK?" Doedd Drwgi ddim yn licio'r interogêshiyn.

"Iawn, OK, Drwgi! Paid â cynhyrfu, gyfaill," medda Bic, wrth synhwyro dryswch Drwgi.

"Ta waeth, ogia," medda Sbanish. "Dwi'n meddwl bo ni wrth Bont Bwbach. Tŷ nain Tintin 'di fancw." Pwyntiodd Sban at ola' tu allan tŷ ffarm, rhyw ddau ganllath i'r chwith, drwy'r coed, ochor arall yr afon.

"Naci!" medda Bic. "Garnedd Dirion 'di hwnna!"

"Dyna dwi'n ddeud, 'de!"

"'Di nain Tintin ddim yn byw'n fana!"

"Fana *oedd* hi'n byw, 'de, Bic! Cyn 'ddi farw!"

"O'n i'm yn gwbo' fod gan Tintin deulu ffor'ma," medda Drwgi. "O'n i'n meddwl 'na o Dre oeddan nw'i gyd…"

"Ffyc, do'n i'm yn meddwl fod gena fo deulu," medda Bic. "O'n i'n meddwl fod o jesd 'di tyfu ar ben coedan…"

"Bic!"

"Be?"

"Hisht!"

"Sori."

"Garnedd Dirion 'di hwnna, hen dŷ nain Tintin…"

"Ti'n iawn, Sban," medda Bic. "Dan ni'm yn bell o Dybyl-Bybyl Land, felly. Dowch, awê!"

≈ 28 ≈

DOEDD 'NA'M GYMINT Â hynny o bobol wedi mentro i fyny i'r wêc. Dim bod 'na ddiffyg parch at Rhen Crad, ond am fod rhan fwya o fynychwyr y cnebrwn wedi cael gormod i yfad yn y Trowt yn ystod y pnawn a'r nos.

Llond bws mini o warriars oedd wedi'i gneud hi, y rhan fwya'n rhyw fath o deulu – gan gynnwys Donna Kebab, oedd yn perthyn o bell i un o cefndryd pell y Dybyl-Bybyls. Wedi dod i gadw cwmni i Donna oedd Nia Rwla, medda hi – er mai am fod ganddi ei llygid ar un neu ddau o'r gwyneba diarth oedd y gwir reswm. Felly hefyd Donna Kebab, mwy na thebyg. Ac er ei fod o'n hannar cysgu yn ei gwrw, roedd Dyl Thŷd wedi dod i fyny er mwyn cadw llygad ar Nia.

O ran Bibo Bach, wel, cyfla am gwrw am ddim oedd wedi'i ddenu o, mae'n siŵr – er, mi oedd Bibo'n nabod Rhen Crad yn go lew, gan ei fod o'n od-jobio ar y ffarm iddo fo weithia, am bres cwrw.

Roedd y trŵps yn gwagio allan o'r bws mini pan ddaeth y Dybyl-Bybyls a Cled i'w cwfwr o gyfeiriad y beudy, ac o fewn dau funud i gael pawb i mewn i'r tŷ, roedd 'na gania a poteli cwrw wedi'u hagor, a pawb, heblaw Dyl Thŷd – oedd yn pendwmpian, ac yn araf ddisgyn wysg ei ochor ar y soffa'n y stafall fyw – wedi hel yn y gegin, i drio rhoi eu marc ar sêt rownd y bwrdd.

Yr unig beth oedd ganddyn nhw i chwara records yn Nant-y-Fagddu, oedd yr hen radiogram bedair coes yn y sdafall fyw, ac roedd Gwynedd Dybyl-Bybyl wedi rhoi hen LP y Wolfe Tones – 'The Rifles of the IRA' – ymlaen. Plesiodd hynny Cledwyn, oedd yn gwbod geiria'r caneuon i gyd, a mi afaelodd yn Bibo Bach – fynta hefyd yn ffan o'r Tones – a dechra gneud jig ar ganol llawr y gegin. Ond barodd y jig ddim mwy na deg eiliad cyn iddo fo nogio a dechra pesychu, ac ista'n ôl i lawr. Doedd Bibo ddim yn y mŵd i gael ei ysgwyd, beth bynnag – Wolfe Tones neu beidio.

Doedd hi'm yn hir cyn i Donna Kebab ddechra cwyno. "Sgin ti'm miwsig call yma?"

"Be ti'n feddwl, 'miwthig call'?" medda Gwynedd.

"Wbath modyrn, 'de!"

"Ia, wbath sy ddim yn deinosoric!" medda Nia Rwla, yn bacio'i ffrind i fyny.

"Mond recordth yr hen ddyn thy 'ma, thori. Irish a Cymraeg. Hwn, neu Hogia Llandegai, neu Jac a Wil, neu Côr y Brythoniad. A mwy o betha fel 'na…"

"O mai god! No wê! Plis paid â rhoi hinna mlaen, Gwynedd!" medda Donna. "Ma' Dad o hyd yn chwara hinna! God, am *depressing*!"

"Gwrandwch, chi'ch ffycin dwy," medda Bibo Bach, oedd wedi tiwnio mewn i'r sgwrs. "'Da ni'n wêc Rhen Crad, yn cofio am Rhen Crad, felly miwsig Rhen Crad 'da ni'n mynd i ffwcin wrando ar, OK?"

"OK, Bibo! 'Sa'm isio mynd yn *heavy* am y peth, nagoes? Jesd gofyn o'n i!" medda Donna, oedd byth yn bacio lawr o ffeit.

"Parch! Honna ydi, genod! Parch!"

"OK, OK! Blydi hel! Be sy'n bod 'na chdi? Lle ma'r toilet, Gwynedd?"

"Gwaelod 'rardd."

"Ti'n jocian!"

Chwerthodd Gwynedd. "Naci, fyny grisia ar y dde. Be ti'n feddwl 'di'r lle 'ma – Thir Fôn? Watsia dy ben wrth fynd i fewn, ma'r drwth yn ithal."

"Ia, wir dduw," ychwanegodd Bibo, yn sbio ar ei bŵts a sodla pedwar modfadd. "Ne' tynna'r ffwcin stilts 'na oddar dy draed!"

"Ffyc off, 'nei'r pyrfyrt!" Cododd Donna Kebab a wiglo'i phymthag stôn am y grisia.

Trodd Bibo at Nia. "Duda i mi, pam ma' nw'n galw chdi'n 'Nia Rwla', 'ta?"

"Cau hi, Bibo!" medda Gwynedd.

"Ia, ffyc off, nei! Enw o ysgol 'di o, OK? Pam bo' nw'n galw chdi'n Bibo 'Bach' 'ta? Be oeddan nw'n feddwl – dy ben di, 'ta dy goc di?" Cododd Nia a mynd ar ôl Donna am y grisia, gan adael pawb a glywodd ei hatab yn chwerthin yn braf ar wynab crinclyd Bibo, oedd yn hollol ddistaw am unwaith.

Em Scotch Egg oedd y cynta i sylwi ar y mwd a'r pridd dros ddillad cnebrwn y Dybyl-Bybyls. Wrth dyllu eu tad allan o'r fynwant, roeddan nhw wedi gwisgo'u ofyrôls gwaith. Ar ôl cau'r bedd yn ôl, cyn daclusad â phosib, roeddan nhw wedi tynnu'r ofyrôls i ffwrdd, a thra oedd Gwynedd Dybyl-Bybyl wedi mynd i'r Trowt i chwilio am Cledwyn, roedd Gwyndaf Dybyl-Bybyl wedi mynd â'r ofyrôls – a'r gaib, a'r rhawia – yn ôl i fŵt y car. Doeddan nhw heb ddisgwyl gorfod cario'r arch – oedd yn bridd drosti, wrth reswm – am chwartar milltir ola'r daith, a'i hand-bôlio hi dros geunant bach y pistyll, ochor isa'r tŷ.

"Be ffwc 'da chi'ch dau 'di bod yn neud?" gofynnodd Scotch Egg. "Rowlio mewn cachu?"

"Fi sy 'di crashio'r fan, Em..." medda Cledwyn, yn neidio mewn i achub y dydd, gan ei fod ynta hefyd yn bridd drosto ar ôl helpu Rhen Crad dros y ceunant bach. Ac roedd y lwmp a'r briw ar ei dalcan – oedd wedi stopio gwaedu, bellach – yn cadarnhau ei stori. "Da ni 'di gorfod croesi'r afon…"

"Ti'm 'di dreifio i fyny!" dwrdiodd Em Scotch Egg, cyn cau ei geg pan welodd lygid bygythiol Cledwyn yn ei siarsio.

Tarfwyd ar y distawrwydd anghyffordddus gan sŵn y record yn sgratshio, a'r miwsig yn stopio, yn y radiogram yn y stafall fyw. Cododd y Dybyl-Bybyls a mynd drwodd i weld be oedd matar, yn amau fod un o'r merchaid wedi bod ddigon hy' i roi taw ar y miwsig.

Dyl Thỳd oedd y cylprit, fodd bynnag. Roedd o wedi hannar deffro, ac wedi trio codi, cyn disgyn ar ei hyd dros y radiogram.

"Ffyc'th thêcth! Watsia be ti'n neud, Dyl Thỳd!" diawliodd Gwynedd. "Ma' hwnna'n antîc, y cont!"

"A'r ffwcin record, 'fyd!" medda Gwyndaf. Ond doedd Dyl Thỳd ddim ar y blaned yma. Anwybyddodd y ddau o'nyn nhw, a dechra siglo'n beryglus o flêr am y drws ffrynt, a synau rhyfadd yn dod o'i geg.

"Mmmymy…ymmmy…nnnn…"

"Sut?" medda Gwyndaf, yn ddireidus.

"Nnmmm… Nia… y ffycin slwt…" Roedd Dyl Thỳd yn mymblo petha cas am ei gariad o dan ei wynt, ac yn amlwg yn trio cael hyd iddi.

"Ma' hi'n toilet, Dyl!" medda Gwynedd.

"Yyyy…mmmmmy… ffycyrs…" Roedd o'n dechra disgyn dros y lle, eto. "Mi ladda i'r gont…"

"Allan yn ffrynt y tŷ, Dyl," medda Gwyndaf. "Yn yr ardd. Allan i fa'na a'th hi. Fforcw 'li…"

Arweiniodd y Dybyl-Bybyls y cradur at y drws. Roedd o mwy neu lai'n cerddad yn ei gwsg. Pan gyrhaeddodd y rhiniog, gafaelodd yn ffrâm y drws a troi rownd at y Dybyl-Bybyls, efo llygid cul, a mymblo rhyw regfeydd aneglur, cyn disgyn ar ei wynab allan i'r ardd.

"Gad o'n fa'na, Wynff," medda Gwynedd Dybyl-Bybyl wrth ei frawd. "'Neith o'm thymud tan bora. Cer i nôl Potal Rhen Crad."

DOEDD HI'M YN BELL o ddau o'r gloch y bora, a deffrodd Jac Bach y Gwalch yn ei gadar o flaen y teledu. Ar ôl sylweddoli, derbyn, a sicrhau ei hun mai'r sbîcyrs 'sî and syrownd' oedd yn achosi'r synau bach gwirion yn gynharach, roedd o wedi ailgydio yn y porn a setlo i lawr i gael wanc – efo'r wyallt wrth ei ochor, jesd rhag ofn. Ond disgyn i gysgu wnaeth o, cyn cyrraedd unrhyw gleimacs – yn y ffilm neu yn ei ddwrn.

Wedi diffodd y peiriant DVD, aeth â'r wyallt yn ôl at y drws cefn, a'i gosod i orffwys yn erbyn y wal, yn ei hôl, cyn mynd allan i'r ardd i biso. Roedd hi'n noson braf – lleuad, sêr, a dim ond amball i gwmwl i sbwylio'r sioe. Anadlodd yn ddwfn. Roedd Jac yn licio awyr iach y nos. Penderfynodd fynd lawr i waelod yr ardd i biso, er mwyn i Clint y ci gael cyfla i biso'i lwyth yn iawn cyn noswylio.

Tra bod Clint yn marcio'i diriogaeth, aeth Jac i sbio dros y gwrych, a draw ar hyd lwybr cefna tai Bryn Derwydd. Roedd hi'n dawal, heb fawr o olau yn ffenestri 'run o'r tai – heblaw am dŷ Bic Flannagan a Jenny Fach, draw ym mhen isa'r llwybr, lle'r oedd y 'rafins' yn byw. Roedd Bic wedi mynd i Nant-y-Fagddu, yn amlwg, meddyliodd Jac, neu mi fydda 'na sŵn miwsig uchal yn dod o'i dŷ fo. Tynnodd Jac ei bidlan allan – a'r tro yma, cafodd honno wneud y job oedd wedi fwriadu ei wneud. Pisodd Jac yn braf.

Mwya sydyn, clywodd sŵn rhywun yn stryffaglio dros y ffens weiar, i lawr ym mhen draw'r llwybr wrth dŷ Ding Bob Dim ar ddiwadd y rhes, ochor bella i dŷ Bic. Feddyliodd Jac ddim byd i ddechra. Roedd y tamaid hwnnw o'r ffens wedi cael ei blygu yn ei hannar gan draed plant, ac yn cael ei ddefnyddio fel short-cỳt i Goed Derwydd gan blant rhannau eraill o'r pentra. Doedd o'm yn beth rhy anarferol i weld rhywun yn ei groesi yr adeg yma o'r nos, ond mi sylwodd Jac, wedyn, fod pwy bynnag ddaeth dros y ffens yn cario beic.

Gwyliodd Jac Bach y Gwalch y ffigwr tal yn codi'r beic drosodd, yna'n neidio ar ei gefn, a dechra reidio i fyny'r llwybr tuag ato.

Arhosodd Jac yn lle'r oedd o, yn ysgwyd y diferion olaf o biso oddi ar ei benbiws, ac yn gwylio. Roedd y beiciwr o fewn tri deg llath rŵan, ac er nad oedd golau ar y llwybr, gallai Jac weld, yng ngolau'r lleuad, ei fod o'n gwisgo balaclafa.

Plygodd Jac i lawr tu ôl y gwrych, a sbio drwy dwll yn ei ganol, wrth i'r boi ar y beic stopio reit gyferbyn â fo, a rowlio'i falaclafa i fyny oddi ar ei wynab, er mwyn gneud iddi edrych fel het wlân gyffredin. Craffodd Jac i drio gweld os oedd o'n ei adnabod. Ond roedd y boi â'i gefn ato, a'r unig beth allai Jac ei weld oedd ei fod yn foi tal, efo gwallt golau.

Yna dechreuodd Clint gyfarth, fel oedd o'n arfar ei wneud pan oedd o'n clywad rhywun yn pasio ar y llwybr, ac yn rhyfadd reit, wnaeth y dyn ddim cynhyrfu o gwbwl, dim ond gorffan rowlio'r balaclafa i fyny cyn dechra reidio'r beic eto, draw am stryd isa Graig. Gwyliodd Jac o'n mynd, nes iddo ddiflannu rownd y gornal, tua hannar canllath i ffwrdd.

Rhyfadd, meddyliodd Jac. Rhyfadd iawn. Boi ar gefn beic – efo balaclafa, yn dod o ganol nunlla, ganol nos! Doedd 'na ddiawl o ddim byd yr ochr arall i'r ffens, meddyliodd Jac – heblaw Coed Derwydd a caeau gwag – nes cyrraedd Cwm Derwyddon. "Damio unwath," medda Jac, yn dawal iddo fo'i hun, wrth feddwl y byddai'n methu cysgu heno, rŵan, wrth drio gweithio allan lle oedd y boi wedi bod!

Ond erbyn i Jac gyrraedd yn ôl i'r tŷ, roedd o wedi gweithio un peth allan, o leia. Roedd y beiciwr clandestain yn foi lleol, ac yn gyfarwydd â llwybr cefna Bryn Derwydd. Achos doedd o heb ddychryn, nac edrych yn ôl o gwbwl, pan gyfarthodd Clint.

≈ *30* ≈

ROEDD TIWLIP AR EI bumad hannar peint o wisgi. Roedd o wedi rhoi dŵr efo'r hannar yma, a'r un dwytha, ond doedd hynny heb neud fawr o wahaniaeth. Roedd Tiwlip yn chwil gachu gaib.

139

Ei sgwrs ffôn efo'i ffrind oedd wedi rhoi'r egni iddo lowcio'r holl ddiod. Roedd o wedi mynd i sefyll tu ôl y bar wrth siarad i lawr y ffôn, ac wrth dollti ei galon allan i'w ffrind, roedd o wedi gweithio'i hun i fyny cyn gymaint fel ei fod o'n clecio'r Dŵr Tanllyd i lawr y ffordd goch fel Doc Holiday cyn y *Gunfight at the OK Corral*. Erbyn iddo orffan traethu a phregethu, hefru a rhegi, a bygwth un ai lladd ei hun neu Tabitha, roedd y botal Bells yn wag.

Wedi gwasgu'r botwm coch ar y ffôn, gwenodd yn ddieflig, a siglo'i ffordd yn ôl drwodd i'r bar i 'nôl ei getyn. Sylweddolodd faint o chwil oedd o pan faglodd dros y gadair fuodd o'n eistedd ynddi cynt, wrth estyn am ei getyn o'r silff ben tân. Chwerthodd iddo fo'i hun wrth ddisgyn yn ôl i'w sêt, a cymrodd lowciad dda o'i wydryn ola o wisgi.

Roedd Tiwlip yn teimlo'n hapusach wedi siarad efo Lawrence Croft. Er fod hwnnw'n flin i ddechrau, am fod Tiwlip wedi'i ddeffro yn yr oria mân, roedd o wedi sylweddoli bod Tiwlip mewn stad, ac wedi llwyddo i'w gysuro. Un da oedd 'Elsie', fel y galwai Tiwlip ei ffrind. Roedd o wastad yn dod i fyny efo atebion, wastad yn ffendio ffordd o ddatrys problemau, a wastad yn sortio petha allan. Gwenodd Tiwlip yn filain. O'r diwadd, roedd o'n gweld ffordd allan o'i hunlla personol. Ar ôl treulio blwyddyn yn pydru mewn pydew, roedd 'na raff wedi'i gollwng i lawr iddo. A chyn hir byddai ei ddwylo'n rhydd i gydio yn ei phen hi, a dringo allan, unwaith ac am byth.

≈ 31 ≈

ROEDD Y GENOD I gyd wedi mynd adra, ac roedd Jenny Fach wrthi'n clirio'r bwrdd yn y gegin. Roedd hi 'di blino'n lân erbyn hyn – roedd hi 'di bod yn ddiwrnod hir, a'r babi wedi bod yn chwara ffwtbol tu mewn iddi drwy'r dydd. Edrychodd ar y cloc. Roedd hi wedi troi dau. Hen amsar gwely. O leia câi hi *lie-in* fory, meddyliodd. Roedd Seren, Steff a Liam yn ddigon hen i edrych ar ôl eu hunain, a doedd Sweep, oedd bellach yn ddeuddag oed, ddim yn un oedd angan fawr o'm byd. A beth bynnag, roedd o allan yn campio efo'i ddau frawd a'r hogia mawr eraill. Go brin ddoi o'n ôl yn gynnar, heblaw i neud tôst neu i chwilio am dun o fîns.

Gwenodd Jen wrth feddwl mor wirion oedd pobol. Roedd y plant wedi cyrraedd oed lle'r oedd hi a Bic yn gallu ymlacio unwaith eto, a 'bang' – blydi babi arall ar y ffordd! Ond dyna fo – efo'r plant eraill mewn oed da, o leia fydda dim traffarth cael rhywun i warchod. Gwagiodd yr ashtrês, a mynd â'r gwydrau olaf i'r sinc, a sychodd y bwrdd. Yna trodd am y cae sgwâr.

Roedd hi hannar ffordd i fyny'r grisia pan deimlodd hi rhyw fud-boen yng ngwaelod ei hasgwrn cefn. Roedd o'n debyg i'r cnoiad bach 'ny deimlodd hi'n gynharach, pan oedd y genod draw. Anwybyddodd o i ddechrau, ac aeth i biso. Roedd hi'n ista ar y toilet pan deimlodd y boen unwaith eto. Rhegodd iddi ei hun. Er bod dros ddeuddang mlynadd ers iddi ei brofi fo ddwytha, roedd hi'n nabod y boen yn iawn.

≈ 32 ≈

ROEDD BIC, DRWGI A Sbanish wedi cyrraedd buarth Nant-y-Fagddu, pan sylwodd Drwgi ar oleuadau glas yn fflachio'u ffordd i fyny'r cwm.

"Be ffwc 'nas di iddyn nw, Drwgi?" gofynnodd Sbanish yn syth. "Deud fo' gin ti fom, neu rwbath?!"

"Ffyc, no wê, man!" protestiodd Drwgi. "'Nes i'm byd, go iawn, ŵan! Y ffwcin PC Penelope Pitstop 'na sy'n chwara sili bygyrs, 'de! Chwilio am rifenj, dydi? Ers y crac yn fflat Cled…"

"A chwilio am ffwcin streips, garantîd!" ychwanegodd Bic.

"Ma'n meddwl fo' ni fyny'n y parti," medda Sban wedyn, wrth weld y goleuada glas yn gwawrio dros y foncan ola cyn 'Dybyl-Bybyl Land'.

"Wel, mi ydan ni'n dydan?" medda Bic.

"Ddim cweit," medda Sban. "Dowch. Rhaid ni guddio nes fy' nw 'di mynd."

Dilynodd y ddau arall Sban draw am y beudy bach oedd yn gwynebu'r tŷ. "Shit, ma' 'di cloi!" medda Sbanish, wrth roi ei ysgwydd yn erbyn y drws heb unrhyw lwc.

"Tria godi'r gliciad, y twat!" chwerthodd Bic.

"Dos 'na'm ffwcin cliciad, y cont!" arthiodd Sban yn ôl.

"Ffacinel, Sban!" medda Bic. "Ti rioed 'di agor drws beudy o blaen?"

"Wel naddo, siŵr dduw!" atebodd Sbanish. "Dim ffwcin joscin ydwi, naci?"

"Dim raid ti fod yn ffarmwr i ddod ar draws beudy, nacdi?" medda Bic wrth gamu mlaen yn awdurdodol, a rhoi ei fys drwy'r twll yn y drws, a chodi'r gliciad bren ar y tu mewn. "Chydig bach o intiwíshiyn, hogia bach! Hogia'r wlad ydan ni wedi'r cwbwl, 'de?" Camodd Bic i'r ochor, a sefyll yn orfoleddus wrth i'r drws agor yn ddidraffarth.

"Pwy ti'n feddwl wyt ti?" medda Sbanish wrth gerddad heibio Bic, i mewn i'r beudy. "Dai Jones Llanilar?"

"'Sa ola 'ma?" gofynnodd Drwgi'n syth wedi i Bic gau'r drws ar eu hola.

"Gola?!" medda Bic. "Cuddio 'dan ni i fod, y lemon! Aros fa'na a cau dy geg! No ffycin wê dwi'n mynd i'r *cells* yn tripio eto! O'dd tro dwytha fel ffwcin *Nightmare on Elm Street*!"

Doedd dim angan deud mwy. Roedd dod i lawr oddi ar fadarch hud yng nghelloedd gorsaf heddlu Dolgellau, ar ôl y 'shô-down' hwnnw yn fflat Cledwyn flwyddyn yn ôl, yn brofiad oedd wedi aros ym meddyliau'r hogia fel peils yn nhwll eu tinau. Safodd yr hogia'n y twllwch, heb ddeud gair.

= *33* =

ROEDD 'POTAL RHEN CRAD' yn mynd i lawr yn dda yng nghegin Nant-y-Fagddu. Hen botal fawr Bells oedd hi, yn dal galwyn gyfa o wisgi cartra. Doedd 'na'm llawar o bobol yn gwbod am opyrêshiyns gneud wisgi Caradog Dafis 'slawar dydd, ond doedd y rhai oedd *yn* gwbod ddim yn debyg o anghofio. Roedd y sdwff yn beryg bywyd, ac roedd y straeon am droeon trwstan y rhai fu'n ei yfad yn chwedlonol ymysg rhai cylchoedd yn yr ardal.

Fuodd Crad wrthi am tua pymthang mlynadd yn ei neud o, mewn *still* yn y sgubor ar y buarth. Roedd o'n gneud tua hannar cant o boteli maint cyffredin bob blwyddyn, ac yn eu gadael i aeddfedu am bum mlynadd, weithia fwy. A bob blwyddyn, ar noson Galan Gaea – diwedd yr hen flwyddyn Geltaidd – byddai'n mynd draw i daflod y sgubor i ddewis potal i'w hagor. Ac am hannar nos ar fora'r flwyddyn newydd, byddai'n dechrau ei hyfed, a ddim yn stopio nes byddai'n wag. Roedd rhaid iddo gael rhywun efo fo i'w hyfed hi, wrth gwrs – yn rhannol am na fyddai'n gallu ei hyfed hi i gyd ei hun heb fynd yn ddall, neu farw o wenwyn alcohol, ac yn rhannol am fod rhaid cael o leiaf dau berson yn yfed er mwyn i un helpu'r llall pan oedd hwnnw'n disgyn drosodd. Roedd amal i un wedi cael damwain wrth yfad wisgi Nant-y-Fagddu, a sawl un 'di cachu llond ei drwsus ar ôl gneud.

Roedd Rhen Crad wedi rhoi'r gorau i wneud y stwff bron i ugian mlynadd yn ôl. Roedd yr oes wedi dechrau newid – y cops yn llawer mwy *mobile* efo'u ceir a'u radios, a'r Weinyddiaeth Amaeth yn insbectio ffermydd yn amlach wrth i fiwrocratiaeth ledu'i fysedd busneslyd i bob cilfach a chornel yng nghefn gwlad. "Cwit weil iôr ahéd," medda Crad, cyn gwerthu'r *still* i'r Sipsiwn, fel sgrap. Ond mi gadwodd tua cant o boteli bach, oedd bellach wedi'u hyfed bron i gyd, ac un botal galwyn fawr yn arbennig ar gyfer ei deulu a ffrindiau – i'w hyfed pan fyddai'n gadael yr hen fyd 'ma. Dyna oedd ei ordors, ac ufuddhau oedd bwriad ei feibion.

Bellach, roedd Potal Rhen Crad, fel y galwai'r Dybyl-Bybyls hi, yn llawn o wisgi gwyn fel dŵr, oedd wedi bod yn stiwio am bron i chwartar canrif. A bron i awr gyfan ers ei hagor, roedd hi'n dal i fod yn bell dros dri chwartar llawn.

Dim fod 'na neb yn ei hyfad. Roedd pawb wedi cael glyg go lew ohoni. Y broblam oedd fod pawb gafodd wydriad, neu ddau, un ai wedi rhewi'n llonydd fel delwau, neu droi'n fypets manic oedd yn methu meddwl yn ddigon strêt i gymryd gwydriad arall. Roedd 'na amball un wedi troi'n wyrdd, ac amball un wedi disgyn fwy o weithia mewn awr nag a wnaeth mewn blwyddyn, ac roedd un neu ddau wedi dechra gweld drychiolaetha yn y papur wal patrwm blodau ar wal y gegin.

Roedd hyd yn oed Bibo Bach, oedd gan stumog o ledar a iau wedi'i neud o goncrit – ac oedd byth, byth yn deud 'na' i ddiod am ddim – wedi gorfod gwrthod gwydriad arall. "Dwi angan ffwcin brêc bach, y ffycars," oedd ei eiria, cyn troi'n wyrdd a'i gluo hi am tu allan i chwydu. Jesd abowt cyrraedd y drws wnaeth o, cyn chwydu fel hôspeip dyn tân dros Dyl Thŷd, oedd yn dal i gysgu ar ei wynab o flaen drws tŷ.

Daeth Bibo ato'i hun wedyn, a dod yn ôl i ista rhwng dau gawr o deulu pell y Dybyl-Bybyls, oedd yn methu stopio chwerthin ar ei ben o. Ac er mwyn cau eu cega nhw roedd Bibo Bach wedi cymryd gwydriad arall, ac wedi'i luchio lawr ei wddw fel dyn yn llyncu pils cur pen. Ddudodd o'm gair o'i ben ar ôl hynny, mond tynnu'i gap ac ista yno, efo'i wallt gwyn gwyllt yn sefyll i fyny fel 'sa fo 'di ca'l sioc letrig. Rhwng hynny a'i lygid macrall, roedd o'n edrych yn union fel un o'r 'Lucky Trolls' 'na mae nhw'n werthu'n ffair, yn sownd i *key-rings*.

Draw wrth y sinc roedd Em Scotch Egg yn gafael yn dynn yn y tap dŵr oer, rhag ofn iddo ddisgyn. "Dwi ddim isio bod yn fwrn arna chi, gyfeillion," medda fo cyn hir, "ond fedrith rywun ddod â gwydriad bach arall imi, er mwyn i'n hannar ucha fi gael bod yn yr un stad â'r hannar isa?"

Gwenu fel giât oedd Cledwyn, a'i lygid fel platiau o sêr wedi'u gorchuddio efo gwlith. Roedd o'n ista rhwng Donna Kebab a Nia Rwla, y naill wedi rhoi hannar peint o ddŵr ar ben ei wisgi, a'r llall wedi gwrthod gwydriad yn gyfan gwbwl ac wedi sticio i'r Smirnoff Ice oedd hi wedi'i gario i fyny efo hi. Roedd y ddwy'n siarad pymthag yn y dwsin yng nghlustia Cled, ond doedd hwnnw ddim yn gwrando. Roedd o'n syllu allan drwy ffenast y gegin, yn gweld y lleuad fel swllt arian uwchben Moel Gwrach. Roedd o'n bell i ffwrdd yn ei feddyliau, yr holl gyffuriau yn ei gorff yn gyrru'i ben i'r bydysawd, a'r wisgi cartra'n rhoi tanwydd i'w daith. "Mae pob dim yn sgleini, sgleini," medda fo cyn hir.

"Be 'dasd di?" gofynnodd Nia Rwla, oedd wedi closio digon i fyny ato i allu rhoi ei llaw ar ei goes o bob yn hyn a hyn.

"Mae pob dim yn sgleini, sgleini!" medda fo eto. "A ma'r lleuad yn gneud pob dim tu allan yn sgleini sgleini, hefyd... Sgleini, sgleini neis..."

Edrychodd Nia Rwla a Donna Kebab ar ei gilydd. Rhoddodd Donna ei bys wrth ei phen, a'i droi rownd a rownd i ddynodi ei bod o'r farn fod Cled wedi mynd yn ga-ga, tra bod Nia Rwla'n gneud siâp ceg y gair 'weirdo'.

Daeth Gwynedd Dybyl-Bybyl rownd efo jochiad arall o Botal Rhen Crad. Tolltodd lond gwydr hannar peint i Cledwyn. "Ynda, Cled," medda fo, "ti'n haeddu drinc ar Rhen Crad mwy na neb heno, gyfaill. Yfa, washi. Dyma ffordd Rhen Crad o ddeud diolch, 'li."

Gwenodd Cled ar Gwynedd, codi'r gwydryn at ei geg a llowcio jochiad dda, cyn sgyrnygu a twistio'i wynab i bob siâp wrth i'r tân hylifol losgi'i ffordd i lawr ei gorn cwac. "Ffacin hel!" medda fo wedyn, wrth gwffio am ei wynt. "Be oedd Crad yn iwsio i neud hwn? *Paint stripper*?"

"Mae o *yn* gweithio fel pênt thtrippar, deud gwir," atebodd Gwynedd. "Thbia. Dim ond pren ydi hwn, ond dychmyga be sa fo'n neud i baent..." Tolltodd beth o'r wisgi ar wynab y bwrdd, a'i sgwrio efo'i lawas, ac o fewn chydig eiliadau roedd 'na damad o bren glân neis yno.

"O mai God!" medda Donna Kebab a Nia Rwla efo'i gilydd.

"Ma' hynna'n ffycin nyts!" ychwanegodd Donna wedyn. "Be ma hwnna'n neud i stumog fi, 'ta?!"

"Wel ei lnau o, siŵr!" medda Gwynedd, ac estyn y botal at ei gwydr hi.

"Dim blydi ffîars dwi'n yfad mwy o hwnna!" medda Donna Kebab, gan roi ei dwylo'n gadarn dros dop ei gwydr a'i lusgo tuag ati i ddiogelwch.

"Dria i beth rŵan," medda Nia Rwla, wedi newid ei meddwl wrth gael ei hudo gan y cic o yfad rwbath peryglus.

"Gei di un bach, ia?" medda Gwynedd Dybyl-Bybyl. "Bach o gorff wyt ti. 'Dan ni'm isio fo lothgi twll yn'a chdi!" Trodd Gwynedd at Bibo. "Bibo Bach!"

"Be'r cont mawr?!"

"Ti'n barod am un arall, 'ta be?"

"Wel, tollta fo i ngwydr i, a mi dria i o. Dduda i wrtha ti wedyn os o'n i'n barod ne' beidio!" Chwalodd Bibo Bach i chwerthin fel ffŵl, a chwalodd pawb arall efo fo. Anamal iawn oedd Bibo Bach yn chwerthin mor hwyliog, heb sôn am ddeud brawddag heb regi. Roedd y wisgi'n gneud yn dda efo fo, erbyn hyn, yn amlwg.

"Reit, gyfeillion!" gwaeddodd Gwyndaf Dybyl-Bybyl, gan gnocio'r bwrdd efo'i wydr. "Ma' fi a Wynff – Gwynedd 'mrawd, 'lly – isio i chi gyd gofio am Rhen Crad heno. Hynny 'di..." Roedd Gwyndaf yn cael traffarth siarad. "... Hynny 'di, 'da ni i gyd yma i gofio Rhen Crad, a does 'na'm llawar o jans i ni anghofio hynny efo'r ffwcin wisgi 'ma... hihihi... ma'r cont bach wedi ca'l y 'last laff', yndo.... hihihihi...."

"Be ma' Wynff – Gwyndaf 'mrawd, 'lly – yn drio'i ddeud ydi," medda Gwynedd, yn cymryd drosodd y dyletswyddau siarad gan ei efaill, "fo' ni isio ca'l munud i feddwl am Rhen Crad. Dim byd thîriyth – o'dd Dad 'im isio'm byd thîriyth, ne fytha fo ddim wedi neud siŵr fod ni'n goro yfad y withgi 'ma i gyd... hehehe... ymm, a dim munut'th thailenth, chwaith..."

"Sori, be?" medda Cled.

"Dim *minute's silence*, ma'n drio ddeud," medda Gwyndaf. "Gwynedd, dos i roi'r gân ymlaen."

Diflannodd Gwynedd drwodd i'r stafall fyw, ac o fewn eiliada daeth sŵn nodwydd lychlyd yn llusgo'i hun hyd rigol rhyw hen record i lenwi'r stafall. Edrychodd pawb ar ei gilydd am funud, nes o'r diwadd dechreuodd y miwsig – Jac a Wil yn canu 'Pwy Fydd Yma 'Mhen Can Mlynedd'.

O fewn dim, er gwaetha gwynab mul Donna Kebab, roedd pawb yn morio canu,

"Pwy fydd yma 'mhen can mlynedd,
Pwy fydd yma'n yfad dŵr,
Pwy fydd yma'n malu cachu,
Dim y fi, yn ffycin siŵr!"

Fersiwn y Trowt oedd yr hogia'n ganu, wrth reswm, dim fersiwn Jac a Wil. Er fod fersiwn Jac a Wil yn un o hoff ganeuon Rhen Crad, roedd o wedi canu fersiwn y Trowt fwy o weithia nag oedd o wedi canu'r un iawn. A gan mai noson feddw gaib i gofio Rhen Crad oedd hi heno, wel, fersiwn y Trowt oedd yn gweddu, a dyna hi.

Ar ôl yr ail bennill, a pawb wedi codi'u gwydra i ddeud "iechyd da" wrth ysbryd Rhen Crad, roedd y criw yn ôl yn malu cachu rownd y bwrdd, a mi oedd Cledwyn wedi dechra synfyfyrio drwy'r ffenast unwaith eto. Sylwodd ei bod hi'n dreigio tu allan, a'r awyr yn goleuo'n las efo fflachiadau mellt rhyw storm bell. "Asu, ma' hi'n dreigio, bois!" medda fo, gan nodio'i ben tua'r ffenast.

"Eh?" medda Donna Kebab.

"Ma' hi'n dreigio…" medda Cledwyn eto.

"Be ffwc 'di dreigio?" medda Nia Rwla.

"Gola mellt pell yn cario dros yr awyr yn y nos… Sbia! Ti'n weld o? Y fflashis glas 'na!"

≈ 34 ≈

"BE TI'N WELD, BIC?" gofynnodd Sbanish drwy'r twllwch, wrth i

Bic graffu drwy'r twll cliciad yn nrws y beudy.

"Yyym, wel – ma' pawb yn canu, dwi'n meddwl, a ca'l ffwc o laff…"

"Y cops, Bic! Be ma'r cops yn neud?!"

"Ma' nw'n troi mewn i'r buarth ŵan – ffyc, ma' 'na ddau gar o'nyn nw!"

"Dau?! 'Ta mi weld…" Symudodd Bic i Sban gael edrych drwy'r twll. Roedd y ddau gar heddlu'n parcio o flaen y tŷ, a'u goleuadau'n llenwi'r nos efo fflachiadau glas. "Ffacinel, Drwgi – ti'n siŵr ti ddim 'di bod ar *Crimewatch*? Ma' cops y wlad 'di troi i fyny!"

"Faint sy 'na?" medda Bic, a pwsio Sbanish o'r ffordd eto cyn rhoi ei lygad yn ôl yn y twll. Gwyliodd dri copar yn camu o un car, un yn aros wrth giât yr ardd, a dau'n cerddad am ddrws y tŷ. "Ma' 'na dri copar yn un car," nododd Bic, cyn sylwi mai dim ond un oedd yn yr ail gar. "Pedwar sy 'na i gyd. Drwgi, be ffwc ti 'di bod yn neud?"

"Paid â dechra arna fi!"

"Dwi'm yn dechra arna chdi, mêt. Jesd wondro be ffwc 'di'r crac dw i. Ti'n cofio deud rwbath wrthan nw?"

"Nacdw."

"Aru nw ffendio wbath arna chdi?"

"Naddo."

"Ti'n cofio hynny, 'fyd?" gofynnodd Sbanish.

"Ylwch! Dwi'n deutha chi am y tro ola, OK? 'Runig beth dwi'n gofio ydi sefyll 'na, yn siarad efo Penelope, a peth nesa, o'dd o drosta fi i gyd, yn y ffos – fo a'i fêt…"

"OK," medda Sbanish. "So 'da ni'n *holed-up* mewn beudy, a ddim cweit yn dallt pam."

"Wel, ma' *resisting arrest* yn un rheswm, siŵr o fod…" medda Bic.

"Ond guthon ni ddim yn arestio," nododd Sbanish.

"Ond gafodd Drwgi, ma'n siŵr. Do, Drwgi?"

"Am wn i, 'de…"

"'Na fo – *resisting arrest* i Drwgi, ac obstryctio copars i chdi a fi, Sban."

"'Di hynna'm yn werth gyrru'r *posse* ar 'yn hola ni chwaith, nacdi?"

"Hisht! Ma' nw'n cnocio drws tŷ…"

≈ 35 ≈

DUW A ŴYR PWY glywodd y cops gynta, na sut yn y byd y clywodd o nhw uwchben y miwsig. Ond o fewn eiliadau i'r floedd, roedd 'na bron i ddeg o horwths mawr cryfion – y rhan fwya o'nyn nhw efo gwalltia mawr coch, barfau a seid-locs – yn sefyll o flaen drws y tŷ yn eu gwynebu nhw, fel parti cydadrodd o Yetis.

Ar flaen y wal o flewogs, roedd y Dybyl-Bybyls – y ddau efaill sics-ffwt-ffôr, deunaw stôn, a'u sgwydda fel talcan tŷ – yn rhythu fel dau ryfelwr ym myddin Cunedda, slawar dydd. Doedd y ddau blisman oedd wedi cnocio'r drws ddim yn siŵr iawn be i neud – rhedag ta ffêntio.

Pennylove oedd un o'nyn nhw, a fo dorrodd yr ias i ddechra. *"Erm… evening, erm, morning…erm, gentlemen…"*

Ddudodd neb ddim byd yn ôl, dim ond rhythu'n fygythiol, wrth i fflachiadau glas ceir yr heddlu oleuo'u gwynebau, fel rhes o Frankensteins mewn storm.

Sylwodd Pennylove fod eu llygada'n serennu'n ddieflig, a meddyliodd, am eiliad, am olygfa o'r ffilm *Deliverance*, cyn amneidio tuag at Dyl Thỳd, oedd yn chwyrnu'n braf wrth draed y rhes o *red-necks* oedd yn sefyll o'i flaen. "Be wnaeth hwn i chi, 'ta?"

"Pwy?" medda Gwyndaf Dybyl-Bybyl.

"Hwn," medda Pennylove wedyn, a chyfeirio unwaith eto at y corff oedd yn glafoerio ar y llawr. *"Sleeping beauty* fan hyn."

"Na'th o'm byd i ni. A'th o i gysgu o'i wirfodd."

"'Di o'n iawn?"

"Ma'n anadlu'n dydi? Be 'da chi isio?"

"Ymm... 'Da ni'n gneud chydig o *enquiries* am rwbath sydd wedi digwydd i lawr y ffordd... 'Di'n OK os ni dod mewn?"

"Na!" oedd atab Gwyndaf Dybyl-Bybyl. "A gewch chi roi'r ffwcin goleuada glas 'na i ffwrdd cyn gofyn dim byd arall."

Amneidiodd Pennylove ar y plisman oedd yn sefyll yng ngwaelod yr ardd i fynd i roi'r golau i ffwrdd ar y ceir, cyn troi'n ôl at Gwyndaf. "Ymm..."

"Wyt ti'n gwbod bo' ni 'di claddu'n tad heddiw?" gofynnodd y Dybyl-Bybyl cyn i'r cwnstabl ffurfio gair call.

"Ymm, yndw... sori os ydi hyn yn amser drwg, ond..."

"Ond be?"

"Wel, mae *serious crime* wedi cael ei committio i lawr y ffordd heno, a..."

"Thiriyth creim, ddudathd di?" Doedd Gwynedd Dybyl-Bybyl ddim mewn hwyliau i entertênio chwaith.

"Sori, be oedd hynna?" gofynnodd Pennylove yn nerfus. "'Nes i ddim dallt..."

"Be thgin y thiriyth creim 'ma i neud efo ni?"

"Wel..." Doedd Pennylove heb ddeall yr un gair.

"A be sy mor 'siriys' fel bo'chi'n meddwl y gallwch chi ddod i ddistyrbio wêc teuluol yn oria mân y bora fel hyn?" ychwanegodd Gwyndaf. Roedd y ddau efaill yn gneud *double act* effeithiol iawn.

"OK..." Llyncodd Pennylove ei boer eto. "Mae car *police* wedi cael ei damejio, ac mae gen fi *reasonable cause* i syspectio bod *those responsible* – neu rhywun sydd yn gwbod pwy ydi *those responsible* – yn... wel... yn y *vicinity*..."

"Yn y 'fithiniti', ddudathd di? Tho, rwtîn encwairith ydi hyn? Adag yma o'r ffycin noth?" medda Gwynedd Dybyl-Bybyl, yn codi'i lais.

"Ar ganol wêc teuluol?!" rhuodd Gwyndaf, yn owtrêjd.

Camodd Pennylove am yn ôl, a symud ei law dde yn nes at

y canister nwy CS oedd yn hongian ar ei felt, rhag ofn. Roedd o wedi cael digon o fraw efo'r gwarthag yn gynharach, a doedd o ddim am gymryd unrhyw shit gan Yetis. "Wel, dim *exactly*..."

"Be ti'n feddwl, 'dim *exactly*'?" gofynnodd un o'r horwths mawr oedd yn sefyll tu ôl i'r Dybyl-Bybyls.

"OK – 'na i fod *on the level* efo chi." Roedd Pennylove wedi penderfynu bod yn ddewr. "'Da ni'n meddwl fod *those responsible* wedi dod i fyny i'r parti... wêc... yma."

Caeodd yr heddwas ei lygid am eiliad, yn hannar disgwyl i ddwrn landio'n ganol ei tsiops am feiddio awgrymu'r fath beth. Ond ddaeth hi ddim. Tawelwch ddilynodd – tawelwch anghysurus iawn. "Ymm... 'Da ni'n meddwl fod nhw wedi dod i fyny yma ar tacsi? Trev's Taxis, *mini-bus*?"

Pasiodd cwpwl o eiliadau pellach o ddistawrwydd annifyr. Roedd yr Yetis, meddyliodd Pennylove, yn edrych fel mai'r cwbwl oedd ei angen i wneud iddyn nhw neidio ar ei ben o a'r copars eraill, a'u llarpio, eu bymio a'u bwyta, oedd i un o'r efeilliaid un ai glicio'i fysidd neu roi nòd bach o'i ben. Meddyliodd Pennylove am *Deliverance* eto, wrth i'w law symud yn araf ac anwirfoddol am y nwy CS unwaith eto – cyn i'r tawelwch gael ei dorri gan Dyl Thỳd yn rhoi rhech soprano, uchel, hir, yn ei gwsg...

"Gwranda, PC..." dechreuodd Gwyndaf Dybyl-Bybyl.

"PC Pennylove. Wynne."

"...PC Pennylove-Wynne – yli, 'da ni ddim yn hapus o gwbwl fo' chdi a dy fêts 'di dod yma i darfu ar ein galar. Ond mi 'nawn ni faddau i chdi – er, mi fyddwn ni'n cael gair efo'r insbector, jesd iddo ga'l gwbod, 'lly. Ond gan ein bod ni'n dallt dy fod di, fel pawb arall, efo job i neud, mi wnawn ni ddeud un peth wrtha chdi..."

Symudodd Pennylove ei law at y nwy CS eto fyth – rhag ofn mai 'ffyc off' fyddai'r 'un peth' oeddan nhw am ddeud, wedi'i ddilyn gan ymosodiad ffyrnig a marwol. Ond unwaith eto, cafodd sioc ar yr ochor orau. Aeth Gwyndaf yn ei flaen,

"Does 'na'm tacsi wedi bod yn agos i'r lle 'ma heno. Ma' pawb yn fan hyn – y rhan fwya o'nyn nw'n deulu i'n tad druan, a pob un o'nyn nhw'n galaru, dallta – yn cadw cwmni i fi a mrawd yn ein profedigaeth. A ma' nw 'di bod yma ers pnawn 'ma, rhyw gwpwl o oria ar ôl y cnebrwn. Ddothan ni i gyd i fyny yn y fan 'cw, yn fancw."

Trodd Pennylove a'i gyd-blismon i edrych ar y fan Transit wen oedd wedi'i pharcio yr ochr arall i'r buarth.

"OK, ymm…?"

"Gwyndaf Davies."

"…Gwyndaf Davies, diolch am fod mor barod i helpu. Ond…"

"Ond be?!" medda Gwynedd, mewn ffordd wnaeth i'r amheuon am ei ddiogelwch ailymddangos ym meddwl Pennylove.

"Ymm, 'da ni – fi a fy *partner*, sydd yn ista yn y car yn fancw – wedi gweld *mini-bus* Trev's Taxis yn dod i fyny yma, ac i lawr yn ôl…"

"Be? I fan hyn?" medda Gwynedd Dybyl-Bybyl, wrth sbio'n syth i fyw llygada'r cwnstabl. "Ti actiwali wedi gweld tacthi mini-byth yn dod i fan hyn? I Nant-y-Fagddu?"

"Wel… ymm…" Damiodd Pennylove ei hun. Doedd o heb weld yn union i le aeth y bws mini. Meddyliodd am blyff – roedd ei reddf heddwas yn ei annog i wneud hynny – ond ailfeddyliodd. Doedd o ddim digon cyfarwydd â'r ardal i allu diystyru'r ffaith fod 'na lefydd eraill yn y cwm yn cynnal parti heno, ac roedd o'n teimlo'n ddigon annifyr am darfu ar y wêc, fel oedd hi. Falla ei fod o'n gneud camgymeriad dirfawr. A petai o'n gneud camgymeriad, wel, gallai fod yn y cach go iawn. Doedd tarfu ar deulu mewn galar yn oria mân y bora, a lluchio cyhuddiadau o gwmpas lle, ddim yn mynd i ennill brownis i raglen plismona cymunedol Dickie Brainstorm. Ond eto, teimlai Pennylove yn gryf ei fod o'n sefyll o flaen y criw oedd wedi troi'r car heddlu drosodd… Be oedd o am wneud? Bod yn ddewr, 'ta mynd am *tactical retreat*?

Achubwyd Pennylove o'i ddeilema gan Gwynedd Dybyl-Bybyl. Er, doedd o ddim yr ateb oedd yr heddwas isio'i glywad, chwaith.

"Ti'n siŵr na ddim i Glathgwm aethon nw?"

"Lle, sori?"

"Glathgwm. Y Plath!"

Daeth golwg wag dros wyneb Pennylove. Doedd ganddo'm syniad be oedd Gwynedd Dybyl-Bybyl newydd ei ddeud wrtho.

"Plas Glasgwm," medda Gwyndaf Dybyl-Bybyl, oedd wedi hen arfar egluro geiriau'i frawd wrth bobol. "Mae o lawr fforcw. Llond lle o Saeson drw'r ha. *Party animals*, sdi. Twrneiod a *high flyers* – bobol fel 'na."

"Thiti-thlicyrth, wthdi," ychwanegodd Gwynedd.

Bolycs! Roedd Pennylove yn stympd. Doedd o heb wneud ei waith cartra'n iawn cyn rhuthro i fyny i'r lle 'ma. Jesd fod Drwgi a Tiwlip wedi deud eu bod nhw ar eu ffordd i fyny, doedd o'm yn deud fod pob cerbyd arall oedd ar y ffordd yn hedio yma hefyd. Basdad gwirion, meddyliodd. Sut fuodd o mor flêr?

"Ma'n ddrwg iawn gan ni eich distyrbio chi, Mr Davies a… Mr Davies. Mi awn ni rŵan…"

"Wel, ia – dydio'm yn beth neith iawn, deud y gwir," medda Gwynedd Dybyl-Bybyl. "Ond dyna fo, jethd gobeithio wnewch chi ddal y 'ddôth rethponthibylth' 'na, ynde?"

Unwaith eto, ddalltodd Pennylove ddim gair, felly gwenodd yn wag, a troi i adael, cyn sdopio ar ganol cam a troi'n ôl i wynebu'r efaill arall. "Ymm… Mr Davies, ar draws pob peth, yda chi wedi gweld Drwgi Ragarug heno?"

"Drwgi? Naddo. Dim ers bora 'ma, yn y capal."

"A Bic Flannagan? Sbanish?"

"Na, heb weld hinna, chwaith. Pam?"

"Ma' nhw ar 'u ffordd i fyny yma – wel, mi *oeddan* nhw ar eu ffordd i fyny…"

"Wel, dydyn nhw heb gyrradd, beth bynnag…"

"Phillip Tadcaster ddim yma, chwaith?"

"Pwy ffwc 'di hwnnw?"

"Landlord y Brithyll Brown… Roedd o'n rhoi lifft i'r tri arall…"

"Tiwlip? Asu, na..."

"Be am Cledwyn Bagîtha?"

"Ti'n ffycin pwsio hi, ŵan!"

"Jesd gofyn..."

"A jesd deud ydw i – ti 'di gwastio gormod o'n hamsar ni fel ma' hi. Os ti ddim yn mindio, fysan ni'n licio mynd 'nôl i alaru am ein tad."

"OK. Dallt yn iawn. Sori am ddistyrbio chi."

"Dim drwg wedi'i neud, PC...?"

"Pennylove," medda'r heddwas am yr eilwaith, cyn troi ar ei sodla i fynd am y car, i gyfeiliant rhech rasbri fawr wlyb o din Dyl Thŷd.

≈ 36 ≈

"BE MA' NW'N NEUD, Bic?" gofynnodd Sbanish, oedd fel pry copyn yn cerddad mewn cylchoedd o gwmpas y beudy.

"Ma' 'na sdand-off wrth y drws," adroddodd Bic.

"Pwy sy 'na i gyd?"

"Y Dybyl-Bybyls, a llwyth o betha mawr hyll erill."

"'Di Cled yna?" gofynnodd Drwgi, oedd draw wrth un o gorau'r gwarthag, yn 'ecsplôrio' yn y gwyll.

"Wela i mo'no fo, de."

"Ma siŵr fod o i mewn yn tŷ," medda Sbanish. "Efo'r Dybyl-Bybyls a'th o, ynde? Dyna ddudodd Sian, ia?"

"Ia, ond wela i mo'i fan o'n nunlla, 'de."

Tarfwyd ar ddyfalu'r ddau gan sŵn Drwgi'n hitio rhaw, oedd yn pwyso'n erbyn wal y beudy, i'r llawr.

"Drwgi!" diawliodd Sbanish. "Ista'n ffycin llonydd, y mwnci!"

"Sori 'ogia. Dwi'n ffycin gweld cacans eto..."

"O? Ti'n cofio gweld rheini cynt, rŵan, 'fyd?!" medda Sbanish.

"Yndw siŵr! 'Di nw'm y math o betha ti'n anghofio, nacdi, cacans. Ysdi, 'di..."

"OK, Drwgi!" siarsiodd Sbanish. "Sgenan ni'm amsar i'r Histori Of Ddy Iwnifyrs in Cêcs ar y funud. Jesd aros yn llonydd nes ma'r cops 'ma 'di mynd... Bic, be sy'n digwydd?"

"Dal i siarad."

"Am be?"

"Be sy genai? *Bionic Ears*? Sud ffwc dw i fod i wbod?"

"Ti'm 'di clwad am lip-rîdio?"

"Shshshsh!"

Aeth Sbanish draw at Drwgi, oedd wedi ffeindio scync yn un o'i bocedi, ac yn ista ar ben bocs mawr pren, yn sginio sbliffsan sydyn i fyny. Eisteddodd Sban wrth ei ochor o.

"Ti'n gwbo' be o'dda chdi'n ddeud cynt, Sban?" medda Drwgi, cyn hir. "Fod nain Tintin yn arfar byw yn y tŷ 'na?"

"Garnedd Dirion, ia..."

"Wel, ma'n beth trist, ti'm yn meddwl?"

"Be, bod hi 'di marw?"

"Naci – bod teulu Tintin yn arfar byw yn y topia 'ma, yn ffarmio a ballu, a fod Tint druan wedi endio fyny'n byw mewn hofal yn Graig."

"Ia, yndi, ma'n siŵr, Drwgi. Ond fel 'na ma' hi'r dyddia yma, ynde? Ca'l 'n pwshio i'r cyrion ydan ni i gyd, 'de? Ma' Cymru'n marw, Drwgi, i neud lle i'r ffycin *New Order*... Ynda!" Pasiodd Sbanish damad o gardbord pacad Risla i Drwgi roi rôtsh yn y joint.

"*New Order*, ia?" medda Drwgi. "Ffycin Owt of Ordyr, os ti'n gofyn i fi... Sgin ti dân, Sban?"

"Oes..."

"Hogia! Dwi'n meddwl bo' nw'n mynd!" gwaeddodd Bic o'r drws.

"Shot! Ffiw bîars amdani, felly, 'ogia!" medda Sban wrth danio'r leitar dan y sbliff yng ngheg Drwgi.

"Ffycin reit, dwi jesd â tagu am ddrinc," ategodd Drwgi, cyn tynnu ar y jointan nes bod ei blaen hi'n llosgi'n goch.

"Dow – be 'di hwn, dwad?" medda Sbanish, a cnocio top y bocs pren o dan eu tinau, wedi iddo ddod i'r golwg yng ngolau'r fflam.

"'Dwn 'im," medda Drwgi. "Bocs twls, ne' rwbath, ia?"

"Ti'n deud? Ma'n fwy tebyg i..." Stopiodd Sbanish ar ganol brawddag. Roedd o newydd sylwi ar yr handlenni pres ar ochor y bocs. Cododd ar ei draed. "Ffacin hel!"

"Be sy?" gofynnodd Drwgi.

Taniodd Sban y leitar eto, a'i ddal i lawr wrth ei benglinia. "Ffwcin coffin, y cont!"

"Paid â malu..." medda Drwgi, a codi ar ei draed i sbio. "Wel, ffyc mî, ia 'fyd!"

Safodd y ddau ffrind yn gegagorad, wrth i'r ias oer redag lawr eu cefnau fel sliwan nant. Camodd y ddau am yn ôl, heb ddeud gair, eu llygid wedi'u hoelio ar y cysgod hirsgwar ar y llawr o'u blaena.

Doedd hi'm yn hir cyn i Drwgi ddechra mynd drwy'i betha. "Draciwla!"

"Draciwla, o ffwc! Be sy'n bod arna chdi, efo dy aliens a Draciwlas? Callia, wir dduw!"

"Wel be ffwc ydio, 'ta?"

"Arch 'de!"

"Ia, ond be ma'i'n ffwcin da 'ma?"

"Dwi'm yn ffwcin gwbod! Gofyn i'r Dybyl-Bybyls... Na, well ti beidio busnesu..."

"Pam? Ti'n meddwl fo' nw 'di lladd rywun?"

"Na!" chwerthodd Sbanish. "Ella bo nw'n gneud eirch. Ma' nw'n seiri coed, yndydyn?"

"Nacdyn, Sban. Stîl-fficsars 'dyn nw, man!"

"Wel... ella bo' nw 'di ca'l dîl *buy-one-get-one-free* gan Robin Claddwr wrth brynu arch i Rhen Crad!"

"Ella fod ti'n iawn yn fa'na, 'fyd..." ystyriodd Drwgi. "Aros – ma 'na blât enw arni... oes dwad? Dal y gola 'na eto. Paid â deud fo' nw 'di ca'l arch ail-law!"

Chwerthodd Sbanish eto. "Cer draw i ddarllan yr enw, ta, Drwgi!"

"Ffyc off!"

"Gow-on, dêria i di!"

"Ffwcio di! Dos di!"

"'Im ffwc o beryg!"

"Bic!"

"Be?"

"Ty'd yma!"

"I be?"

"Sbia be 'da ni 'di ffindio!"

Anwybyddodd Bic geisiadau Drwgi. Roedd o'n gwylio'r ceir cops yn troi rownd ac yn gadael y buarth. "Ôl clîar on ddy westyrn ffrynt, hogia! Dowch! Drinc!"

Agorodd Bic y drws, a brasgamu allan i'r nos. Roedd o wedi rhoi tri neu bedwar cam tuag at y tŷ, pan sylwodd nad oedd yr hogia'n ei ddilyn. Trodd yn ei ôl i weld be oedd yn ddigon pwysig i stopio dau mor sychedig rhag llamu allan o'r beudy, ac ar eu pennau i'r tŷ at y cwrw.

Daeth o hyd i Sbanish a Drwgi'n sefyll yn llonydd fel dau bolyn, yn llygadrythu i'r twllwch o'u blaena.

"Bic!" medda Sbanish. "Ty'd yma!"

"Be ŵan, ffor ffyc's sêcs?"

"Sbia!" Taniodd Sbanish y leitar, a pwyntio at yr arch. Plygodd Bic i lawr i gael golwg gwell, cyn codi'n ôl i fyny'n syth.

"Coffin! So ffycin wot! Be 'da chi'n feddwl ydach chi? Van ffwcin Helsings? Dowch 'laen, ffor ffyc's sêcs! *Party time in Dybyl-Bybyl Land!*"

≈ *37* ≈

ROEDD PC ELTON JONES yn drewi gymaint doedd gan Pennylove, a'r ddau blismon ddaeth mewn dau gar i atab eu galwad, ddim dewis ond ei orfodi i drafaelio ar ei ben ei hun mewn un car, tra oedd y tri o'nyn nhw yn rhannu'r llall. Roedd hynny'n siwtio Elton, fodd bynnag, gan nad oedd o'n gwisgo'i drwsus – roedd o wedi rhoi hwnnw mewn bag plastig a'i luchio mewn i'r bŵt. Roedd Elton yn ddiolchgar nad oedd yr ymweliad â Nant-y-Fagddu wedi galw am arestio neb, neu mi fyddai wedi bod mewn sefyllfa reit embarasing wrth orfod gneud hynny'n hannar noeth.

Ar ôl gadael Nant-y-Fagddu, fodd bynnag, galwyd y ddau blismon arall i ddigwyddiad yn Bermo, a doedd gan Pennylove ddim dewis wedyn ond rhannu car efo Elton unwaith eto.

"Fuckin hell, Elton, you still stink!" Doedd Pennylove ddim mewn hwylia da.

"Thanks!" medda Elton yn swta, wedi blino – a syrffedu – gormod i siarad, heb sôn am ddadla.

Tawelwch fuodd wedyn am weddill y daith i orsaf heddlu Dolgellau. Heblaw am deirgwaith. Y cynta oedd pan basiodd y ddau y giât i'r cae lle oedd y gwarthag, pan regodd Elton rwbath am bîffbyrgyrs o dan ei wynt. Yr ail waith oedd wrth basio'r car heddlu oedd yn dal i orwadd ar ben i lawr ar ochor y ffordd, pan hitiodd Pennylove ei ddwrn yn erbyn y dash a gweiddi wrth frifo'i law. A'r trydydd oedd pan ofynnodd Pennylove i Elton ddreifio heibio'r Trowt i weld os oedd fan Cledwyn Bagîtha'n dal tu allan. Ac ar ôl gweld nad oedd hi yno, hel meddyliau fuodd Pennylove yr holl ffordd i Ddolgellau.

Roedd ganddo ddigon i feddwl amdano, hefyd. Mynydd o waith papur, i fod yn fanwl – adroddiad anhygoel o boenus am holl flerwch y noson. A doedd o ddim yn mynd i gael derbyniad da iawn gan yr Insbector chwaith. Sut yn y byd oedd o'n mynd i egluro sut y llwyddodd o i adael car yr heddlu, heb ei gloi, ar ben ei hun ynghanol ffordd gefn, ac achosi iddo gael ei heijacio a'i fandaleiddio gan ryw ddihirod? A sut yn y byd lwyddodd o i fethu dal y ffycars oedd yn gyfrifol? Diawliodd ei hun am fethu sylwi lle aeth y bws mini honno. Diawliodd ei hun hefyd am fethu cofio am Glasgwm, a nhwtha wedi bod yno funudau yn unig ynghynt!

A sôn am Glasgwm – sut oedd o'n mynd i egluro be oeddan nhw'n neud i fyny yno yn y lle cynta? "O, Insbector Williams, mi ddilynon ni gar, *suspected drink drive*, i fyny yno." "Do wir, PC Pennylove? Lwyddoch chi i'w ddal o?" A fel petai hynny ddim yn ddigon o *Keystone Cop moment*, roedd o hefyd yn mynd i orfod egluro lle'r oedd Elton a fynta pan drowyd y car ar ei do. "Rhedeg ar ôl tri *fugitive*, Syr." "Ia wir, PC Pennylove? A lwyddoch chi i ddal rheiny?"

Ffycin disastyr o noson! Methu dal car, neu fan, yn ganol nunlla, colli tri twat meddw ar droed, gadael i fandals car heddlu lithro rhwng eu bysidd – heb sôn am ddifetha car heddlu ac iwnifform PC Jones – a cael eu dal yn hostejis gan warthag mewn cae! Jîsys Craist! Waeth iddo fo ymddiswyddo yn y fan a'r lle ddim!

Blin! Roedd Pennylove yn flin! Yn flin efo fo'i hun, yn flin efo Drwgi Ragarug, ac yn flin efo Elton... 'Sa'r cont hwnnw ddim yn malu cachu gymaint, fysa fo heb orfod ffendio rwbath i'w neud er mwyn dianc oddi wrth ei baldaruo fo! Ia – Elton oedd y bai am hyn i gyd. Oni bai am Elton, fysa fo wedi gallu ista ar ochor ffordd yn ei gar tan ddiwadd ei shifft, ac wedi cael mynd adra i gysgu'n braf tan bora drannoeth. Elton! Ffycin Elton! Oooo, roedd o'n casáu Elton!

Ond fe gai Elton aros. Roedd rhaid i Pennylove feddwl am ffordd allan o'r twll 'ma. Penderfynodd be oedd o'n mynd i neud y diwrnod wedyn. Roedd o'n mynd i holi Tiwlip, i weld os welodd o be ddigwyddodd i'r car, ac wedyn holi Tref y dyn tacsi. Os oedd stori Tref yn cyd-fynd â stori'r Dybyl-Bybyls, roedd o'n mynd fyny i Glasgwm i holi'r bobol oedd yn aros yno – ac arestio un neu ddau o'r 'jet-setars' os oedd rhaid. Wedyn – a dyma'r tamaid oedd Pennylove yn licio – roedd o'n mynd i dynnu Drwgi i mewn a ffycin nêlio'r ffycar bach yn iawn. A doedd o heb anghofio am Cledwyn Bagîtha, chwaith. Roedd o angan gweld lle oedd hwnnw. Roedd ganddo deimlad fod gan hwnnw ei fys yn yr uwd yn rwla...

Rhywle rhwng Ganllwyd a Llanelltyd cofiodd Pennylove am y darna o oleuadau car hynny – y rhai gafodd o hyd iddyn nhw ar y ffordd fforestri. Diawliodd ei hun eto wrth gofio fod rhan fwya ohonyn nhw mewn bag plastig yn y car oedd ar ben i lawr yng Nghwm Derwyddon. Ond mi oedd ganddo ddau ddarn bach yn ei bocad. Byddai hynny'n ddigon i fynd i'r lab, gobeithio – rwbath arall oedd ar y rhestr o 'bethau i'w gwneud' ar gyfer drannoeth...

≈ 38 ≈

Roedd hi'n dri o'r gloch y bora, ac roedd Jenny Fach wedi methu cysgu. Er ei bod hi'n nabod yr arwyddion yn iawn, roedd hi'n gobeithio byddai petha'n mynd i fod yr un fath â'r pedwar tro dwytha – yn cymryd oria i ddod i'r stêj lle oeddan nhw'n dechra dod yn byliau o boenau geni *go iawn*. Roedd hi'n gobeithio hefyd, yn ofer wrth gwrs, mai *false alarm* oedd o – wedi'r cwbwl, roedd hi bron i bythefnos yn fuan. Ond waeth iddi gachu mwy nag uwd, o ran hynny.

Roedd Jenny wedi trio mynd i gysgu am ryw awran neu ddwy, beth bynnag, tra oedd y mud-boen yn aros yn weddol fach. Byddai'n ddiolchgar nes ymlaen o gael cwpwl o oria o gwsg rŵan. Ond gysgodd hi ddim. Roedd ei meddwl yn troi ac yn troi, a doedd hi'n methu'n lân ag anwybyddu'r cnoi oedd yn araf waethygu yng ngwaelod ei chefn.

Roedd hi wedi codi yn diwadd, wedi mynd i biso, ac wedi mynd lawr i'r gegin i neud panad o de. Roedd hi'n ystyried mynd i ddeffro Fflur yn y munud, jesd iddi gael cwmni, o leia. Doedd dim pwynt ffonio Bic eto, meddyliodd. Roedd 'na ddigon o amsar. Doedd y poena heb hyd yn oed ddechra pwnio'n gyson eto. Fydda hi'n ganol bora arni'n mynd i'r ysbyty. Serch hynny, roedd hi'n ystyried pacio bag yn barod. Byddai hynny'n cadw'i meddwl i ffwrdd o betha. A mi fyddai'n pasio awran.

Eisteddodd efo'i phanad, yn meddwl faint mor neis fyddai sigarét. Doedd hi heb smocio ers iddi wybod ei bod yn disgwyl. Bu hynny'n uffarn o job ynddi'i hun. Roedd Bic i fod i stopio smocio efo hi, er mwyn ei wneud o'n hawddach iddi, ond wnaeth y ffycar bach ddim. Roedd gan Carys Sbanish bwynt yn hynny o beth – roedd yr hogia'n fasdads hunanol weithia. Nhw'r merchaid yn gorfod cario plant am naw mis, tra'n edrych ar ôl y plant eraill, a'r tŷ hefyd. A'r hogia? Wel, heblaw am aros yn agos i adra fwy na fysan nhw'n neud fel arfar, doedd 'na ddim byd yn newid o gwbwl. Cari on as blydi normal!

Ystyriodd eto a ddylai ffonio Bic neu beidio. Roedd hi'n gynnar, ond falla dylai hi ffonio wedi'r cwbwl. Jesd i'w rybuddio fo. Fydda Bic isio iddi ei ffonio fo, beth bynnag. Dim ond diawlio fysa fo tasa'r babi *yn* cyrraedd, a fynta'n methu'r geni eto. "Pam ddiawl 'sa ti 'di ffonio'n gynt, hogan?" Dyna fysa hi, doedd 'na'm dwywaith am hynny.

Gafaelodd Jenny yn ei mobeil ffôn, a gwasgu'r menu gwpwl o weithia nes daeth rhif Bic i fyny ar y sgrin. Gwasgodd y gwyrdd. Aeth yn syth i'r peiriant atab. Doedd 'na'm ffwcin signal!

≈ 39 ≈

ROEDD RHYW HUD YNG Nghwm Derwyddon – y berthynas berffaith rhwng tir a hanes, ynghlwm mewn priodas bersain na allai dim ond amser ei bendithio. Hanes wedi'i greu gan ddynion, dynion wedi eu denu gan hynodion y tir, ac amser yn plethu'r cwbl yn dreftadaeth dragwyddol o chwedlau byw.

Oedd, mi oedd derwyddon yn hel i'r cwm 'slawer dydd. Darganfuwyd teclynau defodol mewn cytiau crwn ar lethrau Moel Gwrach, islaw'r fryngaer fechan lle bu'r llwyth yn gwneud arfau o haearn mewn ffwrneisi mawn. A cafwyd hyd i gleddyfau, gwaywffyn a dyrnau tarianau yn Llyn Alltgam – offrymau o barch, diolchgarwch a gobaith, i Dôn, a'i rhoddion o ddŵr a bywyd, neu i Aerfen, am ei theyrngarwch mewn brwydrau.

Diau fod 'na rwbath wedi denu'r derwyddon i'r ucheldir brau. Rwbath am y tir – ei egni, efallai – neu holl synnwyr eu rhagflaenwyr 'Iberaidd'. Y Cymry cyntaf hynny, fu'n crafu bywoliaeth o'r mawn ymhell cyn dyfodiad cewri'r haearn a'u hathroniaeth, eu cân a'u ceiri crwn. Yr hen, hen Gymry, y rhai a Welodd gyntaf, ac a nododd y Ffenestri â'u meini hirion, yma ac acw, hyd lethrau'r cwm.

Derwyddon. Â'u hoel ar y tir ac ar dafodau'r cenedlaethau. Yn enw'r cwm a'r afon, y ffermydd, y llechweddi. Plant Pelagiws, yn driw i ewyllys rydd er gwaetha gwg yr Eglwys, yn arfer eu hathroniaeth yn dawel ymysg seintiau. Nawr wedi mynd, ond yn fyw o hyd ym mhriodas berffaith y dyffryn.

Derwyddon. Yn un â'r bydysawd. Yn un â'r Gwir oedd i'w weld bob bore yng ngolau'r wawr, yn sidan glas y lleuad a llam brithyllod dan ruthr rhaeadrau.

Derwyddon. Yn gweinyddu'r Gair, yn arwain yr awen o'r tir i'r pen, yn bugeilio'r achau o'r priddyn du i freuddwydion ei frodorion. Ac yn ôl.

Derwyddon. Yma o hyd, yn y tawelwch a'r myfyrdod, yn y gŵŷdd a'r gwreiddiau, yng nghhuriadau calonnau a rhubanau'r awel bêr. Yn llwybrau'r mellt a llinellau cywyddau, yn y llafn yn llygad cudyll, a'r lliaws ymhob llwyn. Yn y tarth ar gyllell y bore, yn y llewyrch rhwng y gwlith a'r gwawn. Ar wariau'r hen, hen greigiau, yn y mwsog ar wynebau crawiau, yn y meillion a'r madarch, yn y criafol, yn y crai. Maen nhw yma, yn y mawn dan winedd tyddynnwr, yn y brwydrau dan fynwes pob un. *Maen* nhw yma, yn drwm er fel glöynnod, yn y cymun rhwng daear a dyn...

Dod a mynd wnaeth y Methodistiaid yng Nghwm Derwyddon, a rŵan roedd Capel Ramoth yn dal ei wynt. Byth ers ei ddiberfeddu gan adeiladwyr Sid Finch, aros i farw oedd ei hanes. Ers y rhwygwyd ei seti pren o'i fynwes, bu'n tagu am ei wynt. Cadwyd ei galon – y pulpud – ond nid fel llwyfan i bregethau brwmstan, neu eiriau o gysur, ond fel safle i deledu sgrin plasma. Fyddai dim mwy o weddïau i'w clywed yn Ramoth. Fyddai dim cymun yno eto, na'r un gymanfa, na sŵn pres ym mhren y casgliad, chwaith. Rhegfeydd adeiladwyr oedd yn atseinio dan ei ddistiau y dyddiau hyn, ac o'r *Mirror* a'r *Sun* ddeuai'r salmau bellach.

Heno, a'r nos yn cuddio'i gywilydd, roedd Ramoth ar ei liniau, ei ddwylo'n estyn tua'r nefoedd, yn aros am law ei arglwydd i gludo'i enaid o'r byd. Crefai am ddaeargryn anferth, neu gwpwl o fwldôsars reit gryf, i'w achub rhag artaith yr halogiad. Gwyddai ei gerrig llwydion nad oedd lle yng Nghwm Derwyddon i'r hyn oedd i ddod. Gwell murddun na Mamon – gwell rwbel na rhagrith...

Dan y grisiau pren o'r porth i'r galeri, roedd drws wedi'i dorri drwodd i'r estyniad newydd. Yma y byddai'r gegin, a stafelloedd cysgu ychwanegol, unwaith y byddai Sid Finch wedi gwireddu ei gynlluniau. Ei werthu fel tŷ moethus, chwe llofft, am hanner miliwn o bunnau oedd ei fwriad. Pres hawdd; prynu gan y Methodistiaid am hanner can mil, gwario can mil arall, *et voilà* – tri chant a hanner o filoedd o bunnau o elw. A 'ffyc off' i deuluoedd ifanc lleol.

Roedd grisiau pren arall yn yr estyniad – rhai wedi'u creu, gan grefftwyr arbenigol, i edrych yr un fath, ac o'r un cyfnod â grisiau'r galeri yn y capal ei hun. Ac o dan y grisiau yma, heno, roedd bag plastig Tesco, yn edrych allan o'i le dan y ceinwaith. Yn y bag, roedd potel ddŵr blastig, yn llawn o hylif di-liw, a bag o bowdwr gwyn wedi'i glymu iddi efo selotêp. Allan o'r bag o bowdwr, arweiniai weiars at gloc larwm bach rhad o'r ffair. Doedd dim bys munud na bys eiliad ar y cloc, dim ond bys yr awr, yn dilyn y munudau anweledig rownd ei wyneb plaen. Cyrhaeddodd y bys at bedwar o'r gloch, ac ar yr eiliad honno daeth sŵn ffrio a ffrwtian, a mwg, o'r bag o bowdwr gwyn. O fewn eiliadau roedd y bag powdwr yn tasgu, yn llosgi'n ffyrnig ac yn poeri fflamau bychain i bob cyfeiriad, fel rhyw ddiafol bach cynddeiriog...

ROEDD JENNY FACH AR ganol ei phedwerydd coffi pan aeth i fyny i'r toilet am ei thrydydd pisiad. Roedd y mud-boen yng ngwaelod ei chefn wedi gwaethygu digon iddi benderfynu mynd i gnocio drws Fflur Drwgi, er mwyn cael rhywun i fod efo hi, i gadw ei meddwl i ffwrdd o bethau. Sbiodd ar y cloc bach ar y silff uwchben y toilet, wrth dynnu'r tsiaen. Roedd hi'n bedwar y bora. Cofiodd fod Fflur yn chwil gachu'n gadael y tŷ, dim ond rhyw ddwyawr yn ôl. Ystyriodd ei gadael hi, cyn penderfynu na fyddai Fflur yn meindio o gwbwl o ystyried yr amgylchiadau.

Wrth basio drws tŷ Sian Wyn a Cled, drws nesa, ar ei ffordd i dŷ'r Drwgis, drws nesa wedyn, gwelodd fod gola mlaen yng nghegin Sian. Edrychodd i mewn drwy'r ffenast, a gweld ei ffrind wrth y bwrdd yn pacio bag. Aeth Jen i mewn ati.

"W-hŵ!" medda Jen, wrth gerddad drwy'r drws, cyn gweld yn syth fod golwg boenus ar wynab Sian. Gwyddai'n syth be oedd matar. "Paid â deud…!"

"Bron i bythefnos yn blydi gynnar!" oedd unig atab Sian.

"Ma' hynna'n gneud dwy o'nan ni, 'lly!" medda Jen.

ROEDD Y WAWR WEDI estyn drosodd i Gwm Derwyddon ers rhyw awr, a'r cwm – unwaith y teimlodd ei chusan ysgafn tu ôl i'w glust – wedi agor ei lygid yn ara bach i'r dydd. Yr adar glywodd o i ddechra', wrth i wlith ei chusan doddi mewn i'w wddf. Gwenodd. Roeddan nhw'n canu nerth esgyrn eu pennau bach tlws.

Fel arfar, ym mhen ucha Cwm Derwyddon, lle does dim ond ogla rhedyn a mawn i rannu'r awyr iach, does 'na'm dewis ond gwrando'n syn ar liaws y wawr a'u jazz direidus, llwyn-a-pherth. Mae'r lle mor dawel ar wahân i'w rhialtwch, fel y gall rhywun ddychmygu geiriau'n dawnsio drwy'r aer efo'u nodau. Dim ond cau'r llygid a tiwnio mewn i'r iaith bêr, a deall eu penillion piws, wedyn dewis unrhyw thema'n ymwneud â bodlonrwydd, ac i ffwrdd efo awen yr adar. Dedwyddwch pur mewn cawodydd o sgara-ba-ba-bi-dw-bab, ben bora, wrth i'r cwm gael ei gosi o'i gwsg. Bora da, tylwyth teg!

O fewn awr i gyrraedd y cwm roedd y wawr wedi disgyn yn dyner ar Nant-y-Fagddu, y ffermdy bach bendigedig o flêr, oedd yn ista efo'i deulu o feudái a sguboria, wedi'u hamgylchynu gan nyrs o goed derw oedd mor hen â'r oes. Lle bach hudolus, yn deffro ar ysgwydd bore braf. Perffaith i roi un o blant y cwm yn ôl i'r groth.

Rhyw gwta hannar milltir i lawr y cwm, roedd dau ffigwr yn cerdded ar y llwybr cyhoeddus i gyfeiriad Nant-y-Fagddu. Wedi croesi'r afon dros Bont Bwbach, wrth Garnedd Dirion, trodd y ddau i'r dde drwy'r giât mochyn, a dechra dringo'r llwybr serth i fyny llethrau dwyreiniol y cwm. Hannar ffordd i fyny'r llethr, daeth y llwybr â nhw at y gamfa a estynnai dros y wal i Ffordd Uchaf Cwm Derwyddon, lle'r oedd y ffordd newydd adael cysgod y coed fforestri am y tro olaf cyn cyrraedd Hafod Farfog a Nant-y-Fagddu.

Roedd y cerddwyr angen hoe bach. Eisteddodd Vanessa ar ris isaf y gamfa. Tynnodd ei sbectol haul i ffwrdd a gwylio Timothy, ei gŵr, yn tynnu'i sach oddi ar ei gefn, ac yn tyrchu drwyddi am ei botal ddŵr yfad.

"Thirsty, dahling?"

"Phew, yah, just a bit!" atebodd Timothy. "It's more of a hike than I imagined. Good job we started early!"

"It's not the walk, dahling, it's last night's wine..."

"The wine would have been fine, dahling, if we didn't have to get up so early..."

"**You** wanted to see this fort, Timmy dear, not me."

"Yah, but I didn't expect such a steep climb," medda Timothy, yn dal i dyrchu yn ei sach gefn.

"Well, you're the map reader, Mr Explorer, ha-ha-ha-har!" Chwerthodd Vanessa yn posh, ecsentrig ac uffernol o dan-y-croen.

"*Yes, and every time I look at one, those contour lines tend to remind me of your paintings, ha-ha-ha-har!*" atebodd Timothy efo chwerthiniad nid annhebyg. "*I'm beginning to regret not taking the car along the main road to the other side. Would have taken us right to the blasted thing... Oh, fishcakes!*"

"*What's the matter, dahling?*"

"*I think I've left the water back at Glassgum... Do you think we'd better get back down and take the car around?*"

"*Oh, Timmy dahling! Don't be such a heathenous barbarian!*" atebodd Vanessa'n chwareus. Roedd hi'n licio pan oedd ei gŵr yn ymddwyn yn 'gomon'. "*How could one think of taking all this in by car? Gorgeous morning, delightful scenery, songbirds twittering...*"

"*Sheep shitting!*" torrodd Timothy ar ei thraws, wrth sychu cachu defaid i ffwrdd o'i esgid ar y gwair. "*And a bloody wasteland, full of sheep... and bloody Welsh farmers...*"

"*Oh Timmy!*" twt-twtiodd ei wraig. "*What did you expect in Wales? Camels and Bedouin tribesmen? Ha-ha-ha-har! Anyway, we're off to see a fort you want to see, are we not?*"

"*And your point, madam?*"

"*My point being that there are things of interest here... Hardly a wasteland at all. I think I shall go out and do some sketches later, actually...*"

"*Dahling! You don't do landscapes.*"

"*Who said anything about landscapes? I thought I might experiment.*"

"*Ruff ruff!*" medda Timothy, wedi ecseitio. "*Ha-ha-ha-har!*"

"*Really, Timmy-Tim! You're so easily aroused! Ruff-ruff! Ruff! Ha-ha-ha-har!*"

Chwerthodd y ddau dwit efo'i gilydd. Roeddan nhw wrth eu bodda'n chwarae gêmau fflyrtio fel hyn yn ystod y dydd. Roedd y gêmau fel arfar yn arwain at chydig o *role-play*, wedyn jympt sydyn yn rwla cyhoeddus – rwbath oedd y ddau o'nyn nhw i mewn iddo, ac yn ei arfer yn aml, ers iddyn nhw gwrdd mewn maes parcio *dogging*, un noson dywyll yn Kent.

*"Anyway, it's the Roman fort I want to see, over this ridge. My point being that there are no **Welsh** things of interest..."*

"But isn't there a Celtic hillfort here too?"

"I'm not interested in the Iron Age settlement, dahling. Why would I want to see a pile of rocks built by barbarians?"

"Because you're an University Lecturer in History and Archaeology?" twt-twtiodd ei wraig eto. *"Anyway, my great-grandfather was Welsh, which means that I'm one-eighth Welsh. And I interest you, do I not?"* Agorodd Vanessa ei choesau siapus a thynnu'i throwsus cwta i fyny'n dynn, nes ei fod bron fel thong ac yn gadael fawr ddim i'r dychymyg. *"You **do** like this particular one-eighth, don't you, Timmy-Tim?"*

"Clanvaeer-poof-gweengeeth... gogerry-queen... drow-booth... clan..tea..silo... go-go-cock!" medda Timothy'n fudur, wrth i'w lygid lyfu'r labia pinc oedd yn dangos o bobtu'r llinyn o ddefnydd – cyn troi'i olygon yn ôl at y map oedd yn hongian rownd ei wddw. *"Let's see... I'd say we have another mile. If we go over this stile, up the lane a little, then the path continues upwards..."* Edrychodd i fyny ochr y cwm o'i flaen. *"Fuck!"*

"Oh do come on, Timothy," medd Vanessa, yn siomedig nad oedd ei chont wedi cael mwy o sylw. *"It's just a fucking hill!"*

≈ 42 ≈

Sgrialodd Ffor Bai Ffôr newydd sbon danlli Sid Finch i stop o flaen Capel Ramoth. Roedd o angen bod yn Gaer erbyn deg, a cyn mynd roedd o isio tsiecio be oedd yr adeiladwyr wedi bod yn ei wneud y diwrnod cynt. Roedd o wedi cael traffarth efo nhw dros yr wythnos ddwytha – y joinars wedi gwneud y grisia i fesuriad anghywir, a'r adeiladwyr wedi trio cael getawê efo'i osod efo hanner modfedd o fwlch ar y gris uchaf, a'i lenwi efo *filler*. Roedd o wedi deud wrthyn nhw am ei dynnu, a'i ailosod o, ac roedd o angen gweld os y gwnaethon nhw hynny, yn hytrach na trio'i blygu, neu ei orfodi i'w le. Roedd y diawl peth yn costio digon iddo fel oedd hi.

Diffoddodd ei gerbyd, ac edrych ar ei wats. Roedd hi'n tynnu at saith o'r gloch bora. Doedd o'm yn arfar gweld yr awr yma o gwbl. Dyn oedd yn licio bywyd hawdd oedd Sid Finch. Dyn wedi gneud digon o bres i allu ei daflu at brosiectau gneud mwy o bres, wedyn ista'n ôl a'i wylio fo'n digwydd. Edrychodd o'i gwmpas am funud, jesd i weld sut oedd y cwm yn edrych ben bore fel hyn. Tawel, meddyliodd. Diawl o ddim byd yn digwydd, fel arfar. Sut fedrai unrhyw un gwyno ei fod o, Sid Finch, yn trio *gneud* rwbath yn y lle?

Gafaelodd yn y papur plania oddi ar sêt flaen y car, a'i agor ychydig, jesd ddigon i atgoffa'i hun o fesuriadau'r grisiau, cyn gafael yn ei dâp mesur a gwasgu'i fol mawr tew allan o'r car. Cerddodd drwy giât y capal, a rownd yr ochr at yr estyniad. Safodd yno am funud, yn edmygu'r gwaith cerrig. Roedd y seiri maen, o leia, yn gwbod be oeddan nhw'n neud. Gwenodd wrth feddwl am ddarpar-brynwyr yn galw heibio ac yn gwirioni ar y campwaith. Roedd o'n gweddu i'r cerrig gwreiddiol ar y capal, ac yn gweddu i'r olygfa o'i amgylch hefyd.

Edrychodd Finch ar y cwm unwaith eto, a gan ei fod o'n edrych arno o safbwynt bod yr olygfa'n rhoi fwy o werth ar ei eiddo, gwerthfawrogai be welai yn llawer gwell y tro hwn. Wedi gweld y coed a'r caeau, a'r mynyddoedd o amgylch, yn troi'n arwyddion punt o flaen ei lygaid, aeth Finch yn ei flaen at ddrws yr estyniad a camu i mewn.

Yr hogla darodd o gynta. Hogla mwg, a rwbath tebyg i ogla sylffyr, uffernol o gry. Tagodd. "Ffycin hel...!" Roedd ar fin diawlio'r adeiladwyr am rwbath na allai feddwl am, pan dynnwyd ei sylw at y grisia. Roedd 'na ddarn mawr ohono'n ddu efo olion mwg! "Be ffwc ma'r ffycars iwsles wedi'i neud rŵan 'to?"

Yna gwelodd Finch fag plastig – neu olion un – wedi toddi'n lwmpyn calad ar lawr, yn union o dan yr hoel mwg o dan y grisia. Yn ei ymyl, rhyw droedfadd i ffwrdd, roedd potel o ddŵr yn gorwedd ar ei hochor. Rhuthrodd Finch yn ei flaen, yn meddwl fod un o'r gweithwyr wedi taflu sigarét i mewn i fag o rybish, a hwnnw 'di llosgi dros nos. "Ffycin wêstars da i ffy…!" dechreuodd, cyn gweld weiars wedi llosgi, ac olion cloc larwm wedi duo, yn gorwedd ynghanol y cwbl. Rhewodd Sid Finch yn y fan a'r lle. Roedd o'n gwbod ar be oedd o'n edrych, ond ddim yn coelio be oedd o'n weld. Syllodd yn gegrwth ar weddillion y ddyfais ffrwydrol oedd yn gorwedd rhyw lathen dda o'i flaen. Chwalodd y chwarennau chwys ar ei dalcen i gyd ar unwaith, ac aeth ei galon o nôt i sicsti mewn hanner eiliad. "Ffycin b-b-bom!"

≈ *43* ≈

ROEDD POTAL RHEN CRAD wedi gneud ei gwaith. Roedd hi'n sefyll yn dalog a chefnsyth ar ganol y bwrdd yng nghegin Nant-y-Fagddu, fel rhyw dduwies ddinistriol, yn falch a hunanfodlon wrth oruchwylio'r llanast oedd hi wedi'i achosi ym myd y meidrolion.

Drwodd yn y lolfa oedd y chwalfa fwya. Roedd hi fel canlyniad cyflafan o Yetis yno – cyrff ymhob man, horwths blewog bron bob un, ar bob cadair a soffa. Roedd rhai yn eu heistedd, efo'u genau ar eu brestiau, a rhai eraill yn gorwadd yn ôl a'u cega'n llydan agorad fel cywion gwenoliaid yn disgwyl bwyd. Roedd 'na un neu ddau ar lawr 'fyd, yn gorwadd fel 'sa nhw 'di cael eu saethu gan sneipar. A mi fyddai rhywun yn taeru fod y cwbwl lot wedi marw, oni bai am y chwyrnu. Roeddan nhw fel côr o faeddod gwylltion, yn rhochian i gyfeiliant nodwydd y radiogram, oedd yn bownsio'n llychlyd dros rych ola'r record, drosodd a throsodd, ers awran a mwy.

Pa bynnag dôn oedd y chwyrnwrs yn chwyrnu, roedd hi'n un hynod o ddi-fflach a sobor o anghofiadwy. Ond o leia mi oeddan nhw'n lleisio. Roedd y ddau ar y soffa'n chwyrnu bâs am y gorau – nodau hir, bron yr un pitsh yn union, blaw fod amseru'r ddau allan ohoni. Yn y cadeiria o bobtu'r lle tân, roedd dau yn chwyrnu alto – un efo chwyrniadau bach sydyn, yn cadw rhythm i bawb arall, a'r llall yn chwyrnu mewn dwy dôn wahanol ar yr un tro. Wedyn ar y llawr, roedd un o'r ddau oedd yn ei hawlio – yr un oedd â'i wyneb at i lawr – yn chwyrnu soprano, ac yn canu dau nodyn – nodyn uchel wrth anadlu'i mewn, ac un isel wrth adael ei wynt allan. Doedd yr horwth arall oedd ar lawr, Em Scotch Egg, ddim yn chwyrnu o gwbl. Doedd o'm yn gallu, achos roedd 'na gath fawr dew, jinjyr, yn gorwadd ar ei wynab o. Ceridwen oedd ei henw, a hi oedd y frenhinas yn Nant-y-Fagddu. A fel brenhinas, roedd ganddi hawl i gysgu'n lle bynnag ffwc liciai hi.

Ar yr olwg gynta, anodd fyddai dallt fod 'na gath yno o gwbl. Ac ar yr ail olwg, hawdd fyddai meddwl fod Em Scotch Egg wedi tyfu cath yn lle pen. Achos roedd gwallt blêr Em, a'i seid-locs o, yn union 'run lliw â'r gath. Doedd wybod, ond efallai mai rhyw fath o gath oedd Em Scotch Egg – canlyniad rhyw arbrawf erchyll, wedi dianc o'r labordy ac yn crwydro cefn gwlad, liw nos, yn chwilio am lygod. Doedd o'm yn edrych yn gant-y-cant hiwman, beth bynnag, ac yn sicr, roedd cathod yn tynnu ato heno. Achos nid jesd Ceridwen oedd yn gorwadd arno fo – roedd 'na bedair o gathod eraill yn cysgu ar ei frest, hefyd. Roedd 'na ddwy gath ddu yno, un fawr wen ofnadwy o dew, ac un fach ifanc, drilliw, oedd yn cysgu efo'i gwinadd yn sownd fel crampons yng nghrys Em, rhag ofn iddi ddisgyn dros yr ochr wrth i'w frest o fynd i fyny ac i lawr wrth anadlu.

Roedd petha'n edrych yn well yn y gegin – roedd 'na bobol yn dal yn fyw yno, o leia. Ond roedd Potal Rhen Crad wedi gadael ei marc, serch hynny, ac wedi gneud gwaith trylwyr a chlodwiw iawn o chwalu pennau pawb yn ffycin shitrwts.

Yn dal i ista – yn bennaf am na allant sefyll – rownd y botel ar y bwrdd mawr pren, fel goroeswyr siwrna faith o ryw blaned y tu hwnt i'r gofod, oedd Cledwyn, Bic, Sbanish a Drwgi – y pedwar yn ôl efo'i gilydd ers chydig oria, fel *Friends Re-united* – a'r Dybyl-Bybyls. Roedd Bibo Bach yno hefyd – wel mi oedd ei gragan o yno, beth bynnag, yn cysgu â'i ben ar y bwrdd, a'i gap newydd sbon oddi tano, fel clustog – yn rhegi dan ei wynt bob yn hyn a hyn wrth i bawb arall chwerthin ar ei ben.

Roedd y cwmni rownd y bwrdd yn ddigon hwyliog, er eu bod nhw'n cael traffarth gweld, ac eu bod nhw, fwy neu lai, yn gaeth i'w cadeiria – diolch i'r ffaith eu bod wedi colli pob teimlad yn eu cyrff, islaw'r gwddw. Roeddan nhw'n bictiwr o fethiant y meddwl i gydlynu gweithredoedd y corff, a methiant y corff i weithredu mewn unrhyw batrwm cyson, na chyfarwydd. Fel croesiad blêr o 'Night of the Living Dead' a 'One Flew Over The Cuckoo's Nest', petai Potal Rhen Crad yn gyfarwyddwraig ffilm, byddai'n bendant yn ennill Oscar am bortread, realistig a graffig – a theimladwy iawn ar adegau – o ddirywiad trychinebus hunanymwybyddiaeth criw o ffoaduriaid shel-shocd o rywle tu hwnt i grediniaeth. A mi oedd y botal dal yn chwartar llawn.

"Lle ffwc aeth pawb, 'ta?" gofynnodd Bic, bron heb symud ei geg. Atebodd neb o.

"Be?" gofynnodd wedyn, a sbio draw at Sban.

"Ddudas i ffyc ôl, Bic," medda hwnnw, cyn i'r bwrdd ddisgyn yn ôl i dawelwch unwaith eto.

"Faint o gloch, 'di?" gofynnodd Cledwyn cyn hir.

"Thaith," medda Gwynedd Dybyl-Bybyl.

"Ffwc! No wê!" medda Drwgi.

"Tisio bet?" gofynnodd Gwyndaf Dybyl-Bybyl, yn bacio'i frawd i fyny.

"Gow-on, 'ta!" medda Drwgi, am ryw reswm na allai neb ond fo ei hun ei ddeall. "Tenar! Tenar bod hi ddim yn..."

'Cwcw, cwcw, cwcw, cwcw, cwcw, cwcw, cwcw!' medda'r cloc cwcw ar y wal tu ôl i Drwgi, yn gwynebu'r Dybyl-Bybyls.

"Tenar!" medda'r Dybyl-Bybyls efo'i gilydd.

"Shit!" medda Drwgi. "O'n i'm yn medd... ymm, tsians am tic?"

Chwerthodd y Dybyl-Bybyls, ac estynnodd Gwyndaf am y botal a'i chynnig i Drwgi. "Cym swig arall, fel fforffeit!"

Estynnodd Drwgi ei wydryn. Dim ei fod o *isio* gwydriad arall o ddiod y diafol, ond roedd o'n well na bod arna tenar i'r Dybyl-Bybyls.

"Ma' hi'n fora braf, beth bynnag, hogia," medda Cledwyn, mwya sydyn, wrth synfyfyrio – eto – drwy'r ffenast o'i flaen. "'Sa hi'n ddwrnod neis i fynd am dro i Alltgam. O's 'na enwewewie yma?"

"O'th na *be* yma?" gofynnodd Gwynedd Dybyl-Bybyl, cyn chwerthin ar ben lleferydd Cled am tsiênj.

"Gewneiri… genwairs… rods sgota…"

"Oeth. Digonadd. Pam?"

"Awn ni i sgota?"

"Fysa well i ni drio gneud contact efo'r genod, cyn gneud unrhyw blania, Cled," medda Bic, ar draws bob dim. "Jesd rhag ofn…"

Prin bod Cled yn gallu coelio'i glustia. Doedd o ddim fel Bic i fod yn gall a chyfrifol. "Well i ti ffendio coloman, 'ta, achos does 'na'm ffôn yma, Bic."

"Dwi'n gwbo', Cled – fuon ni dros hynny cynt. Aru ni benderfynu un ai mynd i fyny'r bryn 'cw i drio ga'l signal ar ein mobeils, neu cerddad adra, tsiecio'r genod, a mynd i pyb."

"Ffacinel! Dwi'm yn cofio siarad am 'im byd mor sîriys â hynna! Deud gwir, dwi'm yn cofio llawar o ffyc ôl…" Gadawodd Cled i'r frawddeg ddirywio'n fysh annealladwy o fymbyls, ac ymgiliodd yn ôl i *zombie mode*, a syllu allan drwy'r ffenast eto.

"Ti'n cofio fod dy fan di'n ffycd?" gofynnodd Gwyndaf Dybyl-Bybyl, gan ysgwyd Cled o'i *trance* eto.

"Shit, ffyc, yndw…! Ond dwi'm yn cofio sut, chwaith…"

"Ond ti'n cofio pam?" gofynnodd Gwynedd.

"Yndw…"

Cofiodd Cled rwbath arall hefyd, sef bod Drwgi, Bic a Sban wedi gweld yr arch yn y beudy. Doedd o heb gael siawns i sôn am hynny wrth y Dybyl-Bybyls. Roedd hi wedi cymryd hannar awr i Cled allu perswadio Drwgi i gau'i geg a peidio siarad am y peth. Gallodd wneud hynny, i ddechrau, drwy argyhoeddi Drwgi – a'r hogia, wedyn – mai prop oedd yr arch, wedi'i gneud gan Gwynedd Dybyl-Bybyl ar gyfer drama roedd gwraig ei gefndar yn gynhyrchu yn ysgol Harlech. Wnaeth Drwgi mo'i goelio o gwbl, ond mi ddiflasodd ar y stori'n y diwadd, a mi gafodd Potal Rhen Crad afael arno'n fuan wedyn. 'Ffyc,' meddyliodd Cled. Byddai rhaid deud wrth y Dybyl-Bybyls. 'Shit,' meddyliodd wedyn – be os fyddan nhw'n penderfynu eu lladd nhw, sbario gadael tystion?!

"Myshrwms!" medda Drwgi ar draws ei feddyliau – fel oedd Cled yn atgoffa'i hun mai Gwyndaf a Gwynedd Dybyl-Bybyl oedd rhain, nid Ronnie a Reggie Kray. "Ma'r myshis allan!" medda Drwgi wedyn. "Awn ni i chwilio?"

"Ia!" medda Sbanish, a codi ar ei draed yn syth. Roedd o angan rwbath i gadw'i feddwl i ffwrdd o'r ffaith fod waliau'r gegin yn toddi. Ond disgynnodd yn ôl i'w sêt, yn rhannol am fod ei goesa wedi troi'n lastig bands, ac yn rhannol oherwydd y sioc ei fod wedi gallu codi yn y lle cynta.

"Ma hi'n rhy gynnar i fadarch," medda Bic.

"Nacdi ddim! Ma hi'n fis Medi!"

"Ond ma'r tymor 'di symud mlaen tua mis – o achos y global wôrming 'ma! Dyn nw'm allan yn iawn tan mis nesa. Fel 'na ma'i ers ryw flwyddyn ne' ddwy…"

"Ma' Bic yn iawn, Sban…" medda Cled.

"Ma'r tymhora 'di aros 'run fath yn Nant-y-Fagddu," medda Gwyndaf Dybyl-Bybyl, fel gŵr doeth. "A dydi madarch Cwm Derwyddon – mwy na pobol Cwm Derwyddon – ddim yn newid i ffwc o neb! Garantîd gowch chi rei os owch chi i chwilio…"

"'Na ni, 'ta!" medda Drwgi. "Awê!"

"Doswch chi," medda Bic. "Dwi'm isio trip myshrwms… paranoias – rhag ofn fod y babi ar ei ffordd. Ella gyma i rei nes mlaen, os fydd gena chi rei ar ôl."

"Cled?" medda Drwgi, yn siglo 'nôl a mlaen ar ganol y llawr, wrth sdwffio un o'r bagia plastig Tesco's fu'n dal *carry-outs* un o'r horwths oedd bellach yn chwyrnu yn y lownj, i'w bocad.

"Eh?… Ymm, be bynnag ddudodd Bic, i fi, mêt."

"Ac os gowch chi signal yn rwla, ffoniwch y genod i jecio os 'di Jenny dal efo ni," cofiodd Bic.

"Ia," medda Cled. "Fi… hynna… 'fyd… Sian…"

"Na phoener, gyfeillion – eith Drwgi a fi ar *mission*," medda Sbanish yn benderfynol, a codi i fynd efo Drwgi, cyn disgyn yn fflat ar ei wynab ar lawr, efo tri can lager gwag, ashtrê llawn stwmps a gwydryn o wisgi Rhen Crad ar ei ben. Styriodd Bibo Bach yn ei gwsg,

"Peint o ffycin bityr, iw ffycin twat!"

Chwerthodd pawb, a plygodd Drwgi, ora medra fo heb ddisgyn ei hun, i helpu Sbanish, oedd yn dal yn llonydd ar ei wynab. Triodd Cledwyn godi hefyd, i roi help i Drwgi, ond methodd. Doedd ei goesau ddim yno. Llwyddodd Drwgi i gael Sbanish i droi, a codi ar ei eistedd ar lawr. Poerodd hwnnw lwch ffags a stwmps o'i wefusa, a sychu wisgi oddi ar ei dalcen.

"Dyna chdi, Thbanish!" medda Gwynedd Dybyl-Bybyl. "Ti 'di ca'l dy fedyddio efo withgi Nant-y-Fagddu! Yn enw'r Crad, y meibion, a'r withgi glân!"

≈ *44* ≈

DOEDD FFLUR DRWGI HEB allu cysgu rhyw lawer. Roedd hi wedi cael KO tua dau neu dri o'r gloch y bora, ond wedi deffro toc wedi pump efo'r seidar yn cael homdingar o ffrae efo'r gwin yn ei stumog. Ar ôl yfad gwydriad o lefrith, a cnoi pedwar Rennie, roedd hi wedi bod yn troi a throsi'n y gwely am weddill y nos. Pan welodd y cloc yn troi saith o'r gloch, penderfynodd mai wâst o amsar oedd aros yn gwely os oedd hi'n methu cysgu. Felly mi gododd, a mynd lawr grisia.

Roedd hi'n sefyll yn y drws cefn, yn cael coffi du a ffag, tra'n pendroni os fydda hi'n gallu stumogi tôst a marmeit neu beidio, pan ddaeth Jenny Fach, yn hwffian ac yn pwffian, allan o gegin

Sian Wyn, drws nesa. "Fflur! Ma' Sian a fi yn ca'l babis!"

Poerodd Fflur goffi dros ei ffag. "Ffwcin hel! Y ddwy o'na chi?!"

"Ia!"

"Bythefnos yn fuan?!"

"Ia!"

"'Di Bic a Cled yna?"

"Na!"

Rhedodd Fflur i nôl ei ffags oddi ar y bwrdd yn y gegin, a rhuthrodd i drws nesa ar ôl Jenny Fach. Roedd Sian Wyn yn ista ar gadar, yn rhwbio gwaelod ei bol, ac yn amlwg mewn dipyn o boen.

"'Di'r contracshions 'di dechra?" gofynnodd Fflur yn syth.

"Ma' nw newydd ddechra'n ddrwg rŵan," medda Jenny Fach. "Odd yr un dwytha dros ddeg munud 'nôl. Da ni'n aros am y nesa, i weld faint o amsar sy..."

"A be amdana chdi, Jen?"

"Ma rhei fi ugian munud ar wahân, o hyd. Dwi'n uffernol o hir bob tro, sdi..."

"Ers pryd 'dach chi'ch dwy fel hyn?"

"Ganol nos..."

"Pam ffwc 'sa chi'n nôl fi?"

"Doedd o ddim yn ddrwg, sdi..."

"Doedd Jen ddim yn gwbod mod inna'n mynd hefyd, eniwe, Fflur," medda Sian.

"Wel, nagoedd, siŵr dduw! Fysa neb yn meddwl, naf'sa? Be oedd yr *odds* ar hyn ddigwydd, 'dwch?! 'Da chi 'di ffonio Bic a Cled?"

"Ansyring mashîn," medda Jenny Fach. "Y ddau o'nyn nw. Dim signal yn y topia 'na, ma'n siŵr."

"Pa *network* ydyn nw?"

"Vodafone 'di'r ddau."

"Dria i Drwgi, ia? Mae o'n Orenj. 'Da chi'ch dwy 'di pacio bag?

A' i â chi i Dolgella. Fydd 'na'm siâp dreifio ar Bic na Cled."

"Dal dy ddŵr…!" medda Sian Wyn, cyn i'r ddwy arall chwerthin ar ei thraws. "Be 'da chi'n chwerthin ar?" gofynnodd.

"Chdi'n deud 'dal dy ddwr'!" medda Fflur. "Dwi'n meddwl 'na chi'ch dwy sy angan 'dal 'ych dŵr', ti'm yn meddwl?"

Chwerthodd y dair. "'Da ni'm isio mynd i mewn rhy fuan, Fflur," medda Sian wedyn. "Pan eith petha lawr i lai na deg munud rhwng contracshiyns, awn ni wedyn."

"Ia, well bod mewn poen yn fan hyn na mewn yn fa'na, dydi?" medda Jenny Fach.

"'Dwn 'im… o leia ma' 'na gas-and-êr yn 'rhospitol. Ma' hwnnw'n helpu."

"Ma' hwn yn helpu 'fyd, Fflur!" medda Sian, yn wên – boenus – o glust i glust, wrth ddal jointan fawr dew o wair i fyny o'i blaen.

"Ar 'yn ffordd i ofyn i chdi am dân o'n i rŵan," medda Jenny Fach. "Leitar newydd bacio i fyny."

"Oes, genna i dân, oes… ond…"

"Gwair pur ydi o, sdi. Do's 'na'm baco efo fo," medda Sian wedyn, wrth weld golwg boenus ar wyneb Fflur.

"Duw, dwi'm yn poeni am hynny, siŵr! Iesu bach, 'da chi 'di mynd am fisoedd heb ffag a 'da chi'n haeddu pwffiad bach yn ystod yr oria nesa o *torture*, o leia!"

"Tŵ ffycin reit!" medda Jenny Fach.

"Jesd meddwl dw i," medda Fflur, "ei bod hi bron yn hannar awr i Ddolgella o fama..!"

"Duw, fyddwn ni'n iawn," medda Sian. "Ma' genan ni awr dda i chwara efo, 'swn i'n ddeud. Gawn ni ambiwlans os eith hi'n bwsh."

≈ 45 ≈

Roedd y Dybyl-Bybyls yn iawn. Roedd 'na fadarch yn bob man yn y cae ar y bryn tu ôl i'r tŷ. Roedd Drwgi a Sban yn dod ar draws 'teuluoedd' – patshys bach o rhwng tri a deg o fadarch, a 'pentrefi' – patshys o rhwng dau a deg o deuluoedd, o fewn munud i gyrraedd y cae. Gymrodd hi ddim mwy na pum munud i hel tua tri chant, rhwng y ddau o'nyn nw.

Wedi rhoi pob un yn y bag plastig, eisteddodd y ddau ar lawr yn y cae, i gael 'pum munud' bach. O gofio'r stad ar y ddau o'nyn nhw, roedd pigo madarch hud yn waith calad.

Gadawodd y ddau i'r diwrnod newydd olchi gwê-prŷ-cop y noson gynt i ffwrdd o'u meddyliau. Doeddan nhw'm yn gallu cofio bod mor chwil ag oeddan nhw, o'r blaen. Er eu bod nhw wedi llyncu digon o gyffuria i roi byffalo yn Hergest, roedd wisgi cartra Caradog Dafis wedi meddiannu eu cyrff fel injecshiyn o adrenalin. 'Rocket fuel' oedd y term a ddefnyddiwyd, dro ar ôl tro, i ddisgrifio'r hylif hydrogenaidd, yn ystod y nos. A doedd gan Drwgi a Sbanish ddim amheuaeth o gwbl, wrth eistedd yn gwylio'r awyr las yn araf lyncu cysgod gwyn y lleuad, y byddai wisgi Rhen Crad yn llwyddo i yrru fan Cled, hyd yn oed, i'w wynab o, ac yn ôl.

"Ach!" medda Drwgi, a gneud stumia erchyll, a tagu. Roedd o wedi rhoi saith o fadarch ffres yn ei geg, a dechra'u cnoi. "Dwi heb fyta madarch ffresh ers blynyddoedd. Ma' nw'n ffycin afiach, dydyn?"

"Iep."

"Sgin ti ddŵr arna chdi?"

"Nowp."

"'Ngheg i'n ddigon sych fel mae hi, heb sôn am fyta myshis…"

"Paid 'ta. Rown ni nw'n sosban yn tŷ, yn munud, siŵr!"

"Aach…" medda Drwgi wedyn, yn cael traffarth cnoi a llyncu.

"Rowlia nw i fyny'n bêl, 'de, Drwgi! Hawddach i lyncu wedyn!"

"Dwisio byta nw fesul saith, Sban," mynnodd Drwgi. "*Lucky sevens...*"

"Wel rowlia saith ar y tro yn bêl, 'ta!"

Bu tawelwch am rai eiliadau wedyn, heblaw am sŵn Drwgi'n cnoi fel dafad. "Lle aeth – be 'di'i henw'i – Donna Kebab, a Nia Rwla?" gofynnodd, pan lwyddodd i lyncu'r saith madarch cyntaf, o'r diwadd.

"'Di cerddad adra, hwrach," medda Sbanish, wrth rowlio madarch yn belan iddo fo'i hun. "Do'ddan nw'm yn nunlla'n y tŷ. 'Nes i jecio'r llofftydd wrth fynd am gachiad cynt – o'dd y drysa i gyd yn gorad."

"Ond ma' Dyl Thŷd yn dal i gysgu ar stepan drws!"

"Duw, ti'm yn disgwl i'r ddwy slapar yna fynd â fo adra, nagwyt?"

"Ond Nia Rwla 'di'i gariad o..."

"Dwi'n gwbod, Drwgi..."

Tagodd Drwgi eto, wrth roi pelan gron o fadarch yn ei geg, a trio'i llyncu. "Ffyc's sêcs! Sut ffwc o'ddan ni'n gallu byta'r holl fyshrwms 'na esdalwm?! Ffacin hel, y cont!"

"Yndyn, ma' nw'n reit hefi 'fyd, Drwgi," medda Sbanish, yn trio'i ora i lyncu'r belan oedd yntau newydd ei rhoi yn ei geg.

"Mynd yn hen 'da ni, ella, Sban."

"Iep."

"'Di setlo i fywyd cyfforddus... Sbwylio'n hunan."

"Iep."

"A callach."

"...Nowp."

"Ti 'di troi'n Depiwti Dog, ne' rwbath?" medda Drwgi, yn sylwi ar atebion cowboi-aidd Sbanish.

"Iep."

Gwasgodd Sbanish fwy o fadarch i'w ddwylo, a'u rowlio i

fyny'n belan maint marblan, a'u taro yn ei geg. Triodd lyncu'r belan mewn un, ond methodd. Tagodd, a'i phoeri allan ar ei law. "'Sa genan ni ddiod, sa'n *piece of piss*."

"Iep," medda Drwgi.

"Hei! Fi 'di Depiwti Dog, y twat!"

"Pwy ga i fod, 'ta?"

"Godzilla wyt ti, Drwgi!" medda Sban, wrth ailrowlio'r madarch yn belan lai. "Edri di'm bod yn ddim byd arall!"

"Pam?" medda Drwgi wrth drio llyncu mwy o fadarch. "Dwi isio bod yn Capten Caveman...!"

"Ti'm yn ca'l, Drwgi."

"Pam?"

"Cos ti'n gymeriad cartŵn yn barod," medda Sban, a gwenu'n slei wrth synhwyro fod Drwgi'n weindio i fyny'n braf.

"Be, Godzilla?"

"Iep," medda Sban, wrth roi madarch yn ei geg eto. Roedd Drwgi *yn* debyg i Godzilla, yn enwedig pan oedd o'n chwerthin. Roedd ganddo ên fawr lydan, a dannadd mawr fel cerrig beddi cam, a pan oedd o'n siarad roedd o'n atgoffa rhywun o'r anghenfil tebyg i Godzilla oedd ar yr adfyrt Chewitts 'na ersdalwm – hwnnw oedd yn byta loris Chewitts yn lle byta *skyscrapers*.

"O'dd Godzilla mewn ffilm cyn iddo fo fod mewn cartŵn!" protestiodd Drwgi.

"So! Godzilla wyt ti, a dyna fo. Edri di'm newid ŵan, siŵr!"

"Ond dwisio bod yn Captain Caveman – dwi'n swnio fwy fel fo. Clyw – Captain CAAAAAVEMAAAN...!!!'" Sgrechiodd Drwgi'r enw, i ddynwarad y capten hynod ei hun.

"Cled 'di Captain Caveman, Drwgi!"

"Ers pryd?"

"Ers byth."

"Ers byth'! Be ffwc iaith 'di hwnna?"

"Cymraeg Wisgi, Drwgi. Ti rioed 'di clywad amdana fo?"

"Na!" Roedd Drwgi'n dechra pwdu. "So be ga i fod, 'ta?"

"Drwgi! Os ti'm isio bod yn Godzilla ddim mwy, does 'na ond un cartŵn caractyr arall elli di fod."

"Be?"

"Muttley."

"Muttley?"

"Iep."

Ystyriodd Drwgi am eiliad. "Mmm, ia, OK, iawn. 'Na i fod yn Muttley... Ll-ll-ll-ll-ll-ll-ll..." Chwerthodd Drwgi fel seid-cic blewog Dick Dastardly ar *Wacky Races*.

Roedd Sbanish ar fin deud wrtho nad oedd y chwerthiniad yn debyg o gwbwl i un Muttley, pan blipiodd mobeil ffôn Drwgi.

"Tecst," cyhoeddodd Drwgi, rhwng cnoiadau o fadarch hud. "Ma' 'na signal... Un bach, dau far... naci, un... naci dau, na, tri... o-oh, dim, ŵan... hold on... oes, un bar... dau..."

"Drwgi!"

"Be?"

"Gan bwy ma'r tecst?"

"Y musus."

"O's 'na sôn am fabis?"

"Ymm... Na."

"Iawn 'lly."

"Ond ma' 'di ca'l 'i yrru ers un o gloch bora..."

"Ond os fysa 'na fabis ar y ffordd, fysa hi wedi tecstio wedyn, yn bysa? O's 'na'm *missed calls*, chwaith?"

"Na."

"Dyna ni, 'lly. Waeth i Bic a Cled ga'l panad madarch, 'lly! Ty'd, awn ni 'nôl." Cododd Sbanish ar ei draed. "Ust! Ti'n clwad sŵn seirens?"

"Yndw," medda Drwgi, wrth godi. "Ar y ffordd fawr ma' nw. Damwain yn rwla, ma' siŵr."

"Ma' hynna'n atgoffa fi," medda Sban, wrth ddechra cerddad lawr y bryn. "Be oedd yn *bizarre* neithiwr, 'de, oedd..."

"Teulu'r Dybyl-Bybyls?"

"Naci – wel, ia, oeddan nhwtha'n reit *bizarre*, 'fyd! Ond y cops o'n i'n feddwl. Rheina ddoth i fyny pan o'ddan ni'n cuddio'n y beudy 'na…"

"Efo'r coffin…"

"Efo'r arch, ia… Ac o'ddan ni'n meddwl fo' nw'n chwilio amdanan ni…"

"Be, doeddan nw ddim?"

"Nag 'ddan, Drwgi! Ti'm yn cofio? Ddudodd Cled yr hanas wedyn. Chwilio am bwy bynnag oedd wedi troi'u car nhw ar ben i lawr, oeddan nw!"

"O ia! Yr horwths 'na – teulu'r Dybyl-Bybyls! Nhw 'nath, medda Bibo Bach!"

"Ia, 'na fo! Cêsys, 'fyd!"

"Ffycin nytars, ti'n feddwl! Ffycin Hair Bear Bunch, 'ta be?! 'Sa ti'n gallu sdwffio matras efo'r seid-byrns 'na i gyd, y cont!"

"Aros!" medda Sbanish, a pwyntio i lawr y cwm efo'i law. "Ma'r seirens 'na'n dod fyny'r cwm!"

Sbiodd Drwgi i'r un cyfeiriad â llaw Sban. Roedd 'na oleuadau glas ar y ffordd yng ngwaelod y cwm. "Cops! Ma' nw'n dod i nôl ni! O ffyc! Dim eto! Dwi newydd fyta pedwar deg o fyshrwms!"

"A fi… Hei – o'n i'n meddwl bo chdi'n byta nhw fesul saith, eniwe?"

"Ryff gès o'dd pedwar deg. 'Nes i golli cownt yn diwadd. Ty'd, rhaid ni wornio'r lleill am y cops 'ma…"

"Witshia'm bach…" medda Sbanish, yn sbio i gyfeiriad y seirens unwaith eto. Roedd y cerbydau efo'r goleuadau wedi dod i'r golwg, rhyw hannar milltir dda i lawr y cwm, ar ddamaid agored o'r ffordd, jesd cyn troead Ramoth. "Ma' 'na injan dân efo nw!"

"Eh? Ffyc, oes 'fyd! Dim ar ôl ni mae nw, 'lly!" medda Drwgi, mewn rhyddhad.

"Ma' nw 'di troi, sbia – ma' nw ar ffordd y capal 'na!"

"Ramoth?"

"Ia, hwnna. Ella bo'r capal ar dân!"

"Neu 'Playboy Mansion'."

"Glasgwm?"

"Ia..."

"Na – sbia, ma' nw'n stopio wrth y capal 'li! Weli di'r capal yn fancw? Wrth lle ma' nw 'di stopio – hwnna ydio 'nde? Ia, dwad? Job deud, 'fyd..."

Craffodd Drwgi. "Syth ar draws o'r coed fforestri 'cw? Ia, Ramoth 'di hwnna, Sban. Tân, ma' siŵr, felly. Diolch ffycin byth. O'n i'n dechra meddwl am chwydu'r madarch allan!"

≈ 46 ≈

STOPIODD VANESSA WEDI MYND rownd y tro. "*Oh my God!*"

"*What, sweetie? What is it?*" gwaeddodd Timothy, wrth frysio i ddal fyny 'fo'i wraig.

"*There's been an accident!*" atebodd Vanessa. "*Look!*"

Brysiodd ei gŵr ati, gan hannar gobeithio mai dechra gêm *role-play* oedd hi. Roedd gan Vanessa ffantasi am gael ei ffwcio ar safle damwain car. Ond, yn anffodus i Timothy, roedd hi'n deud y gwir. Rhyw hannar canllath o'u blaena, roedd 'na fan felen ar ben wal – wel, gweddillion wal – ac wrth i'r ddau o'nyn nhw frysio'n agosach ati, roeddan nhw'n gallu clywad sŵn gweiddi a griddfan yn dod o'i thu mewn.

Gafaelodd Timothy ym mraich ei wraig. "*Wait! It could be an ambush!*"

"*An ambush? Where do you think we are? Baghdad? Listen...*" Roedd 'na leisia mwy nag un person yn dod o'r fan, ac yn ôl y sŵn oeddan nhw'n neud, roeddan nhw mewn poen difrifol. "*Aaaaaaaah! Oooooooooh! Aaaaaaaah! Oh oh oh oh oh...*"

"*Good God, Vanessa! I think you're right!*"

Yn sydyn, o rywle i lawr y cwm y tu ôl iddyn nhw, daeth sŵn seirens ar yr awyr. Edrychodd y ddau ar ei gilydd, a rhoi dau a dau efo'i gilydd yn syth. "*They must've managed to call an ambulance. We have to help them!*"

Sgrialodd Vanessa, ar ei phedwar, i fyny'r peil o gerrig fu unwaith yn wal. *"Hello!"* gwaeddodd, wrth nesu am ddrws cefn y fan. Ond dal i udo wnâi'r lleisiau tu mewn. *"Ooooh! Aaaaaah! Oh oh oh oh oh! Ooooh! Ah ah ah ah ah…!"*

Sgramblodd Timothy i fyny'r cerrig ar ôl ei wraig, fel oedd hi'n cyrraedd y drws cefn ac yn sbio i mewn. *"Oh my God!"* medda hi'n syth, cyn i'w cheg bron â hitio'r llawr mewn sioc.

"What?!" gwaeddodd Timothy, yn dychmygu'r gwaetha wrth agor drws y fan yn sydyn. Doedd dim byd, fodd bynnag, fyddai ei ddychymyg wedi gallu'i greu, fyddai wedi'i baratoi am yr olygfa oedd yn ei aros. Bu bron i'w lygid saethu allan o'i ben. Yn gorwedd ar ei chefn, a'i choesau yn yr awyr, ei llygid ar gau mewn pleser orgasmig, roedd hogan ifanc, fawr. Doedd hi'n gwisgo dim byd ond sgert fer, wedi'i chodi dros ei bol, a ffyc-mî bŵts, efo pâr o nicars yn hongian, fel bynting carnifal, oddi ar swdwl un o'nyn nhw. Roedd hi'n udo fel Lassie wrth gael ei ffingro'n ffyrnig gan hogan ifanc, noeth, lot teneuach na hi. Disgynnodd ceg Timothy'n agorad mor sydyn â balog barnwr.

Ynghanol eu hymaflyd chwantus, sylwodd Donna Kebab a Nia Rwla ddim ar y cwpwl diarth yn sefyll yn gegrwth uwch eu pennau.

"Dahling," medda Timothy. *"I stand corrected! There are indeed some Welsh things of interest, after all!"*

≈ 47 ≈

"DIM SIGNAL AR FFÔN y clown yma, chwaith!" medda Fflur Drwgi, wedi trio ffonio'i gŵr, ar ôl gneud panad o de i Sian a Jen.

"Duw, ella fyddan nw ar 'u ffor' lawr erbyn ŵan," medda Sian. Roedd hi newydd ddod dros bwl o gontracshiyns drwg – rhai wnaeth iddi weiddi, wrth i'w chorff hi deimlo fel ei fod o'n rhwygo'i hun yn agorad o'r tu mewn.

"Don't cownt on ut, 'merch i!" medda Fflur yn ôl.

"Ma' 'na dal ddigon o amsar, Fflur," medda Jen. "O'dd dal dros ddeg munud rhwng y pylia dwytha 'na gafodd hi."

"Be amdana chdi? Ti'n edrach yn uffernol!"

"Dwi mewn ffycin poen, dyna pam, Fflur. Ond rwbath tebyg i Sian ydi'r gap rhwng y contracshiyns. Genan ni amsar eto."

"Ffyc, fydd 'na'm ambiwlans i fynd â chi i fewn, beth bynnag," medda Fflur, wrth glywad seiren arall yn pasio drwy'r pentra. "Ma' raid fod 'na ddamwain ddrwg yn rwla. Dwi'n rhoi hannar awr arall i rhein, wedyn dwi'n mynd fyny i ffycin nôl nhw!"

"Ia, ella fydd hynny'n syniad da, Fflur..." medda Sian, rhwng ochneidia.

"BLYDI HEL!!!" Daeth llais Carys Sbanish o'r drws. Roedd hi newydd gyrraedd ar ôl clywad Sian yn gweiddi. "Ti'n fuan!"

"A finna!" medda Jen.

"BLYDI HEL!!!" medda Carys eto. "Ddudas i,'ndo? Y dynion 'ma'n galifantio fyny fa'na, adag yma o'r pregnansi! Anghyfrifol!"

"Carys!" medda Jen, heb owns o fynadd dan yr amgylchiadau. "Ma' pob dim yndyr control... aaaaaa-ooooowwwwww... Heblaw'r ffycin poena 'ma...!!!"

= *48* =

"GWRANDA," MEDDA GWYNEDD DYBYL-BYBYL wrth Cledwyn. "No wê allwn ni adael yr hogia i mewn ar y crac. Y mwya thy'n gwbod, y mwya o janth thydd 'na i rywun agor ei geg."

Roedd Bic wedi mynd i biso'n yr ardd, a Cledwyn wedi bachu cyfla i ddeud wrth y Dybyl-Bybyls fod yr hogia wedi gweld yr arch yn y beudy. Doedd o heb fynd i lawr yn dda, ond roeddan nhw'n dallt nad oedd bai ar neb. "Ddudathd di'n iawn wrthyn nhw. Gadwn ni at y thtori yna – prop i ddrama 'nghnithar ydi hi, OK? Di'm yn thtori fythwn i'n lyncu, fy hun, ond ma' hi allan 'na rŵan. Yn y *public domain*, fel tae..."

184

"Wel, honna o'dd yr ora fedrwn i ddod fyny efo, ar y pryd, Gwyn," medda Cledwyn, yn ymddiheugar.

"Dim problam, Cled!" medda Gwyndaf. "Be arall fedra ti ddeud? Gwd thincing, chwara teg. Cym wisgi arall gan Rhen Crad..."

"Yym..."

"Ty'laen, y cont!"

Daliodd Cled ei wydr i fyny er mwyn i'r Dybyl-Bybyl dollti mwy o'r 'stripar paent' iddo fo. Doedd o'm yn teimlo fel yfad mwy o'r stwff, ond roedd o am drio. Roedd Cled yn fflagio. Doedd o heb gysgu ers nos Iau, ac roedd o ar ben-chwalwr o *comedown* oddi ar asid, ecstasi, cocên a tomasis. Yr unig beth oedd yn ei gadw rhag cysgu am wythnos oedd wisgi Rhen Crad.

"Yr unig beth ydi," medda Gwynedd Dybyl-Bybyl, wrth wylio gwydryn Cled yn llenwi, "bydd rhaid i ni feddwl am 'i gladdu fo cyn gyntad ag y medra ni... Cyn iddo fo ddechra drewi. Ma hi'n mynd yn boeth yn y beudy 'na unwaith ma'r haul allan."

"Be? 'Da chi'n meddwl 'i gladdu fo bora 'ma?"

"Fytha fo'n lot thaffach. Yn enwedig efo'r copth 'na o gwmpath neithiwr. Rhag ofn i'r bathdadth ddod yn ôl."

Closiodd y ddau Dybyl-Bybyl eu gwynebau at Cled ac edrych i fyw ei lygada fo, ac atgoffwyd Cled, am yr eilwaith y bore hwnnw, o'r Krays. "Genan ni JCB yn y sied," medda Gwyndaf, mewn ffordd fysa Ronnie wedi'i ddeud, os fysa fo'n siarad Cymraeg.

"Aroth neth gawn ni janth, 'di'r boi," medda Gwynedd, fel fysa Reggie wedi'i ddeud, tasa ganddo fo lithp.

"OK," medda Cled, fel fysa rhywun yn cogio bach ei fod o'n deall, yn ei ddeud.

"Ma'r teulu i gyd yn 'i rhochian hi drwodd yn fa'na," medda 'Ronnie' Dybyl-Bybyl wedyn.

"Jythd bod angan i Thbanish a'r retht ddiflannu i rwla, lle bo' nw'n wutnethuth," medda 'Reggie'.

Daeth rhyw lygedyn o oleuni ymlaen yng nghefn pen Cled. Rhywle o dan y rhethreg *cloak and dagger,* a'r ddau bâr o aeliau trwchus ymuno'n-y-canol, roedd y Dybyl-Bybyls yn trio deud wrtho am fynd â'r hogia am dro i rwla – adra fydda'r gora – er mwyn iddyn nhw gael claddu Rhen Crad. "Wela i," medda fo. "Dyna pam oeddach chi'n deud wrth yr hogia fod 'na fadarch yn y cae 'cw, ia?"

Peidiodd aeliau'r Dybyl-Bybyls fynd i fyny ac i lawr. "Naci, siŵr!" medda Gwynedd. "*Mae* 'na fadarch yna!"

Roedd Cled yn conffiwsd eto, ac wedi mynd i deimlo'n reit sâl wrth fod mor agos i'r ffasiwn aeliau. Ond drwy lwc, daeth Bic yn ôl i mewn, wedi ecseitio'n racs. "Ma' Capal Ramoth ar dân!"

"Be?!" medda'r Dybyl-Bybyls efo'i gilydd.

"Capal Ramoth. Hwnna lawr ffordd…"

"'Da ni'n gwbod lle mae o, Bic. Capal Thid Finch," medda Gwynedd.

"Sid Finch?!"

"Ia, ma 'di'i brynu fo. Thut ti'n gwbod fod o ar dân?"

"Wel, ma' 'na injan dân yna – ma' hynna'n rhoi'r gêm i ffwrdd fel arfar," medda Bic, cyn i Drwgi a Sbanish gerddad i mewn tu ôl iddo.

"*Ni* ddudodd wrtho fo," medda Drwgi. "*Ni* welodd nhw. Depiwti Dawg a Muttley, *at your service*… ll-ll-ll-ll-ll-ll-ll…"

"Dim 'll-ll-ll-ll-ll' ma' Muttley'n mynd," haerodd Bic.

"O? Sut 'ta, Alistair McGowan?"

"Sort o, 'ch-ch-ch-ch-ch'," medda Bic, yn gyrru'i ysgwydda i fyny ac i lawr, er mwyn gwell effaith. Byrstiodd Sbanish a Cled allan i chwerthin.

"Ffwcio Muttley," medda Gwyndaf Dybyl-Bybyl, wrth drio codi, a disgyn yn ôl ar ei din. "'Di Ramoth ar dân go iawn, 'ta 'da chi'n cym'yd y piss?"

"Yndi!" medda Drwgi a Sban efo'i gilydd. "Ti'n gallu'i weld o o ben y cae 'na."

"O'dd 'na fadarch 'na?" gofynnodd Gwynedd Dybyl-Bybyl.

"Miliyns!" cadarnhaodd Drwgi.

"O'dd 'na signal, 'ta?" gofynnodd Cled, yn cofio bod rhaid trio cysylltu efo realiti cyn cael unrhyw fath o *take-off* seicedelig arall.

"Oedd," cadarnhaodd Drwgi eto. "Rhyw fath, eniwe. Pwy 'di'r boi efo cath ar 'i wynab?"

"Eh?"

"Drwodd fa'na, ar lawr."

"Em Scotch Egg," medda Gwyndaf. "Cefndar... "

"...Pell," ychwanegodd Gwynedd.

"Wel, dwi'm yn gwbod be ma'n neud efo'i dafod, ond ma'r gath yn canu grwndi fel ffwc!" Aeth Drwgi am y sinc a rhoi'r bag o fadarch ar yr ochor. "'Rhywun isio panad?"

"Dim fi," medda Bic.

"Na fi, chwaith," medda Cled.

"Paid â ffwcin sbio arna fi!" medda Gwyndaf Dybyl-Bybyl, cyn dal ei wydr i'r awyr. "Ma'r wisgi 'ma 'di rhoi digon o *launch* i fi!"

"Ditto!" medda Gwynedd.

"Sa'm point, 'lly," medda Drwgi. "'Da ni 'di byta rei'n barod. Dwi'n dechra dod i fyny rŵan, actiwali."

"A fi," medda Sban. "Ma'r tingyls 'di dechra."

≈ 49 ≈

ERBYN WYTH O'R GLOCH roedd 'na fflyd o gops, injan dân – a Land Rofar y Bom Sgwad – wedi ymgasglu o flaen Capel Ramoth. Roedd Sid Finch yn sefyll o flaen y capal efo un o uchel-swyddogion y CID, y Ditectif Uwch Arolygydd Henry McDermott o Fae Colwyn. Roedd radio McDermott wedi torri ar draws eu sgwrs, ac roedd Finch yn aros i'r ditectif orffan siarad efo'r teclyn.

"We've been waiting for the helicopter for quite a while, now..." medda DCI McDermott i mewn i'r radio. *"I appreciate that, yes... OK, thank you..."* Trodd y plismon yn ôl at Finch.

"*Sorry about that...where was I, oh yeah – as I was saying, the device is safe now, Mr Finch. And there are no other devices on the scene.*"

"*Aah! Good!*"

"*Bomb guys tell me it failed to go off properly...*"

"*Thankfully...*"

"*Yes... Very crudely made. Bomber used sellotape to attach the incendiary mix to the bottle containing the petrol. It seems the mix melted the plastig bag, but the tape burned out before the bottle was ignited, and the bottle fell over and rolled out of harm's way!*"

"*Thank God!*" Doedd Sid Finch heb cweit ddeall be oedd y ditectif newydd ei ddeud, ond roedd o'n swnio'n dda.

"*Have you any enemies in the locality, Mr Finch?*"

"*Well, I can think of one or two. But a businessman like myself will always make enemies, of course...*"

"*Any of these enemies Welsh nationalists?*"

"*Well, I'm not sure...*"

"*You know the kind I mean? Young hot-heads, anti-English and all that...*"

"*Well, there's a few around these parts... Do you think this is a Meibion Glyndŵr thing, then?!*"

"*Well, not the Meibion thing excactly. Something similar, maybe...*"

"*But I'm Welsh!*"

"*Yes...*"

"*And I'm local!*"

"*Indeed, Mr Finch, but what are you planning to do with the property? Once you've finished the building work?*"

"*Well, I'm going to sell it. Top-of-the-market, luxury country property...*" Roedd Finch wedi hen ymarfer ei *sales pitch*.

"*I see... Would you like to pop over to the car with me, Mr Finch? I have a pen and paper there. These 'nashie' enemies of yours, can I have their names?*"

≈ 50 ≈

DOEDD FFLUR DRWGI HEB fynd ymhellach nag entrans ffordd Cwm Derwyddon pan gafodd ei stopio gan blismon, oedd yn sefyll o flaen ei gar, oedd wedi parcio ar draws yr entrans.

"*Sorry, luv, the road's closed.*"

"Be ti'n feddwl, 'wedi cau'?"

"*English, please, madam.*"

"Pam˙fod y ffordd wedi cau?"

"*I don't speak Welsh, madam…*"

"Wai?"

"*I understand it, but I can't speak it.*"

"Wai us ddy rôd clôsd?"

"*There's been an incident.*"

"Unsudent? Wat dw iŵ mîn?" Roedd y gair '*incident*' wedi sbŵcio Fflur. Fedra hi'm helpu ei hun – roedd hi'n cysylltu'r gair efo Drwgi, yn syth.

"*I can't say anything further, madam.*"

"Car crash?"

"*I really can't say, madam. If you'd like to move along now…*"

"Lwc, mai tŵ ffrends âr hafing ê bebi, and dder hysbands âr yp on ê ffârm, and ai rîli nîd tw get ddem – ut's yrjynt."

"*Sorry madam, I can't allow you to pass.*"

"Byt…"

"*Madam, there has been an incident. The whole area's been sealed off!*"

"Haw dw iŵ mîn?"

"*Nothing can go up this road, or down it. Same goes for the back road on the other side.*"

"Us dder enibodi hyrt?"

"*Not that I'm aware of, madam. Now, if you would be so kind as to turn around and head back, please!*" Roedd y copar yn dechra colli mynadd.

"Wot dw iŵ mîn, 'not ddat ai'm awêr of'? Us ut posibyl ddat dder *us* symwon hyrt?"

"I can't possibly comment, madam! Now move away please!"

"Byt..."

"Move away please! Move away!!" Roedd y copar yn gweiddi.

Symudodd Fflur y car yn ei flaen ychydig, er mwyn cael lle i droi'n ôl, yna rifyrsiodd din y car i fyny at ymyl y copar, a weindio'r ffenast i lawr. Ysgydwodd y plisman ei ben.

"Sgiws mî," medda Fflur. "Iŵ nô wen iŵ sed ddat iŵ cant sbîc Welsh byt iŵ can yndyrstand ut?"

"Yes..."

"Wel, so can mai dog!"

Dreifiodd Fflur yn ôl am Bryn Derwydd. Roedd ganddi bryderon am yr hogia, ond roedd 'na betha pwysicach i feddwl am rŵan. Do'dd 'na'm dewis. Roedd rhaid iddi ddreifio'r genod i Dolgella.

≂ 51 ≂

"I say, there's quite a bit of a stir by the old chapel, dahling!" medda Timothy, wrth sbio drwy'i sbienddrych o ben y bryn, uwchben y llethr oedd yn codi uwchben fan Cledwyn.

"What do you mean?"

"Those sirens we heard, they were going to the chapel. Police, a fire engine and..."

"Let me see!" Bachodd Vanessa y beinócs o'i ddwylo. *"Good Lord! Quite a commotion, isn't it?"*

"Yah! Exciting!"

"Mmmm! Very! I'm getting quite aroused, Timmy-Tim! Ha-ha-ha-har...Erm, Timmy...!"

"Yes, you horny wench?"

"Erm… there appears to be a police helicopter closing in on us, right ahead!"

Daeth yr hofrenydd ar eu gwarthaf heb unrhyw rybudd o gwbwl. O fewn eiliadau, roedd hi'n hofran uwch eu pennau. Daeth llais dros ei huchelseinydd. *"POLICE! STAY WHERE YOU ARE! YOU WILL BE ESCORTED BY OFFICERS WHO WILL ARRIVE ANY MINUTE! POLICE! DON'T MOVE! REPEAT – DON'T MOVE. STAY WHERE YOU ARE!"*

"*What's happening, Timothy?!*" gwaeddodd Vanessa.

"*I haven't the faintest idea, dear…!*"

"*What have you done, Timothy?! WHAT HAVE YOU DONE?!*"

"*Erm, I don't think this is the time for role-play, Nessie dear…*"

"*But it's soooo EXCITING! Ha-ha-ha-ha-ha-har…!*"

"*Good heavens, Nessie! You've gone absolutely mad! And I luuurve it…Ruff-ruff! Ruff…!!*"

꞊ 52 ꞊

ROEDD GOROESWYR POTAL RHEN Crad wedi symud i'r ardd i orffan ei hyfad. Roeddan nw'n gwylio'r ddrama'n datblygu i lawr yng nghapal Sid Finch, gan godi gwydryn i be bynnag – ne' bwy bynnag – a achosodd y tân.

Roedd Gwynedd Dybyl-Bybyl yn edrych drwy sbinglas, ac yn riportio i'r lleill be oedd yn mynd ymlaen. "Doth 'na'm damej i'w weld, 'de."

Bŵiodd pawb.

"Ma'r injan dân yn mynd rŵan 'fyd, ond ma' 'na dal lot o gopth o gwmpath lle."

"Edrych yn debyg mai *arson* ydi o, beth bynnag," dadan-soddodd Gwyndaf.

"Ffycin grêt!" medda Cled.

"Hmm... dwi ddim mor siŵr..." medda Gwynedd. "Fytha ti'n dithgwyl mwy o damej na hynna!"

"Tân 'di mynd off, ella?" dyfalodd Gwyndaf.

"'Wrach. *Hang on*... Dwi'n siŵr fod 'na Land Rôfar Bom Thgwad yn mynd o'na, hefyd, tu ôl i Tham Tân..."

"Ffwcin hel! Bom Sgwad?" medda Bic.

"Reit ffycin dda!" medda Cledwyn eto.

"Ma' 'na rwbath yn deud 'tha fi bo' ti'm yn *keen* iawn ar Sid Finch, Cledwyn Bagîtha!" medda Gwyndaf, yn tynnu ar Cledwyn.

"Pwy sydd *yn* cîn ar y cont?" atebodd Cled. "Ffycin twat 'di o, *full stop!*"

"Ma'r helicoptyr 'na o gwmpath eto," medda Gwynedd. "'Da chi'n meddwl 'tha'n well i chi fynd i'r tŷ i guddio, hogia?"

"Pam?" gofynnodd Bic.

"Wel, fuoch chi ar manŵfyrth o gwmpath y cwm 'ma neithiwr, yndo? Ella bo'r copth yn meddwl 'na chi 'nath lothgi'r capal."

"Dwi'm yn meddwl, rywsut," medda Bic. "Welson nhw'r stad oedd arnan ni – wel, ar Drwgi, beth bynnag..."

Doedd Drwgi a Sbanish ddim yn gwrando. Roeddan nhw, erbyn hyn, yn bell i ffwrdd yng ngwlad y madarch. Roeddan nhw'n malu cachu, mewn byd bach o liwiau a gigyls, draw wrth ddrws ffrynt y tŷ.

Y cathod oedd yn eu ticlo nhw, erbyn hyn. Tu allan i ddrws y tŷ oedd y cathod yn cael eu bwydo bob bora, fel arfar. Pan welson nhw'r Dybyl-Bybyls yn cerddad allan efo Potal Rhen Crad yn gynharach, roeddan nhw i gyd wedi neidio oddi ar ben Em Scotch Egg, ac wedi dilyn pawb i'r ardd i haslo am fwyd.

Wedi gweld nad oedd eu ceidwad am roi bwyd iddyn nhw, roedd Ceridwen, y *boss cat* fawr jinjyr, a tair o'r lleill wedi meddianu coesa Drwgi – a hwnnw'n ista ar logyn o goed a'i draed i fyny ar ben Dyl Thŷd, oedd yn dal i rochian cysgu ar y rhiniog. Roedd y cathod wedi setlo'n braf ar goesa Drwgi, ac roedd Drwgi'n teimlo'n freintiedig fod y cathod wedi'i ddewis o fel eu Duw newydd ar ôl rhoi'r sac i Em Scotch Egg.

Roedd Parddu, y gath fach ddu, yn crafu chwannan o'i chefn, efo'i choes ôl, wrth ymyl Dyl Thỳd ar stepan y drws. Roedd ei choes yn symud yn sydyn, sydyn - mor gyflym fel ei bod yn ymddangos yn blyr i gyd, fel adenydd *humming bird*. Roedd hyn yn ennyn diddordeb brwd o du Drwgi, oedd yn gweld y ddawn hon ymysg cathod, yn rwbath rhyfeddol iawn, iawn. "Sud ffwc ma' cathod yn gneud hynna?" gofynnodd, cyn hir.

"Gneud be... ?" gofynnodd Sbanish, wrth agor can o Stella oedd o wedi'i ffendio yn y ffrij, gynt. Roedd o angan rwbath i olchi blas y wisgi o'i geg.

"Symud eu coesa mor ffast wrth grafu," ymhelaethodd Drwgi.

"Ffyc nôs, Drwgi. Bionics?"

"Ma'n ffycin amêsing, beth bynnag... "

"Ma' gin gathod goesa rybyr, eniwe" medda Sbanish. "Dyna pam ti'n gallu lluchio nhw allan o ffenast llofft heb iddyn nw frifo... "

"Naci'r cont gwirion!" medda Drwgi. "Landio ar eu traed ma' nhw!"

"Ia, dyna dwi'n ddeud, 'de! Ma' nw'n landio ar eu traed, ac am fod eu coesa nw'n rybyr, ma' nw'n absorbio'r sioc!"

"Ffyc off, Sbanish!" medda Drwgi. "'Sa nw'n bownsio nôl i fyny, siŵr!"

Stryffagliodd Gwyndaf Dybyl-Bybyl i'w draed ym mhen draw'r ardd. Roedd o'n trio cyrraedd Potal Rhen Crad, oedd yn sefyll – yr un mor dalog a chefnsyth ag y bu ar fwrdd y gegin – ar wal yr ardd, efo ychydig dros hannar peint o wisgi yn ei gwaelod. Roedd Gwyndaf wedi dod i benderfyniad. Roedd yr holl gops o gwmpas y cwm yn ei neud o'n nyrfys ac, chwil fel berfa neu beidio, roedd hi'n amser claddu Rhen Crad. Ond cyn hynny, roedd rhaid gorffan ei Botal o.

Craffodd Gwyndaf ar y botal wrth nesu tuag ati. Roedd o'n cael traffarth hômio i mewn arni. Roedd hi yno, ar y wal, ond roedd hi'n symud o ochor i ochor. Dim bai ei lygid meddw oedd hynny, ond bai ei goesa chwil. Roedd o'n cerddad fel *guided missile* – y rhai hynny sy'n chwyrlïo i bob man, ond wastad yn cyrraedd eu targed yn y diwadd. 'Blaw mai dim ond tair llathan oedd gan Gwyndaf i fynd nes cyrraedd ei darged o. Aeth ddau gam i'r dde i ddechrau, yna tri i'r chwith, cyn gafael yn y wal a'i ddefnyddio fel rhaff i'w arwain at y botal. Pan gyrhaeddodd ei darged, gafaelodd ynddi â'i ddwy law, a'i chodi i fyny i'r awyr, fel Caswallon yn codi pen cadfridog Rhufeinig i'r awyr wedi brwydr waedlyd. "Hogia!" taranodd. "Ma'r amsar wedi dod!!"

Edrychodd pawb ar y Dybyl-Bybyl, yn disgwyl cael rhyw fath o arweiniad o ran 'amsar' be yn union oedd wedi dod. Ond ddudodd Gwyndaf ddim byd pellach. Safodd yno, yn dal y botal i'r awyr, a haul y bora'n sgleinio drwy'r hylif gloyw yn ei gwaelod fel fflach o ddewiniaeth o hudlath Gwydion Ddewin.

Arhosodd yr hogia am rai eiliadau cyn deud dim, rhag ofn fod yr eiliadau o dawelwch yn rhan o'r seremoni. Ond daeth yn amlwg yn weddol sydyn fod meddwl Gwyndaf Dybyl-Bybyl – fel cyfrifiadur wonci – wedi rhewi yn y fan a'r lle.

Gwynedd, ei frawd, dorrodd y tawelwch. "Ti am roi'r botal 'na i lawr cyn i ti'i gollwng hi, Wynff?"

Ysgogodd geiriau'i frawd Gwyndaf i ailgydio yn ei araith. "Mae'n amsar i orffan Potal Rhen Crad! Daliwch eich ffycin gwydra allan!"

Erbyn hyn, roedd wisgi Caradog Dafis wedi piclo stumoga a meddylia pawb oedd yn dal yn effro. Er gwaetha'u profiad helaeth o yfad am ddyddia ar y tro, doedd 'na neb yn teimlo'n ddigon dewr i beryglu organau hanfodol eu cyrff ymhellach. Ond doedd 'na neb yn ddigon dewr i beryglu difrodi esgyrn eu cyrff drwy wrthod un swig arall o ddiod sanctaidd y Dybyl-Bybyls, chwaith. Roedd y stwff wedi troi pob un oedd yno yn rhyw fath o jeliffish trydanol – oedd ddim yn syndod, gan fod y stwff yn gallu stripio paent oddi ar fyrdda, chwalu pen rhywun efo un gwydriad, a'i ddallu efo dau. Er hynny, wrth edrych ar yr olwg ddwys a phenderfynol ar wynab y cawr efo'r botal o'u blaenau, ildiodd pawb i gyfaredd yr hylif hynod. Daliodd pawb eu gwydrau allan o'u blaenau fel cardotyns mewn ffair ganoloesol.

Tolltodd Gwyndaf Dybyl-Bybyl wisgi i'w frawd, cyn stagro rownd gwydra'r gweddill – Cledwyn, Bic, Sbanish, a Drwgi'n olaf.

"Wô wô wô! Cadwa beth i chdi dy hun!" medda Drwgi, wrth weld gormod yn mynd i mewn i'w wydryn. Roedd y swig dwytha gafodd o wedi bron iawn â'i neud o i chwydu. Doedd o'm yn gweld ei hun yn gallu llyncu fawr mwy na blaen tafod o'r stwff.

"Ma'n iawn, sdi," medda Gwyndaf, wrth lenwi gwydryn Drwgi at ei chwartar, a gwagio gweddill y botal i'w wydr ei hun. "Perffaith, 'li," medda fo wedyn, cyn stagro'n ei ôl i sefyll wrth ochor ei frawd. "'Da ni wedi gorffan Potal Rhen Crad! Ma' fi a'm mrawd yn ddiolchgar iawn i chi am yr arwydd o barch yma. Yndydan, Wynff?"

"Yndan, Wynff," cadarnhaodd Gwynedd.

Daliodd Gwyndaf y botal wag yn yr awyr. "Dymuniad Rhen Crad oedd i'r wêc bara nes bod y botal yma wedi'i hyfad i gyd – pob un ffycin dropyn. A rŵan ei bod hi'n wag, dwi'n siŵr y byddwch chi'n hapus i fynd adra, i adal i fi a 'mrawd ga'l pum munud o fyfyryf... fydyrf... ffyfy... heddwch teuluol..." Winciodd Gwyndaf ar Cledwyn, cyn rhoi ffling i'r botal i'r patsh rwdins yn gornal yr ardd.

"Ia siŵr, dim probs," medda pawb, wrth godi'u gwydra o'u blaena nhwtha, i aros y llwncdestun oedd ar fin cael ei gynnig.

"I'n tad!" medda'r Dybyl-Bybyls, y ddau fel un, a'u gwydrau'n estyn tua'r nefoedd.

"Caradog Dafith..." ychwanegodd Gwynedd.

"Nant-y-Fagddu..." medda Gwyndaf.

"Cwm Derwyddon..."

"Graig-garw..."

"Thir Feirionnydd…"

Arhosodd pawb am eiliad, rhag ofn fod 'na gôd post ar y ffordd, cyn gweiddi, fel un, "Rhen Crad!"

≈ 53 ≈

DWY AWR O GWSG gafodd Pennylove. Dwy ffycin awr! Roedd o wedi gneud gwaith papur ar ôl mynd 'nôl i'r stesion yn oria mân y bora, ac ar ôl cael hitio'r fatras am hannar awr wedi pump cafodd ei ddeffro gan y ffôn yn canu am hannar awr wedi saith. Insbector Williams oedd yno, yn deud fod 'na "incident" yng Nghwm Derwyddon, a bod angen "extra manpower". A gan fod yr Insbector wedi darllan ei adroddiad, ac wedi gweld fod Pennylove a Elton Jones wedi bod yn yr "incident scene" yn ystod y nos, roedd o wedi penderfynu mai da o beth fyddai iddo hel ei din i fyny yno i "liaise-io" efo'r CID.

Pan alwodd Pennylove yn y stesion i gael ei brîffio'n sydyn, cafodd wybod mai "incendiary device", wedi cael ei ffendio yng nghapal Ramoth, oedd yr "incident". Cyn gadael am Graig, gwnaeth Pennylove yn siŵr fod rhywun yn mynd â'r ddau ddarn o lampau car oedd o wedi'u ffendio wrth y giât racs, i fforensics, a'u marcio'n 'urgent'.

Cyrhaeddodd Pennylove Gwm Derwyddon am chwartar i naw. Parciodd ei gar tu ôl i res o geir eraill – ceir cops, ceir CID, fania Soco's – ac estynnodd bacad o chewing gums o'i boced, a rhoi un yn ei geg. Eisteddodd am eiliad. Roedd wedi anghofio popeth am ei ddiffyg cwsg. Roedd 'na löyns byw yn hedfan rownd ei stumog, ac roedd ei galon yn curo ychydig yn gynt nag arfar. Crime scene! Serious incident! CID!

Wrth gerddad tua'r capal, fedrai Pennylove ddim cadw'r meddyliau rhag troi yn ei ben. Roedd o'n trio'i orau i gadw'n ffocysd ar be oedd o'n gofio o neithiwr – neu'r bore 'ma, i fod yn gywir – a sut fyddai hynny'n effeithio ar be fyddai rhaid iddo'i wneud heddiw. Ond roedd ei feddwl yn mynnu deud wrtho mai hon, efallai, oedd ei siawns fawr o ddangos ei hun fel *detective material*. Ei siawns fawr am ddyrchafiad i *plain clothes*. Wedi'r cwbl, roedd digwyddiadau neithiwr wedi rhoi digon o *leads* iddo. Er fod y noson wedi bod yn ddisastyr llwyr, roedd 'na rimyn arian tu ôl i'r cymylau wedi'r cwbwl. Ac os fysa Pennylove yn llwyddo i ddatrys y *serious incident*, a dal y dihirod a ddifrododd gar yr heddlu wrth wneud hynny, yna roedd promôshiyn yn 'ffôrgon conclŵshiyn'! Y fo, Pennylove, fyddai arwr y dydd. Ia – Wynne Pennylove fyddai Sŵpyrcop!

Roedd 'na fynd a dod o flaen y capal: plismyn mewn iwnifform, ditectifs mewn dillad 'plaen', a Soco's mewn ofyrôls gwyn. Teimlodd Pennylove y *buzz* 'na, oedd o wedi'i deimlo ers pan oedd o'n blentyn, bob tro'r oedd o'n gwylio *The Sweeney*, neu *Starsky and Hutch*. Doedd 'na ddim i guro hyn, meddyliodd.

Gwelodd DCI McDermott yn siarad efo plismon iwnifform o flaen gatia'r capal. Doedd Pennylove heb weld y DCI ers dyddia Operation Squarepants. Ond torrwyd ei grib pan welodd efo pwy oedd McDermott yn siarad. PC Elton ffycin Jones!

"*Morning, Sheriff!*" medda Elton yn glên – rhy ffycin glên – pan welodd o Pennylove yn nesu.

"*Morning, Elton! Had a shower, then, have you?*" Roedd o wedi cael mwy na cawod – roedd o wedi boddi'i hun efo potal gyfa o afftyrshêf, ac yn drewi i Rhyl ac yn ôl o'r ffacin sdwff. Trodd McDermott rownd i'w gyfarch.

"*This is PC Wynne Pennylove,*" medda Elton, cyn i neb arall gael siawns i ddeud dim byd. "*He was with me last night, Sir. Wynnie, this is DCI McDermott...*"

"*Yes, I know. We've met,*" medda Pennylove, geiriau wnaeth i McDermott edrych yn wag arno. "*Operation Squarepants, Sir?*"

"*Aah! You were...*"

"*...Attached to CID, yes. I was in your team...*"

"*Fuck, I can't remember, sorry! So you two were up here last night?*"

"Yes, Sir. We were in pursuit..." dechreuodd Pennylove.

"Elton here says he heard a noise, like someone climbing a fence, coming from round the side of the chapel... "

"Erm..." Doedd Pennylove heb ddisgwyl i Elton gael ei big i mewn gynta.

"Yes, Sir – we didn't have cause to suspect it to be anything other than a sheep or something..."

"I don't know, Pennylove, what does a sheep climbing a fence sound like?"

"Erm..."

"Elton also found bike tyre trails in some paint on the path."

Roedd Pennylove yn corddi. Roedd Elton yn amlwg wedi gneud môr a mynydd o be oedd o wedi'i weld – y wancar bach smỳg! 'This is PC Pennylove', o ddiawl! 'He was with *me* last night'! Twat!

"We've taken casts of the bike trail. We think this may be a vital lead," medda McDermott. Fedra Pennylove ddim coelio'i glustia. Aeth McDermott yn ei flaen. "Right, Pennylove, Elton – you're local bobbies, right? I want you to get yer heads together, sort out everything you saw last night, make a few enquiries to that effect, and get back to me with every development. If there's anything you think I need to know, get it to me." Dechreuodd DCI McDermott gerddad i ffwrdd i gyfeiriad y capal, ond trodd yn ôl o fewn cam neu ddau. "Pennylove! We've picked up a couple of hikers, up by the hill-fort. They were seen walking over there from this valley. Right couple of freaks. Can you go and suss 'em out? They're in that panda car down there."

"Welsh?"

"English. Staying in that mansion down there. Glassgum, I think it's called. Oh, and Pennylove – do you know Mr Finch, the owner of the chapel?"

"Finch? Bloody 'ell... I mean, yes, I do, Sir."

"He's in here. You'll need to talk to him too. And if you can, take him somewhere quiet – he's getting on me fucking nerves!"

ROEDD YR HOGIA'N EI chael hi'n anodd symud o'r ardd yn Nant-y-Fagddu. Roeddan nhw'n cael traffarth codi, diolch i effeithiau sesiwn oedd wedi para bron i bedair awr ar hugain solat.

Drwgi oedd y broblam fwya, fodd bynnag. Roedd o'n tripio'n braf efo'r tylwyth teg, ac roedd ganddo ofn tarfu ar y cathod oedd yn gorweddian ar ei lin. Roedd Ceridwen, medda Drwgi, yn gath efo swpyrpowers, a doedd o ddim yn teimlo fel ei hypsetio'n ormodol, yn y stad ag oedd o. Pan dynnodd ei draed i ffwrdd oddi ar Dyl Thyd, roedd y cathod – wrth synhwyro eu bod ar fin colli'u gwely – wedi suddo'u gwinadd i mewn i'w goesa, yn y gobaith o'i berswadio i aros. "*Warning shot*" oedd hynny, medda Drwgi, ac roedd ganddo ofn be fydda'n digwydd tasa fo'n trio symud eto.

"Ffling i'r ffycars, Drwgi!" medda Sbanish, oedd hefyd yn tripio'n braf ar fadarch ond, yn wahanol i Drwgi, yn llawer mwy seicopathig o ran bod yn oddefgar o deimladau cathod.

"Paid â bo'n teit, y cont!" medda Drwgi. "Chydig bach o fynadd sy isio, dyna'r cwbwl!"

"Ti'n licio cathod, 'lly, Drwgi?" gofynnodd Gwynedd Dybyl-Bybyl. "Ti isio mynd â un efo chdi?"

"Ffyc, na. Fysa Dirty Sanchez yn ei byta hi," atebodd Drwgi.

"Dirty Thancheth? Be 'di hwnnw, dy gi di?"

"Naci. 'Y nghath i," nododd Drwgi, yn cyfeirio at y cwrcath mawr jinjyr – uffernol o galad – oedd ganddo adra.

"Ma' 'na ormod o'r ffycars 'ma'n fan hyn," medda Gwyndaf Dybyl-Bybyl. "Er, ma' nw'n handi i ladd llygod yn y cwt gwair, 'fyd."

Roedd Cled yn pendroni be i neud efo Dyl Thyd. "'Da chi isio i ni drio deffro hwn a mynd â fo efo ni?"

"Na, ma'n OK," medda Gwynedd. "Gariwn ni'r cont i mewn i dŷ yn munud. Fytha ti'n licio ca'l un o'r cathod 'ma, Cled?"

"Dim diolch, Gwyn. Dwi'n licio cathod, 'de, ond ma'r musus yn alyrjic iddyn nhw – medda hi, beth bynnag. Ma' hi'n iawn o'u cwmpas nhw yn nhai bobol erill, 'fyd, ond mai'n recno bod nhw'n gneud ei *eczema* hi'n waeth. Sy'n reswm digon teg i beidio ca'l un, rîli."

"Ma' rhein di cymyd ata fi, beth bynnag," medda Drwgi. "Ma' cathod wastad yn. Efo cŵn ma' gena i broblam."

"Gwbod fo' chdi'n sofft tytsh ma'r cathod!" medda Bic. "Cymryd mantais o'na chdi. Fel'na ma' cathod – slei."

"Dwi'n meddwl fod o fwy fel seicic linc, y'n hun, Bicster!" atebodd Drwgi, yn dechra mynd i un arall o'i fwydriadau pen-swêjaidd.

"Seicic linc?!" medda Bic. "Be, ma' gin ti'r un IQ â cath?"

"Ffyc off, Bic! Ti'm yn dallt y crac, nagwyt? Ma' gin bawb ei 'anifal enaid'... "

"Ei be?"

"'Anifal enaid'. Fel *soul-mates* hiwmans, ond bod o'n *cross-species*," medda Drwgi, yn taro'i frest efo'i ddwrn mewn argyhoeddiad.

"*Hold on*. Ti 'di colli fi ŵan," medda Bic. "Be oedd hwnna?"

"Ffyc, ma' 'di colli'i hun, hefyd, Bic," medda Cled. "Ty'd, Drwgi! Rhaid 'ni fynd. Siapia'i!"

Ond doedd 'na'm symud ar Drwgi bellach. Roedd o newydd ddisgyn allan o'r eroplên, ac yn anelu'n syth am Lala-land heb barashŵt. "*Cross-species*, Bic," medda fo eto, mewn llais barddol y tro hwn. "*Bond* ar draws ffiniau natur. Mae gan bob anifal enaid – ydw i'n iawn, Cled?"

"Ma' gin bob creadur enaid, oes, Drwgi. Ond wyt ti'n *iawn*? Ma' hynna'n gwestiwn hollol wahanol... "

"Felly, os oes gan bob anifal enaid," eglurodd Drwgi, "be sy'n sdopio dyn a cath fod yn sôl-mêts? Ti'n dallt be sgin i?"

"Be ti'n drio'i ddeud Drwgi?" gofynnodd Gwynedd Dybyl-Bybyl. "Fod un o'ng nghathod i'n thôl-mêt i chdi? Be wyt ti, rhyw fath o byrfyrt cathod?"

"Does 'na'm secs rhwng sôl-mêts, siŵr dduw," twt-twtiodd

Drwgi. "Wel, mae o'n bosib, yndi, ond does 'na'm *rhaid* iddo fo ddigwydd. A 'di o deffinetli ddim i fod i ddigwydd mewn perthynas sôl-mêt *cross-species...* "

"Heblaw am Arwel Chicken Tonight a'i ieir," nododd Sbanish, yn cyfeirio at foi o'r pentra gymrodd ran mewn ffilm *chicken-porn,* unwaith.

"Mae 'na wastad *exception to the rule,* Deputy Dawg," cydnabodd Drwgi.

"Ffwcio Arwel Chicken Tonight, a ffwcio'r ieir mae o'n ffwcio!" medda Bic yn ddifynadd. "A ffwcio'r cathod 'ma, 'fyd! Ty'd yn dy ffycin flaen, Drwgi! 'Dw i isio mynd adra i weld os 'di Jen yn iawn."

"Ffonia hi, 'de!" medda Drwgi. "Ma' 'na ryw fath o signal i fyny'r cae 'cw'n fancw! Ddudas i hynna wrtha chdi, cynt! Eniwe, be dwi'n drio'i ddeud, ydi, 'de – os ga i ffwcin jians – ydi fod gan bob person ei 'anifal enaid' – rhyw anifal sy'n debyg iddo fo, 'lly, o ran natur, 'sdi. Fel ma'r Tseinîs yn ei goelio efo'u Blwyddyn y Ceiliog a Blwyddyn y Ceffyl, a ballu... "

"So, Blwyddyn y Gath wyt ti, ia?" gofynnodd Bic.

"Naci, man. Blwyddyn y Ddafad... neu'r Ci, dwi'm yn cofio pa un... Ond pwy sydd i ddeud fod y Tseinîs yn iawn? Dwi'n recno na cath 'dw i."

"Ti'n recno na cath wyt ti?" gofynnodd Cled, wedi penderfynu chwalu pen Drwgi, er mwyn ei gael i anghofio be oedd ei bwynt gwreiddiol, a cychwyn cerddad am adra – yr unig ffordd i drin Drwgi pan oedd o'n mwydro.

"Yndw. Cath ydw i. Garantîd."

"Ffyc off," medda Bic. "Welis i rioed mo'na chdi'n claddu dy gachu, y cont tew!"

Chwalodd pawb i chwerthin, a dechreuodd Drwgi gael ei gigyls enwog. Cyn hir roedd o'n pesychu a tagu, ac yn ysgwyd drosto, nes bod y cathod yn disgyn o'u *perches* ar ei goesa fel coconyts allan o goedan balmwydd. Heblaw fod y coconyts yma'n rhai efo pedair coes – a gwinadd. A tra y plannodd dwy neu dair o'nyn nhw eu gwinadd yn ddwfn yn ei goesa, aeth Ceridwen am ei geillia, efo'i holl sŵpyrpowers, heb unrhyw drugaredd o gwbl.

"Aaaaaaah!!!" Sgrechiodd Drwgi mewn poen, wrth i ddefnydd tenau ei drowsus du cnebrwn fethu a rhoi unrhyw amddiffyniad i'w daclau rhag crafangau'r gath. Neidiodd i'w draed, ond daliodd y cathod eu gafael, yn styfnig a greddfol fel llewod yn dal yn sownd mewn sebra tan fyddai'n disgyn i'r llawr.

Mae'r cyfuniad o boen a trip madarch yn gallu bod yn brofiad dychrynllyd. Yn enwedig poen sy'n cael ei achosi gan ymosodiad gan greadur arall. A fynta wedi bod yn mwydro gyhyd fod ganddo elfennau o gath yn ei gymeriad, sgrechiodd Drwgi fel un. *"Aaaaaaeeeeeeeoooooowwwwwh!!!"*

Dechreuodd slapio, fflapio a waldio'r cathod mewn ymdrech i'w sgubo i ffwrdd o'i goesa. Ond y cwbl wnaeth hynny oedd gwneud i'r cathod – a Ceridwen yn enwedig – suddo'u crafangau i mewn yn ddyfnach i'w gnawd.

"Aaaaeeeowwwh... *ffycin*... aaaaeeeeoooowwwh!!!" Erbyn hyn roedd Drwgi'n dawnsio o gwmpas yr ardd, â'i freichia'n mynd fel melin wynt wrth swingio i ddyrnu'r cathod mor galad ag a fedrai. "'Môls i!!! *Aaaaawwwh!!!*"

Ildiodd rhan fwya'r cathod yn weddol sydyn, unwaith y dechreuon nhw gael amball swadan go egar, a gollwng eu hunain i'r llawr, a sgrialu am ddiogelwch y tŷ. Ond dim Ceridwen. O na. Roedd honno, fel ddudodd y Dybyl-Bybyls yn gynharach, yn *tough cookie*, a doedd hi ddim am roi fyny i'w matras heb ffwc o ffeit. Roedd Ceridwen, hefyd, yn feteran o sawl sgarmas efo sawl math o anifail dros y blynyddoedd, ac o ganlyniad yn deall yn union lle oedd gwendid ei gwrthwynebydd. Ac wrth gwrs, efo'r profiad o sgrapio oedd ganddi roedd hi'n gallu cymryd cyn gymaint ag oedd hi'n roi. Felly, y mwya'r oedd Drwgi'n ei waldio, y mwya oedd hi'n suddo'i gwinadd i mewn i'w ddarna mwya sensitif...

"Aaaaaaaaaaaaaargh!!! Ffyc ffyc ffyc *aaaawwwwh!!!*" Trodd Drwgi at yr hogia, wedi llwyr anghofio'i hoffter o'r creaduriaid blewog. "Bŵt iddi, rywun! 'Ffycin 'môls i!!! Lladdwch y gont! *Aaaaaawwwh!!!*"

Ond roedd yr hogia yn eu dybla'n chwerthin. Os oedd angan rwbath i ddeffro pawb o stiwpyr zombaidd wisgi Rhen Crad, yna Drwgi'n neidio i fyny ac i lawr ac yn slapio'i hun fel dyn ar dân, efo cath fawr dew yn hongian o'i gŵd, oedd yr union donic oedd ei angan! Roedd hyd yn oed y Dybyl-Bybyls mewn dagra.

Fedrai Drwgi wneud dim byd ond gafael yng nghynffon Ceridwen a tynnu cyn galetad ag oedd o'n gallu. Sgrechiodd mewn poen wrth rwygo'r gath i ffwrdd o groen meddal ei gŵd. O weld fod yr ods yn ei herbyn, styfnigodd Ceridwen a penderfynu ei bod am fynd â tameidia o geillia Drwgi efo hi. Os *last stand – last stand* amdani!

Tynnodd Drwgi'n galetach nes yn y diwadd, gollyngodd y bwystfil ei gafael. Swingiodd Drwgi hi gerfydd ei chynffon a gadael iddi fynd, dros wal yr ardd, yn troelli drwy'r awyr fel helicoptar. Glaniodd Ceridwen ar ganol y buarth – ar ei ffwcin thraed, wrth gwrs – cyn sgwario, chwythu holl felltithion gwareiddiad y cathod tuag at Drwgi, a swagro, fel John Wayne am y sgubor.

Bic oedd y cynta i allu deud rwbath, wedi i'r adloniant ddod i ben. "Drwgi, dwi'n meddwl bo' fi'n dallt be sy gen ti efo'r busnas 'bondio' efo cathod 'ma. Oedd honna'n sownd i chdi go iawn, doedd?"

"'Dio'm yn ffycin ffyni!" medda Drwgi, wrth dynnu'i drowsus a'i drôns i lawr yn y fan a'r lle, a dechra ffidlan efo'i daclau.

"Be sy, Drwgi? Ti 'di ca'l dy cat-strêtio?" Doedd Bic ddim am ddangos unrhyw drugaredd.

"Na, ond ma' 'na waed... "

"Cath oedd hi, Drwgi, dim ffwcin teigar!" medda Cledwyn. "Ty'd, y cont gwirion, 'da ni'n mynd!"

"Ond dwi'n ffwcin gwaedu! Ma'n ffycin nghŵd i'n gwaedu!"

"Ta mi weld!" medda Gwyndaf Dybyl-Bybyl, a gafael yn llaw Drwgi a'i symud o'r ffordd. "Duw, duw, dwi'm yn meddwl fydd dy fusus di'n mynd heb damad, Drwgi! Sgratsh bach ydio! Ynda... !" Tolltodd y Dybyl-Bybyl chydig o wisgi Rhen Crad dros ei gŵd o, nes bod Drwgi'n gweiddi eto wrth i'r 'stripar paent' losgi mewn i'r briw. "'Na chdi, Drwgi! Gwell na ffwcin tetanus jab, unrhyw ddyrnod! Rŵan ffwciai o'ma, i ni ga'l chydig o heddwch!"

≈ 55 ≈

GYMRODD HI UN DEG tri cynnig i Fflur Drwgi basio'i thest dreifio. Ychydig yn annheg, fodd bynnag, fyddai cymryd hynny, ohono'i hun, fel tystiolaeth ei bod yn ddreifwraig beryglus. Ffraeo efo'r unstryctor am wahanol resymau – o fod yn "othoritêrian", yn "ffashist" neu'n "Sais", i fod yn "byrfyrt", yn "dwat" ac yn "ddall" – oedd y rheswm am dros hanner ei chynigion ofer. Roedd hi hefyd wedi diodda'r cywilydd o droi 'thrî point tyrn' yn dro 'tri deg munud', o flaen cynulleidfa o Boy Scouts yn Bala – digwyddiad a arweiniodd at iddi gael ei herlyn am dor-heddwch ac ymddygiad bygythiol mewn man cyhoeddus.

Ond teg fyddai deud hefyd ei bod wedi 'ffêlio'r test', ar fwy nag un achlysur, am ddreifio ychydig yn 'anghonfensiynol'. Teg hefyd fyddai nodi fod dreifio i lawr stryd Wan Wê, dreifio dros bafin, malu wing-mirryr fan bost, a hitio dynas lolipop tu allan ysgol, hefyd yn gynwysiedig yn y rhestr o resymau dros farciau coch yr Arholwr.

Doedd rhain i gyd, fodd bynnag, yn ddim byd o'i gymharu â'r ffordd oedd hi'n dreifio wrth fynd â Jenny Fach a Sian Wyn i Uned Mamolaeth Ysbyty Dolgellau. Prin oedd hi allan o Graig cyn ei bod hi bron ar ddwy olwyn wrth fynd rownd cornal fawr Cae Llwyd. A dim ond milltir wedyn, roedd hi bron wedi mynd hed-on i mewn i gar cops oedd yn fflio mynd i gyfeiriad Graig a'i oleuadau'n fflachio.

Wedi pasio'r trydydd car cops o fewn pum milltir, ac wedi rhoi fewn i alwadau (a sgrechfeydd) y ddwy arall, roedd hi wedi callio rhywfaint, ac wedi slofi'r Peugeot bach i lawr i saith deg milltir yr awr wrth basio Traws.

Sian Wyn oedd yn y ffrynt, yn gafael yn ei bol ac yn rhuo wrth i'w thu mewn hi drio hollti'n agored, tra bod Jenny Fach â'i choesa i fyny yn y sêt gefn, yn gwingo a sgrechian fel cath mewn manglan.

"Rho'r ffycin radio mlaen, Fflur!" gwaeddodd Jen, rhwng ei sgrechiadau o artaith. "Gawn ni *news* naw yn munud... "

Pan oedd y genod yn Bronaber, daeth y newyddion ymlaen ar Radio Cymru. *"Rydan ni wedi cael ar ddallt fod offer diffodd tân ac uned ddiffodd bomiau wedi cael eu galw i Gwm Derwyddon, ger Drefiniog, yn Sir Feirionnydd... "*

"Ffwcin hel!" medd y dair ffrind efo'i gilydd, cyn gwrando'n astud eto.

"... meddai Heddlu Gogledd Cymru, ond does dim cadarnhad hyd yma a oes dyfais ffrwydrol wedi'i chanfod, neu a oes unrhyw un wedi'i anafu... "

"Ffycin hel!" medda Fflur. "Paid â deud fod y ffwcin lemons 'na 'di dod ar draws trêning camp Al Caîda?!"

"... fe ddown ni a rhagor o fanylion i chi, fel y cawn ni nhw..."

"Ffycin cops! Deud ffyc ôl! Fel 'na oedd y twat 'na wrth yr entrans, cynt – *'I can't give out any information'* a rhyw lol felly... Ti 'di trio ffonio wedyn, Jen?"

"Yyyyyyyaaaaaaaaooooowww... do, Fflur... Dal dim signal... ."

"A titha, Sian?"

"Yyyyyyaaaaaaawwwwwww... .."

"Gobeithio fod... . aaaah... yr hogia'n iawn... beth bynnag," medda Jen o'r cefn, wedyn.

"Ia," medda Fflur. "A well bo'r ffycars heb neud 'im byd gwirion!"

$$\approx \mathbf{56} \approx$$

ROEDD BE OEDD GAN Timothy James Gordon a'i wraig, Vanessa Morgan-Stanley Boobier – oedd wedi cadw'i henw teuluol am resymau 'proffesiynol' – i'w ddeud, yn deinameit. Deinameit o ran yr ymosodiad ar Ramoth, a deinameit o ran helpu i roi rhyw fath o oleuni ar bwy droiodd y car heddlu ar ben i lawr, hefyd.

Darlithydd hanes yn Rhydychen oedd Timothy Gordon – boi yn ei dridegau, o gefndir dosbarth canol uwch, o Surrey. Arlunydd modern, mae'n debyg, o Lundain – hefyd yn ei thridegau, a hefyd o dras uchel-ael – oedd Vanessa Boobier. A mi oedd DCI McDermott yn iawn pan ddudod o fod y ddau yn 'chydig o ffrîcs. Yn enwedig felly Ms Boobier. Er ei bod hi'n dipyn o bishyn i edrych arni – blondan siapus, coesa hir a bronnau braf – roedd hi'n amlwg fod cenedlaethau o *inbreeding* ymysg uchelwyr Lloegr wedi'i gadael ambell bastel yn fyr o set.

"Oh my God, this is soooo exhilerating! Ha-ha-ha-har!" oedd ei hymateb cyntaf, wedi i Pennylove ac Elton gyflwyno'u hunain iddyn nhw, ac egluro eu bod am eu holi ynglyn â be oedden nhw wedi'i weld.

Aros ym Mhlas Glasgwm oedd Gordon a Boobier, a hynny ar ben eu hunain. Roedd 'na gwpwl arall i fod i ddod efo nhw, ond gorfod i'r rheiny dynnu allan wedi i un ohonyn nhw – golygydd y cylchgrawn *Face Exchange* – dorri'i goes wrth sgio yn Klösters. Ond o ddiddordeb penodol i Pennylove oedd y ffaith fod y ddau'n cadarnhau nad oeddan nhw wedi cael tacsi bws mini i nunlla, nac o nunlla, o gwbwl y noson gynt.

O ran diddordeb penodol pellach i Pennylove oedd y fan felen yr oeddan nhw wedi'i chanfod y bore hwnnw, wrth gerdded i fyny i'r gaer Rufeinig yr ochr draw i'r bryngaer bach Celtaidd uwchben y cwm. Prin oedd Pennylove yn medru sgwennu yn ei lyfr bach du, gymaint oedd o'n crynu efo cyffro. Fan Cledwyn Bagîtha oedd hi, mwya tebyg, meddyliodd. Tybed os mai hwnnw driodd losgi'r capal? A tybed oedd y cylprits a ddifrododd y car copar *yn* cuddio yn Nant-y-Fagddu wedi'r cwbwl? Tybed os oedd Bagîtha yno hefyd? A tybed os oedd Drwgi Ragarug, Bic Flannagan a Sbanish Newman wedi gneud eu ffordd yno, wedi rhoi'r slip i Elton a fynta? Byddai sbin bach arall i fyny i Nant-y-Fagddu yn siŵr o ateb rhai o'r cwestiynau hyn, o leia...

Cafodd Pennylove ddim llawer o amser i gnoi cil ar y cyfle i gornelu'r Bagîtha Gang, fodd bynnag. Roedd yr hyn oedd gan Gordon a Boobier i'w ddeud nesa'n llawer rhy bwysig, o ran yr achos mwyaf dan sylw.

Y noson gynt, roedd Gordon a Boobier ar eu ffordd yn ôl o Harlech, wedi bod yn gwylio rhyw berfformiad arti-ffarti yn y theatr, a chael pryd o fwyd mewn restront i ddilyn. Rhwng hannar awr wedi hannar nos ac un o'r gloch y bora, roeddan nhw'n dreifio i fyny Ffordd Uchaf Cwm Derwyddon – y ffordd gefn. Y ffordd honno'r oeddan nhw'n ei defnyddio, am fod y ffordd breifat at ddrws ffrynt Glasgwm yn arwain ohoni.

Mwya sydyn, medda nhw, mi welson nhw ddyn ar gefn beic padlo, rhyw hannar canllath o'u blaena. Fel oedd goleuadau'r car yn disgyn ar y dyn, neidiodd i ffwrdd o'i feic, a diflannu i'r gwrych ar ochr chwith y ffordd, a'i feic efo fo. Feddyliodd yr un o'r ddau lawer mwy am y peth. Oedd, mi oedd y dyn yn ymddwyn yn amheus, ond pam ddylia nhw boeni? Dim ond yma am y penwythnos oeddan nhw a, wel, be oedd eu busnas nhw be oedd yn digwydd ymysg y *natives*?

Ond mi welodd Gordon a Boobier rywbeth, tua hanner awr yn ddiweddarach, a wnaeth iddyn nhw feddwl eto am y dyn ar gefn beic. Roeddan nhw newydd gerdded allan ar y balconi, ar lawr cyntaf Glasgwm, efo gwydriad o win a chydig o Mozart, pan welson nhw fod golau car – car Pennylove ac Elton, fel y trodd allan – yn goleuo'r awyr o flaen capal Ramoth, lled dau gae i ffwrdd o'r plas. Yna mi glywson nhw sŵn yn dod o gyfeiriad y ddau gae rhwng Ramoth a Glasgwm. Roedd y sŵn yn un oeddan nhw'n sicr ei fod yn gyfarwydd, ond oherwydd yr amgylchiadau diarth, doeddan nhw ddim yn gallu rhoi eu bys ar be yn union oedd o. Roedd o fel gair, neu enw, oedd ar flaen tafod rhywun, ond yn gwrthod dod i gof.

Yna daeth y lleuad allan o du ôl i gwmwl, a mi welson nhw be oedd y sŵn 'cyfarwydd'. Roedd 'na rywun yn reidio beic ar y llwybr cyhoeddus a arweiniai i lawr y llethr, trwy'r ddau gae, o du ôl Ramoth, i lawr at gefn Glasgwm. Yno, prin ugian llath o'r plas, roedd y llwybr yn fforchio – un cangen yn mynd i'r chwith, i fyny am y Ffordd Ucha, a'r gangen arall yn troi i'r dde a mynd i lawr ar draws y caeau at y ffordd arall, sef y brif ffordd i fyny'r cwm.

"*Yah! We just thought it was strange,*" medda Vanessa, â'i llygid llwyd, reptilaidd bron â popio allan o'i phen. "*We thought, 'now there's an unusual country tradition', ha-ha-ha-har...* "

"*Yah!*" medda Timothy, wrth gytuno. "*But who are we to judge? Mountain-biking at night may be perfectly logical around these parts, for all we know...* "

"*Yah! Whatever turns you on!*" medda Vanessa. "*Ha-ha-ha-har!*"

"*Yah... er... What my wife means is,*" medda Timothy, yn sobri rywfaint, "*we don't have a clue what the hell goes on here in the dead of night... Anything could seem completely normal to us...* "

"*Yah!*" medda Vanessa.

"*Yah!*" medda Tim.

"*Yah!*" medda Vanessa drachefn.

Fedrai Pennylove ddim atal ei feddwl rhag rasio. Oedd Bagîtha'n helpu'r dyn ar y beic drwy actio fel getawê iddo, efo'r fan – nes i'r cynllun gael ei chwalu gan ymddangosiad car yr heddlu y tu ôl iddo? Yn sicr, roedd gan Cledwyn Bagîtha fôtif i ymosod ar eiddo Sid Finch. Byth ers helynt y gwarchae yn y fflat, wedi lladrad pysgod Finch o Dyddyn Tatws Trout, doedd 'na'm dwywaith fod Cledwyn am waed Finch. Roedd Bagîtha'n 'hothead' Cymraeg, wedi'r cwbwl, ac roedd hi'n edrych yn debyg fod ganddo'r cyfle hefyd, os oedd o'n hofran o gwmpas y cwm yn y nos... Roedd Pennylove yn edrych ymlaen at gael y canlyniadau fforensig ar y darna o lampau car, yn ôl o'r labordy. Byddai hynny'n rhoi cadarnhad iddo fod fan Cledwyn wedi bod yng nghyffiniau'r capal. Byddai'n reswm da i fynd ar ôl y ffycar...

"*I need you to make an official statement, later on,*" medda Pennylove wrth Gordon a'i wraig wrth roi ei lyfr bach du yn ei bocad.

"*Yah! Yah, yah…*" medda Timothy'n syth. "*Always glad to be of assistance…*"

"*Yah, yah,*" meddai'i wraig o, wedyn. "*We'll be at the house, just down there… Gosh! Do you think we'll be on the news?*"

"*I would'nt…*" dechreuodd Pennylove, cyn i lais cyfarwydd dorri ar ei draws, o'r tu ôl iddo. Trodd yr heddwas rownd i weld Sid Finch yn wadlo tuag ato, mewn crys a tei, a trowsus siwt.

"Duw, duw, PC Pennylove!" medda Finch. "*Nice to see you…*"

"Mr Finch. Sut ydach chi?"

"Twt-twt, galwa fi'n Sid! Dwi ddim yn rhy ddrwg, i ddeud y gwir. *Considering…*"

"Ia, *naughty business*, Mr Finch…"

"Sid! Yndi, mae o *yn* blydi *naughty… below the belt…* Ffyc mî – pwy sy 'di disgyn mewn i fath o *perfume*?"

"Mr Finch, dyma fy *colleague*, PC Elton Jones," medda Pennylove gan gyfeirio at Elton, oedd yn gneud pwynt o edrych yn anniddig efo'r sgwrs Gymraeg o'i flaen. "*Elton, this is the owner of the cha…*"

"*Duw, how are you, Elton?*" cyfarchodd Finch y plismon ifanc, wrth estyn i ysgwyd ei law. "*Didn't recognise you for a minute. What's that aftershave, man? Midges repellent, is it?*"

"*I'm fine, thanks, Sid,*" atebodd Elton. "*Didn't know you were expanding up the sticks?*"

"*Well, you know how it is! If Caesar was afraid of the countryside, Rome would still be a city! How's your old man?*"

Syllodd Pennylove yn gegrwth ar y ddau. Fedra fo'm coelio fod Elton-ffwcin-Jones yn nabod Finch hefyd! Oedd 'na rwbath arall oedd o'n gadw oddi wrtho?

Teimlodd Elton Pennylove yn syllu. "*Sid is an old friend of my father's, Sheriff…*"

"*I see.. ! Anyway, Mr Finch...* Pwy ydach chi'n meddwl sydd wedi gneud o? *Welsh nationalists?*"

"Wel, *it's not for me to say,* ond mae genna i syniad reit dda pwy fysa'n *capable* o wneud y fath beth."

"O? Pwy felly, Mr Finch?"

"Wel, *Wynnie, a businessman like myself has many enemies amongst the local* rafins... a does 'na ond un o'r ffycars bach efo digon o frêns i feddwl am rwbath fel hyn! *I think we both know who I'm talking about, Wynnie,* ti'm yn meddwl?"

≈ 57 ≈

ROEDD CLEDWYN BAGÎTHA a'r hogia newydd adael y buarth yn Nant-y-Fagddu, pan gofiodd Bic a Cled eu bod isio ffonio'r genod. Roedd Drwgi wedi dangos iddyn nhw lle gafodd o "ryw fath" o signal yn gynharach, ac roedd y ddau wedi dringo'r giât ac wedi dechra dringo'r bryn, gan adael i Drwgi a Sbanish ymlwybro'n araf a llygadrythol am y giât wrth entrans y ffarm. Roedd Bic a Cled hannar ffordd i fyny'r llethr pan glywson nhw sŵn tractor yn refio, yn dod o'r buarth.

"Be ffwc ma' rhein yn neud?" medda Bic, wrth weld y Dybyl-Bybyls yn chwalu drwy ffens y buarth, ac i mewn i ganol y coed derw gerllaw, efo JCB. "Ffacinel! Ma'r ffwcin wisgi 'na 'di chwalu'u ffwcin penna nw!"

"Ia, wel, ma' galar yn ffwc o beth, sdi, Bic," medda Cledwyn, yn cŵl braf, wrth stydio'i ffôn am arwyddion o fywyd. "Yn enwedig pan ti'n lluchio galwyn o wisgi cartra i mewn i'r pot... ! Hôld on! Un bar o signal! Ma' petha'n altro. Ty'd, awn ni fyny chydig bach mwy."

Cerddodd Cledwyn yn ei flaen, gan adael Bic yn lle'r oedd o, yn syllu ar y Dybyl-Bybyls yn chwalu'u ffordd drwy'r coed ifanc ar ymyl y nyrs goed, cyn ymuno â trac bach oedd yn arwain at lannerch, reit ynghanol y goedlan.

"Sbia, Cled!" gwaeddodd Bic. "Ma' hyn yn ffycin nyts!" Trodd Bic i edrych lle'r oedd Cled. Roedd o'n dal i frasgamu i fyny ochor y bryn. Cliciodd Bic fod Cledwyn yn gwbod mwy nag oedd o'n gyfadda.

"Wehei!" gwaeddodd Cled, o ryw ugian llath i fyny'r bryn. "Signal!"

Doedd Bic ddim yn gwrando. Roedd o'n gwylio'r JCB yn tyllu twll ynghanol y llannerch yn y coed islaw. "Be ffwc ma' rhein i fyny i?!" medda fo wrth ei hun.

"Bic! Ma' ffôn Sian yn canu… " gwaeddodd Cledwyn.

"Ia… cŵl… "

Roedd yr olygfa islaw yn mynd â holl sylw Bic. Roedd y JCB'n dal i dyllu. Gwyliodd Bic y fraich fawr felen yn estyn ac yn codi, gwagio, estyn a codi, gwagio… Yna sylwodd ar yr helicoptar heddlu'n nesu…

≈ 58 ≈

MAE NHW'N DEUD OS y rhoddir criw o ferched efo'i gilydd ar ynys yn môr, y byddai'u cylchdro misol nhw'n syncroneiddio, ac y byddan nhw i gyd yn cael eu pîriyds yr un pryd â'i gilydd. Mae hyn yn swnio'n ofnadwy o sgêri – fel rwbath allan o ffilm horryr, neu sci-ffi – ond mae o'n wir. Medda nhw…

Erbyn i Sian Wyn a Jenny Fach gyrraedd yr ysbyty roedd contracshiyns y ddwy wedi esblygu i fod yn digwydd ar yr un amser â'i gilydd. Efallai ei fod o'n rwbath i'w neud efo'r camerâderi seicolegol oedd wedi ffurfio rhwng y ddwy yn ystod y bora – rhyw fath o bond isymwybodol, wrth fynd drwy'r un profiad trômatig a thyngedfennol. Rhyfadd ydi mecanisms corfforol merchaid. Doedd 'na'm rhyfadd fod dynion yn meddwl eu bod nhw'n perthyn i rywogaeth gwahanol. Dynion o Mars, merchaid o Fenws? Go brin, ond roedd un peth yn saff – tasa 'na ryfel niwcliar yn digwydd fory, bysa'r merchaid yn defnyddio'u sisterli solidariti, eu doniau mylti-tasgio a'u pŵerau uwch-ffisegol i syncroneiddio'u hegnïoedd i sortio'r "llanast 'ma" allan, ac agor stondin gacennau a jymbyl sêl, cyn i lwch y *fall-out* ddechra setlo.

Naw munud oedd 'na rhwng y contracshiyns bellach. Ac roedd Sian a Jen mewn gwlâu drws nesa i'w gilydd yn y lêbyr rŵm yn ward mamolaeth Ysbyty Dolgella, yn gafael yn nwylo'i gilydd, tra'n chwythu ac yn chwysu, a rhegi fel trŵpars. Tens, pethadîn, epidiwral, gas-and-êr – roedd hi'n agosáu at yr amsar i gymryd y ffycin lot!

Daeth y midweiff i mewn – dynas ganol oed, yn pefrio efo naws rhywun oedd wedi'i weld o i gyd o'r blaen, a'r gallu goruwchnaturiol, bron, i wneud i bawb ymlacio – yn cerdded yn ddistaw mewn sgidia tebyg i slipars, efo'i dwylo ym mhocedi ei iwnifform nyrs. Craciodd y 'jôcs genod' arferol am ddynion yn mynd i'r pyb tra oedd y merchaid yn cachu melons, cyn cymryd manylion a dyddiad geni'r ddwy, darllen eu nodiadau mamolaeth, a holi faint o amsar oedd rhwng y contracshiyns. Yna cerddodd allan, gan ddeud y byddai rhywun draw yn munud i sdwffio'u bysidd i fyny biji-bôs y ddwy, i weld faint o *dilation* oedd ar y serfics.

"Be am y gas-and-êr?" gwaeddodd Jenny Fach ar ei hôl. Ond roedd hi wedi mynd, mor sydyn a thawel ag y daeth.

"Sbliff amdani!" medda Sian. "Fflur – cer i'r car i sginio fyny. Gna hi'n un fawr. Ffati bwmbati go iawn!"

Chwerthodd Fflur, ac estyn am y bag o sgync gan Sian. "Dowch â'ch mobeil ffôns i fi, 'ta," medda Fflur. "Rhag ofn i'r cêring ffaddyrs ffonio. Dria inna'u ffonio nhwtha 'fyd… . Ffati bwmbati, ia? Hi-hi-hi-hi..!"

≈ 59 ≈

GwYLIODD BIC YR HELICOPTAR yn cylchu'n isel yn yr awyr, rhyw dri can llath yr ochor isa i Nant-y-Fagddu. Gan fod Bic a Cled ar ochor bryn, roedd yr helicoptar mwy neu lai ar yr un lefal â nhw.

Gallai Bic weld y peilot yn glir, a'i fêt efo camera yn eu ffilmio nhw. Rhoddodd wêf fach, a gwên sarcastig, arnyn nhw, cyn troi ei olygon yn ôl at be na allai'r helicoptar ei weld, oherwydd y coed – sef be bynnag oedd y Dybyl-Bybyls yn dyllu amdano efo'r JCB islaw.

Roedd 'na dwr go lew o bridd ar ochor y twll erbyn rŵan, a dechreuodd Bic ddyfalu be oedd pwrpas twll o'r fath. Oedd ganddyn nhw drysor cudd yno? Rwbath i neud efo ewyllys Rhen Crad, falla? Os oedd o'n ddigon o gymeriad i drefnu i gadw potal galwyn o wisgi cartra at ddiwrnod ei gnebrwn, yna roedd o'n ddigon cyfrwys i adael cyfarwyddiadau at ryw drysor teuluol oedd o wedi'i gladdu ers blynyddoedd, hefyd.

Tynnwyd sylw Bic gan yr hofrenydd yn troi i ffwrdd, ac yn hedfan yn ôl i lawr y cwm. "Ia, ffyc off y wancars!" gwaeddodd ar eu holau, cyn troi'n ôl i wylio'r JCB eto. Doedd 'na'm rhyfadd, meddyliodd Bic, fod y Dybyl-Bybyls isio llonydd. Roedd ganddyn nhw drysor i'w nôl!

Daeth sŵn Cled yn rhegi tu ôl iddo. Trodd Bic i weld be oedd. "Be sy, Cled?"

"Y ffycin signal ffwc 'ma! Ma'n iawn pan dwi'n deilio, ond pan dwi'n rhoi'r ffwcin ffôn i'ng nghlust ma'r ffwcin thing yn mynd off eto!"

Hmmm, meddyliodd Bic. Roedd y Dybyl-Bybyls i lawr yn y coed efo JCB, yn tyllu uffarn o dwll, a doedd Cled yn cymryd dim sylw o gwbwl. Roedd yn rhaid ei fod o'n gwbod rwbath. Roedd Cled yn un o'r bobol 'na oedd pawb yn drystio. Roedd pobol o bob oed yn rhannu cyfrinacha efo fo, byth a beunydd. Ac o ran Rhen Crad, wel, roedd hwnnw'n rhyw fath o Ddyn Hysbys, neu dderwydd neu rwbath, ac roedd Cled i mewn i betha fel 'na, wedi'r cwbwl. A pam oedd o wedi diflannu o'r pyb yn gynnar efo'r Dybyl-Bybyls neithiwr? Pam ei fod o i fyny yn Nant-y-Fagddu cyn pawb arall? Be fuo'r diawliad yn neud?

Edrychodd Bic draw i gyfeiriad ochor arall y cwm, tu hwnt i'r afon, heibio i Hafod Farfog a draw at le oedd y Ffordd Ucha'n rhedeg rhwng y waliau cerrig uchal. Gwelodd damaid o rwbath

melyn yn dangos rhywle ymysg y waliau. Cofiodd fod Cled wedi
deud iddo falu'r fan ar ei ffordd i fyny. Be oedd o'n neud yn dreifio
i fyny efo'r Dybyl-Bybyls?

Trodd Bic ei sylw'n ôl at y JCB. Os oedd Rhen Crad wedi claddu
rwbath, be ddiawl oedd o isio'i gladdu fo mor ddyfn?

"Ma'n canu eto, Bic!" gwaeddodd Cledwyn, wrth roi'r ffôn
i'w glust eto.

"Paid â ffwcin symud, 'ta!" gwaeddodd Bic yn ôl.

Stopiodd y JCB dyllu, a dechreuodd ar ei ffordd yn ôl am y
buarth. Edrychodd Bic ar y twll oedd ar ôl, a'r doman o bridd oedd
wrth ei ochr. Roedd yn union fel bedd agored mewn fynwant...
Oerodd gwaed Bic wrth gofio am yr arch welson nhw yn y beudy'r
noson gynt. Na, meddyliodd! Na..!

Tynnwyd sylw Bic eto, y tro yma gan symudiad i fyny ar y
Ffordd Ucha, draw tu hwnt i le'r oedd fan Cled yn gorwadd yn
ddiymadferth. Roedd car heddlu yn dod allan o'r coed fforestri, i
gyfeiriad y fan. Ac roedd 'na fan wen yn dilyn y car cops. Socos!
Scenes Of Crime Officers. Ffwcin fforensics!

Torrwyd ar feddyliau Bic gan lais Cledwyn yn gweiddi eto.
"HOSBITOL?!!!"

≈ 60 ≈

Roedd rhaid i Pennylove gyfadda fod gan DCI McDermott
steil. Roedd o'n ista ym mhulpud Capal Ramoth, ei draed i fyny
ar y pren, yn smocio sigâr. Yn ista oddi tano, yn lle fu'r Sêt Fawr
gynt, roedd tua hannar dwsin o dditectifs, ac un neu ddau o
gwnstabliaid, yn siarad yn isal ymysg ei gilydd wrth roi tameidiau
bach o fflwff, a blew a tsipins, mewn bagiau plastig sî-thrŵ.

"*PC Pennyless!*" medda McDermott, wrth i Pennylove groesi'r
llawr tuag ato. "*Brief me!*"

Rhoddodd Pennylove chwerthiniad bach nerfus, a mi
feddyliodd am gracio jôc yn ôl, cyn meddwl ddwywaith pan

welodd McDermott yn sbio ar ei watsh. Bwriodd Pennylove i mewn i'w adroddiad. *"Last night, myself and PC Elton Jones followed a vehicle up to Ramoth Chapel... "*

"Which is?"

"Erm... here, Sir..."

"Oh, yes, sorry, it's been fucking hectic this morning..."

"I can imagine, Sir..."

"Imagine? You're in the fucking middle of it, what've you been doing, sight-seeing?"

"No, Sir..."

"Joking, Pennylove! Carry on." Boi rhyfadd oedd McDermott.

"We followed the vehicle and... lost it. It transpired that the vehicle crashed through a forestry gate in order to escape, so obviously the person or persons therein didn't want to be found by the police. However, we... I... found some pieces of the vehicle's headlamps and bumper on the track by the smashed gate... " Stopiodd Pennylove am eiliad, tra bod McDermott yn derbyn tamaid o bapur gan rhyw gwnstabl arall, oedd newydd gerdded i mewn.

"Yes, carry on, Penelope..." medda'r DCI.

Aeth Pennylove ymlaen i egluro fod fforensics wedi cadarnhau mai oddi ar fan Maestro, F-Reg, ddaeth y tameidiau, a mai fan Maestro F-Reg oedd y fan felen ddaethpwyd o hyd iddi, wedi malu, ar ben wal yn uwch i fyny'r cwm.

"Now that's what I call a lead, Pennylove! Good work!"

"Thank you, Sir..." medda Pennylove, yn ymlacio rhywfaint o'r diwedd. *"But there's more..."*

"Well, go on, then!"

"The van belongs to a known nationalist with a grudge against Mr Finch, the own..."

Canodd ffôn McDermott, a daliodd y DCI ei ddau fys yn yr awyr i ddeud wrth Pennylove am atal ei lifeiriant am ddau funud. Cododd y ffôn i'w glust. *"McDermott. Yes... yes... yes... no... I see... Depends... I suppose... in that case, tell them half an hour..."*

Edrychodd ar ei watsh eto. *"It's ten o'clock now. Ten thirty, down by the main road..."* Caeodd ei ffôn, a troi nôl at Pennylove. *"Fucking press, nosing around! You were saying?"*

"The van belongs to a known local nationalist with a long-standing grudge against Mr Finch..."

"Good..."

"And whom we can almost certainly say is hiding about half a mile from here at Nant-y-Fagddu farm."

"Good God, Pennylove! Wherever they found you, they should've found you sooner!"

Gwenodd Pennylove, ac aeth yn ei flaen eto, gan egluro am bopeth a ddigwyddodd y noson gynt – fel ei bod yn amlwg fod Cledwyn, Drwgi, Bic a Sbanish – y Bagîtha Gang – yn y cyffiniau, efo motif a chyfle i ymosod ar y capal, a'i fod o – Pennylove – ac Elton, yn 'actio ar *hunch*', wedi mynd i chwilio amdanyn nhw i ffarm gyfagos. Adroddodd ei fod wedi cael ymateb amheus gan griw o ffermwyr yn y ffermdy, oedd yn deud nad oeddynt wedi gweld yr un o'r criw yn agos i'r lle. *"They were lying about who had turned the patrol car upside down, Sir. This I know from my conversation with Mr... er... Gordon and Ms..."* Edrychodd Pennylove ar ei nodiadau, *"... Ms Boobier, this morning. This leads me to believe that if the farmers were harbouring those responsible for upturning the patrol car, then they may well be harbouring the other fugitives too, Sir."*

Syllodd DCI McDermott i fyw llygid y cwnstabl am funud, cyn gofyn os oedd o, Pennylove, yn teimlo ei bod yn werth galw yn y ffarm i edrych os oedd *"this man, Bageetha, and his cronies"* yn dal yno.

"Well, Sir – I sent PC Elton Jones on a few errands down the village, namely to knock on the door of the individuals in question, in order to speak to them and/or ascertain if they are at home..."

"And are they?"

"No, Sir. He reported back, over the phone, five minutes ago to confirm that none of the four individuals are at home, Sir..."

"OK… So you think they're still up at the farm?"

"It would appear so, Sir… I also asked Elton – PC Jones – to speak to the taxi driver, whom I believe drove up to the farm last night, so as to confirm that he did indeed take those who upturned the patrol car to the farm… "

"And why would you want to confirm that?"

"Well, it would confirm that the farmers were indeed lying, and that they were harbouring fugitives from the law, and if they are harbouring one group of criminals, what's to stop them harbouring another? Sir."

"I see… that's a bit academic anyway, isn't it. Did he confirm?"

"Well, he did say that one of his drivers took a fare up the valley, somewhere, but he couldn't confirm where excactly, because the driver was flying out from Manchester at nine this morning, on holiday… "

Tynnodd DCI McDermott ar ei sigâr, a meddwl yn ddwys am funud bach. "So there's no absolute proof these men are there?"

"Well, it seems there's a damn good chance, Sir. Bagîtha's van is nearby."

Aeth McDermott yn ôl i feddwl. Roedd Pennylove yn siŵr ei fod o'n impressed efo'r wybodaeth oedd o newydd ei gyflwyno iddo. "Have you anything more concrete – I mean more directly linked to this case, as opposed to a case which may or may not be linked to it?"

"Well, Sir… " Adroddodd Pennylove am yr hyn oedd Mr a Mrs Gordon, neu Boobier, neu beth bynnag, wedi'i weld y noson gynt – sef y boi yn reidio beic i lawr o Gapal Ramoth…

"Which would tie in with the tyre marks PC Jones found at the back of the chapel, by the path?"

"Er, yes… Sir." Roedd yn gas gan Pennylove hyrwyddo gwaith 'da' Elton Jones.

"It may well be that the van dropped off the bomber – and his bike… " medda'r DCI, wedyn.

"Er... "

"What?"

"Nothing, Sir?"

"You were gonna say something?"

"No, nothing important, Sir." Roedd Pennylove wedi meddwl ychwanegu fod y cwpwl o Glasgwm wedi gweld y boi ar ei feic yn reidio i *fyny'r* cwm hefyd. Ond penderfynodd beidio deud dim am y tro. Byddai datgelu hynny'n gwrthbrofi damcaniaeth y DCI fod Cledwyn Bagîtha wedi dreifio'r bomiwr i fyny. A'r ddamcaniaeth honno oedd y clinshar o ran cael sêl ei fendith i wneud cyrch ar Nant-y-Fagddu. Rŵan bod y DCI ar fin cael ei berswadio i roi'r go-ahed i'r cyrch, doedd 'na'm pwynt cymhlethu pethau, achos roedd Pennylove gant y cant yn bendant fod yr ateb i'r achos – ac i'r achos o droi'r car ar ben i lawr hefyd – i fyny yno, efo Bagîtha a'i 'giang'. Gwell fyddai gadael i ddatblygiadau gymryd eu cwrs. Be oedd bwys os oedd ambell ffeithyn wedi'i anghofio, am y tro, cyn belled â bod y canlyniad yn llwyddiannus? A gan mai ei drwyn ditectydda fo – Pennylove – fyddai'n arwain at y llwyddiant hwnnw, y fo – Pennylove – fyddai'r arwr ar ddiwedd y dydd!

"This is very interesting stuff, Pennylove," meddai McDermott. *"Mr Finch also seems pretty adamant that those responsible are who you say. Looks like we've got our suspects – well, suspect, at least – and that they are within reach as we speak."*

"Yes, Sir!" Prin y medrai Pennylove guddio'r cryndod o gyffro yn ei lais. Bron na fedrai weld gwep ddigwilydd Drwgi Ragarug yn disgyn, o flaen ei lygid.

"Where's PC Jones now? We'll need every man we can spare if we're going up the farm."

"I think he's following my further orders, to see the landlord of the local pub, Sir – a Mr Phillip Tadcaster. He's a crucial witness to some of the fringe business last night."

"Oh?"

"He was driving three of the Bagîtha Gang up to the farm... "

"So he could be one of them?"

"Hardly, Sir. But I'm sure he could tell us a thing or two… "

"Good work, Constable! Very thorough! Did you say you worked with me before?"

"Yes, Sir. Operation Squarepants, Sir."

"Hmmm. Still don't remember you… OK Pennylove, I don't know if we have enough to go charging up the farm. We have our suspects – albeit with circumstantial evidence. But in today's climate, that's enough to drag their arses in, and keep them in for fuckin weeks. What I'm worried about is whether they're there or not. They should be, as you say, but something doesn't seem right. Something doesn't fit… I need something else… "

Daeth ditectif ifanc yr olwg i mewn, yn cario papurau maint A4 yn ei law. "Pair of young tarts, Sir, Donna Davies and Nia Jones, picked up in the back of the Maestro, Sir – engaged in some hot lesbian action, by the way – confirm that the van's owner was indeed at the farm all night… "

"Excellent, DS Roberts… Lesbians, eh? Very nice!… And what are these?" gofynnodd McDermott, wrth afael yn y papura oedd y sarjant yn ddal o dan ei drwyn.

"Pictures from the helicopter, Sir. Taken five minutes ago, at the farm… "

"Are these your 'Bagîtha Gang', Pennylove?" medda McDermott, wrth estyn y llunia iddo. Gafaelodd Pennylove ynddyn nhw, a dechra fflicio drwyddyn nhw. Lluniau o Bic a Cledwyn yn y cae uwchben y tŷ – Bic yn wêfio, Cled ar y ffôn, a llunia Drwgi a Sbanish yn codi dau fys, ar y ffordd rhwng y buarth a ffordd y cwm.

Gwenodd Pennylove yn oer. "Yes, Sir. That's them. And this…" Pasiodd y llun o Cledwyn yn ôl i'r DCI, "… is the prime suspect, Bagîtha!"

≈ 61 ≈

Roedd Elton yn teimlo'n bwysig y bore 'ma. Roedd o ar berwyl o bwys, yn rhan o ymchwiliad i ddigwyddiad difrifol, ac roedd o'n gyfle iddo anghofio am ei anffawd cachlyd yn y cae y noson gynt – heb sôn am ei brofiad anffodus efo'r buwchod. Wrth ddreifio drwy'r pentra, roedd o'n gweld pennau pobol yn troi – y gair wedi mynd o gwmpas am 'operêshiyn' mawr gan yr heddlu i fyny yng Nghwm Derwyddon, a pawb ar dân isio gwbod be oedd y crac. A fynta, Elton Jones, yn gwbod yn iawn be oedd yn digwydd. Ewadd, roedd o'n ddyn pwysig!

Parciodd y car o flaen tafarn y Brithyll Brown. Edrychodd i fyny ar yr arwydd tu allan – llun brithyll yn cwffio am ei fywyd ar ben lein sgota. Deud y cwbl am y lle, meddyliodd, cyn diffodd yr injan a camu o'r car.

Cerddodd i fyny'r ddwy stepan lechan at ddrws y Trowt, a rhoi cnoc go uchal arno. Arhosodd. Dim atab. Cnociodd eto. Dim atab eto. Roedd hynny'n rhyfadd, meddyliodd. Roedd hi'n ddeg o'r gloch y bora. Dylai bod rhywun yno, siawns.

"Oes 'na neb yna?" gwaeddodd llais dynas o ochor arall y stryd. Ddalltodd Elton ddim gair, ond trodd rownd i weld pwy oedd yno – dynas ganol oed, ymhell dros ei phymthag stôn.

"*Sorry?*"

"Oes 'na neb yna? Ddylia fod rhywun… "

"*English,*" medda Elton, yn llawar rhy sych i Megi Parri, glanhawraig ffraeth y dafarn.

"A wel, no won's pyrffect," medda Megi.

"*What?*"

"Us dder no ansyr? Go on in, ddy dôr shwd bî opyn. Ddêr down un ddy citshen, mêbi… "

"*Right…* "

"Ai'm jysd poping yp tŵ Dre, on ddy bys. Ai'l bî bac in hâff yn awyr!"

"*What?*"

"Ai'l bî bac, tel ddem. Tŵ clîn!" gwaeddodd Megi Parri, cyn wadlo i ffwrdd am y bys-stop dros ffordd, fel oedd y bws gwyrdd yn tagu i fyny'r stryd o gyfeiriad Abereryri, mewn cwmwl o fwg du.

Edrychodd Elton yn hurt arni. Doedd ganddo ddim mynadd efo agosatrwydd cymunedol yr hics lleol 'ma. Gwasgodd handlan y drws ar i lawr. Roedd o wedi cloi. Rhegodd. *In the kitchen, my fuckin arse! Still in fuckin bed, more like it!*"

Cnociodd eto, yn uwch y tro yma. Ond doedd dim yn tycio. Gwrandawodd. Dim sôn am symudiad tu mewn. Aeth at y ffenast, ond roedd y cyrtans wedi cau. Rhegodd eto. *"Fuckin one horse fuckin town!"* Deg o'r gloch y bora! Roedd tafarndai Rhyl wedi dechra gwerthu cwrw, bellach…

≈ 62 ≈

Rhedodd Cledwyn a Bic fel wipets i lawr y bryn, a neidio dros y giât ar y gwaelod fel ceffyla blaen y Grand National. Anwybyddodd y ddau floeddiadau Drwgi a Sbanish o rhyw hannar canllath i lawr y ffordd, a rhedag yn ôl am fuarth Nant-y-Fagddu. Roeddan nhw angan fan y Dybyl-Bybyls, a hynny'n sydyn!

Pan ddaethon nhw rownd talcan y tŷ i'r buarth, yno'r oedd yr efeilliaid yn cario arch Rhen Crad allan o'r beudy, i fwcad blaen y JCB. Bu bron i Bic ddisgyn yn y fan a'r lle. Roedd yr amheuon a gafodd wrth wylio'r JCB yn tyllu yn y llannerch yn wir, wedi'r cwbwl! Roedd y Dybyl-Bybyls wedi mwrdro rhywun!

"Be ffwc 'da chi'n neud yn ôl?" rhuodd Gwyndaf Dybyl-Bybyl, pan welodd y ddau o'nyn nhw'n landio.

Arhosodd Bic yn ei unfan ar ganol y buarth. Doedd o'm yn gwbod be i'w neud na'i ddeud. Aeth Cledwyn yn ei flaen. "Sori, hogia, ond genan ni imyrjynsi!"

"Imyrjynthi!" gwaeddodd Gwynedd Dybyl-Bybyl. "Be ti'n ffwcin feddwl, imyrjynthi?! Ti'm yn gallu gweld fo' ni ar ganol rwbath?!"

"Ia, well i ni fynd, Cled!" medda Bic. "Gwrandwch, hogia, 'da ni ddim isio trwbwl. Wnawn ni'm deud ffyc ôl wrth neb... "

"Na 'newch, dwi'n gwbod!" medda Gwyndaf, mewn tôn a gadarnhaodd – yn gamarweiniol – i Bic eu bod am eu lladd nhwtha hefyd, fel tystion i'r drosedd.

"Hogia!" gwaeddodd Cledwyn. "Ma'r genod yn ca'l babis!"

"Pwy?"

"Sian fi, a Jenny Bic!"

"Y ffycin ddwy o'nyn nw?!" medda Gwynedd.

"Ia! Y ffycin ddwy o'nyn nw!"

"Wel, ffyc mî pinc!" medda Gwyndaf.

"A ma' nw'n y 'sbyty'n barod! 'Da ni angan menthyg y fan 'cw!" medda Cled, gan gyfeirio at y Transit wen oedd yn sefyll ym mhen arall y buarth. "Dowch 'laen, hogia!"

"Iawn! Dim ffycin problam, Cledwyn bach," medda Gwynedd Dybyl-Bybyl. "Ond Bic! Paid ti â deud ffyc ôl am be ti wedi'i weld yn fama bora 'ma, iawn?!" Rhythodd y ddau Dybyl-Bybyl ar Bic efo llygid mellt a thrana'.

"Ffyc... dim ffycin problam... no wyris, 'lly... peidiwch poeni... grêt... sorted... dim probs... " Roedd Bic yn ffaffian. Roedd cael gwbod fod ei gariad yn yr ysbyty'n cael babi'n ddigon o sioc iddo'i handlo ar ganol hîbi-jîbis cymdown asid, heb sôn am fod yn dyst i ddau lofrudd yn ca'l gwarad o gorff!

"'Da ni'n feddwl o, Bic – fyddi di'n difaru dy ffwcin enaid oth ddudi di rwbath!" siarsiodd Gwynedd, a phendantrwydd yn llenwi'i lais.

"Hogia! Ma' Bic yn saff!" medda Cled. "Ddylsa chi wbod hynna!"

"Yndw, ffycin reit dwi'n saff!" medda Bic, fel 'sa fo'n pledio am ei fywyd. "Dw i mor saff â... ymm... saff..!

"'Di'r goriad yn y fan?" gofynnodd Cled.

"Nacdi, ma'n y tŷ!"

Trodd Cled i redag am y drws ffrynt, cyn stopio wrth gofio nad oedd o'n gwbod lle yn y tŷ oedd y goriada'n cael eu cadw.

"Yn lle yno?"

"Rhaid i ti ga'l hwn i ddechra," medda Gwyndaf, ac estyn goriad drws ffrynt y tŷ o'i bocad. "'Da ni 'di lluchio Dyl Thŷd i mewn a cloi'r drws lle bod neb yn gweld."

Daliodd Cled y goriad, a troi am y tŷ am yr eildro, cyn stopio eto, wrth gofio – eto – nad oedd o'n gwbod lle oedd y Dybyl-Bybyls yn cadw'r goriada. "Ond lle ffwc *mae'r* ffwcin things?"

"Ffycin hel, Cled!" medda Gwyndaf. "Ti'm yn gweld fo' ni'n brysur?"

"Sori, ond... "

"Rhaid i ni fynd â'r Rhen Crad o'r golwg, Cled," medda Gwynedd, "cyn i rywun ddeffro! Thori, rhaid i chi ddal 'ych dŵr! Fyddwn ni'm dau funud!"

"Ond... " dechreuodd Cled.

"Rhen Crad?" mentrodd Bic.

"Wel ia, siŵr dduw!" medda Gwyndaf. "Pwy ffwc o' ti'n feddwl oedd o?"

"Wel, diolch ffycin byth!" medda Bic, yn rhoi ochenaid fawr o ryddhad. "O'n i'n meddwl bo' chi wedi mwrdro rywun!"

Edrychodd y Dybyl-Bybyls ar ei gilydd, cyn chwerthin yn uchal. "Mwrdro rywun?" gofynnodd Gwynedd, wedyn. "Pwy ffwc o'ddat ti'n feddwl o'ddan ni 'di'i fwrdro?!"

"Dwi'mbo! Sid Finch?"

Chwerthodd y Dybyl-Bybyls yn uwch. "Thid ffwcin Finch?! Ti'n meddwl fythan ni'n rithgio gneud amthar droth ryw dwat fatha hwnna?!" Roedd y Dybyl-Bybyls mewn hysterics erbyn hyn.

"Cled, y cont!" medda Bic, wrth weld yr hwylia'n codi. "O'dda chdi'n gwbod am hyn, do'chd?"

"O'n, Bic. Sori, mêt. Do'n i'm i fod i ddeud dim byd... "

"So be nuthoch chi?" gofynnodd Bic i'r Dybyl-Bybyls. "Ei dyllu fo allan o'r fynwant neithiwr?"

"'Nawn ni'm dy bôrio di efo'r gôri dîtels, gyfaill!" medda Gwyndaf. "*Need to know* ydi hi, Bic, *need to know*."

"Ia," medda Gwynedd, yn chwerthin wrth ategu be ddudodd ei frawd. "Oth fythan ni'n deud wrtha chdi, fytha ni'n goro lladd chdi!"

= 63 =

ROEDD GAI OWS YN ffwcio Tabitha o'r tu ôl. Roeddan nhw tu ôl y bar yn y Trowt, ac roedd ei phen hi ynghanol y bocsys crisps. Roedd hi'n sgrechian.

"*Yeah! Take it, you bitch!*" medda Gai, wrth bwmpio'i bastwn i mewn ac allan o'i manag.

"*Yes, Gaeeh! Yes, Gaeeh!*" sgrechiodd yr hadan, wrth i bacedi crisps a Bacon Fries ddisgyn dros y llawr i bob man.

"*You like crisps, bitch?*"

"*Mmm, yes... yyyeeeesss!!!*"

"*What flavour, slut?*"

"*Uh uh uh ah... Ready Salted... ah ah ah...* "

"*Good girl, yeah, yeah, yeah... . Eat some crisps, wench!*"

"*Ah ah uh uh ooh ooh aah...* "

"*Eat some crisps, bitch!*"

Estynnodd Tabitha am bacad o grisps plaen, a trio'i agor. Roedd hi'n cael traffarth, wrth i bwmpiadau Gai Ows ei phwnio'n wyllt i bob cyfeiriad. Llwyddodd i'w agor, a stwffiodd lond llaw o'r creision i'w cheg nes bod briwsion yn tasgu i bobman.

"*You like that, wench?*"

"*Mmfffmfffmm... fffffmmmm... .*"

"*Good! Now scream for me!*"

"*Aaaaah-ffflp-mmm-aaaaa!!!*" Poerodd llond ceg o greision tamp yn gawod dros y wal, a glaniodd rhai'n daclus ar fronnau'r hogan yn y llun ar y cerdyn pacedi peanuts Big-D.

"*Yes, baby... you know you like it...!*" Estynnodd Gai Ows drosodd am bacad o grisps halan-a-finag, a'i hitio'n galad ar foch tin Tabitha, a'i wasgu ar yr un pryd, nes y ffrwydrodd *on impact* a chwalu tameidia mân o greision dros ei phen-ôl. Rhwbiodd Gai Ows nhw i mewn i'w chroen, wrth ei phwnio'n galetach ac yn gyflymach efo'i braffbren. Yna gafaelodd mewn trê cwrw oddi ar un o'r silffoedd o dan y bar, a'i ddefnyddio fo i'w slapio hi'n galad ar ei thin.

Sgrechiodd Tabitha mewn pleser nwydus, anifeilaidd, cyn dechra gweryru fel ceffyl. *"Hii-hi-hyy-hyy-h-nghyhy-hii-hi-hiii…!"* Gwenodd Gai Ows. Roedd hi'n mwynhau ei hun. Reit dda!

"Excuse me!" medda llais dyn o rwla. Trodd Gai Ows i sbio. Doedd 'na neb i'w weld yn nunlla. Daliodd ymlaen i bwmpio.

"Excuse me!" medda'r llais eto.

"Ffyc off, dwi'n brysur!"

"Hello! Sir!"

"Ffyc off!" Teimlodd Gai Ows rywun yn gafael yn ei sgwydda, a'i ysgwyd. Daeth ogla sent cryf ofnadwy i lenwi'i ffroenau. "Ffyc off!" gwaeddodd eto. "Dwi'n ffycin bry… yyh!… "

Agorodd Gai Ows ei lygid. Roedd o'n gweld copar o'i flaen. Pasiodd rhyw eiliad neu ddwy cyn i bopeth suddo i mewn. Ffwcin hel! *Roedd* 'na blismon yn sefyll uwch ei ben o! Cododd Gai i'w ista, ac edrych o'i gwmpas yn wyllt. Roedd o yng ngardd y Trowt, ar ben ei hun. Ac roedd hi'n ola dydd! Sbiodd ar y copar eto. Gwenodd hwnnw'n ddieflig. Edrychodd Gai Ows i lawr. Roedd ei drwsus a'i drôns rownd ei draed – ac roedd ganddo stoncar o fin; wel, mi *oedd* o'n stoncar, ond rŵan roedd o'n gwywo cyn gyflymad â blodyn pi-pi gwely mewn popty.

"Cover yourself up, mate!" medda'r copar, efo hannar gwên. *"Before the flies get to it!"*

Cododd Gai Ows. Doedd o'm yn gwbod be i ddeud. Ac os fysa fo'n gwbod be i ddeud, fysa fo'n methu'i ddeud o. Cochodd at ei glustia a plygu i lawr i godi'i drwsus, cyn disgyn ar ei ochor ar lawr.

Ysgydwodd PC Elton Jones ei ben. *"How long've you been here?"*

"Fuck knows," mymblodd Gai, wrth godi'n ôl i'w draed. *"Last*

night, probably... "

"Good night, then, was it?"

"Umm, I don't know... " medda Gai, wrth gau botyma'i jîns.

"If it was as good as what you were saying in your sleep, it was a banger!"

"I've got to go... "

"Just a second! Do you know if the landlord's in?"

"Umm... what time is it?"

"Just gone ten... "

"Ffwcin hel! Is it?!"

"I need to speak to the landlord regarding an important matter, but there doesn't seem to be anyone in."

"They're probably in the kitchen, yeh," mymblodd Gai Ows. *"Try the back door. I've got to go. Err... can I go?"*

"Yes. On your way. Just remember to keep yer keks on from now on. That's indecent exposure in my book... "

Stagrodd Gai Ows yn hannar dall rhwng y byrdda picnic, am y giât ac allan i'r lle parcio. Gwyliodd Elton o'n mynd, ac ysgwyd ei ben. Ffwc o le oedd Graig 'ma, meddyliodd.

Cnociodd Elton y drws cefn, ac wrth iddo neud agorodd cil y drws. Cerddodd i mewn, a gweiddi 'helô' gwpwl o weithia. Llanwyd ei drwyn efo hogla ffags a cwrw stêl. Edrychodd i mewn i'r snỳg wrth basio. Roedd 'na wydra'n dal ar y byrdda, ac roedd yr ashtrê'n llawn dop o lwch a stwmps. Basdads budur, meddyliodd, wrth addo iddo'i hun na ddeuai'n agos i'r lle am beint, byth. Camodd drwodd i'r lownj. Roedd y lle'n hymian i ebargofiant, ac yn llanast llwyr – gwydra hyd y llawr, byrdda wedi troi, a rhai wedi malu.

"Hello!" gwaeddodd eto, a chael ei ateb gan dawelwch llethol. Crenshiodd ei ffordd dros y shirwd o wydr mân hyd y llawr, a drwodd i'r bar. Roedd 'na olwg y diawl yno hefyd – cadair ar ei hochor, gweddillion gwydr peint ar garreg y lle tân, ashtrês a'u cynnwys dros y llawr... a cetyn, llawn o faco heb ei danio, yn

ista'n hynod o daclus ar y silff ben tân.

Edrychodd Elton ar y bar. Roedd 'na wydrau wedi malu dros ei dop o i gyd. Cymrodd olwg tu ôl y bar – mwy o wydra wedi malu, a… gwaed! Gwaed yn sblatsh dros y leino! *"Jesus H Christ!"*

Brysiodd Elton yn ôl drwodd i'r lownj a rownd i gyfeiriad yr hatsh a arweiniai i gefn y bar. Roedd 'na waed ar hwnnw hefyd, ac ar y grisia. Gwaeddodd 'helô' gwpwl o weithia eto, cyn brasgamu i fyny i'r llofft. Edrychodd o gwmpas y coridor – roedd gwaed wedi dechra duo ar hyd y carpad. Dilynodd y llwybr gwaedlyd at ddrws y bathrwm, oedd yn gilagorad. Cymerodd ei wynt yn ddwfn, a'i agor led y pen. Mwy o waed! Dros y sinc a'r bath…

Rhedodd Elton, â'i galon yn dyrnu'i frest, yn ôl i lawr y grisia. Dilynodd y llwybr gwaedlyd am y gegin. Agorodd y drws. Roedd y lle'n racs, yn edrych fel 'sa'r Taliban wedi galw draw am banad. Platia, cwpana, poteli, cyllyll a ffyrc, tunia bwyd, moron, rwdins a tatws dros y llawr i gyd. *"Fuck me!"* medda Elton.

Yna sylwodd ar y *chest freezer*. Roedd 'na waed yn stremps dros ei hochor i gyd. Anadlodd Elton yn ddwfn, ddwy neu dair o weithia, cyn croesi'r llawr tuag ati. Gafaelodd yn y caead, a cyfri i dri. Agorodd o…

= 64 =

"GATHER ROUND, GATHER ROUND!" gwaeddodd DCI McDermott o'r pulpud. *"Right! We've ID'd our prime suspect up at the farm, half a mile up the road. It's time to pull him in. He has a number of friends with him – three, to be exact – though neither they or the suspect are thought to be armed. Having considered the evidence available at this present time, I've decided that the arrest and questioning of these persons would be of assistance to the case. We can then see if we have a reason to kick their house doors down."*

Gwaeddodd cwpwl o dditectifs 'hwre' distaw wrth glywed y frawddeg olaf.

"PC Pennylove, whom I have appointed acting deputy to DS

Roberts, reliably informs me that they will probably try to resist arrest, but nothing that can't be overcome with a few good rugby tackles and a pretty hefty arm-lock. There is one... er... Droo-gie Rackereek, aka Martin Wyn Jones, who has a history of violence against the police – is that right, Pennylove?"

"Yes, Sir."

"You may, of course, accidentally give him a good kicking. His picture is circulating among you as I speak. There were also some pretty heavy looking farmers present at the farm last night. They may or may not be still there. If they are, we don't know if they will assist in any attempt by the suspects to flee the scene. If they do, our uniformed friends, who will be accompanying you up to the farm, have CS sprays and batons, and have also been deployed with tazer guns. Any threats to officers will be severely dealt with. Any questions? Good. We move in five."

Roedd Pennylove wedi cynhyrfu'n lân. Nid yn unig oedd o wedi cael ei wneud yn depiwti dros dro i un o sarjants y CID, roedd o hefyd ar fin bod yn gyfrifol am gracio dau achos ar unwaith! Byddai yn y CID o fewn y mis! Brysiodd i flaen y sgrym o blismyn oedd yn hel am y drws, ac allan â fo i flaen y capal.

"Tri car, hogia," gwaeddodd Sarjant Roberts ar y saith o blismyn, yn cynnwys Pennylove, oedd yn ei ddilyn. "Hwn, hwn a hwnna."

Neidiodd Pennylove i'r car agosa efo'r Sarjant a dau CID arall, a neidiodd pedwar iwnifform i mewn i'r ddau gar tu ôl iddyn nhw. Roedd calon Pennylove yn pwmpio fflat owt. Doedd o heb fod mor ecseitud erstalwm. Rhwbiodd ei ddwylo'n eiddgar. Roedd o efo'r *big boys* rŵan, y *dare-devils,* ac roedd o'n barod am acshiyn!

"Wel?" medda Sarjant Roberts, wrth sbio'n flin ar Pennylove.

"Wel be?"

"*Seat-belt!*"

"O, sori... "

GYRRODD GWYNDAF DYBYL-BYBYL Y JCB drwy'r coed, ychydig yn arafach y tro hwn, rhag ofn i arch Rhen Crad ddisgyn allan o'r bwcad blaen. Roedd Gwynedd yn y cab efo fo a mi oedd Cled a Bic yn sefyll ar y stepan drws ar y naill ochor i'r cab. Roeddan nhw'n edrych fel eu bod yn golygu busnas. Bron na ellid dychmygu miwsig yr A-Team yn chwara yn y cefndir.

Roedd y Dybyl-Bybyls wedi perswadio Bic a Cled i'w helpu i ostwng Rhen Crad i mewn i'w fedd newydd. Faint o wahaniaeth fyddai pum munud ychwanegol cyn cyrraedd yr ysbyty'n ei neud, oedd eu dadl. "Lot!" oedd ateb Bic, oedd yn poeni ca'l ffwc o geg – a colli'i goc – os fydda fo'n methu'r enedigaeth. Roedd Cledwyn hefyd yn anniddig. Ond roedd o'n deall pwynt y Dybyl-Bybyls o ran claddu Rhen Crad cyn i sŵn y JCB ddeffro'r horwths yn y tŷ. A mi oedd y Dybyl-Bybyls wedi gaddo gneud popeth i'w helpu nhw gyrraedd yr ysbyty wedyn, chwara teg.

Cyrhaeddwyd y bedd, a gostyngwyd y bwcad blaen, a tynnodd Bic a Cled Rhen Crad allan ohono. Trodd Gwyndaf y JCB rownd, a bacio'n ôl at yr arch, tra fod Gwynedd yn clymu rhaffan am handleni canol ochra'r arch. Clymodd ben arall y rhaff i fwcad ôl y JCB. Cododd Gwyndaf y bwcad i fyny'n araf, nes aeth y rhaff yn dynn. Diffoddodd yr injan. "Ti isio deud gair, Wynff?" gwaeddodd ar ei frawd.

"Yym… dwn im. Fedra i'm meddwl, dwi'n rhy chwil, deud gwir… Cled!"

"Be?"

"Duda rwbath!"

"Fel be?"

"Rwbath! Gweddi, neu 'bath!"

"Gweddi?! Fi?"

"Cana rwbath 'ta!"

"Ffyc… "

"Paid â rhegi!"

"Sori… ymm… " Meddyliodd Cled yn galad. Roedd ei ben ynta, fel un Gwynedd, yn hollol slwtsh. Yr unig gân allai feddwl amdani oedd honno fu'n mynd rownd yn ei ben ers iddyn nhw'i chanu hi yng nghegin y Dybyl-Bybyls, rywbryd yn oria mân y bora. Felly, fyddai rhaid i honno wneud. Falla nad oedd hi'n gweddu i ochor bedd, ond o leia roedd hi'n berthnasol. Dechreuodd ganu. "Pwy fydd yma mhen can mlynedd… "

Ymunodd y Dybyl-Bybyls yn yr ail linell. "Pwy fydd yma'n yfad dŵr… "

Erbyn y drydedd linell roedd Bic, er gwaetha'i olwg llwydaidd, yn canu hefyd, "Pwy fydd yma'n malu cachu… ?" ac erbyn y linell olaf, "Dim y fi, yn ffycin siŵr!" roedd y Dybyl-Bybyls yn crio – oedd yn beth da, achos doedd neb yn siŵr sut fydda nhw'n ymateb i air rheg arall uwchben y bedd. Ac, yn emosiwn yr achlysur, bwriodd pawb ymlaen i floeddio canu'r gytgan – yr un iawn, o'r emyn a ganodd Jac a Wil, nad oedd yr hogia'n ei chanu, fel arfar.

"PWY FYDD YMA'N ADRODD DARNAU
AWEN BEIRDD EIN DYDDIAU NI?
PWY FYDD YMA'N CYFANSODDI
YN ÔL DEFOD BRAINT A BRI?"

Ar y linell olaf roedd Gwyndaf wedi tanio'r JCB eto, ac wedi dechra codi'r arch uwchben y bedd, a fel oedd o'n dechra gostwng ei dad i'r ddaear, ailgydiodd Gwynedd – a'r dagrau'n powlio i lawr ei fochau – yn y gytgan. Ymunodd Bic a Cled – hynny fedran nhw, gan eu bod nhwtha hefyd, bellach yn crio. Ac wrth i Rhen Crad gael ei ostwng i bridd ei gynefin, llanwyd pen ucha Cwm Derwyddon â nodau'r gân.

"PWY FYDD YMA'N ADRODD DARNAU
AWEN BEIRDD EIN DYDDIAU NI?
PWY FYDD YMA'N CYFANSODDI
YN ÔL DEFOD BRAINT A BRI?"

Diffoddwyd yr injan am yr eildro, a neidiodd Gwyndaf allan o'r digar, a mynd i sefyll wrth ochor ei frawd. Aeth pobman yn ddistaw – heblaw am sniffian trwynau'r pedwar a chân ehedydd bach, oedd newydd ddod i droelli ar y gwynt, yn union uwch eu pennau...

Gafaelodd y Dybyl-Bybyls am ysgwyddau'i gilydd, a syllu'n dawel i mewn i'r bedd. Gwasgodd Bic a Cled eu llygid ynghau, i drio stopio'r dagrau – ond yn ofer. Roedd emosiwn y foment yn rhy gryf i'w wrthsefyll, yn enwedig ar ôl yfad yr holl wisgi. Pan agorodd y ddau eu llygada eto, a dechra sychu'r dagrau i ffwrdd o'u bochau, roedd y Dybyl-Bybyls yn dal i afael yn ei gilydd, ac yn dal i syllu i mewn i'r bedd. Gwyliodd Bic a Cled ddagrau'r ddau yn disgyn i'r ddaear, a'u clywed yn diferu ar gaead arch eu tad. Chwalodd muriau'r argae eto. Wylodd pawb, yn dawel, dawel bach...

Yna'n sydyn, drwy'r tawelwch llethol, daeth llais o gyfeiriad y buarth, yn gweiddi am Cled a Bic. Drwgi oedd o, wedi dod yn ôl i chwilio amdanyn nhw. Sychodd pawb eu dagrau, a neidiodd Gwyndaf yn ôl ar y mashîn a'i danio. Gyrrodd rownd mewn cylch, a dod yn ôl am y bedd, o'r ochor. Ac wrth roi'r bwcad blaen i lawr i gwrdd â'r doman bridd, sgubodd y cwm dros Rhen Crad.

≈ 66 ≈

DOEDD ELTON ERIOED WEDI gweld corff o'r blaen, heb sôn am un wedi rhewi mewn ffrîsar. Felly, ar ôl cadw'i ben efo'i gilydd yn ddigon hir i alw am ambiwlans a *back-up*, dros ei radio, yn naturiol ddigon, roedd Elton wedi ffêntio.

Pan ddaeth ato'i hun, cododd gaead y rhewgell eto a gorfodi ei hun i edrych eto ar y corff. Dynas oedd hi, efo gwallt du uffernol o hir. Roedd hi'n gwisgo *dressing gown* laes o ddefnydd tebyg i sidan, neu satin, gwyn. Roedd honno'n goch, bron i gyd, efo gwaed. Edrychodd ar ei gwyneb. Roedd hi'n amlwg wedi cael clec efo rwbath, neu wedi disgyn, achos roedd 'na friw ar ei thalcen. Ond fedrai Elton ddim deud os mai anafiadau ffres, ta rhyw hen broblem, oedd wedi achosi'r golwg ar ei dannedd a gwneud ei gên yn gam. Ac o ran ei llygid, doedd Elton ddim yn siŵr os mai llygid croes oeddan nhw, prun ai oeddan nhw wedi cael eu hitio allan o'u lle yn yr ymosodiad. Ond pa bynnag ffordd oedd o'n sbio arni, fedra fo'm helpu meddwl fod y graduras yn uffernol o hyll. Ffêntiodd Elton eto.

≈ 67 ≈

DOEDD PENNYLOVE DDIM YN licio'r *change of plan* o gwbwl. Jesd fel oedd DS Roberts yn cychwyn y car am Nant-y-Fagddu, roedd DCI McDermott wedi rhuthro allan o Gapel Ramoth, yn bloeddio ar dop ei lais arnyn nhw i stopio. Roedd o wedi cael y neges o Fae Colwyn – llofruddiaeth posib, i lawr yn y Brithyll Brown – ac roedd angen cael CID, Socos a cwpwl o gopars i lawr yno'r funud honno.

Yn waeth na hynny – o safbwynt Pennylove – wedi i McDermott lwyddo i atal y *raiding party* cyn iddyn nhw gychwyn am dop y cwm, roedd y DSI ym Mae Colwyn wedi mynnu cael ei brîffio ar y diweddara am achos Ramoth. Ac wedi i McDermott wneud hynny, doedd y DSI ddim yn hapus o gwbwl efo'r *"course of action"* oedd y ditectif wedi penderfynu'i ddilyn.

Mewn geiriau syml, doedd y Chief ddim yn gweld achos i ruthro i mewn i'r ffarm agosa efo tystiolaeth mor dila ag oedd ganddyn nhw. Doeddan nhw, yn ei eiriau o, ddim yn delio efo Al Caida, ond yn hytrach efo cranc nad oedd hyd yn oed wedi llwyddo i gael ei ddyfais i weithio'n iawn. Ac o be welai, doedd dim rheswm yn y byd i arestio pedwar o ddynion lleol jesd ar gownt y ffaith eu bod nhw'n digwydd bod mewn parti, rhyw hanner milltir i fyny'r ffordd. Gallai hynny fod yn *"counter-productive"*. Roedd o hefyd wedi awgrymu fod DCI McDermott yn orawyddus i wneud i fyny am smonach Operation Squarepants, a bod ei *"judgement"* wedi'i liwio gan ei ysfa i ad-ennill ei barch yng nghoridorau'r Pencadlys ym Mae Colwyn.

Be oedd bòs McDermott isio iddo ei wneud oedd casglu'r holl dystiolaeth oedd ganddo, a dod â fo'n ôl i Fae Colwyn, ble y cynhelid cyfarfod rhwng uchel-swyddogion y Ffôrs, a'r CPS, a phenderfynu – mewn gwaed oer – be yn union fydda'r cam nesaf.

Roedd McDermott wedi gorfod cytuno i ran fwya o'r hyn oedd ei bennaeth yn ddeud, ond roedd o wedi mynnu, yn achos Cledwyn Bagîtha, y prif syspect, fod tystiolaeth fforensig bendant – yn ogystal â digon o dystiolaeth cyd-ddigwyddiadol – yn ei roi o ar safle'r drosedd ar yr adeg yr oedd yn debygol y cyflawnwyd y drosedd honno.

Wedi peth ddadlau, daethpwyd i rhyw fath o gyfaddawd, ble y byddai McDermott yn bwrw mlaen â'r cynllun i ymweld â Nant-y-Fagddu, ond mai dim ond Cledwyn Bagîtha y byddai'r heddlu'n arestio – a hynny er mwyn ei holi *under caution* ynghylch ei symudiadau y noson gynt.

Y cynllun newydd, felly, oedd i Pennylove a Sarjant Roberts fynd i fyny i Nant-y-Fagddu, gyda dau heddwas arall mewn car tu ôl iddyn nhw, rhag ofn y caent draffarth, ac i arestio Cledwyn Bagîtha – a Cledwyn Bagîtha yn unig. Roedd gobaith PC Pennylove o ddatrys mwy nag un achos ar y pryd – a'i obaith, cryfach, i wneud bywyd yn uffernol o galed i Drwgi Ragarug – wedi chwalu.

Serch hynny, mi roedd Pennylove o hyd yn ffyddiog fod a wnelo Cledwyn rywbeth â'r ddyfais tân yn Ramoth, felly ei obaith oedd y byddai'n dal i allu datrys yr achos hwnnw, ac y byddai hynny'n dal i roi hwb sylweddol i'w obaith am streips, a dyrchafiad i'r CID.

Rŵan, roedd o'n nesu am Nant-y-Fagddu, efo'i galon ddim cweit yn pwmpio cyn galetad ag oedd hi cynt, ac yn teimlo'n reit gymysglyd am ddigwyddiadau'r bora. Doedd hi ddim, erbyn meddwl, yr amsar iawn i feddwl am ei yrfa ei hun. Roedd 'na farwolaeth amheus i lawr ym mhentra Graig – wel, llofruddiaeth, waeth i rywun fod yn blaen ac yn blwmp am y matar, meddyliodd Pennylove, achos doedd corff gwaedlyd, wedi rhewi mewn *deep freeze*, ddim yn debygol o fod yn ganlyniad damwain ddomestig. A mi oedd hi'n edrych yn debyg mai gwraig Phillip Tadcaster, y landlord, oedd y ddynes oedd wedi'i lladd. Graduras.

Ond, trasig ac erchyll neu beidio, roedd rhaid i Pennylove roi hannar gwên fach wrth feddwl am Elton yn blabian ar y ffôn, pan ffoniodd gynt. Tro cynta iddo weld corff, yn amlwg. Cofiodd Pennylove am y tro cynta iddo fynta weld corff. Merch ifanc o Lithiwania, wedi'i gwerthu i gaethwasaeth rhywiol yn Wrecsam, ac wedi'i churo i farwolaeth wedi i'w 'pherchennog' ei dal hi'n trio dianc. Anghofiodd Pennylove erioed mo'i gwyneb…

Na, roedd digwyddiadau'r bora wedi rhoi pob dim mewn persbectif, i ddeud y gwir. Car heddlu wedi'i droi ar ben i lawr gan griw o ffarmwrs meddw a tri lembo ar gyffuriau yn cael eu sbŵcio gan y cops ac yn legio'i dros gaeau. Doedd o ddim byd o'i gymharu. Hyd yn oed y ddyfais tân yng nghapal Sid Finch – doedd 'na neb wedi cael ei frifo, a doedd 'na'm bwriad i frifo neb chwaith, yn ôl y golwg. Gwaith rhywun oedd am ddysgu gwers i Finch oedd o, mwya tebyg, ac roedd rhaid i Pennylove gyfadda fod Sid Finch yn ddyn oedd angan ei dynnu i lawr begyn neu ddau.

Na, o'i gymharu â be ddigwyddodd i Danuta Vizgirda, y ferch o Lithiwania, a be, o bosib, oedd wedi digwydd i ddynas y Trowt, doedd rhedag ar ôl *petty criminals* fel Bagîtha a'i 'giang' ddim i'w weld fel y math o beth ddylia gael blaenoriaeth o gwbwl.

Ond dyna fo. Y gyfraith oedd y gyfraith. A'i job o oedd cynnal y gyfraith, a dal y rhai oedd yn ei thorri hi. A dyna oedd o'n mynd i'w neud rŵan – efo'r bonws bach pleserus o hyrwyddo'i yrfa fo ei hun yn y broses. Aeth Pennylove yn ôl i ddychmygu ei hun fel ditectif.

≈ 68 ≈

CERDDODD CLED A BIC yn ôl i fuarth Nant-y-Fagddu efo Gwynedd Dybyl-Bybyl, â'u hwyliau'n gymysglyd. Roeddan nhw'n teimlo'n drist dros y Dybyl-Bybyls, oedd newydd gladdu'u tad – am yr eilwaith – ac roeddan nhw hefyd yn ysu am gael goriadau'r fan er mwyn ei gneud hi i'r ysbyty mewn pryd i ddal genedigaeth eu plant.

Roeddan nhw hefyd ychydig yn bryderus. Roedd 'na gops o gwmpas y cwm ymhob man, ac roeddan nhw'n bownd o fod yn stopio pob cerbyd oedd yn symud. Ac roedd Cled a Bic yn hymian o hogla cwrw. Doedd 'na'm dwywaith fod wisgi Rhen Crad wedi troi eu gwaed yn hylif digon potent i redag Ferrari Michael Schumacher am lap neu ddwy yn Silverstone. Tasa nhw'n cael bag, bydda'r rîding yn siŵr o fod yn uwch na rhai o rîdings *fuel gauges* NASA.

Cymysgadd o emosiynau gwahanol, cryf uffernol, oedd yn rhedag drwy gyrff alcoholaidd, seicedelaidd ac amffetaminaidd Cled a Bic, felly, pan ddaethon nhw wynab i wynab â Drwgi ar y buarth, yn tripio off ei ben ar fadarch, ac yn hollol ddiarwybod fod yr hogia newydd fod yn rhannu digwyddiad uffernol o ddwys, yn y coed, efo'r Dybyl-Bybyls.

"Be 'di'r crac, hogia? 'Da ni'n mynd 'ta be?"

"Yndan, Drwgi. 'Da ni'n mynd. Sud ma' dy gwd di?" gofynnodd Cled.

"Eh?" Roedd Drwgi wedi anghofio popeth am ei gwd gwaedlyd ac ymosodiad rhywiol Ceridwen y gath.

Daeth y JCB allan o'r coed, efo Gwyndaf wrth y llyw, a parcio wrth ymyl y fan Transit wen gerllaw.

"Be ffwc 'da chi 'di bod yn neud?" gofynnodd Drwgi, wedi sbio o'i gwmpas a gweld nad oedd 'na gorff bellach yn cysgu o flaen drws y tŷ. "Claddu Dyl Thỳd?" Craciodd Drwgi i fyny wrth feddwl am y peth, ac aeth i chwerthin a phesychu eto. Methodd â sylwi ar hwylia mwy difrifol yr hogia, wrth iddo chwalu i mewn i gigyls afreolus.

"Drwgi," medda Cled yn diwadd. "Ma' Sian a Jenny yn y 'sbyty'n ca'l babis!"

"Ffyc off!"

"Yndyn!"

"Nac'dyn! Ti'n jocian!" Dechreuodd Drwgi chwerthin eto. Roedd y madarch yn dal yn gry yn ei ben.

"Na'di, Drwgi, dydi o ddim yn jocian," medda Bic. "'Da ni'n ca'l menthyg fan y Dybyl-Bybyls i fynd yno, rŵan! Lle ma' Sbanish? Gowch chi lifft i lawr i Graig efo ni."

"Ma' Sban yn tripio'i bolycs i ffwrdd wrth giât y ffordd. Ma'n siarad efo mwsog ar ben y wal… " Chwalodd Drwgi i ffit o gigyls eto. Dilynodd Cled a Bic y Dybyl-Bybyls am ddrws y tŷ a gadael Drwgi'n entyrtênio'i hun ar ganol y buarth.

Yn y cyfamsar, roedd Sbanish yn cael sgwrs ddifyr am ffotosynthesis a'r *Antiques Road Show* efo'r mwsog oedd ar garreg uchaf y pentan, wrth giât y ffordd. Duw a ŵyr be'n union oedd y cysylltiad rhwng y ddau beth, ond roedd o'n amlwg yn gneud synnwyr perffaith i Sbanish. Roedd o'n dal ei wynab rhyw fodfadd i ffwrdd o'r mwsog wrth siarad efo fo, ac yn ôl y stumia'r oedd o'n wneud, roedd y mwsog yn ei atab yn ôl.

Ond tynnwyd ei sylw gan sŵn ceir yn dod i fyny'r ffordd gul, heibio cornal Cefn Dryw, y ffarm agosaf at Nant-y-Fagddu. Er y stad oedd o ynddo, synhwyrodd Sbanish nad oedd hyn yn dda. Gwyliodd y ddau gar am funud, a gweld mai car heddlu oedd yr ail un, a doedd o ddim yn hir yn dadansoddi mai car heddlu oedd y car cynta – yr un glas, *unmarked* – hefyd.

Gan mai Nant-y-Fagddu oedd y ffermdy ola ar y ffordd, gymrodd hi ddim llawar, chwaith, i Sbanish ddadansoddi mai yno oedd y cops yn anelu. A doeddan nhw ddim yn galw am banad a sgonsan, roedd hynny'n siŵr.

Symudodd Sbanish yn sydyn. Gwelodd fod 'na tsiaen a padloc yn hongian rownd bolyn cliciad y giât, ac o fewn eiliadau roedd o wedi cau'r adwy bren ac wedi cloi'r padloc amdani. Cael a chael oedd hi. Doedd Sbanish ond wedi rhedag deg llath i lawr am fuarth Nant-y-Fagddu pan gyrhaeddodd y cops at y giât.

I lawr ar y buarth, bu rhaid i Gwyndaf Dybyl-Bybyl roi ei ysgwydd i ddrws y tŷ, er mwyn ei agor. Roedd o a'i frawd wedi rhoi ffling i Dyl Thŷd ar y llawr tu mewn y pasej cyn cloi y drws, yn gynharach, ac roedd Dyl yn amlwg wedi troi yn ei gwsg, nes ei fod o'n pwyso yn erbyn y drws, tra'n dal yn ei rhochian hi'n braf. Mi ddechreuodd styrian rywfaint pan gafodd ei wthio'n erbyn y wal wrth i Gwyndaf roi hergwd i'r drws yn agorad. Mymblodd amball i reg, a taro rhech, ond ddeffrodd o ddim.

Doedd 'na'm llawar o siâp deffro ar y parti deusain chwyrnu yn y stafall fyw, chwaith, yn ôl y sŵn oedd yn cario allan o'r lownj i'r buarth, wrth i Gwyndaf Dybyl-Bybyl gamu dros Dyl Thŷd i fynd am y gegin i nôl goriad y fan. "Clyw ar rhein!" medda Bic. "Fel moch Gruff Tan Lan!"

O lle'r oedd Cled, Bic a Gwynedd Dybyl-Bybyl yn sefyll, reit o flaen y tŷ, doedd 'na'm posib gweld y ffordd at y ffarm, felly welodd yr hogia mo'r cops yn nesu. Glywson nhw mo sŵn y ceir, chwaith, diolch i chwyrnu'r horwths. Y tro cynta iddyn nhw wybod fod y cops wedi landio, felly, oedd pan redodd Sbanish rownd talcan y tŷ, yn gweiddi'r newyddion dros y cwm.

"Be ti'n feddwl, 'copth'?" medda Gwynedd Dybyl-Bybyl.

"Ffycin 'copth' *as in* 'cops'! Y petha 'na sy'n mynd â bobol i jêl! Contiaid! Moch! Ffilth! Ffwcin nic-nics… !"

"Be ma' nw isio?"

"Mynd â ni i jêl, siŵr dduw!"

"Ffyc! Am be?" gofynnodd Bic, yn trio cael rhyw fath o sens.

"Dwi'm 'bo – neithiwr, ella?"

"Lle ma 'nw?" gofynnodd Gwynedd.

"Wrth y giât. Dwi 'di cloi'r padloc… "

"Shit! 'Da ni 'di colli goriad hwnna ethdalwm. 'Rothwch chi'n fan hyn," medda Gwynedd. "A' i i fyny i weld be ma' nw isio."

Roedd Pennylove a Sarjant Roberts wedi stopio'r car rhyw dair llathan o'r giât, ac roedd Pennylove wedi mynd allan ati hi, efo'r bwriad o'i hagor, cyn sylwi ar y tsiaen a padloc. Daeth Sarjant Roberts allan i ymuno efo fo wrth y giât. Tynnodd Pennylove bacad *chewing gums* allan o'i bocad, a rhoi un yn ei geg. "Be 'nawn ni, Sarjant?" gofynnodd, wrth basio *chewing gum* i'w gyd-gopar.

"Galwa fi'n Sid, ffor ffyc's sêcs, ia," atebodd y Cofi. "'Di McDidnot ddim yma rŵan, ia."

"Pwy 'di McDidnot?"

"Y ffwcin DCI, ia! Ffyc mî, 'di pawb mor ffwcin slô â chdi rownd ffor'ma, cont? McDidnot 'da ni'n galw fo, ia, am fod o rioed 'di dal ffwc o neb, ia."

Rhoddodd Pennylove chwerthiniad bach maniwffacshyrd. "Be 'da ni'n mynd i neud 'ta, Sid?"

"Gadal y ceir yn fan hyn, ia. Fydd o'n well, eniwe, ia. *Stealth attack,* ia… " Amneidiodd y Ditectif Sarjant ar y ddau heddwas yn y car arall i ymuno efo nhw. "Ffacinel, ti gwbo' be, cont? Dwi'n ffycin falch mai fyny fama dw i, rŵan, ia. Dim i lawr yn y myrdyr 'na, ia. Myrdyr, ia. Ffwcin hasyl, ia."

Roedd Pennylove ar fin gofyn iddo fo os oedd o wedi gweld corff o'r blaen, pan ymddangosodd Gwynedd Dybyl-Bybyl yng ngwaelod y rhiw bach oedd yn arwain i lawr at y tŷ. "Be 'da chi isio?" gwaeddodd ar Pennylove.

"Ydi Cledwyn Bagîtha yma?"

"Nac'di!"

"Mr Davies?"

"Ia."

"'Da ni'n gwbod fod o yma, Mr Davies!"

"Wel dydi o ddim!"

"'Da ni wedi gweld o, Mr Davies, efo'r *helicopter*… "

"Pam 'da chi isio fo?"

"Isio holi fo am ei *whereabouts* neithiwr, *that's all…* "

"O'dd o'n fan hyn drw' ffycin noth!"

"Cyn hynny, Mr Davies!"

"O'dd o'n cnebrwn 'nhad!"

"Ei *whereabouts* o yn y canol, rhwng y ddau le, 'da ni isio gwbod am. Ydi o yna, 'ta be?"

Oedodd y Dybyl-Bybyl cyn atab. "A' i i thbio rhag ofn fod o dal yma… Job deud – lot o gyrff yn cythgu… 'Da chi'n dallt bo' ni wedi claddu'n tad bora… ddoe, yndach?"

"Yndan, Mr Davies. Ond pob parch, Cledwyn 'da ni isio siarad efo, dim eich tad… "

"Dau funud… " medda'r Dybyl-Bybyl, a troi i fynd 'nôl at y tŷ.

"Paid bo'n hir, ia, cont!" gwaeddodd Sarjant Sid ar ei ôl.

ROEDD 'NA FFLYD O geir cops tu allan y Trowt, a lot o fynd a dod drwy'r drws ffrynt. Cops, ditectifs a Socos mewn ofyrôls gwyn, yn camu dros, a phlygu o dan, y tâp *crime scene* glas a gwyn ar draws y drws. Draw yr ochor arall i'r ffordd roedd hannar y pentra wedi troi allan i sefyll, sbio a siarad. Yn eu canol roedd Jac Bach y Gwalch a Tomi Shytyl, yn diawlio nad oeddan nhw'n mynd i gael eu peint bora Sadwrn, tra bod Megi Parri'n llnau.

"Fetia i di 'na'r ffwcin Tabîtha 'na sy 'di lladd Tiwlip," medda Jac, oedd yn mynnu deud enw'r landledi wallgo efo pwyslais ar yr 'i', fel Bagîtha.

"Synnwn i ddim," medda Tomi Shytyl. "Does 'na'm golwg o'r cradur yn nunlla… "

I mewn yn y dafarn, yn drewi'r lle efo'i afftyrshêf rhad, roedd Elton, yn ista i lawr ac yn yfad te. Roedd 'na ddau foi CID yn ista ar y bwrdd efo fo. "*I remember when I saw my first body,*" medda un. "*I thought it would be ages before I got over it.*"

"*Oh, why was that?*" gofynnodd ei fêt.

"*He was thirty stone, and blocking the doorway!*"

Chwerthodd y ddau'n uchel, a rhoi pwniad i Elton, i'w drio'i gael o i chwerthin hefyd. Ond dim ond rhyw wên wantan y medrai Elton ei rhannu.

Daeth DI Jarret, boi canol oed efo mop o wallt gwyn a mwstásh mawr du, i lawr y grisia, yn byta afal. Daeth i gwfwr un o'r petha mewn ofyrôls gwyn, oedd yn cario rwbath hir du, fel pastwn, mewn bag plastig clir, yn ei law. "Be 'di'r *latest*, John?" gofynnodd Jarret.

"Hmm, diddorol," atebodd hwnnw. "*Head wounds – consistent* efo *sustained attack* efo *blunt instrument…* "

"*Sustained attack?*"

"Ia. Bydd raid i ni ecsaminio'r corff yn y lab cyn cadarnhau, *obviously*, ond, ia, ma'n edrych yn debyg ei bod hi 'di cael ei churo *repeatedly* mewn *frenzied attack…* "

"So fedran ni rŵlio allan *suicide*, felly!" chwerthodd Jarrett, cyn sdopio pan welodd nad oedd swyddog Swyddfa'r Crwner yn rhannu'r un hiwmor tywyll. *"Cause of death?"*

"Wel, unwaith eto, bydd rhaid ei chael hi i'r lab i fod yn siŵr... ond mae'n bosib ei bod hi'n dal yn fyw pan gafodd ei rhoi yn y *freezer*... "

"Ffycin hel! Am ffordd i fynd! Ynghanol ffish ffingars a ffrôsyn pîs! Ach! Sgenan ni *weapon*, John?"

Daliodd John y bag clir yn ei law i fyny. Edrychodd Jarret ddwywaith. "Ffycin dildo?!"

"Sixteen inches long, nine inch girth, ribbed!"

Tagodd Jarrett ar ei afal. "Ffwcin hel! Mae o bron yn dair modfadd ar draws!"

"'Black Mamba'. Rybyr hefi-diwti, *flexible*."

"Iesu Goc!" medda Jarrett, yn hollol, hollol syfrdan. "'Di peth fel 'na'm yn brifo, dwad?"

"Siŵr o fod. Ti 'di teimlo pwysa'r ffwcin thing?"

"Dim fel 'na... lawr fa'na, o'n i'n feddwl! Ta waeth – gawn ni ffonio i gael hogia *homicide* i lawr 'ma, felly, John?"

"Fyswn i'n feddwl... "

"Diolch byth. Gawn ni fynd o'ma wedyn. O'dd petha'n mynd yn iawn i fyny wrth y capal 'na. Bora braf i fod allan yn y wlad."

"O, bron imi anghofio," medda John. "Rhyfadd i ti ddeud 'suicide', jesd cynt. Ma' ganddi anafiada heblaw am 'blynt instryment'... "

"O?"

"Ia, ei garddyrna hi – ma' nw wedi'u sleisio efo cyllath neu rwbath tebyg. Hwrach mai'r llofrudd nath – *feeble attempt* i neud o edrych fel hunanladdiad. *Feeble* iawn, *if that's the case* – achos, dwi'm yn meddwl fod rhywun sydd am slashio'i *wrists* yn mynd i orwadd mewn *freezer* i neud hynny. Rhyfadd iawn, rhaid 'mi ddeud. Ga i olwg iawn pan ddaw hi i'r lab. Hwyl!"

Gwyliodd Jarrett swyddog y Crwner yn mynd allan i'r stryd.

Winsiodd wrth feddwl am seis y dildo, cyn troi at Elton a'r ddau dditectif arall. *"Right, you lot. House to house, and Elton Jones' semi-naked wet-dreamer. Get on it!"*

≈ 70 ≈

TORRODD GWYNEDD DYBYL-BYBYL y newyddion i'r hogia. Roedd y cops isio Cled, ac roedd hi'n amlwg nad oeddan nhw isio gêm o ddraffts efo fo. "Ma'r Thî-Ai-Dî efo nhw, Cled, yn deud fo' nw isio holi chdi am lle o'chdi nithiwr!"

"Ffycin hel! O'n i'n ffycin gwbo'! Capal Ramoth – *arson attack* ydi o, felly! A ma' Sid Finch wedi ffingro fi, garantîd. Jîsys Craist, ma' hwnna'n haeddu ffycin bwlat!"

Daeth Gwyndaf Dybyl-Bybyl allan o'r tŷ efo goriada'r fan, a chwech o boteli Grolsch o dan ei fraich. "Be sy?"

"Cops!" medda Bic.

"CID," medda Sban.

"Isio Cled," medda Gwynedd.

"Ma'r basdads wedi ffendio'n fan i fyny fancw, dydyn, a rhoi dau a dau efo'i gilydd a dod i fyny efo ffiffti-ffycin-ffôr! Tosars!"

"Circumstantial evidence, Cled!" medda Gwyndaf.

"Na, ma' nw siŵr o fod wedi ffeindio bits o'r fan wrth y giât fforestri 'na, hefyd… "

Pasiodd Gwyndaf botal yr un i bawb. "Wel, Cled," medda fo. "Os ei di efo nw, fyddi di i mewn am sbelan cyn ca'l dod allan. A ma' gin ti betha pwysicach i neud bora 'ma na ffwcin entyrtênio'r contiad yna." Agorodd Gwyndaf ei botal efo 'pop', a ddilynwyd gan 'pop' pum potal arall. "Lle ma'r cops 'ma?"

"Wrth y giât. Aru Thbanish ei chloi hi."

"OK – sgenan ni ddim goriad i'w hagor hi, ond ta waeth. Gwd wyrc, Sban. Faint o gops sy 'na?"

"Pedwar welith i," medda Gwynedd. "Dau gar."

"Reit. Ma' hi fel hyn yn union, hogia. Ma' Cled a Bic angan bod yn 'sbyty efo Sian a Jen. Ma'r cops yn y giât, isio i Cled fod yn y *cells* efo Miss Lock a Mr a Mrs Wall. Be sy bwysica? Ufuddhau i gyfraith gwlad, a gadal i ddyn diniwad golli genedigaeth ei blentyn? 'Ta ffwcio cyfraith gwlad, a gneud yn siŵr fod y peth iawn yn ca'l ei neud?"

"Wel," medda Cled, "dwi ddim am fynd efo nhw, ma' hynna'n saff, ond dwi'm isio rhoi neb mewn trwbwl, chwaith… "

"Trwbwl? Be 'di trwbwl, ond hwyl?" medda Gwynedd Dybyl-Bybyl, gan ddal ei botal yn yr awyr.

"Ffycin reit!" medda Drwgi, wrth godi'i botal yntau efo'r lleill. "Hwyl sy isio! Be sy'n iawn sy'n iawn, a dyna fo! Ffwcio canu gwlad!"

≈ 71 ≈

"Gobeithio bo' chdi'n gwbo' be ti'n neud, ia!" medda Sarjant Sid wrth Pennylove, wrth bwyso ar giât ffarm Nant-y-Fagddu.

"Be ti'n feddwl?"

"Gadal i hwnna fynd i nôl be 'di enw fo, cont!"

"Bagîtha. Be arall allwn ni neud, Sid? Tsiarjio i mewn fel SAS?"

"Hwrach fod y cont yn wôrnio fo, ia!"

"Ond ellith o ddim mynd i nunlla, Sid. Ma'n *dead end* fyny fan hyn. A mae'r cwm yn llawn o *police officers*."

"Wel… os ti'n deud, cont!"

"Be ti'n feddwl, 'os *dwi'n* deud'? Ti sydd *in charge*!"

"Ia, ond chdi sy 'fo *local knowledge*, 'de. Nabod y syspects dwyt, cont?"

"Ti'n mindio peidio galw fi'n 'cont' bob munud?"

"Eh? Dwi'm yn meddwl o fel *insult*, nac'dw, cont? *Term of endearment* 'dio, lle dwi'n dod o! Cont!"

"Wel, dim o lle dwi'n dod o," medda Pennylove, wrth i'r ddau gwnstabl oedd yn sefyll tu ôl iddyn nhw chwerthin dan eu gwynt. "Mae o'n *very rude* i fi, *actually!*"

"Feri ffycin rŵd?! Recsam ti'n dod o, ia?"

"*Sort of*, ia."

"O'n i'm yn gwbo' fo' bobol Recsam mor *easily offended*, cont!" Roedd Pennylove wedi clymu rhaff iddo'i hun wrth gwyno am iaith Sid, ac roedd y Cofi bach yn ca'l modd i fyw wrth ei gwasgu'n dynnach.

"Dydyn nw ddim. Ond os fysa ti'n cerddad i mewn i pyb yn Recsam a deud 'peint o lagyr, cont', fysa chdi'n cael y peint dros pen ti!"

"Ffac off! 'Di nw'm yn siarad Cymraeg yn Recsam, cont!"

Tarfwyd ar y tynnu coes gan sŵn tractor yn tanio, ac yn rèfio, yn dod o gyfeiriad y buarth. Edrychodd y ddau blismon ar ei gilydd, wedyn ar y ddau blismon tu ôl iddyn nhw. Edrychodd rheiny ar ei gilydd, wedyn yn ôl ar y ddau o'u blaena. Wedyn edrychodd y pedwar i lawr am y buarth, a gweld JCB yn rhuo rownd talcan y tŷ ac i fyny'r rhiw amdanyn nhw, efo un o'r Dybyl-Bybyls, fel Dick Dastardly, tu ôl yr olwyn.

Poerodd Sarjant Sid ei *chewing gum* allan, a cymryd cam tuag yn ôl. "Ti'n meddwl be dwi'n feddwl, cont?" medda fo wrth Pennylove.

"Yndw, dwi'n meddwl mod i, cont!" atebodd hwnnw, wrth syllu'n gegagorad ar y bwystfil mawr melyn yn agosáu, cyn sylwi ar fan Transit wen yn dynn y tu ôl iddo – efo'r Dybyl-Bybyl arall tu ôl olwyn honno. "A dwi'n meddwl fod petha'n waeth na hynny hefyd!"

Cymrodd Sarjant Sid gam arall at yn ôl. "Dio'm yn mynd i sdopio, sdi, Wynne!"

"Bydd ffycin rhaid iddo fo!" medda Pennylove, a rhoi ei fraich i fyny o'i flaen, â'i law i fyny i arwyddo 'stop'.

"Ffyc… Wynne! 'Di hyn ddim yn amsar i chwara *chicken*, ia!" medda Sid, wrth weld y JCB yn dod o fewn ugian llath. "Wynne!

Paid â bod yn hîro din!"

Daliodd Pennylove ei dir. Roedd o'n siŵr fod y diawliad yn blyffio. Safodd, fel Spartan, â phenderfyniad lond ei wynab – nes daeth y JCB o fewn decllath, heb unrhyw arwydd ei fod am slofi i lawr.

Sid aeth gynta. Sgrialodd i fyny'r ochor, i'r chwith. Wedyn neidiodd Pennylove i lawr yr ochor, i'r dde, eiliad neu ddwy cyn i'r JCB chwalu drwy'r giât bren a'i malu'n ffwcin sblintars. Rhedodd y ddau gopar arall am ddrysau'r ail gar, fel oedd y JCB'n plannu ei fwcad blaen o dan gar Sarjant Sid, ac yn ei godi a'i hyrddio am yn ôl. Rhoddodd y copar oedd yn mynd am y drws pasenjyr i fyny, a dringo ar ei bedwar i fyny'r un ochor ag yr aeth Sarjant Sid, tra y llwyddodd y llall i agor drws y dreifar, dim ond i orfod newid ei feddwl yn go sydyn, a neidio i lawr yr un ochor â PC Pennylove, wrth i fwcad blaen y JCB hyrddio'r car cynta i mewn i'r ail. Cododd y bwcad blaen yn uwch wedyn, a rhoi car Sarjant Sid ar ei din, cyn gadael iddo ddisgyn wysg ei ochor, a powlio i lawr y dibyn, rhwng Pennylove a'r plismon arall. Fedra'r cops wneud dim ond syllu mewn sioc, wedyn, wrth i'r JCB ostwng ei fwcad blaen eto, a'i blannu o dan yr ail gar, a'i bwsio am yn ôl am o leia decllath, cyn gadael iddo rowlio dros yr ochor wrth gyrraedd y gornal.

"*Police! Stop in the name of the law!*" gwaeddodd Pennylove, wrth godi ar ei draed, dim ond i weld y JCB – a'r fan yn ei ddilyn – yn diflannu rownd y tro.

= *72* =

DYN SYML OEDD Y Ditectif Uwch Arolygydd McDermott, a petha syml oedd o'n licio. Pei a mash, peint o micsd, Tom Jones a papur newydd y *Sun*.

Darllan hwnnw oedd o, â'i draed i fyny ar y pulpud yng Nghapel Ramoth, ac yn bwyta Mars Bar oedd o wedi'i ddwyn o gar Sarjant Roberts ar y ffordd i lawr yno, ben bora. O'i flaen, yn un o'r tudalennau hel clecs am selébs, roedd llun o Katherine Jenkins, yn rêdiant mewn ffrog lô-cyt, rifîling, ac yn gwenu'n lyfli ar y camera. Roedd gan McDermott hannar codiad, ac roedd o'n gneud sŵn *"mmmmm"* anwirfoddol bob yn hyn a hyn – a dim blas y Mars Bar oedd yn ei achosi fo.

Neidiodd, a rhoi ffling i'r papur, pan redodd plisman bach tew i mewn â golwg llawn panic ar ei wynab. *"Jesus fuck..!"*

Roedd y plisman allan o wynt. *"Sergeant Roberts and PC Pennylove, Sir... they need back-up... urgent... "*

Edrychodd McDermott i fyny at do'r capal. *"God give me strength!"*

Erbyn i'r DCI gyrraedd y garafán heddlu, tu allan i'r capal, roedd wedi cael prif fyrdwn y stori gan y plisman bach tew. Roedd y syspect, Bagîtha, *at large* mewn fan Transit wen, a digar JCB yn mynd o'i blaen fel *battering ram*. Erbyn i'r ditectif sgramblo pwy bynnag oedd yn rhydd i mewn i pa bynnag gar oedd ar gael, ac i'r rheiny gyrraedd yr entrans o ffordd Ramoth i ffordd y cwm, roedd y JCB, a'r fan, wedi pasio – *last seen heading West* – i lawr am bentra Graig. Aeth McDermott yn syth ar y radio. Bloeddiodd dros y tonfeydd. *"Set up a fucking road-block! Yes, I know you've already blocked the fucking thing, but I want you to double block it, OK?!... Just don't let anything get out of the valley!"*

≈ *73* ≈

Roedd Sian Wyn yn ista'n y bath yn uned mamolaeth Ysbyty Dolgella, yn gwrando ar ryw ddynas yn rhuo fel buwch wyllt i lawr yn y *delivery room* ar waelod y coridor. Fedra hi ddim peidio dychmygu fod y lle'n swnio fel un o adeiladau tortshiyr Guantanamo Bay, a mai hi fyddai'r nesa i fynd i gael ei phoenydio gan ryw anifeiliaid o ddynion, efo pob math o declynnau erchyll.

Roedd hi mewn digon o boen, fel roedd hi, beth bynnag, er gwaetha'r pethadîn a'r ffati bwmbati a smociodd hi cynt, tu allan, efo Fflur a Jen. Roedd y midweiff wedi bod i mewn i'w gweld hi tra oedd hi yn y bath, ac wedi sticio'i bysidd i fyny, ac wedi datgan mai tua pedwar centimedr o *dilation* oedd ar y serfics. Roedd hi'n recno fod ganddi dal tua awr arall o artaith nes byddai popeth yn barod i bopio.

"Faint o gloch 'di?" gofynnodd Sian i Fflur oedd yno'n gafael yn ei llaw.

"'Dwi'm yn siŵr. Ma' hi'n tua hannar awr wedi deg, siŵr o fod."

"'Di Jen yn iawn?"

"Yndi. Ma'r midweiff efo hi. Ma' hi'n agos uffernol."

"Lle ma'r ffwcin hogia 'ma?!" medda Sian, yn rhwystredig.

"Ar 'u ffordd, 'sdi, paid â poeni. 'Dwi 'di methu ca'l gafal arnyn nhw ers imi siarad 'fo Cled, cynt. Dim signal. Ond ma' siŵr fo nhw ar 'u ffordd – ma' hi'n shit am signal rhwng Traws a Dolgell, dydi?"

"Falch bo' nw'n iawn, eniwe. Un peth llai i ffycin boeni am… wwwooaaa… ." Cymrodd Sian y boen fel proffesional, drwy ddechra chwythu i drio'i reoli. "Wsh… wsh… wwwsh… "

"'Na chdi, bêbs. Ti'n neud yn dda, 'sdi… " medda Fflur wrth wasgu llaw Sian efo un llaw, a rhwbio'i chefn hi efo'r llall.

"'Dwi'n gweld hwn yn dod mewn llai nag awr, 'de!" medda Sian, rhwng chwythiada. "Cledwyn neu ddim Cledwyn, ma'n mynd i ffwcin ddod pan mae o isio… ."

"Shshsh! Paid ti â meddwl am ddim byd arall. Consyntrêtia di ar be ti'n goro'i neud… Iawn?"

"Wooooaaaaaaaaaarrrrrrg!!!"

= *74* =

DOEDD Y PLISMON OEDD ar ddyletswydd wrth entrans ffordd Cwm Derwyddon ddim yn gwbod be i ddisgwyl. Doedd o ddim cweit yn siŵr be i neud, chwaith. Roedd o wedi symud ei gar rhyw ddeg llath yn uwch i fyny, at lle'r oedd y ffordd yn culhau, a'i barcio ar draws fel nad oedd lle i rywun gerddad heibio, heb sôn am ddreifio. Ac ar ôl iddo neud hynny, doedd 'na ddim byd amdani ond aros. Felly dyna oedd o'n ei neud – ista'n y car, yn aros am be bynnag oedd yn dod i lawr y cwm.

Llai na pum munud wedi galwad DCI McDermott, clywodd y plismon sŵn fel tarana yn y pellter. Edrychodd i'r awyr i weld os oedd 'na Chinook yn pasio, neu un o'r awyrennau Hercules mawr 'na sy'n hedfan yn isel ac yn araf dros y cwm o bryd i bryd. Doedd 'na ddim byd i'w weld yn unlla, ond roedd o'n dal i glywad y sŵn – a mi oedd o'n mynd yn uwch.

Yna mi welodd o. JCB mawr melyn yn rhuo amdano fel brontosôrys. A mi oedd o'n gwbod, yn syth, nad oedd am stopio. Y peth ola welodd o, cyn deifio ar ei ben i sêt y pasenjyr, oedd pâr o lygid manic y gwallgofddyn tu ôl i'r llyw, a'r bwcad blaen anfarth yn dod amdano fel wal. Mewn un 'crynsh' o wydr yn malu a dur calad yn slamio'n erbyn dur meddal, sgubwyd y car i'r ochor fel papur *Penguin biscuit* o flaen brwsh.

Erbyn i'r car lonyddu, roedd o ar ben y gwair wrth y gwrych, a pan gododd y plisman ei ben ac edrych allan, y cwbwl welodd o oedd fan Transit wen, yn canu corn wrth ofyrtêcio'r JCB ar y ffordd fawr. Daeth patrôl car heddlu i lawr o ffordd y cwm – yr unig gar oedd ar gael i McDermott ei yrru ar ôl y fan – a sgrechian i stop yn y jyncshion wrth osgoi plannu mewn i fws yn llawn o Jyrmans oedd yn teithio o gyfeiriad Dre.

≈ 75 ≈

PAN GERDDODD Y DITECTIFS i mewn i Siop Frank, roedd Frank yn syrfio Neli Bethania, oedd yn cyfri'i cheinioga, fel arfar, ar y cowntar. Erbyn iddi dalu am ei sosejis a'i thun o sbam, roedd Jac Bach y Gwalch a Tomi Shytyl wedi dilyn y cops i mewn i'r siop, ac yn hofran wrth y ffrij, yn cogio bach eu bod yn trio penderfynu pa fath o Lucozade oeddan nhw am ei brynu. Bron na ellid gweld eu clustia nhw'n twitshio, wrth furmur rhyw sgwrs artiffisial rhwng ei gilydd. "Sut beth ydi Lucozade orenj, dwad?" gofynnodd Tomi.

"Fel Lucozade normal, ond fod o'n orenj, 'sdi," atebodd Jac, cyn i'r sgwrs ddod i ben, efo teiming perffaith, pan ddechreuodd un o'r ditectifs siarad efo Frank.

"Gneud ymholiadau ydan ni," medda un o'r plismyn, "ynglŷn â marwolaeth amheus yn y Brithyll Brown... "

"Blydi hel!" medda Frank. "'Di Tiwlip 'di marw?"

"Na," medda'r copar, yn synnu mai dyma'r trydydd person i ofyn yr un cwestiwn iddyn nhw, ers iddyn nhw ddechra'u ymholiadau drws i ddrws. "Ymm... *do you mind if we continue this conversation in English, so my colleague can understand?*"

"And wot uff ai don't yndyrstand ddy cwestiwn?" gofynnodd Frank yn ôl.

"Mi fysa hynna'n reit syrpreising, yn bysa, o wbod dy fod di *yn* dallt yn iawn!"

"Bysa, mi fysa fo, ond dwi jysd yn gneud y point 'na Cymraeg ydi'n iaith i... "

"Jysd atab ei gwestiyna fo, Frank, ffor ffyc's sêcs!" medda Jac Bach y Gwalch, yn torri'i fol isio clywad be oedd gan y copars i ddeud.

"'Da chi isio rwbath, chi'ch dau?" gofynnodd Frank, yn dallt yn iawn be oedd eu gêm nhw.

"Ymm... " medda Jac, a throi at Tomi. "O' ti isio rwbath Tomi?"

"Na, o'n i'n meddwl 'na chdi o'dd isio 'bath, Jac... "

"Ymm, dwi'm yn siŵr eto, Frank... jyst sbio ar y Lucozade... Sychad. Trowt 'di cau, sdi... "

"'Da chi'n regiwlars yn y Trowt, 'lly?" gofynnodd y ditectif Cymraeg.

"Nac 'dan," medda Jac.

"Yndan," medda Tomi, oedd, er drwgdybiaeth y ddau hen

warrir o'r heddlu, wedi meddwl yn gynt na'r Gwalch, ac wedi
gweld cyfla i gael yr hanas yn uniongyrchol o enau'r cops.

Gwenodd y copar Cymraeg. "Fysa chi'n licio aros o gwmpas
am chydig? 'Dan ni isio i rywun neud *provisional identification*
ar y corff."

= **76** =

Roedd yr '*Escape From Cwm Derwyddon*' yn llwyddiannus, a
rhan cynta'r cynllun, felly, wedi gweithio'n iawn. Y darn nesa
oedd y darn trici.

Y 'plan' oedd i Gwyndaf ddreifio'r JCB drwy'r pentra, i ddenu'r
cops ar ei ôl o, tra bod Gwynedd yn danfon yr hogia i Bryn
Derwydd, i Bic a Cled gael nôl car Fflur Drwgi, a'i sgidadlo hi
i'r ysbyty yn hwnnw. Ond cofiodd yr hogia fod y car gan Fflur,
oedd wedi dreifio Sian a Jenny Fach i'r ysbyty'n barod. Doedd
'na'm amsar i feddwl am Plan B, felly mi benderfynodd Gwynedd
ddreifio'r hogia yr holl ffordd i'r ysbyty, yn y fan. "Un ffor e peni,
un ffor e pownd!"

Y broblam efo hynny oedd y byddai'n rhaid defnyddio'r ffyrdd
cefn cyn gymaint â phosib – a hyd yn oed wedyn byddai'n dipyn
o gontract i osgoi'r cops, yn enwedig os fyddai'r helicoptar o
gwmpas. Ond doedd 'na'm dewis arall. Os oedd yr hogia isio bod
efo'u genod ar y foment hollbwysig, roedd rhaid ei thrio hi.

"Hogia!" gwaeddodd Gwynedd Dybyl-Bybyl ar y pedwar ffrind
yng nghefn y fan. "Daliwch yn dynn – 'da ni'n mynd am thbin!"

= **77** =

Roedd PC Elton Jones wedi cyrraedd gwaelod y stryd efo'i
ymholiadau drws i ddrws. Doedd o heb siarad efo neb, achos tai
ha oedd pob tŷ heblaw tri – ac roedd perchnogion y tai hynny yn

y dorf i lawr wrth y Trowt yn busnesu.

Pan oedd o'n croesi'r ffordd, i gyfeiriad drws fflat nad oedd yn edrych fel ei bod yn eiddo i ryw dwat o Surrey, taranodd fan Transit wen i lawr y rhiw ar uffarn o sbîd. Roedd hi'n mynd yn ddigon cyflym i achosi i Elton redag y pum cam olaf i'r pafin ochor draw. Pan gyrhaeddodd yr heddwas y pafin, trodd i wylio'r fan yn fflio mynd i fyny'r rhiw, i gyfeiriad Siop Frank a'r Trowt, a gwnaeth nodyn meddyliol o'i rhif cofrestru, wrth ymbalfalu drwy'i bocedi, yn chwilio am ei lyfr bach du. Ond – yn rhannol oherwydd y braw a gafodd wrth bron â cael ei hitio gan y fan, ac yn rhannol oherwydd y sioc o ffendio dynas wedi marw mewn ffrîsar lai nag awr yn ôl – erbyn iddo gael hyd i'w lyfr a'i bensal, roedd wedi anghofio'r rhif yn gyfan gwbl.

Wfftiodd Elton y fan, a throi eto am ddrws y fflat. Cododd ei law i gnocio'r drws a gwelodd ei fod yn gilagored. "*Jesus, not a-fuckin-gain!*" medda fo dan ei wynt, wrth gofio am ddrws cefn y Trowt yn gilagored yn gynharach y bore hwnnw, a'r 'syrpreis' annifyr oedd yn aros amdano oddi mewn. Gwthiodd yr heddwas y drws yn agorad, a gweld mai drws i'r pasej oedd o wedi'r cwbl. Roedd 'na ddrws arall ar gyfer y fflat ei hun.

Cyn iddo groesi'r trothwy i'r cyntedd, daeth seiren car heddlu o'r un cyfeiriad ag y daeth y fan, ychydig eiliadau yn ôl. Trodd Elton i sbio, a gwelodd JCB yn dod i lawr y rhiw, wedyn car heddlu'n ymddangos rownd y tro, tua ugian llath y tu ôl iddo. Yna trodd y JCB i'r dde, i fyny rhyw stryd fach gul, a meddyliodd Elton ei fod yn tynnu i'r ochor i adael i'r car heddlu basio. Ond trodd y car ar ôl y mashîn, a diflannu fyny'r stryd â'i seiren yn diasbedain rhwng talcennau'r tai. Ysgydwodd Elton ei ben. Roedd hi'n fywiog iawn yn y pentra twll tin byd 'ma heddiw...

Roedd Elton newydd gamu i mewn i'r cyntedd, heibio i feic mynydd oedd yn pwyso yn erbyn y wal tu ôl i'r drws, pan ddaeth lleisiau cyfarwydd dros ei radio. Llais DCI McDermott oedd un, yn galw am hofrenydd yr heddlu i ddychwelyd i "*Greg Garoo, by Drefiniog in Merionethshire,*" a Lucy Jarman, cyn-gariad Elton, a weithiai yng ngorsaf galwadau'r hofrenydd, oedd y llais arall.

Roedd hi'n egluro wrth McDermott fod yr helicoptar wedi'i galw i ddamwain ar yr A55 ger *"Boddle-widdan"*. Gwenodd Elton wrth ei chlywed yn tynnu blew o drwyn McDermott.

Cnociodd Elton ddrws y fflat, fel oedd McDermott yn mynd i swnio'n fwy a mwy rhwystredig ar y radio. Wrth aros i rywun ateb y drws, dechreuodd Elton stydio'r beic mynydd yn y pasej. Roedd Elton yn gneud dipyn o feicio mynydd ei hun yn ei amser sbâr, a mi oedd ganddo feic *Marin* go ddrud, adra'n tŷ. *Mongoose* coch, gweddol rad, oedd hwn, fodd bynnag – dim y math o feic i reidar profiadol. Er, roedd o i'w weld yn feic bach reit styrdi, 'blaw bod angan ei llnau o. Doedd o'm yn beth da i adael i fwd sychu ar feic.

Cnociodd Elton y drws unwaith eto. Roedd o'n siŵr ei fod wedi clywed rhywun yn symud o gwmpas tu mewn. Arhosodd, a daeth llais ar y radio eto – rhywun ym mhencadlys heddlu Bae Colwyn yn galw ar *"all available units in northern Meirionethshire"* i wylio allan am fan Transit wen ar y ffyrdd, ac i'w sdopio hi *"at the earliest possible opportunity."* Gwrandawodd Elton ar y llais yn adrodd y rhif cofrestru, rhag ofn y byddai'n canu cloch. Ond doedd o ddim – neu, os oedd o, doedd Elton ddim yn ei chlywed.

Cnociodd Elton ddrws y fflat am y trydydd tro. Roedd o bron yn sicr fod 'na rywun adra. Arhosodd eto, gan ddal i stydio'r *Mongoose*. Roedd o'n codi awydd arno, a penderfynodd Elton y byddai'n mynd i'r trac beicio ym Metws-y-Coed ar ei ddiwrnod nesa i ffwrdd... Triodd ddarllan enw mêc y teiars. Roedd o'n gweld dechrau'r gair, o dan y mwd, ac yn meddwl mai Continentals oeddan nhw – teiars eitha drud i roi ar feic gweddol rad. Wrth graffu'n agosach, sylwodd fod rhywbeth arall, heblaw mwd, arnyn nhw. Roedd o'n debyg i baent... Plygodd i lawr i gael golwg gwell. Paent magnolia.

Edrychodd Elton ar ei sgidia. Yr un sgidia ag oedd o'n wisgo y noson gynt oeddan nhw – efo'r cachu gwarthag wedi'i olchi i ffwrdd, wrth reswm – a mi oedd 'na dal sbotia o baent magnolia mewn craciau rownd ochra'u gwadna, ar ôl iddo sefyll yn y paent hwnnw wrth y llwybr yng nghefn Capel Ramoth. Cymharodd o efo'r paent ar y teiars. Roedd o yr un lliw yn union...

Neidiodd y cwnstabl wrth i'r drws y tu ôl iddo agor, o'r diwadd. Trodd rownd i wynebu dyn tal, yn ei dri degau, efo gwallt melyn. *"Good morning, sir,"* medda Elton. *"Routine enquiry following a suspicious death at the pub. Have you seen or heard anything suspicious this morning? Nice bike, by the way. Which tracks do you ride?"*

≈ 78 ≈

ROEDD YR HOGIA WEDI cael sioc wrth weld Graig yn berwi o gopars, a doeddan nhw'n methu dallt pam nad oedd yr un o'nyn nhw wedi cymryd sylw o'r fan yn gwibio heibio. Ond erbyn rhyw bum munud ar ôl gadael Graig roeddan nhw wedi anghofio'n llwyr am y peth, wrth rowlio o gwmpas cefn y Transit tra bod Gwynedd Dybyl-Bybyl yn chwalu ffiniau ffiseg ar bron pob cornel ar y ffordd gefn. Er eu bod nhw'n teimlo'n sâl ac anghyfforddus, roeddan nhw'n falch mai ista ar lawr yng nghefn y fan oeddan nhw, neu mi fyddan nhw wedi cachu llond eu trowsusa wrth weld y cyflymdra'r oedd y Dybyl-Bybyl yn cymryd y corneli hynny.

Roedd Bic a Cled wedi trio ffonio'r merchaid, ac wedi gadael sawl neges Voicemail iddyn nhw yn eu sicrhau eu bod ar y ffordd, ac yn trio'u gora i gyrraedd mewn pryd. Ond roedd hi'n dod yn fwy a mwy amlwg iddyn nhw, eu bod nhw'n ei thorri hi'n denau ar y diawl.

"Well i chi switshio'r mobeilth i ffwrdd, hogia," gwaeddodd Gwynedd Dybyl-Bybyl o'r ffrynt, cyn hir. "Rhag ofn iddyn nhw'n trêthio ni efo thatelaitth."

"Efo be?" gwaeddodd Bic o'r cefn.

"Thatelaitth! Y petha 'na'n thbêth! Rhowch y'ch ffônth i ffwr'!" gwaeddodd Gwynedd eto, cyn brêcio'n galad ar gornel siarp a taflu Bic a Cled fel sacha tatws ar ben Drwgi.

Roedd Drwgi'n dal yng ngafael trip madarch gryf, a doedd cael dau o'i fêts yn 'neidio' ar ei ben o ddim yn helpu efo'r teimlad cynyddol o glawstroffôbia oedd yn bygwth datblygu'n banig yn ddwfn yn ei stumog. Roedd o'n cael traffarth handlo'r sefyllfa ac yn trio'i orau i beidio cael trip drwg, ond waeth be bynnag oedd o'n trio ganolbwyntio arno, er mwyn cadw'i feddwl oddi ar y creisus, doedd o jesd ddim yn gallu setlo o gwbl. Ac i neud petha'n waeth, wrth gael ei ysgwyd i bob cyfeiriad yng nghefn y fan, roedd y wisgi a'r cwrw'n slochian o gwmpas yn ei fol fel dillad mewn peiriant golchi. Ac roedd sŵn ochrau'r fan yn ysgwyd yn mynd yn fwy byddarol efo pob munud a milltir oedd yn mynd heibio.

"Ti'n iawn, Drwgi?" gofynnodd Bic. "Ti 'di mynd yn llwyd, 'sdi!"

"Yndw-dwi'n-iawn!" medda Drwgi'n siarp. Roedd o'n siarad yn sydyn, sydyn, mewn monotôn, oedd yn ei wneud o swnio fel robot efo'i weiars wedi croesi, wrth drio'i orau glas i gwffio'r awydd i ffrîcio allan yn llwyr.

"Ti ddim yn mynd i ffrîcio allan arnan ni, na?"

"Fi?-Na!"

"Ti'n siŵr?"

"Fi?-Yndw!"

Roedd Sbanish yn ista ar ei linia wrth y ffenast ôl, yn cadw llygad allan am geir cops. Roedd yntau, hefyd, yn dal i dripio'n gryf ond, yn wahanol i Drwgi, doedd o heb golli gafael ar ei synhwyrau. Er hynny, roedd o'n dal i feddwl ei fod o'n look-out ar Lancaster Bomar yn yr Ail Ryfel Byd, yn gwatsiad allan am "Jyrmans" a "bandits at three o'clock." A doedd o'm yn dallt, medda fo, pam nad oedd mwy o Jyrmans yn eu dilyn nhw.

"Fyswn i'm yn siarad rhy fuan, 'de, Sban!" medda Cled. "Ffordd gefn ne' beidio, ma'r ffycars siŵr o ddal fyny efo ni'n hwyr neu hwyrach."

"Be-ffwc-'da-ni'n-mynd-i-neud-wedyn?" gofynnodd Drwgi.

"Groesan ni'r bont yna pan gyrhaeddwn ni hi," medda Cled.

"Os gyrhaeddwn ni," ychwanegodd Bic.

"Be-ti'n-feddwl? 'Da-ni'm-yn-mynd-i-grashio?!"

"Nac'dan, Drwgi," medda Bic. "Be dwi'n feddwl ydi, hwrach neith y cops ddim ffindio ni o gwbwl… "

"Nionyn, *an onion*, yn union, Bic," medda Cled, gan wincio ar ei fêt. "Da ni ar y ffordd gefn. Ma'r cops yn bownd o watsiad y mên rôds gynta… "

" A 'sgenan nw'm ffycin syniad lle ffwc 'da ni'n mynd, beth bynnag!"

"Dyna fo," medda Cled. "Ecsacto-ffycin-mwndo, Bici boi!"

"So does 'na'm pwynt poeni, nagoes, Drwgi?" medda Bic. "Ti'n teimlo'n well?"

"Fi?-Chydig-bach-yndw… "

"Tisio swig o Grolsch?"

≈ 79 ≈

"FFWCIN LLADDA I'R CONT!" rhegodd Jenny Fach, rhwng anadlau dwfn o gas-and-êr. Roedd y boen mor uffernol erbyn hyn, roedd rhaid iddi weiddi a rhegi dros bob man i gael gwarad o'i rhwystredigaeth. "Ddudas i'n do? Os fethith o hwn, dorra i i ffwcin goc o ffwrdd!"

"Ma' 'na dal amsar, Jen fach," medda Fflur. "Watsha di, fydd o yma unrhyw funud, ŵan… "

"Dorra i i goc o i ffwrdd, eniwe, am y crac!!"

Chwerthodd Fflur. Doedd Jen ddim yn gneud llawar o synnwyr. Roedd y gas-and-êr yn ffwndro'i phen hi. "Wel, os 'nei di hynny, o leia fydd o'm yn gallu dy roi di'n ôl yn fama eto!"

Chwerthodd y ddwy, cyn i bwl arall o boen erchyll gydio yn Jen a'i gorfodi i ruthro'r masg gas-and-êr dros ei thrwyn a'i cheg unwaith eto. Anadlodd yn ddwfn, a'i dynnu i ffwrdd ar ôl dau neu dri pwl.

"Ffyc's sêcs! 'Sa'n well 'sa ni'n cal clecio potal o wisgi na'r ffwcin thing 'ma… . ffooooocin *aaaaargh*… !"

"Duw, dwn 'im, sdi," medda Fflur. "Ty'd â go arall imi. Ma' 'na rwbath reit dda amdana fo." Gafaelodd Fflur yn y masg, a rhoi ei cheg a'i thrwyn hitha i mewn iddo, ac anadlu'n ddwfn.

Daeth nyrs i mewn i'r stafall. "Hei, hei! Gadal y gas-and-êr i rheiny sy angan o! 'Dio'm yn dod am ddim, sdi!"

"Sori! O'n i jesd isio cofio sut beth oedd o!" medda Fflur, cyn chwalu i chwerthin yn wirion.

"Fydda i'n mynd â fo o'ma os na nei di adal llonydd iddo fo! Dallt?" Doedd hi'm yn jocian.

"Wwwww!" medda Fflur yn sbeitlyd, cyn cau ei cheg pan felltiodd llygid y nyrs arni.

"Sut ma' Sian?" gofynnodd Jen, rhwng ochneidiau.

"Ma' hi ar 'i ffordd i *Delivery Room Number One*, cariad bach."

"Be? 'Di'n barod?"

"Wel, ma' nw jesd yn tsiecio hi rŵan, jesd i neud yn siŵr. Ond ma'n edrych yn debyg. Ma'r poena'n dod bob munud, dŵr 'di torri a bob dim."

"Ma' hi 'di ofyrtêcio chdi, Jen! Y bitsh!" chwerthodd Fflur.

"Trydydd babi," medda'r nyrs. "Cymryd ei amsar, wedyn 'bang' – ma'n dod."

"Be ma'r pumed yn neud 'ta?" gofynnodd Jen. "Ca'l ffwcin tacsi?"

Gwenodd y nyrs. "'Da chi'n byw drws nesa i'ch gilydd, yndach?" gofynnodd – roedd 'na gryn siarad am y cyd-ddigwyddiad ymysg staff y 'sbyty.

"Yndan," medda Jen.

"A finna drws nesa wedyn," medda Fflur.

"Y dair o'na chi? Braf 'de! Ffrindia i gyd efo'ch gilydd!"

"Ma' 'na un arall hefyd," ychwanegodd Jen. "Ma' Carys drws nesa, 'rochor arall. Ma' hi 'di aros i edrach ar ôl y plant i gyd. Gradura... aaaawww... ffycin hel... sori... "

"Twt twt! Rhega di hynny lici di, cariad bach!" medda'r nyrs efo gwên fawr, gartrefol. "Dim sôn am y dynion, eto, felly?"

"Ma' nw ar y ffordd yn rwla," medda Jen, a dechra gwingo eto.

"Fydda nhw yma unrhyw funud, fyswn i'n feddwl," medda Fflur wrth estyn i rwbio cefn ei ffrind.

"Wel, well iddyn nhw frysio!" medda'r nyrs. "Dwi'n meddwl fod hi'n amsar mynd â chditha drwodd, 'fyd… "

≈ 80 ≈

"PAID Â CHWYDU, DRWGI…   Drwgi! Paid â ffycin chwydu!"

"'Da ni jesd yna, Drwgi! Paid â ffycin chwydu!"

"Hang on, Drwgi, fedrai'm thdopio i chdi… Thbanish! Ma' 'na fagia bin linerth o'dana chdi'n fa'na'n rwla!"

"Brysia, Sban!"

"Lle?"

"Fa'na!"

"Ffwcin sym' dy din!"

"Coda'r cont!"

"BLO-AAAAAARGH!!!"

"Ffacinel!!!"

"Yyyych!"

"Ffyc'th thêcth, Drwgi!"

"BLOAAAARGH!"

"Yyyyy… ffyc!"

"Cont!"

"BLOOOOOAAA-HY-HY-YYYY… .!"

"Jîthyth ffycin Craithd!"

"Ma'n ffycin drewi!"

"Sori… "

"Ffyc… !"

Roedd 'na chŵd dros ddrysau ôl y fan i gyd, dros y llawr, a

dros Sbanish druan.

"Sori, hogia!" medda Drwgi, oedd yn dechra edrych yn well yn barod.

"'Swn i'n ffycin feddwl 'fyd!" gwaeddodd Sban.

"'Na i llnau o… "

"Ffycin blydi reit 'nei di!" gwaeddodd Gwynedd o'r ffrynt, ei lygid yn fflamio yn y drych *rear-view*.

"Ffwcin wisgi… !" medda Drwgi efo'i lygid yn llawn dagra, wrth sychu'i wefla efo'i lawas.

"Y madarch oedd o, Drwgi. Paid â poeni. Ca'l bad trip o'ddachd?"

"Braidd, 'de! Dwi'm yn licio yn y ffwcin fan 'ma!"

"Fyddan ni'm yn hir, Drwgi. Dau funud… "

Roedd yr hogia i ffwrdd o'r ffyrdd cefn erbyn rŵan, wrth agosáu at yr ysbyty, ond roedd Gwynedd Dybyl-Bybyl yn dal i ddyrnu mynd a'r fan yn dal i swingio rownd corneli fel *waltzer* mewn ffair…

"Shit!" gwaeddodd Gwynedd Dybyl-Bybyl.

"Be?"

"Copth!"

"Lle?"

"Ar y rowndabowt!"

"O ffyc!"

Dreifiodd Gwynedd y fan rownd y gylchfan heb sbio ar y car cops, oedd wedi stopio tu ôl i gar arall yn un o'r entransus. Wrth droi i gyfeiriad y sbyty, edrychodd Gwynedd yn y wing-mirryr. "Bolycth! Ma' nw'n dod!"

Clywodd pawb y seiren yn dechra. "Ma' hi!" medda Bic. "A ninna mor agos! Ffycin tipical!"

"'Dwi'm 'di ffycin gorffan eto, hogia bach!" medda Gwynedd Dybyl-Bybyl. "Watsiwch hyn!"

Waldiodd y Dybyl-Bybyl y fan i thỳrd, a bordio'r pedal nes bod y fan yn sgrechian i fyny i din Renault bach coch oedd yn rhygnu mynd o'u blaena. Roedd 'na gar yn dod i'w cwfwr, ond tynnodd Gwynedd allan gan fflachio'i oleuada'n ffyrnig, a gwasgu ar y Renault wrth ofyrtêcio. Breciodd hwnnw'n wyllt, wrth i'r cwpwl oedrannus oedd ynddo banicio'n racs wrth weld y bwystfil mawr gwyn yn ymddangos wrth eu hochrau.

Gwasgodd Gwynedd y fan i mewn rhwng y Renault a'r car oedd yn dod i'w cwfwr, gan orfodi hwnnw i wyro gymaint, bu bron iddo hitio'r llain gwair ar ei ochor o i'r ffordd. Sbiodd Gwynedd yn y drych. Roedd y cops yn pasio'r Renault hefyd, seiren yn sgrechian, a'i oleuadau glas, a'i hedlamps, yn fflachio. "Bathdadth! Ffwcio chi'r contiad!"

Gwyrodd Gwynedd y fan i ganol y ffordd, i stopio'r car cops ei basio, a dilynodd y llinellau gwyn ar naw deg milltir yr awr – y cyflyma allai'r fan ei gyrraedd. Ymatebodd y cops drwy yrru eu car reit i fyny at din y fan – bympar i fympar, bron – mewn ymgais i ddychryn Gwynedd i dynnu drosodd. Roedd hi'n amlwg nad oeddan nhw'n nabod y Dybyl-Bybyls.

Syllodd Sbanish allan o'r ffenast ôl, ar y ddau gopar. Roedd un o'nyn nhw'n gneud yr arwydd 'Tynnwch Drosodd' efo'i law. Chwerthodd Sbanish, a gneud siâp *shadow puppet* pen ci, yn agor a cau ei geg, yn ôl arno. Doedd y cops ddim i'w gweld yn gwerthfawrogi.

Roedd Cled yn pwyso dros sêt flaen y fan erbyn hyn, yn edrych ar y ffordd, efo Gwynedd. Roeddan nhw'n agosau at giw o draffig llonydd, a craffodd y ddau wrth drio gweld be oedd wedi'i achosi. Cled welodd o gynta – gola traffig coch! Roedd 'na waith yn cael ei neud ar y ffordd. "Ffycin sod's ffycin lô!"

"'Di'm drothodd eto, gyfaill," medda Gwynedd Dybyl-Bybyl. "Cledwyn! Mi geth di dy hwyl di, neithiwr, boi. Ma'n amthar i fi ga'l gneud chydig o Thtarthky and Hutch rŵan!"

Estynnodd Gwynedd am y stereo a gwasgu 'play'. Dechreuodd y tâp yn daclus ar ddechrau 'Clwb y Tylluanod' gan Mim Twm Llai. Slamiodd Gwynedd y fan i thŷrd, a sgrechiodd yn syth heibio tin y ciw o draffig.

Rowndabowt arall oedd ym mhen blaen y ciw, ac roedd 'na loris a tractors cwmni tarmacio Hogans drosti fel pryfid – a hefyd, y peiriant Barber Green mawr, yn crafu hen wyneb y ffordd i ffwrdd o'r rowndabowt. Doedd goleuadau traffig yr ochor arall heb droi'n wyrdd eto, ac roedd y ffordd i gwfwr y fan yn glir – ar hyn o bryd; matar o amsar oedd hi cyn i res o draffig ymddangos, yn dod *head on* amdanyn nhw.

"Ti'n meddwl 'nei di 'i gneud hi, Gwyn?" gofynnodd Cled, chydig bach yn nerfus.

"Gawn ni weld, Cled," oedd yr unig atab.

"'Di'r cops dal efo ni, Sban?"

"Ma' nw fel gliw, Cled!"

Taranodd y fan yn ei blaen. Hannar ffordd heibio'r ciw traffig, a doedd 'na dal ddim byd yn dod i'w cwfwr. Tri chwartar ffordd, dal yn glir... Wedyn, mi ddothon nhw.

"W ffwc... !" medda Cled.

"Cym on!!" sgrechiodd Gwynedd Dybyl-Bybyl, a gwasgu'r pedal i'r llawr.

Dechreuodd y car oedd ar flaen y rhes oedd yn dod amdanyn nhw fflachio'i oleuadau'n ffrantig. Ond dal i daranu'n syth amdanyn nhw wnaeth Gwynedd, yn dangos ei ddannedd, efo'r cythral ei hun yn ei lygid. "CYM FFYCIN ON!!!"

Badwmff, badwmff, badwmff! Roedd côns coch a gwyn yn fflio i bob man wrth i Gwynedd wasgu'r fan rhwng y ddwy res o draffig, heb slofi dim o gwbwl.

Canllath i fynd tan y rowndabowt, a chwalodd y fan yn syth drwy arwydd *'RAMP'*, ac eiliadau wedyn cododd pawb yn y cefn o leia dair troedfadd oddi ar y llawr, wrth i'r fan fownsio dros y ramp ei hun a chyrraedd y darn o'r ffordd oedd â'i gwyneb wedi'i grafu i ffwrdd...

Hannar canllath, ac roedd ceir yn sgrialu i bob man, a côns ac arwyddion yn hedfan i bob cyfeiriad...

Ugian llath, a gwelodd Cledwyn – a Gwynedd – nad oedd lle i fynd rownd y cylchfan, heibio'r traffig oedd yn dod i'w cwfwr...

Deg llath, a gwyrodd Gwynedd Dybyl-Bybyl y fan i fynd rownd y ffordd arall – drwy ganol peiriannau Hogans! Roedd 'na lori'n bacio'n ôl i fynd o dan fraich y peiriant crafu gwynab ffordd. Doedd 'na ond digon o le i'r fan wasgu drwodd, a roedd y bwlch yn cau...

Pum llath, roedd y lori'n nesu...

Dwy lath – 'asiwmiodd' Cledwyn y '*crash position*', a cau ei lygid...

Cyfrodd Cledwyn i bump, cyn agor ei lygid eto. Prin y medrai goelio'r peth – roeddan nhw wedi'i gneud hi drwodd! Roeddan nhw'n taranu i fyny'r allt yr ochor arall i'r rowndabowt, allan o'r gwaith ffordd – heb y copar!

"Gwynedd Dybyl-Bybyl! Ti'n ffwcin star!" gwaeddodd Cled. "Ddim hannar ffwcin call – ond ti'n ffwcin star!"

Dechreuodd pawb weiddi, sgrechian, wislo, dyrnu waliau'r fan a rhegi'r cops mewn gorfoledd llwyr, cyn dechra canu ar dop eu lleisiau, efo tâp Mim Twm. "Ti'n goro dallt yn iawn.... den-den-den... i fod yn aelod... ba-ba-ba-ba... o Glwb y Tylluanod... Na dim y mêsyns na'r byffs... badwm-bwm-bwm... 'di nw ddim digon ryff... tshycapow-pow-wow... i fod yn aeloda... yeah... o Glwb y Tylluanod... "

Sgrechiodd y Transit wen i mewn i faes parcio'r ysbyty a dreifio'n syth at flaen yr adeilad. Byrstiodd y drysau cefn yn agorad, a neidodd Bic a Cled allan fel Batman a Robin, a'i 'gluo hi i mewn drwy'r Brif Fynedfa...

≈ 81 ≈

"AAAAAAAAAAAAAAAAAAAAARRRRRRGH!!!"

"WWWWWOOOOOOOOAAAAAARRRRRRGH!!!"

"WSH WSH WSH... AAAAAAAAAARRRGH!!!"

"WWWWWOOOOAAA-FFACIN-HEEEEEL!!!"

Roedd Sian a Jenny Fach fel Gwrachod y Rhibyn yn sgrechian deuawd – un yn Stafell Eni Rhif Un, a'r llall yn Rhif Dau. Ar eu cefnau oedd y ddwy, â'u coesa ar led fel cyrtans, yn sgrechian, rhegi a chwythu fel cathod gwyllt. Uwch eu pennau, roedd 'na ddwy neu dair o nyrsus – a Fflur – yn siarad efo'r genod wrth iddyn nhw bwsio, ac yn symud yn ôl a mlaen wrth dendio ar y midweiffs, oedd â'u pennau rhwng coesau'r genod, yn rhoi cyfarwyddiadau a comentari llawn ar be oedd y ddau fabi'n neud i lawr 'na.

Yn Stafell Eni Un, roedd y midweiff yn tywys Sian. "Da iawn Sian, cariad, ti'n gneud yn briliant. Rŵan, dw i isio chdi bwsio, OK? Ma' pen y babi yma, a ti angan ei ga'l o allan reit sydyn. OK? Reit, pwsh..!"

Ac yn Stafell Eni Dau, roedd midweiff arall yn tywys Jenny Fach drwy'i hartaith hithau. "Reit, dwi'n gwbod fod o'n brifo, cariad, ond plis tria beidio cicio fi eto, OK?"

"AAAAAAAAAAAAAAAAAARRRGH!!!"

"GRRRRRRRRRRRRR-AAAAAAAAAARRRRRGH!!!"

"AAAAAAAAAAAAAAARRRRGH!!!"

"GRRRRYYYYYFFFFFFYYYYYYCIN HEL!!!"

꞊ 82 ꞊

AGOR A CHAU FU hanes Uned Mamolaeth Ysbyty Dolgellau dros y blynyddoedd. Wedi bod ar gau am amser hir, bu ar agor eto am gwpwl o flynyddoedd, pan gafodd plant ieuengaf Cled a Bic – Rhys a Sion bach, neu Sweep, fel y'i gelwid – eu geni. Ar ôl hynny, roedd y Bwrdd Iechyd Lleol wedi'i gau o eto. Ond be oedd Cled a Bic ddim yn wybod – am nad oeddan nhw wedi bod yn y clinigs mamolaeth efo Sian a Jen dros y naw mis – oedd eu bod wedi'i ailagor o eto ers rhyw chydig fisoedd, ac mai yno, nid yn Ysbyty Gwynedd, Bangor, oedd Sian a Jenny Fach yn geni'r babis. Roedd hynny'n anffodus iawn i'r hogia, achos mi fyddan nhw wedi gallu cyrraedd mewn pryd petaen nhw wedi mynd am Ddolgellau, yn hytrach na Bangor, y diwrnod hwnnw.

Roedd hi'n anffodus iawn, hefyd, fod car heddlu arall wedi pasio i'w cwfwr nhw, ar ôl iddyn nhw golli'r llall yn y gwaith ffordd, a'i fod o wedi troi 'nôl a dod ar eu holau i'r ysbyty. Daliodd y cops i fyny efo Bic a Cled, fel oeddan nhw'n dadlau efo'r Sistyr yn Uned Mamolaeth Ysbyty Gwynedd, yn mynnu bod eu cariadon i mewn yno, a bod rhaid iddi eu gadael nhw i mewn atyn nhw y funud honno, neu mi fyddai *castration* Bic ar ei chydwybod hi am weddill ei hoes.

Roedd 'na chwech o gops wedi cyrraedd erbyn hynny, ac er i'r ddau o'nyn nhw wneud ymdrech deg i ddianc, sbrêwyd Bic a Cled efo nwy CS, a cyn iddyn nhw allu deud "nionod", roeddan nhw yng nghelloedd Gorsaf Heddlu Bangor, eu llygid yn dal i ddyfrio ac wedi chwyddo fel tomatos coch, yn contio a bastardio pawb a phopeth.

Yno yn aros amdanyn nhw oedd Gwynedd Dybyl-Bybyl, Drwgi a Sbanish, a gadawyd i'r pump stiwio am ychydig oria – ac i Drwgi a Sbanish ddod i lawr o'u trip – cyn eu holi. Roedd hi'n fora dydd Sul arnyn nhw'n cael eu cyhuddo, a hynny o bethau'n amrywio o *resisting arrest* i *drink drive* a *dangerous driving*.

Chafodd Cled mo'i holi am y ddyfais tân yng Nghapal Ramoth – heblaw amball gwestiwn i gadarnhau lle fuod o drwy'r nos. Roedd y cops wedi bwriadu ei holi'n dwll, ond erbyn iddyn nhw ddod rownd i neud hynny, roedd rhywun arall eisoes wedi cael ei ddal.

Yn ôl yr hyn ddudodd Carys dros y ffôn, pan adawodd y cops i Sbanish ffonio adra nos Sadwrn, roedd Tintin, er syndod i bawb, wedi cyfadda'r cwbwl. Yn ôl modryb Carys – Glenys, mam Glenda, cyn-wraig Tintin – roedd plismon wedi galw heibio'r fflat, yn gneud ymholiadau drws i ddrws am lofruddiaeth Tabitha yn y Trowt, ac wedi sylwi fod 'na baent tebyg i baent o Gapel Ramoth ar deiars ei feic. Roedd un peth wedi arwain i'r llall, ac wedi iddyn nhw ddod o hyd i ddeunydd yn y fflat oedd yn matshio'r deunydd yn y ddyfais adawyd yn y capal, roedd Tintin wedi cyfadda'r cwbwl, gan ychwanegu hefyd ei fod o'n "ffycin prowd" o be oedd o wedi'i neud. Dealladwy, deud y gwir – mi oedd Sid Finch wedi chwalu'i Iorcshiyr Pwdin o, wedi'r cwbwl.

Sioc fwy fyth gafodd yr hogia o gael clywed am Tabitha. Roedd hi wedi'i mwrdro, yn ôl pob tebyg – a chwilio am Tiwlip oedd y cops. Roedd o wedi diflannu. Ond mi oeddan nhw wedi ffendio'i gar o wrth Llyn Bwbach, felly doedd petha ddim yn argoeli'n dda iddo fo, prun bynnag ffordd oedd rhywun yn sbio arni.

Doedd 'na ddim byd, fodd bynnag – boed yn newyddion syfrdanol o'r pentra, neu ddrws cell cloëdig a rhestr hir o gyhuddiadau – yn mynd i amharu ar lawenydd Cled a Bic o gael y newyddion fod Sian Wyn a Jenny Fach yn iawn. Nhw a'r ddwy hogan fach! Roedd Jen wedi cael amsar calad, medda Carys, ac wedi gorfod cael pwythi, ond ar wahân i hynny roedd pob dim wedi mynd fel watsh. Na, doedd Jen ddim yn hapus efo Bic, ond roedd hi'n cofio ato fo, felly fydda hi'n siŵr o ddod rownd. Roedd ei bidlan o'n saff. Am rŵan...

≈ 83 ≈

ROEDD HI'N AMSAR CINIO dydd Sul erbyn i'r hogia gyrraedd yn ôl i Graig. Bws i Gaernarfon, wedyn tacsi, gafon nhw, am fod y cops wedi impowndio fan y Dybyl-Bybyls – hynny a'r ffaith fod pawb yn dal i fod dros y limit i ddreifio, diolch i wisgi Nant-y-Fagddu. Roeddan nhw adra cyn y genod, hefyd, felly er na fedron nhw fod yn yr ysbyty efo'u cariadon i weld eu merchaid bach yn cael eu geni, o leia fyddai Bic a Cled yno i'w croesawu nhw adra. Ac ar ôl sgwrs dros y ffôn efo'r ddwy – i gadarnhau enwau'r ddwy fach (a gymerodd chydig o drafod, yn achos Cled a Sian), ac i ymddiheuro, crafu tin a bod yn lyfi-dyfi am ddeg munud cyfan – roedd yr hogia wedi cael maddeuant am eu habsenoldeb, ac wedi gallu ymlacio ac edrych ymlaen at weld y bedair yn nes ymlaen.

Doedd 'na'm Trowt, i fynd am beint, wrth gwrs, ac er mor agos oedd Dre, roedd o'n rhy bell i biciad am 'un sydyn'. Ond roedd rhaid gwlychu penna'r babis, ac roedd rhaid i'r hogia gael alcohol yn eu cyrff i helpu efo'r cym-down – ac i roi rhywfaint o egni i'w cadw nhw rhag disgyn i gysgu ar eu traed – felly cafwyd stop sydyn mewn off-leisans ar y ffordd adra. Addawodd Bic a Cled i'w gilydd, fodd bynnag, na fyddan nhw'n yfad mwy nag un can o lagyr cyn i'r merchaid gyrraedd yn ôl.

Fflur Drwgi oedd wedi mynd i nôl y bedair – yn *people carrier* newydd Ding Bob Dim, oedd yn byw ar ben y rhes – ac roedd hi wedi cychwyn cyn i'r hogia gyrraedd yn ôl. Pan gyrhaeddodd yr hogia Bryn Derwydd, felly, roeddan nhw ar bigau'r drain isio gweld y genod a'u babis bach newydd. A'r pigau drain hyn oedd y rheswm pam yr anghofiodd Bic a Cled am eu haddewid i beidio yfad mwy nag un can.

Dim fod llawar o fai arnyn nhw. Wedi i'r cymdogion sylwi eu bod nhw adra, bu hannar y stad yn galw heibio efo cwrw, gwin a dymuniadau da – a'r newyddion diweddara am straeon mawr y pentra. Yn nhŷ Drwgi oedd pawb. Yn naturiol, doedd Bic a Cled ddim isio llond tŷ o bobol pan fydda'r genod yn cyrraedd yn ôl, a gan fod Carys wedi blino ar ôl edrych ar ôl plant pawb tra oeddan nhw i ffwrdd, doedd Sbanish ddim isio bobol draw yn eu tŷ nhwytha, chwaith. Roedd o'n benderfyniad doeth, achos roedd 'na dipyn o griw wedi bod ac wedi mynd, rŵan nad oedd 'na dafarn ar agor yn y pentra.

"Tintin druan!" medda Ding Bob Dim, oedd yn ista rownd y bwrdd efo'r hogia. "Ond ffyc mî, 'sa fo 'di gallu planio petha'n well, yn bysa?"

"Bytha," medda Gwynedd Dybyl-Bybyl. "'Tha'n well 'tha fo 'di thaethu Thid Finch!"

"Ffycin 'amen' i hynna!" medda Cledwyn.

"Welis i o, 'chi," medda Jac Bach y Gwalch, am y canfed tro ers clywad y newyddion. "O'n i'n piso'n yr ardd yn yr oria mân, a mi basiodd o, ar ei feic, ar hyd llwybr y cefna 'ma!"

"Welis i o hefyd, Jac," medda Bic. "Ar y llwybr cyhoeddus yn Cwm Derwyddon, yn reidio beic. Do'dd neb yn 'y ffycin nghoelio fi ar y pryd!"

"A Tiwlip druan, 'fyd," medda Jac Bach y Gwalch. "Ma' nw'n recno fod y cradur wedi boddi'i hun!"

"Ia, wel, mi *'nath* o ladd 'i wraig, Jac!" medda Tomi Shytyl.

"'Da ni'm yn gwbod hynny ffor sỳrt, Tomi."

"Wel, chdi a fi aeth i'w eidentiffeio hi, Jac. A doedd hi'm yn edrach fel ei bod hi 'di marw o *natural causes*, nagoedd?"

"Dwn 'im, Tomi. O'dd hi'n anodd deud, a hitha 'di rhewi fel samon... Ac eniwe, does 'na'm prŵff na Tiwlip 'nath."

"Ma' 'di lladd ei hun, yndo? Yr euog a ffy, medda nhw."

"Wel, gawn ni weld eniwe. Ddaw pob dim allan yn pen draw. Ar ôl iddyn nhw'i dî-ffrostio hi."

Roedd Drwgi'n darllan y *Wales on Sunday*, a'r stori dan y pennawd hilariws, *Dai Hard: Village Rocked by Bomb and Murder.* "Ffwcin hel, gwrandwch ar hyn, hogia!" medda fo. "'... *terrified cops jumped for their lives as the suspects rammed their patrol cars with a getaway digger, tossing them aside "like dinky toys".... one villager who didn't wish to be named described it as something from Bruce Willis blockbuster* Die Hard... ' Chdi oedd hwnna, Jac Bach y Gwalch?"

"Naci siŵr, y contyn! Nes mlaen dw i. Dos yn dy flaen... "

"'*On the murder scene "within minutes" was local resident 'Jack the Hawk'*... Jack the ffycin Hawk?!" Chwalodd y stafall i gyd i chwerthin, wrth i Drwgi gario mlaen. "... *a lovely lady underneath it all. It's a tragedy. I don't know how we'll get over it. We'll have to go to Dre for a pint now.*'"

Fedrai Drwgi ddim darllan chwanag. Roedd o, fel pawb arall, yn piso chwerthin. Gwenu'n braf wnaeth Jac Bach y Gwalch. Roedd o wedi cael modd i fyw wrth siarad efo'r *hacks*.

"Clywch ar y twat yma, 'ta," medda Cled, wedi dwyn y papur oddi ar Drwgi. "'*Chairman of local group 'Friends of Graig', Gregory Ainscough, said crime was a serious concern for villagers, adding that he had warned police of a serious breakdown of order as recently as Friday...* '"

"Sôn am brêcdowns of ordyr, oes 'na rywun wedi gweld Gai Ows o gwbwl?" gofynnodd Sbanish. "Peth rhyfadd ar y diawl 'sa fo yma. Ma' 'i ffôn o i ffwrdd, 'fyd."

"Ffwcio'i ddynas, ma'n siŵr," medda Cled. "Neu 'di disgyn i gysgu ar y job, efo'r tablets gwirion 'na."

"Ffycin hel – ylwch!" medda Bic, ar draws pob dim, yn pwyntio at drws cefn, a chwerthin. "Ma' Attilla the Hun wedi cyrra'dd!"

Trodd pawb i weld pwy oedd yno, ac er mawr syndod i bob un, pwy oedd newydd gerddad i mewn ond Gwyndaf Dybyl-Bybyl. Roedd 'na olwg y diawl arno fo – ei grys yn racs, ei wallt yn bob man, clais a briw ar ei dalcan, twtsh o lygad ddu, a gwaed wedi sychu dan ei drwyn ac ar ei ên. Ond mi oedd o'n gwenu fel giât, serch hynny.

"Croetho adra, Wynff!" medda'i frawd, a codi i'w gofleidio.

"Diolch, Wynff."

"Be ddigwyddodd, 'ta?"

"Dim byd llawar. Jesd fod 'na chwech o ffycin cops yn trio 'ngha'l i allan o'r JCB yn diwadd! Hi-hi-hi – o'dd o'n reit ffyni, deud gwir!"

"Tsiarjis?" gofynnodd Cledwyn.

"Lot!"

"Shit!"

"Twt-twt! O'dd o'n ffycin werth o! Dwi heb fwynhau'n hun gymint esdalwm, hogia bach! Tsians am un o'r lagyrs 'na?"

Pasiodd Gwynedd gan i'w frawd. "Pryd ddothd di allan, Wynff?"

"Jysd rŵan – o'n i'n thymio tu allan cop shop Dolgella, a sdopiodd Fflur a'r genod, a'r babis... "

"Lle ma' nw?" gofynnodd Cled a Bic efo'i gilydd.

"Allan yn y ffrynt, yn ca'l y babis o'r car. Ma' nw'n betha bach tlws, 'fyd – 'da chi'n siŵr 'na chi'ch dau 'di'r tada'?"

Roedd Bic a Cled allan drwy ddrws ffrynt tŷ Drwgi cyn i Gwyndaf orffan ei frawddag. Ond mi gymerodd hi bron i bum munud arall cyn iddyn nhw allu gafael yn eu merchaid bach. Roedd hannar y stryd yno o'u blaena, a lot fawr o swsian a chofleidio – ac www-io ac aaa-io – yn mynd ymlaen. Ar flaen y sgrym, yn stydio'u chwiorydd bach newydd, oedd Caio a Rhys, a Seren, Steffan, Liam a Sweep. Roedd Carys yno hefyd, a cwpwl o'i phlant hithau a Sbanish, un neu ddau o blant Drwgi, a rhai o ffrindia Seren. Allai Bic a Cled neud dim am chydig ond sefyll yno'n gwenu'n dawal, wrth aros i'r ffŷs farw lawr. Doeddan nhw'm yn poeni – roedd ganddyn nhw weddill eu bywydau yng nghwmni Branwen Flannagan a Swyn Dryw...

= **84** =

ROEDD HI'N FIN NOS fendigedig, a'r haul gwaetgoch yn oedi uwchben Pen Llŷn cyn noswylio. Roedd yr awel yn gynnes ar groen, a'r mynyddoedd yn dyner eu gwedd dan ehangder Haf Bach Mihangel. Ym Mryn Derwydd, roedd curiadau *dub* King Tubby'n dawnsio drwy ffenestri agored i siglo tin y fin nos dawel, wrth i griw o hogia ifanc basio, yn cario coed tân draw at eu pebyll gwyrddion dan dderi Coed Derwydd.

Roedd hi wedi tawelu ers chydig oria yn nhai yr hogia. Aeth 'Jack the Hawk' a Tomi Shytyl draw i dŷ Jac i lowcio hôm brŵ, ac aeth Ding Bob Dim am ei ginio dydd Sul. Adra hefyd aeth y Dybyl-Bybyls, yn eu car – oedd wedi'i barcio wrth y fynwant ers pnawn dydd Gwenar – a mi ddiflanodd Drwgi a Sbanish i'w gwlâu heb ddeud gair wrth neb. Yn eu gwlâu hefyd oedd Sian Wyn a Jenny Fach, yn dwyn awran fach o gwsg tra oedd ganddyn nhw gyfla. Fyddai'm yn hir cyn iddyn nw orfod deffro wrth i'w bronnau ddiferu llaeth, ac i Swyn a Branwen weiddi am fwyd.

Allan yn y gerddi ffrynt, yn cael chydig o amsar tad-a-phlentyn, oedd Cledwyn a Bic. Roeddan nhw'n bictiwr o fodlonrwydd, yn ista mewn cadeiria meddal efo'u merched bach newydd yn cysgu'n braf mewn blancedi ar eu boliau, ac yn swigio'n araf o boteli Budweiser oer.

"Ti'n meddwl fod hynna'n wir, Cled?" gofynnodd Bic cyn hir. "Be oedd Rhen Crad yn recno, bod rhywun yn cael ei eni yn y Byd Arall pan ma'n marw yn hwn, a bod rhywun yn marw yn y Byd Arall pan oedd o'n cael ei eni yn hwn?"

Cymrodd Cled swig o'i botal cyn atab. "Wel, ma'n gneud sens, 'de, pan ti'n meddwl am y peth. Lot fwy o sens na'r nonsans Nefoedd 'na, beth bynnag."

"Be ma'n feddwl 'lly, Cled? *Reincarnation?*"

"Ia, mewn ffordd. Dy enaid di'n symud i gorff arall. Ond fod o'm yn digwydd yn syth. Fel yr haul 'cw – yn mynd lawr ochor yma'r byd a codi'r ochor arall, ac aros am ddwrnod, cyn codi'n ôl fan hyn – ti'n gor'o treulio amsar yn y Byd Arall cyn dod nôl."

"Hmmm… " medda Bic, wrth gymryd joch o'i Bud.

"Ond y peth ydi," medda Cled wedyn, "jesd fel bywyd yn fan hyn 'de, elli di farw unrhyw bryd yn y Byd Arall. Ma'n hollol randym *pwy* sy'n dod nôl, ond ma' *rhywun* yn gorfod marw yno, i neud lle i'r un sy'n ca'l ei eni yno. Ti'n dallt?"

Cymrodd Bic swig arall o'i ddiod. "Na."

"Reit, meddylia am y Byd Arall fel bath, yn llawn reit i'r top o lagyr – 'blaw môr o eneidiau ydi'r lagyr, ond ta waeth am hynny – bath yn llawn o lagyr, OK? Ti efo fi?"

"Ymm… yndw dwi'n meddwl… "

"OK – be sy'n digwydd os ti'n lluchio peint o lagyr i mewn i fath llawn o lagyr? Ma' 'na beint o lagyr yn mynd i lifo allan dros ochor y bath, 'does?"

"Ia, wela i be sgin ti… Felly dim y peint o lagyr ti'n luchio i mewn ydi'r peint sy'n dod allan?"

"Nionyn – *an onion* – yn union, Bic. Y peint sy'n dod allan ydi'r peint sy'n digwydd bod yn nofio agosa at ochra'r bath ar y pryd."

"Aaaa! Wel diolch byth am hynna, dduda i!" medda Bic. "O'n i'n poeni fod enaid Tabitha wedi dod nôl fel merch i fi!"

Chwerthodd Cled. "A be, Rhen Crad wedi dod nôl fel merch i fi? Ha-ha! 'Sa honna'n un dda!"

Yfodd y ddau ffrind eu Bud mewn distawrwydd am funud neu ddwy, tra'n syllu'n hir ar wynebau eu babis tlws yn cysgu'n dawel, heb bryder yn y byd.

"Ond os 'di'r bath yn llawn, Cled – heb le i fwy o lagyr, sut fod 'na fwy a mwy o beintia lagyr yn endio fyny yn y byd yma?"

"Be ti'n feddwl?"

"I'r theori fod yn wir, ma' rhaid i lefal y lagyr fod run fath drw'r adag – a run faint o lagyr yn mynd i mewn a run faint yn dod allan. So sut ffwc ma' popiwlêshiyn y byd yn tyfu fel mae o?"

"Achos fod 'na lai a llai o anifeiliaid, Bic. Ma'r anifeiliaid yn rhan o'r bath o lagyr, hefyd. Achos ma' gin anifeiliaid eneidia hefyd, does."

"Oes?"

"Oes."

"Hmmm… " Llyncodd Bic swig fach arall, tra'n sbio ar Branwen fach yn breuddwydio. "Mynd yn llai ac yn llai 'da ni, ffor' hyn 'fyd, Cled. Bobol Gymraeg, 'lly."

Suddodd Cled swigsan o'i Bud, tra'n gwylio Swyn yn gneud ceg gwynt. "Wel, 'da ni'n dal yma, beth bynnag, gyfaill!"

"Er gwaetha pawb a phopeth?"

"Ia! A ti'n gwbo pam? Am ein bod ni yn ein *cynefin*. A dio'm bwys faint o newidiada 'da ni'n weld dros yr oesoedd, 'da ni'n gallu'u handlo nw, 'da ni'n gallu addasu, 'fath â natur, achos 'da ni'n *dal* i ga'l maeth o'n cynefin… O'r tir yma 'da ni'n dod. Ma'n gwreiddia ni 'di ca'l eu gneud yn *union* ar gyfar yr *union* bridd yma… 'Da ni'n *rhan* o'r ffycin pridd 'ma… 'Da ni fel madarch – ma' nhw'n rhan o'r pridd, a ffwc o bwys os 'di'r tymhora'n newid, ma'r ddaear yn aros 'run fath, felly ma'r madarch yn aros 'run fath, wastad yno, wastad yn popio'n ôl i fyny, yn yr *union* 'run lle, flwyddyn ar ôl blwyddyn ar ôl blwyddyn… "

"Ac 'amen' i hynna dduda i, gyfaill!" medda Bic, a codi'i botal i'r awyr. "A ffwcio global wôrming!"

"Ia!" medda Cled, yn codi'i botal yntau. "A ffwcio'r Romans 'fyd!"

"A'r Cristians..!"

"… A'r Saeson..!"

"… a'r ffycin Americans..!"

"… a'r ffycin Americans… ha-haaa!"

"'Da ni'n ffycin dal yma!"

"Ac yn dal i neud babis!"

"Ha-haaa! Er gwaetha pawb a phopeth!"

"'Da ni'n yfad o hyd!"

"Am ffycin byth bythoedd amen!"

"Wa-ha-ha-ha-hei!!!"

Hefyd
gan Dewi Prysor

Ei nofel gyntaf fythgofiadwy. Comedi
afreolus am ddireidi ynfyd criw o gymeriadau
brith gogledd Meirionnydd.

£7.95

Am restr gyflawn o nofelau cyfoes Y Lolfa,
mynnwch gopi o'n catalog newydd, rhad
neu hwyliwch i mewn i'n gwefan

www.ylolfa.com

lle gallwch archebu llyfrau ar lein

TALYBONT CEREDIGION CYMRU SY24 5AP
ebost ylolfa@ylolfa.com
gwefan www.ylolfa.com
ffôn 01970 832 304
ffacs 832 782

COLEG GLAN HAFREN LRC PARADE